# 经典悦读·美评篇


中共滨州经济技术开发区工委
南开大学语文教育研究中心 ◎编

·广州·

图书在版编目（CIP）数据

经典悦读·美评篇/中共滨州经济技术开发区工委，南开大学语文教育研究中心编. —广州：中山大学出版社，2016.9
ISBN 978-7-306-05689-4

Ⅰ.①经…　Ⅱ.①中… ②南…　Ⅲ.①世界文学—文学评论　Ⅳ.①I 11

中国版本图书馆 CIP 数据核字（2016）第 094845 号

出 版 人：徐　劲
策划编辑：邹岚萍
责任编辑：邹岚萍
封面设计：林绵华
插　　图：张光彩
责任校对：赵　婷　刘丽丽
责任技编：黄少伟
出版发行：中山大学出版社
电　　话：编辑部 020-84111996，84113349，84111997，84110779
　　　　　发行部 020-84111998，84111981，84111160
地　　址：广州市新港西路 135 号
邮　　编：510275　　　　传　真：020-84036565
网　　址：http://www.zsup.com.cn　　E-mail:zdcbs@mail.sysu.edu.cn
印 刷 者：广州家联印刷有限公司
规　　格：787mm×960mm　1/32　总印张：20.75　总字数：315 千字
版次印次：2016 年 9 月第 1 版　2016 年 9 月第 1 次印刷
总 定 价：48.00 元（共 6 册）　印　数：1～11000 套

# 授人以文　传递精神

在广大读者的支持与鼓励下，《经典悦读》丛书走过了六个年头，已成为滨州文化发展的一张靓丽名片。在经典中徜徉，在悦读中明志，既可欣赏美文雅韵，饱览上品佳作，亦可看成败、鉴得失，知荣辱、辨是非，或情飞扬、志高昂。授人以文，更传递精神。

作为一部荟萃古今中外文学精华系列，《经典悦读》在第六辑中，不仅收纳了美丽蕴藉的文字魅力，更于反法西斯战争胜利纪念之际，将革命精神、民族品格、国士之风收编其中，尽显启思明智、感动内心的力量。“美心”“美评”“美思”，侧重于“美”，这里集合了美好的心念品质，荟萃了独具匠心的文字品评，汇聚了关于生命与哲学的求索和思考，是对文学之美的一次检索和挖掘，仿佛一幅幅各有情致的画卷徐徐展开。“壮怀”“壮志”“壮想”，侧重于“壮”，这里有革命先烈未尽的遗志，有个人壮烈的胸怀与豪情，有高士名人对国家的期待和梦想，震撼于烽火硝烟年代的民族精神、跃然于上下求索时期的家国

情怀，激越长空，声贯寰宇，直抵心灵，在今天读来，仍使人心潮澎湃，敬意萦怀。

欣赏《经典悦读》中的作品，既有助于我们加深对民族文化的理解和感悟，更有助于我们实事求是、与时俱进地开展当下文化建设工作。阅读，是一个民族加强软实力的重要方略，是我们实现“中国梦”不可或缺的文化要素。唯有文化助力，方可广识增智；唯有继承传统，方能凝聚信念。民族精神，生生不息；传承经典，以文化人。愿《经典悦读》丛书成为我们文海撷珠的良伴，让我们共同的精神家园书香氤氲、华彩绕梁！

中共滨州市委书记、市人大常委会主任

# 目　录

# 兴观群怨　吟咏性情

# 《人间词话》十则

王国维

词以境界为最上。有境界则自成高格[1]，自有名句。五代、北宋之词所以独绝者在此。

有造境[2]，有写境[3]，此理想与写实二派之所由分。然二者颇难分别。因大诗人所造之境，必合乎自然，所写之境，亦必邻于理想故也。

有有我之境，有无我之境。“泪眼问花花不语，乱红飞过秋千去。”“可堪孤馆闭春寒，杜鹃声里斜阳暮。”有我之境也。“采菊东篱下，悠然见南山。”“寒波澹澹起，白鸟悠悠下。”无我之境也。有我之境，以我观物，故物皆著我之色彩。无我之境，以物观物，故不知何者为我，何者为物。古人为词，写有我之境者为多。然

未始不能写无我之境，此在豪杰之士能自树立耳。

无我之境，人惟于静中得之。有我之境，于由动之静时得之。故一优美，一宏壮也。

境非独谓景物也。喜怒哀乐，亦人心中之一境界。故能写真景物、真感情者，谓之有境界。否则谓之无境界。

“红杏枝头春意闹”，著一“闹”字而境界全出。“云破月来花弄影”，著一“弄”字，而境界全出矣。

古今之成大事业、大学问者，必经过三种之境界：“昨夜西风凋碧树。独上高楼，望尽天涯路。”此第一境也。“衣带渐宽终不悔，为伊消得人憔悴。”此第二境也。“众里寻他千百度，蓦然回首，那人却在灯火阑珊处。”此第三境也。此等语皆非大词人不能道。然遽以此意解释诸词，恐为晏、欧诸公所不许也。

东坡之词旷，稼轩之词豪。无二人之

胸襟而学其词，犹东施之效捧心也。

大家之作，其言情也必沁人心脾，其写景也必豁人耳目。其辞脱口而出，无矫揉妆束之态。以其所见者真，所知者深也。诗词皆然。持此以衡古今之作者，可无大误矣。

诗人对宇宙人生，须入乎其内④，又须出乎其外⑤。入乎其内，故能写之。出乎其外，故能观之。入乎其内，故有生气。出乎其外，故有高致。美成能入而不出。白石以降，于此二事皆未梦见。

## 注释

①高格：崇高的格调。

②造境：指下文的理想派，也即浪漫主义的创作方法，侧重于艺术虚构，即由艺术之想象，缔造文学之境界。

③写境：指下文的写实派，也即现实主义的创作方法，但并不排斥艺术虚构，需要对生活进行艺术概括和提炼。

④入乎其内：即“重视外物”，“能与花鸟共忧乐”，也就是要深入到生活中去，对生活进行深入细致的观察、体验，掌握丰富的素材，才能进行创作，也唯有如此，作品才会充满生活气息，具有生命力。

⑤出乎其外：即“轻视外物”，“能以奴仆命风月”，也就是要从生活中跳出来，进行冷静的分析思考，才能把握生活的本质，也只有这样，作品才能更真实地反映生活，闪烁思想光辉。

**（选自《高中语文（选修）·中国文化经典研读》，人民教育出版社2006年版）**

王国维（1877—1927），字静安，晚号观堂，中国近现代著名学者，是近代中国最早运用西方哲学、美学、文学观点和方法剖析评论中国古典文学的开风气者。他在文学理论和文学创作上最负盛名的是《人间词》与《人间词话》。1927年，在其50岁时自沉颐和园昆明湖，留下“经此世事，义无再辱”的遗言，也为国学史留下最具悲剧色彩的“谜案”。

《人间词话》着力强调的“境界”，是一种超越了伦理境界的哲学境界。“无我之境”中的“无我”，就是出自叔本华的“无欲之我”，王国维将叔本华等人的哲学美学观内化为自己的艺术人生观，并将之与中国传统的诗词相结合，以哲学的眼光关注文学，在文学中寻觅人生痛苦的慰藉，探索人生的目标与境界。在此基础上，他提出了人生的三重境界，跨越时间和空间，将先人的词理解得如

此透彻，真的让人为之折服和感叹。若非曾经“独上高楼”远望“天涯路”，又怎能“为伊憔悴”而“衣带渐宽”呢？如非“终不悔”地苦苦追索，又怎能见得到“灯火阑珊处”的美景呢？

人品高，则诗格高，心术正，则诗体正。

——王国维

## 论诗三十首

### （节选）

元好问

汉谣魏什久纷纭，正体无人与细论。[1]
谁是诗中疏凿手[2]，暂教泾渭各清浑。

曹刘坐啸虎生风，四海无人角两雄[3]。
可惜并州刘越石，不教横槊建安中[4]。

邺下风流[5]在晋多，壮怀犹见缺壶歌。

风云若恨张华[6]少，温李新声[7]奈若何。

一语天然万古新，豪华落尽见真淳。
南窗白月羲皇上，[8]未害渊明是晋人。[9]

纵横诗笔见高情，何物能浇块垒平！
老阮[10]不狂谁会得，“出门一笑大江横”。

心画心声总失真，文章宁复见为人。
高情千古《闲居赋》，争信安仁拜路尘。[11]

慷慨悲歌绝不传，穹庐一曲[12]本天然。
中州万古英雄气，也到阴山敕勒川。[13]

沈宋横驰翰墨场，风流初不废齐梁。
论功若准平吴例，合著黄金铸子昂。[14]

斗靡夸多费览观，[15]陆文犹恨冗于潘。

心声只要传声了，布谷澜翻可是难。

眼处心生句自神，暗中摸索总非真。
画图临出秦川景，亲到长安有几人？

## 注释

①正体：指以《诗经》中“风”“雅”为正统的诗赋歌谣。细论：仔细认真地分析评论。

②诗中疏凿手：即指诗歌评论家。疏凿手，意为疏凿河道、寻本溯源的能手，这里引申为专门家。

③角两雄：角，音 jué，指较量。两雄，即曹植、刘桢。

④横槊建安中：横槊，即横槊赋诗，指武将常在战争闲暇横放长矛，倚马作诗，慷慨悲壮，始自曹氏父子（曹操、曹丕和曹植）。

⑤邺下风流：指建安时期的文学传统。

⑥张华（232—300）：字茂先，西晋文学家，其诗辞藻华丽。

⑦温李新声：指晚唐诗人温庭筠、李商隐清丽婉转的诗风，因较之张华更有过之，故有此江河日下之叹。

⑧南窗白月羲皇上：意指陶潜把自己想象成伏羲氏以前的远古时代的人，崇尚古朴自然之风。

⑨未害渊明是晋人：此句言陶潜虽仰慕远古生活，但并不妨碍他成为晋代的诗人、作家，他仍关注现实。

⑩老阮：即阮籍。“竹林七贤”之一。钟嵘称之为“厥旨渊放，归趣难求”。

⑪此二句是说，写过高雅过人的《闲居赋》的潘岳，哪里相信他却是一个追随豪门、谄事权贵的小人呢？这里指“文”“人”的矛盾。

⑫穹庐一曲：指《敕勒歌》。

⑬这两句意为：中原汉民族豪放雄健的诗歌传统，也已传到了北方少数民族地区，并由他们继承下来且加以发扬。

⑭这两句意为：范蠡平吴，论功绩而铸金像；若将此先例援用到诗歌发展中来，则陈子昂开一代刚健雄劲诗风的功绩，也应该为他铸金像了。此处高度评价陈诗。

⑮夸多：指追求数量。斗靡：指竞尚浮华。此句意为，这种诗文徒费观览，没有社会意义和艺术价值。

**（选自彭书麟等主编：《中国少数民族文艺理论集成》，北京大学出版社 2005 年版）**

## 知识

元好问（1190—1257），字裕之，号遗山，太原秀容（今山西省忻县）人，鲜卑族拓跋氏后裔，唐代诗人元结之后，金代著名的诗人、文学评论家和史学家。现有《元遗山先生文集》存世。

以绝句论诗的传统首见于唐代杜甫的《戏为六绝句》，而《论诗三十首》是元好问年轻时在河南三乡（今河南省洛宁县三乡镇）避难时所作。这组诗歌以七言绝句的形式，对汉魏南北朝和唐宋年间的重要诗人与诗作进行了系统的评论，这里选录了其中有代表性的10首。从诗中，我们可以看出元好问对曹植、陶渊明、谢灵运、杜甫、韩愈诗文的推崇，而对李商隐、苏轼、黄庭坚也有公允恰当的评价。

选录的第六首诗是元好问《论诗三十首》中人们较为熟悉的一则。“心画”“心声”，最早出自汉代文学家扬雄的《发言·问神》，其中说道：“言，心声也，书，心画也。声画形，君子小人见矣。”就是说，作家的言与书，即其人格与文格应该是一致的。元好问以潘岳为例来说明文格虽高但人格卑下这一矛盾的现象，因此不能简单地因“人”废“文”。这样一种辩证唯物的文学观对于今天文艺评论仍具有现实意义，对评价古人尤为重要，是其诗评的思想精髓。

# 隐　　喻

（节选）

（阿根廷）博尔赫斯

现在就让我们再来讨论另外一个经典的比喻类型：这就是人生如梦这样的隐喻模式——也就是常常在我们心中涌现的人生宛如一场梦的感受。我们最常碰到的例子就是："我们的本质也如梦一般"（We are such stuff as dreams are made on），虽然我这样说好像是在亵渎莎士比亚——我太热爱莎士比亚了，我才不管别人怎么想呢——不过我却觉得如果我们再仔细瞧瞧这个地方，在人生如梦或是人生有梦的这种说法，或者像是"我们的本质也如梦一般"等等诸如此类声势惊人的说法当中，似乎有一点小小的矛盾（不过我却也不认为我们需要这么深入地检视这个句子；我还应该感谢莎士比亚在这个句子以及其他作品

当中展现的天赋呢)。不过如果我们真的是在做梦的话，或是如果我们只不过是成天做着白日梦，我很怀疑我们还会做出如此声势惊人的陈述了。莎士比亚的这句名言其实不该属于诗的范畴，而应该属于哲学或是形而上学了——即使从上下文来看，这句话也足以提升到诗歌的层次了。

……

我不记得在上次的演讲中我是不是引用过中国哲学家庄子的名言（因为这是一句我经常引用的名言，我一辈子都在引用这一句话)。庄子梦到了他幻化成蝴蝶，不过在他醒过来之后，反而搞不清楚是他做了一个自己变成蝴蝶的梦，还是他梦到自己是一只幻化成人的蝴蝶呢？这样子的一个比喻是我觉得最棒的一个了。首先，这个比喻从一个梦谈起，所以接下来当他从梦中醒来之后，他的人生还是有梦幻般的成分在。其次，他几乎是怀着不可思议的兴奋选择了正确的动物作为隐喻。如果他

换成这样说："庄子梦虎，梦中他成了一头老虎。"这样的比喻就没有什么寓意可言了。蝴蝶有种优雅、稍纵即逝的特质。如果人生真的是一场梦，那么用来暗示的最佳比喻就是蝴蝶，而不是老虎。如果庄子梦到了自己成了一台打字机，这样的比喻同样不太好。或是成了一头鲸鱼——这样的比喻也一样不好。我认为庄子在选择表达观念的措辞上是挑选到一个最恰当的词汇了。

……

所以我认为，运用事物的外表来作比喻是一种很好的方式——尽管在我演讲之后我还是如此认为。因为，如果我们愿意的话，我们也可在几个主要的比喻模式上写出新的变化。这些变化是很美的，而且也只有极少数的批评家会像我一样如此不厌其烦的提醒你："喏，你在这里又用了眼睛跟星星的比喻，在那边你又再次引用时间跟河流的比喻。"比喻可以激发我们的想象。不过这场演讲或许也给了我们一些启示——为什么我们不这么想呢？——我们或许也可以从中得到启示，进而发明出不属于既定模式，或是还不属于既定模式的比喻。

**（选自博尔赫斯著：《博尔赫斯谈诗论艺》，陈重仁译，上海译文出版社 2008 年版）**

## 知识

博尔赫斯（1899—1986），享誉世界的阿根廷文学家、批评家和翻译家，是 20 世纪最伟大的作家之一，被公认为是继塞万提斯之后最伟大的西班牙语作家，也是为拉美文学赢得世界关注的作家。他的作品瑰丽奇特，富于想象，游刃有余地穿梭于现实与虚构之间，形成了其独特的文学风格。

隐喻是比喻的一种，又称为暗喻，与明喻相对，是指在比喻中不出现“像”“如”“似”等喻词，而是直接通过事物的相关性将本体和喻体进行隐藏的比较，其类型主要有：本体和喻体是并列关系，本体和喻体是修饰关系，本体和喻体是注释关系，本体和喻体是复指关系。

## 解读

在博尔赫斯看来，已经存在的上千种比喻其实都可以

归纳为几个简单的形式，比喻只不过是任意变换的文字游戏，而只有富有想象力的比喻才能成为诗人或文学家的独特创作。也就是说，在明喻和暗喻之间存在一种互相转换生成的关系，即隐喻通常会因其频繁地被使用而失去了新奇感成为明喻；相反，人们非常熟悉的明喻经过陌生化的变形会重新获得新奇感。所以，让想象力飞得更远一点吧！

## 唐诗杂论·杜甫

（节选）

闻一多

### 正文

开元二十四、五年之间，子美的父亲——闲——在兖州司马任上，子美去省亲，乘便游历了兖州、齐州一带的名胜，诗人的眼界于是更加开扩了。这地方和家乡平原既不同，和秀丽的吴、越也两样。根据书卷里的知识，他常常想见泰山的伟大和庄严，但是真正的岱岳，那“造化钟灵秀，阴阳割昏晓”的奇观，他没有见过。这边

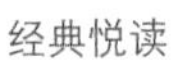


的湍流、峻岭、丰草、长林都另有一种他最能了解，却不曾认识过的气魄。在这里看到的，是自然的最庄严的色相。唯有这边自然的气势和风度最合我们诗人的脾胃，因为所有磅礴郁结在他胸中的，自然已经在这景物中说出了；这里一丘一壑，一株树，一朵云，都能引起诗人的共鸣。他在这里居留了多年，直至变成一个燕、赵的健儿；慷慨悲歌、沉郁顿挫的杜甫，如今发现了他的自我。过路的人往往看见一行人马，带着弓箭旗枪，驾着雕鹰，牵着猎狗，望郊外奔去。内中头戴一顶银盔，脑后斗大一颗红缨，全身铠甲，跨在马上的，便是监门胄曹苏预（后来避讳改名源明）。在他左首并辔而行的，装束略微平常，双手横按着长槊，却也是英风爽爽的一个丈夫，便是诗人杜甫。两个少年后来成了极要好的朋友。这回同着打猎的经验，子美永远不能忘记，后来还供给了《壮游》诗一段有声有色的文字：

春歌丛台上，冬猎青邱旁；呼鹰皂枥林，逐兽云雪岗；射飞曾纵鞚，引臂落鹙鸧。苏侯据鞍喜，忽如携葛彊。

原来诗人也学得了一手好武艺！

这时的子美，是生命的焦点，正午的日曜，是力，是热，是锋棱，是夺目的光芒。他这时所咏的《房兵曹胡马》和《画鹰》恰好都是自身的写照。我们不能不腾出篇幅，把两首诗的全文录下。

胡马大宛名，锋棱瘦骨成。竹批双耳峻，风入四蹄轻；所向无空阔，真堪托死生。骁腾有如此，万里可横行。

——《房兵曹胡马》

素练风霜起，苍鹰画作殊，㧐身思狡兔，侧目似愁胡，绦镟光堪摘，轩楹势可呼。何当击凡鸟，毛血洒平芜！

——《画鹰》

这两首和稍早的一首《望岳》，都是那时期里最重要的代表作品，实在也奠定了诗人全部创作的基础。诗人作风的倾向，

似乎是专等这次游历来发现的：齐、赵的山水，齐、赵的生活，使几天的骄阳接二连三的逼成了诗人天才的成熟。

（选自闻一多著：《闻一多讲国学》，吉林人民出版社 2008 年版）

## 知识

闻一多（1899—1946），本名闻家骅，字友三，湖北黄冈人。他不仅是一位民主战士，还是一位学贯中西的诗人学者，提出了著名的诗歌理论“带着镣铐跳舞”和“三美”说，即诗歌应该具备音乐美、绘画美和建筑美。

作为新月派诗歌的代表人物，闻一多的诗歌沉郁奇丽，将时代精神与唯美主义结合起来，具有强烈的民族意识和爱国精神。不仅如此，闻一多在中国古代文学研究领域的非凡成就引起了学术界强烈的震动，在中国现代学术思想史上具有重要的地位，郭沫若称赞他“前无古人，后无来者”。

## 解读

闻一多的《唐诗杂论》不同于一般的学术评论文章，而更多地从人物本身着眼，孟浩然、贾岛、杜甫、李白这些诗人在他的笔下仿佛从尘封的历史中活过来似的，清晰可感。尤其是他对杜甫的描写，饱含着浓情，下笔如行云流水，而又携带着一股强劲的气势，道出了对杜甫的尊崇和钦佩，不禁让人感叹古今文人志士惺惺相惜、志同道合的知音之情。

# 中正平和　以雅以南

# 礼记·乐记

（节选）

## 一

凡音[1]之起，由人心生也。人心[2]之动，物使之然也。感于物而动，故形于声。声相应，故生变，变成方，谓之音。比音而乐之，及干戚羽旄，谓之乐。

乐者，音之所由生也；其本在人心之感于物也。是故其哀心[3]感者，其声噍以杀；其乐心感者，其声啴以缓[4]；其喜心感者，其声发以散[5]；其怒心感者，其声粗以厉[6]；其敬心感者，其声直以廉[7]；其爱心感者，其声和以柔。六者非性也，感于物而后动。

是故先王慎所以感之者：故礼以道其志，乐以和其声，政以一其行，刑以防其

奸。礼乐刑政，其极一也，所以同民心而出治道也。

二

凡音者，生人心者也。情动于中，故形于声；声成文，谓之音。是故治世之音安，以乐其政和；乱世之音怨，以怒其政乖；亡国之音哀，以思其民困。声音之道，与政通矣：

宫为君，商为臣，角为民，徵为事，羽为物。⑧五者不乱，则无怗懘之音矣。宫乱则荒，其君骄；商乱则陂，其官坏；角乱则忧，其民怨；徵乱则哀，其事勤；羽乱则危，其财匮。五者皆乱，迭相陵，谓之慢。如此，则国之灭亡无日矣。

郑卫之音⑨，乱世之音也，比于慢矣。桑间濮上之音，亡国之音也，其政散，其民流，诬上行私而不可止也。

（选自吉联抗译著：《乐记》，音乐出版社 1958 年版）

## 注释

①音：此处与“声”“乐”相对而言，指艺术加工后有规律、有组织的音调。

②心：本篇及其他各篇论述表明，《乐记》所说的“心”具有“天之性”（即天赋善性），具有与生俱来的感情、智力与德性，因而不同于今天所谓的思维器官。

③哀心：悲哀的感情。此处“心”指感情，意为内在的悲哀之情受到感染，显露出来。

④啴以缓：宽舒而徐缓。

⑤发以散：发扬而自由。

⑥粗以厉：激烈而严厉。

⑦直以廉：正直而庄重。

⑧“宫为君”五句：以五音比附君、臣、民、事、物，与以角、徵、商、羽配春、夏、秋、冬，以八音配八风，以十二律配十二月一样，是一种阴阳五行思想。

⑨郑卫之音：春秋时期在各国民间产生的新兴音乐，当时称为“新声”，郑、卫两国的新声最有代表性，故又称郑卫之音或郑声。后世被封建统治者当作“靡靡之乐”“亡国之音”的代名词。

### 一

音是从人心产生的，人心的活动是外物引起的。人心

感受外物，使内在感情激动起来，作出反应，就外现于声；各种声互相应和，就发生种种变化，既有变化，又有规律，有组织，就成为“音”；众音组合，构成曲调，用乐器演奏出来，再配上舞蹈，就成为“乐”。

乐是由音构成的，它的根源在于人心感应外物，使内在情感激动起来，表现出来。所以，悲哀的感情受到感染，发出的声就急促而细小；快乐的感情受到感染，发出的声就宽舒而和缓；喜悦的感情受到感染，发出的声就发扬而自由；愤怒的感情受到感染，发出的声就激烈而严厉；崇敬的感情受到感染，发出的声就正直而庄重；爱慕的感情受到感染，发出的声就温和而柔美。这六种声不是人的本性所固有的，而是人心感应外物、使内在感情激动起来的结果。

所以先王非常注意用什么对人民进行感化，用礼引导人民的意志，用乐调和人民的性情，用政统一人民的行为，用刑防止人民的奸邪。礼、乐、刑、政，它们的最终目的只有一个，就是用来统一人民的思想，从而使社会安宁，天下太平。

二

音是从人心产生的。感情在心中激动起来，所以就外现于声。声合乎规律、形成组织，就成为音。所以治世之音安详而快乐，是因为政治和顺，激动起人心安详而快乐的感情；乱世之音怨恨而愤怒，是因为政治反常，激动起人心怨恨而愤怒的感情；亡国之音哀愁而悲伤，是因为人民困苦，激动起人心哀愁而悲伤的感情。可见音乐的道理是和政治息息相通的。

宫象征君，商象征臣，角象征民，徵象征事，羽象征物。五音都不混乱，就没有不和谐的音调了。宫音混乱，音调就散漫，这是因为国君骄横；商音混乱，音调就偏谐，这是因为官吏败坏；角音混乱，音调就忧愁，这是因为人民怨恨；徵音混乱，音调就悲伤，这是因为劳役繁重；羽音混乱，音调就危急，这是因为财务贫乏。五音都乱，互相侵犯，就叫作“慢”。到了这种地步，国家灭亡就迫在眉睫了。

郑卫之音就是乱世之音，已经接近于“慢”了，桑间濮上之音就是亡国之音，流行这种音乐的国家，必定政治混乱、人民流亡，欺骗君上、图谋私利的风气盛行，再也无法制止了。

**（选自吉联抗译著：《乐记》，音乐出版社 1958 年版）**

## 知识

《乐记》，西汉武帝时河间献王刘德作，也有人称是战国初孔子的再传弟子公孙尼子所作，是我国古代最重要、最系统的音乐美学论著，今存 11 篇，其论述涉及音乐的本源、特征、美感、社会功能、与礼的关系、形式与内容的关系、古乐与新乐的关系等，是先秦儒家音乐美学的集大成者。

选文节选了《乐记》中的首篇《乐本篇》，主要论述音乐的本源问题。开篇论述了音乐通过声音来表达情感，而情感则来自对外物的体验，打破了唯心主义的观点，将音乐与外界事物的变化联系在一起。其中“治世之音安，以乐其政和；乱世之音怨，以怒其政乖；亡国之音哀，以思其民困”，强调了音乐与社会政治的密切关系，体现了朴素的唯物主义观点，也迎合了封建统治者维护自身利益的要求。

在《乐记》之后，嵇康提出了“声无哀乐论”，直接向《乐记》所代表的儒家传统音乐思想发起了挑战。

音乐之目的有二，一是以纯净之和声愉悦人的感官，二是令人感动或激发人的热情。

——（英）罗杰·诺斯

# 声无哀乐论

## （节选）

嵇　康

有秦客问于东野主人曰：[①]“闻之前论[②]曰：‘治世之音安以乐，亡国之音哀以思。’夫治乱在政，而音声应之。故哀思之情表于金石，安乐之象形于管弦也。[③]又仲尼闻《韶》，识虞舜之德；季札听弦，知众国之风。[④]斯已然之事，先贤所不疑也。今子独以为声无哀乐，其理何居？若有嘉讯，今请闻其说。”

主人应之曰：“斯义久滞，莫肯拯救，故令历世滥于名实。[⑤]今蒙启导，将言其一隅焉。

“夫天地合德，万物资生，寒暑代往，五行以成，章为五色，发为五音。音声之作，其犹臭味在于天地之间，其善与不善，虽遭遇浊乱，其体自若而不变也，岂以爱

憎易操，哀乐改度哉！及宫商集比，声音克谐，此人心至愿，情欲之所钟。故人知情不可恣，欲不可极，故因其所用，每为之节，使哀不至伤，乐不至淫。因事与名，物有其号，哭谓之哀，歌谓之乐，斯其大较也。然‘乐云乐云，钟鼓云乎哉’？哀云哀云，哭泣云乎哉？因兹而言，玉帛非礼敬之实，歌哭非哀乐之主也。⑥何以明之？夫殊方异俗，歌哭不同⑦。使错而用之，或闻哭而欢，或听歌而戚，然而哀乐之怀均也。今用均同之情而发万殊之声，斯非音声之无常⑧哉！”

## 注释

①秦客：文中假设与作者辩论的一方。东野主人：作者自称。

②前论：从前的议论。指《吕氏春秋·古乐》《乐记·乐本》关于“治世之音安以乐，其政和；乱世之音怨以怒，其政乖；亡国之音哀以思，其民困。声音之道与政通矣”的论述。

③应：反应，应和。表：表露，表现。金石、管弦：泛指

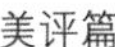


乐器，亦指音乐。象：现象，这里指感情。

④“仲尼”二句：《韶》，相传为歌颂虞舜功德的乐歌。“季札”二句：指季札多次推让王位，公元前544年聘于鲁，听民间乐歌，并以此评论各国的盛衰得失。

⑤斯：此。斯义：指“声无哀乐”的道理。滞：沉没，废弃，不为人所知。滥：乱。名实：名，指善恶与哀乐。实，指音乐与情感。嵇康认为哀乐之名属于感情，善恶之名才属于音乐，以为音乐有哀乐便是“滥于名实”。

⑥“然‘乐云’”七句：承上文“哭谓之哀，歌谓之乐”而言，意为歌哭不是哀乐的主体，歌哭不一定表现哀乐的感情。

⑦歌哭不同：指歌哭所表现的感情不同。

⑧音声无常：指“音声”的表现变化无常，与感情没有一定的联系。

有位秦客问东野主人道：“历来认为‘治世之音安详而快乐，亡国之音哀愁而悲伤’，国家的治乱取决于政治，而音乐则对政治作出反应，所以哀愁悲伤的感情流露于金石，安详快乐的感情表现于管弦。又如仲尼听了《韶》乐，就能知道虞舜的功德，季札听了弦歌，就能辨别各国的社会风气，这都是众所周知的事实，先贤们从没有什么怀疑。唯独您却认为音乐没有哀乐，这是什么道理呢？如果有什么高见，请说给我听听。”

主人回答说："这个道理早就被人们遗忘，谁也不肯再提起它、宣扬它，所以使得世世代代都把音乐和感情的名、实弄乱了。现在蒙受启导，我就来讲一讲这个道理的一个方面吧。

"天地二气交融，万物便得以生长，四时交替运行，五行便得以形成，五行又表现为五色，显露为五音。音乐产生后，就像气味一样存在于天地之间，它的好与不好，即使遭遇世事巨变，也还是保持原样而不会改变，哪里会因为人们的爱憎、哀乐而改变它的本质呢？至于说到将五声组织起来，使得音调十分和谐，这是人们最大的愿望，是情欲专注的对象。古人知道感情不能放纵，欲望不可过分，所以就根据需要，时时加以节制，使得悲哀不至于伤害身心，欢乐不至于放纵无度。又给不同的事以不同的名，给不同的物以不同的号，哭泣叫作悲哀，歌唱称为快乐，大致说来就是如此。但是人们讲到快乐，难道就是说唱歌奏乐吗？人们讲到悲哀，难道就是说哭哭啼啼吗？要知道瑞玉、束帛并不是礼仪的实质，唱歌、哭泣也不是哀乐的主体。因为不同的地方有不同的风俗，唱歌、哭泣也就各不相同，假如换个地方，就可能听到哭泣反而感到欢乐，听到歌唱反而感到哀戚，而悲哀和欢乐的感情却是相同的。现在用同样的感情却发出千差万别的声音，这不是说明声音的表现变化无常，与感情没有一定的联系吗？"

**（选自蔡仲德著：《〈乐记〉〈声无哀乐论〉注释与研究》，中国美术学院出版社 1997 年版）**

## 知识

嵇康（224—263），字叔夜，三国时期的文学家、思想家、音乐家，今安徽省宿县人，曾任中散大夫，所以又被称为嵇中散。因不满于司马氏集团，后为司马昭所杀。与阮籍、山涛、向秀等合称“竹林七贤”，其思想多受老庄影响，崇尚自然，蔑视礼教。其文《与山巨源绝交书》被评为“千古绝调”。酷爱音乐，终身与琴相伴，演奏的《广陵散》美妙绝伦。

## 解读

《声无哀乐论》是嵇康关于音乐的美学论著。与之前提到的《乐记》注重音乐的社会功能和为封建政治服务相比，该文则更强调音乐本身的形式、美感和人们对它的审美感受，倡导“为艺术而艺术”的审美观，是对以《乐记》为代表的“为社会而艺术”观点的批判，使音乐摆脱封建礼教统治的枷锁，而成为人们自然性情的真实表达。《声无哀乐论》也因此具有了叛逆和革命精神的意义，是继《乐记》之后又一篇重要的音乐美学著作，对于当今中国音乐美学体系的建立具有重要的启发和借鉴意义。

# 贝多芬与力

（节选）

傅　雷

十八世纪是一个兵连祸结的时代，也是歌舞升平的时代，是古典主义没落的时代，也是新生运动萌芽的时代。——新陈代谢的作用在历史上从未停止：最混乱最秽浊的地方就有鲜艳的花朵在探出头来。法兰西大革命，展开了人类史上最惊心动魄的一页：十九世纪！多悲壮，多灿烂！仿佛所有的天才都降生在一时期……从拿破仑到俾斯麦，从康德到尼采，从歌德到左拉，从达维德到塞尚，从贝多芬到俄国五大家；北欧多了一个德意志，南欧多了一个意大利，民主和专制的搏斗方终，社会主义的殉难生活已经开始：人类几曾在一百年中走过这么长的路！而在此波澜壮阔，峰峦重叠的旅程的起点，照耀着一颗

巨星：贝多芬。在音响的世界中，他预言了一个民族的复兴，——德意志联邦——他象征着一世纪中人类活动的基调——力！

一个古老的社会崩溃了，一个新的社会在酝酿中。在青黄不接的过程内，第一先得解放个人（这是文艺复兴发轫而未完成的基业）。反抗一切约束，争取一切自由的个人主义，是未来世界的先驱。各有各的时代，第一是：我！然后是：社会。

要肯定这个“我”，在帝王与贵族之前解放个人，使他们承认个个人都是帝王贵族，或个个帝王贵族都是平民，就须先肯定“力”，把它栽培，扶养，提出，具体表现，使人不得不接受。每个自由的“我”要指挥。倘他不能在行动上，至少能在艺术上指挥。倘他不能征服王国像拿破仑，至少他要征服心灵、感觉和情操，像贝多芬。是的，贝多芬与力，这是一个天生就的题目。我们不在这个题目上作一番探讨，就难能了解他的作品及其久远的影响。

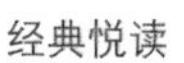


从罗曼·罗兰所作的传记里，我们已熟知他运动家般的体格。平时的生活除了过度艰苦以外，没有旁的过度足以摧毁他的健康。健康是他最珍贵的财富，因为它是一切“力”的资源。当时见过他的人说“他是力的化身”，当然这是含有肉体与精神双重的意义的。他的几件无关紧要的性的冒险，这一点，我们毋须为他隐讳。传记里说他终生童贞的话是靠不住的，罗曼·罗兰自己就修正过。贝多芬一八一六年的日记内就有过性关系的记载。既未减损他对于爱情的崇高的理想，也未减损他对于肉欲的控制力。他说：“要是我牺牲了我的生命力，还有什么可以留给高贵与优越?”力，是的，体格的力，道德的力，是贝多芬的口头禅。“力是那般与寻常人不同的人的道德，也便是我的道德。”一八〇〇年这种论调分明已是“超人”的口吻。而且在他三十岁前后，过于充溢的力未免有不公平的滥用。不必说他暴烈的性格对身份高贵的人要不时爆发，即对他平辈或下级的人也有枉用的时候。他胸中满是轻蔑；轻蔑弱者，轻蔑愚昧的人，轻蔑大众，然而他又是热爱人类的人！甚至轻蔑他所爱好而崇拜他的人（在他致阿芒达牧师信内，有两句说话便是诬蔑一个对他永远忠诚的朋友的。——参看书信录）。在他青年时代帮他不少忙的李希诺斯夫基公主的母亲，曾有一次因为求他弹琴而下跪，他非但拒绝，甚至在沙发上立也不立起来。后来他和李希诺斯夫基亲王反目，临走时留下的条子是这样写的："亲王，您之为您，是靠了偶然的出身；我之为我，是靠了我自己。亲王们现在有的是，将来也有的是。至于贝多芬，却只有一个。"这种骄傲的反抗，不独用来对另一阶级和同一阶级的人，且也用来对音乐上的规律：

——"照规则是不许把这些和弦连用在一块的……"人家和他说。

——"可是我允许。"他回答。

然而读者切勿误会，切勿把常人的狂妄和天才的自信混为一谈，也切勿把力的过剩的表现和无理的傲慢视同一律，以上所述，不过是贝多芬内心蕴蓄的精力，因过于丰满之故而在行动上流露出来的一方面；而这一方面，——让我们说老实话——并非最好的一方面。缺陷与过失，在伟人身上也仍然是缺陷与过失。而且贝多芬对世俗对旁人尽管傲岸不逊，对自己却竭尽谦卑。……

可是他精神的力，还得我们进一步去探索。

……

要是在此灵魂的探险上更往前去，我们还可发见更深邃更神化的面目。如罗曼·罗兰所说的：提起贝多芬，不能不提起上帝（注意：此处所谓上帝系指十八世纪泛神论中的上帝）。贝多芬的力不但要控制肉欲，控制感情，控制思想，控制作品，且竟与命运挑战，与上帝搏斗。……倘没

有这等持久不屈的“追逐魔鬼”，揿住上帝的毅力，他哪还能在“海林根施塔特遗嘱”之后再写《英雄交响曲》和《命运交响曲》？哪还能战胜一切疾病中最致命的——耳聋？

耳聋，对平常人是一部分世界死灭，对音乐家是整个世界的死灭。整个的世界死灭了而贝多芬不曾死！并且也还重造那已经死灭的世界，重造音响的王国，不但为他自己，而且为着人类，为着“可怜的人类！”这是一种超生和创造的力，只有自然界里那种无名的、原始的力可以相比，在死亡包裹着一切的大沙漠中间，唯有自然的力才能给你一片水草！

一八〇〇年，十九世纪第一页。那时的艺术界，正如行动界一样，是属于强者而非属于微妙的机智的。谁敢保存他本来面目，谁敢威严地主张和命令，社会就跟着他走。个人的强项，直有吞噬一切之势；并且有甚于此的是：个人还需要把自己溶化在大众里，溶化在宇宙里。所以罗曼·罗兰把贝多芬和上帝的关系写得如是壮烈，决不是故弄玄妙的文章，而是窥透了个人主义的深邃的意识。艺术家站在“无意识界”的最高峰上，他说出自己的胸怀，结果是唱出了大众的情绪。贝多芬不曾下功夫去认识的时代意识，时代意识就在他自己的思想里。拿破仑把自由、平等、博爱当作幌子踏遍了欧洲，实在还是替整个时代的“无意识界”做了代言人。感觉早已普遍散布在人们心坎间，虽有传统、盲目的偶像崇拜，竭力高压也是徒然，艺术家迟早会来揭幕！《英雄交响曲》！即在一八〇〇年以前，少年贝多芬的作品，对于当时的青年音乐界，也已不下于《少年维特之烦恼》那样的诱人（莫舍勒斯说他少年时在音乐院里私下问同学借抄贝多芬的《悲怆奏鸣曲》，因为教师是绝对禁止“这种狂妄的作品”的）。然而《第三交响曲》是第一声宏亮的信号。力解放了个人，个

人解放了大众，——自然，这途程还长得很，有待于我们，或以后几代的努力，——但力的化身已经出现过，悲壮的例子写定在历史上，目前的问题不是否定或争辩，而是如何继续与完成……

当然，我不否认力是巨大无比的，巨大到可怕的东西。普罗米修斯的神话存在了已有二十余世纪。使大地上五谷丰登、果实累累的，是力；移山倒海、甚至使星球击撞的，也是力！在人间如在自然界一样，力足以推动生命，也能促进死亡。两个极端摆在前面：一端是和平、幸福、进步、文明、美；一端是残杀、战争、混乱、野蛮、丑恶。具有“力”的人宛如执握着一个转捩乾坤的钟摆，在这两极之间摆动。往哪儿去？……瞧瞧先贤的足迹罢。贝多芬的力所推动的是什么？锻炼这股力的洪炉又是什么？——受苦，奋斗，为善。没有一个艺术家对道德的修积，像他那样的兢兢业业；也没有一个音乐家的生涯，像

贝多芬这样的酷似一个圣徒的行述。天赋给他的犷野的力，他早替它定下了方向。它是应当奉献于同情、怜悯、自由的；它是应当教人隐忍、舍弃、欢乐的。对苦难，命运，应当用“力”去反抗和征服；对人类，应当用“力”去鼓励，去热烈的爱。——所以《弥撒祭曲》里的泛神气息，代卑微的人类呼吁，为受难者歌唱，……《第九交响曲》里的欢乐歌颂，又从痛苦与斗争中解放了人，扩大了人。解放与扩大的结果，人与神明迫近，与神明合一。那时候，力就是神，力就是力，无所谓善恶，无所谓冲突，力的两极性消灭了。人已超临了世界，跳出了万劫，生命已经告终，同时已经不朽！这才是欢乐，才是贝多芬式的欢乐！

（选自傅雷著：《傅雷谈音乐》，湖南文艺出版社2002年版）

## 知识

傅雷，1908年出生于原江苏省南汇县下沙乡（现浦东新区航头镇），字怒安，号怒庵，中国著名的翻译家、作家、评论家、教育家。他早年曾留学法国，将很多经典的法文著作翻译成中文，其中因为翻译巴尔扎克著作的卓越贡献而成为法国巴尔扎克研究会的会员。留学期间，学习欧洲艺术史，并受到罗曼·罗兰的影响，热爱音乐。1931年回国后，继续投入法国文学的翻译工作中，他的译作行文流畅，语言优美。“文革”期间，因受到政治迫害，夫妇二人于1966年9月3日含冤自杀。

贝多芬，19世纪德国著名的音乐家，维也纳古典乐派的代表人物之一，世界音乐史上具有奠基性作用的人物，与海顿、莫扎特并称为“维也纳三杰”。因为出生于世纪之交，所以他不仅是古典主义风格的集大成者，也是浪漫主义风格的开创者。贝多芬一生经历坎坷，26岁时听力开始衰退，到45岁时完全失聪，但他对音乐的热爱战胜了个人的痛苦，创作出了《英雄交响曲》，成为那个“英雄时代”的巨人而受到后世敬仰。

本篇是《傅雷家书》中收录的谈论音乐的文章《贝多芬与力》的节选。傅雷的音乐观念受到他的艺术史和文学观的影响，他毫无保留地把自己的音乐艺术观告诉儿子傅聪，希望能够帮助儿子从思想和理论上提高音乐修养。在傅雷看来，贝多芬的音乐创作充满了感性，而又能通过理性的手段把情感中的“力”以最有效的方式表达出来。与同时代的其他音乐家不同，傅雷认为贝多芬的音乐清明

恬静，而他宁静的心情是经过剧烈的奋斗、努力挣扎后达到的效果。耳朵失聪对于一个音乐家来说无疑是巨大的灾难，而对于贝多芬来说则成为一种更强大的“力”的体现，即超人之力。但需要注意的是，音乐不是哲学和文学的附属品，我们应该借鉴，但也不能因此限制了对于音乐本身的想象力。

## 收音机音乐

（节选）

（英）萧伯纳

收音机的广播音乐已经改变了英国的生活。五十年前，当我还在伦敦以为音乐会和歌剧做评论为生的时候，我曾经碰上了一次千载难逢的好机会：作为大约一千个买得起门票并且是爱乐者中的一员，在圣詹姆斯大厅（也可能是在水晶宫）欣赏了一次贝多芬的交响曲。我自己对古典交响曲的熟悉来源于我跟我的姐姐弹这些交响曲的钢琴二重奏改编曲的经历。至于第

九交响曲，则只有间隔好几年才会有一次公演的机会。

今天，随着收音机逐渐变得像厨房闹钟一样为人们所普遍拥有，贝多芬的《英雄交响曲》、第七交响曲和第九交响曲也越来越为普通人所熟知，类似那位当年曾因在街头巷尾弹钢琴而为人们所知的南希·李。莫扎特的三部最伟大的交响曲也是这样。还有海顿，曾经一度被遗忘，如今也重新被提起。高雅音乐随处可以听到，不论是在贫民窟还是在街头广场上，而这一切都要归功于收音机。

我对这件事加以肯定是因为我打算对英国广播公司提出批评。我不能就这样扮演一个惟利是图的市侩的角色，坐视收音机所带来的这场“革命”而无动于衷，因为只有那些跟我年纪相仿的人才记得收音机诞生之前的伦敦生活，才能体会到收音机给我们带来了多少好处。

我的意思并不是说收音机不像19世纪

的表演那样值得很多的批评。相反，对收音机音乐加以批评已经上升到像评论国家大事那样重要。这也正是我为什么现在重又拾起我几十年前做评论的老行当，在此提出几点BBC经常犯的错误。

BBC最错误的是它对流行于公众的低劣的音乐品味所做的让步，不论是对真实的还是虚构的这种品味，这些让步都是极其可怕的。每次一听音乐节目，我就马上关掉收音机，以致我快要因为所得太少而没有资格来评判它了。尽管如此，我仍然反对那种认为为了迎合大众的低级口味而应该给所有木管乐器装上弱音器以取悦大众的观点。而且他们还认为，收音机对音乐的播放应该是一种广告宣传，这种说法实际上是将收音机音乐降格成为对音乐的亵渎，而不是对音乐之美的体现。……

在收音机对歌剧的广播中，我注意到，通常来说，一幕剧没有经过任何剪裁的完整的播出要比把一个完整的曲目拆得七零

八落、然后又东拼西凑起来播放强得多。BBC 对梅耶贝尔歌剧的处理就是这样一个东拼西凑的典型例子。……

为什么有些伟大的歌剧，比如哥茨的《驯悍记》（其旋律十分莫扎特化），以及有着一段欢快的结尾“祝福”（Solaam a Leikum）和出色深沉的男低音角色的由彼得·科内利乌斯（Peter Cornelius）创作《巴格达理发师》等这些被罗西尼珍藏起来的歌剧作品，现在我们的歌唱家却不会唱呢？

我还能提出很多其他问题，但是这一次就这么多吧。在家里舒舒服服地听收音机，等于每天都有音乐会听，等于拥有一支演奏瓦格纳和柏辽兹的乐谱如小菜一碟般的管弦乐队，还有本国的一流指挥家来作陪，并只需花费三分之二个便士的收听费：这些可能性难道还会有个限度吗？

**（选自萧伯纳著：《萧翁谈乐：萧伯纳音乐散文评论选》，冷杉译，生活·读书·新知三联书店 2005 年版）**

## 知识

萧伯纳（1856—1950），出生于爱尔兰首都都柏林，爱尔兰剧作家，代表作品有《圣女贞德》《卖花女》《华伦夫人的职业》《巴巴拉上校》等。1925 年，因其作品“具有理想主义和人道主义精神”而获得诺贝尔文学奖。但尚未为人熟知的是，萧伯纳还是一名乐评人。年幼时，他受到邻居、著名的音乐理论家万达里尔李的影响，迷上了音乐。他的乐评通常言辞犀利、观点鲜明，极其推崇莫扎特、贝多芬和瓦格纳的音乐。

收音机，作为一种流行的大众媒介，出现在 19 世纪末 20 世纪初。无线电成为时代的象征，它的出现一方面使得高雅音乐可以传送到普通大众身边，另一方面也使得古典、高雅音乐在特定时空中的“光晕”消失殆尽，而出现了一种被萧伯纳称之为“收音机音乐”的东西。

## 解读

萧伯纳生活的时代是收音机变成大众日常生活一部分的时代，他一方面惊叹于无线电普及传播音乐的力量，但另一方面又批评 BBC 最错误的地方在于它对流行于公众的低劣的音乐品位所做的让步，而不论是对真实的还是虚构的这种品位，这些让步都是极其可怕的。接着他又批评了 BBC 将一首完整的歌剧拆得七零八落的播出，而这在他看来严重影响到人们对音乐的欣赏和对音乐的尊重。

# 音乐和指挥的姿势

（节选）

（美）萨义德

对于观众，看而不是光听一场音乐演出，是整个音乐体验重要的一部分。我们眼中所见，能提升优雅、清晰之类特质，有时则使演出的缺点出现惊人的戏剧化。观看指挥尤其如此，指挥的角色至少有一半是身体上的姿势和舞动指挥棒。我看、听索尔蒂至少已二十五年，但直到他去年二月和维也纳爱乐在卡内基演出——布鲁克纳第八号交响曲，一场令人迷惑，参差不齐，甚至了不连贯的演出，我才看出他的姿势和他在台上的整个举止如何削弱，并且足至于毁掉他最好的音乐意图。

布鲁克纳缓慢，经过细心安排，拖得很长的结构线条，用意是要产生一种深思熟虑，逐步展开的效果，由此导致团块般

聚集的高潮，这些高潮的存在理由在于，它们是势所必至地走向它们的那些过程的巨大结论。指挥过无数场音乐会、上过无数次电视，以及经过无数篇奉承为他叫好的文章之后，索尔蒂在指挥台上的角色如今是三分之一馆子领班，三分之一马戏团训狮员，三分之一40年代和50年代好莱坞音乐剧想象的那种“大师”，像科斯特兰尼兹（Kostelanetz）和伊特比（Iturbi）。他那些咻咻有声的动作，那些脑袋的起起落落，那些挥舞、戳刺、猛扑，以及要命的装模作样，弄得连可敬的维也纳爱乐也不可能为这部巨作奏出此作需要的逐步开展效果。我们得到的似乎是乏味无趣的一连串琐屑乐句，时或有个抑扬顿挫夸张的段落，或——这是索尔蒂的拿手好戏——来个巨大而显然毫无必要的爆响，为整个过程帮倒忙。你可以佩服那巨大的音响或乐团的敏捷反应，但你听到的不是一首完整的交响曲，而且说穿了，根本没有任何音

乐线条可言。

不过，我向来相当喜欢索尔蒂，甚至及于他的虚荣，和他那非比寻常，成就单纯的自满模样。他以战后第一套《指环》录音成名，那套录音有很好的戏剧性，卡司无人能出其右。相较于布列兹在拜鲁伊特指挥的《指环》（最近发行DVD和CD），这套录音风格浮夸，而且（卡司不论）原始；布列兹曲折细腻而抒情，索尔蒂蹒跚笨重而夸张。索尔蒂的专长向来是晚期浪漫派音乐——例如，他的莫扎特每每极为平泛单调——特别是连贯性怪异，难以掌握的巨大歌剧作品，如《指环》、《摩西与亚伦》或《没有影子的女人》。从某个意义来说，这些作品有牵涉复杂的声乐和戏剧过程，使观众和演出者不受这位老兄身体上怪异的抽搐动作影响；当然，他的年纪和骑士身份也为他加上光环和威望。不同于赛尔和托斯卡尼尼——或莱纳——索尔蒂没有指挥巨匠那种严酷，也没有他们那种镇定的醇熟境界，部分原因是追根究底，他好像没有办法在身体上融入音乐或乐团。维也纳爱乐的第二个节目演出门德尔松和肖斯塔科维奇的交响曲，间歇有引人兴趣之处，但从未超过这个层次。

［选自（美）萨义德著：《音乐的极境：萨义德音乐随笔》，彭淮栋译，江苏文艺出版社2012年版］

## 知识

爱德华·W. 萨义德，1935年出生于巴勒斯坦耶路撒冷一个阿拉伯基督教家庭，从小就接受英式教育，取得哈佛大学硕士和博士学位。之后，在哥伦比亚大学英文系与比较文学系担任教授。他还是一名出色的钢琴演奏家，有很高的音乐造诣。代表作包括《乡关何处》《文化与帝国主义》《东方主义》《康拉德与自传小说》《人文主义与民主的批评》《开始：意图与方法》《音乐的阐释》等。2003年9月因白血病逝世于纽约。

殖民主义和帝国主义的双重体验，对于萨义德来说是一种特殊的经验和生命形式，他始终以流亡者自居，游走于不同的文化之间，并不断审视这种特殊的文化对位。

萨义德在《音乐的极境》中讨论许多作曲家、音乐

家、演奏家，并将他们放在整个社会、政治、文化的脉络中进行评论。这里所节选的《音乐和指挥的姿势》以指挥家索尔蒂为评述对象，指出他的指挥风格根本没有任何音乐线条可言。但尽管如此，索尔蒂有力、激动的个性和对音乐如生命般的热爱得到了萨义德的欣赏。萨义德以权威的身份、犀利中肯的言辞，将文学和历史的理念与音乐有机地结合起来，处处发人深省，与此同时也成就了其思想的广度和深度。作为 20 世纪最具影响力的学者之一，他实至名归。

我已经说明，流亡可以造成愤恨和遗憾，也能形成敏锐的观点。

——（美）萨义德

# 气韵生动　应物象形

# 题画诗三首

## 画

唐·王维

远看山有色[1]，近听水无声。

春去花还在，人来鸟不惊。

（选自周玉娥主编：《精短诗文诵读》，湖北人民出版社2013年版）

## 惠崇[2]春江晚景

宋·苏轼

竹外[3]桃花三两枝，春江水暖鸭先知。

蒌蒿满地芦芽短，[4]正是河豚欲上[5]时。

（选自丁炳启编著：《古今题画诗赏析》，天津人民美术出版社1991年版）

## 墨　梅[6]

元·王冕

我家洗砚池头树，[7]个个花开淡墨痕[8]。

不要人夸颜色好，只流清气满乾坤。[9]

**（选自丁炳启编著：《古今题画诗赏析》，天津人民美术出版社1991年版）**

①色：颜色，也有景色之意。

②惠崇：北宋初画家，僧人，建阳（今福建建阳）人。工画水禽，尤善描绘水乡景色，并点缀鹅、鸭等小动物，也称“惠崇小景”。《图画见闻志》说他“尤工小景，为寒汀远渚，潇洒虚旷之象，人所难倒”。

③竹外：竹林外面。

④蒌蒿：野生草本植物，茎可食。芦芽：芦苇嫩芽，也叫芦笋，可食。

⑤河豚：鱼名。肉味鲜美，肝脏、血液有剧毒。欲上：鱼肥起来，快要出水面了。每年春江水发，河豚由东海逆长江而上，在江水中繁殖，渔人谓之“抢上水”。

⑥墨梅：水墨画的梅花。

⑦我家：这里是自指，又泛指王姓的家人。作者和晋代书法家王羲之是同姓，所以这样称呼，语意双关。洗砚池：画家洗砚的池塘。相传会稽山下有王羲之的洗砚池，池水是黑的。这里可能是化用这个典故。树：指梅花。

⑧淡墨：水墨画中将墨色分为淡墨、浓墨、焦墨等。这句话的意思是：那朵朵梅花，是用淡淡的墨画成的。

⑨乾坤：天地。三、四句是说：不要别人夸赞自己的颜色美，只愿留下一股清气。

## 知识

从广义上来说，只要是以画为评赏对象和题材的诗都可以归为题画诗，一般是诗人在观赏画作之后有感而发，描写画中的意境、阐释画中的哲理、借画抒怀等。目前，较为流行的一种说法认为题画诗始于唐代，宋代以后逐渐繁荣成熟，到明清之际达到了全盛。

## 解读

王维的题画诗直接以《画》命名，现实中的远山是模糊的，近处的流水是有声的，春花是会凋谢的，而鸟也会因为人的惊吓而飞走，但在画中，自然的美得以永久的保存，而这也就是艺术的魅力。苏轼的《惠崇春江晚景》通过丰富的想象力赋予了静物以生机和活力，把江南早春的美丽景色呈现在读者面前，真的有读诗如见画之感。王冕的《墨梅》则是一首题咏自己画作的诗歌，作者以梅花自喻，表达了其不愿与世俗同流合污的高尚品格。

## 警语

出淤泥而不染，濯清涟而不妖。

——周敦颐

# 历代名画记·论画六法

昔谢赫云："画有'六法'：一曰气韵生动，二曰骨法用笔，三曰应物象形，四曰随类赋彩，五曰经营位置，六曰传模移写。"自古画人罕能兼之。

彦远试论之曰：古之画或能移其形似而尚其骨气。以形似之外求其画，此难可与俗人道也。今之画纵得形似而气韵不生，以气韵求其画，则形似在其间矣。

上古[①]之画，迹简意澹而雅正，顾、陆[②]之流是也；中古之画，细密精致而臻丽，展、郑[③]之流是也；近代之画，焕烂而求备；今人之画，错乱而无旨，众工之迹是也。

夫象物必在于形似，形似须全其骨气，骨气形似，皆本于立意而归乎用笔。故工画者多善书。

然则古之嫔[4]，擘纤而胸束；古之马，喙尖而腹细；古之台阁竦峙，古之服饰容曳[5]。故古画非特变态有奇异也，抑亦物象殊也。

至于台阁树石、车舆器物，无生动之可拟，无气韵之可侔，直要位置向背而已。顾恺之曰："画：人最难，次山水，次狗马，其台阁一定器耳，差易为也。"斯言得之。

至于鬼神人物，有生动之可状，须神韵而后全。若气韵不周，空陈形似；笔力未遒，空善赋彩，谓非妙也。故韩子曰："狗马难，鬼神易。狗马乃凡俗所见，鬼神乃谲怪之状。"斯言得之。

至于经管位置，则画之总要。

自顾、陆以降，画迹鲜存，难悉详之。唯观吴道玄[6]之迹，可谓"六法"俱全，万象必尽，神人假手，穷极造化也。所以气韵雄壮几不容于缣素[7]，笔迹磊落，遂恣意于墙壁。其细画又甚稠密，此神异也。

至于传模移写，乃画家末事。然今之画人，粗善写貌，得其形似则无其气韵，具其彩色，则失其笔法。岂曰画也？呜呼！今之人斯艺不至也。

宋朝顾骏之常结构高楼以为画所，每登楼去梯，家人罕见。若时景融朗，然后含毫；天地阴惨，则不操笔。今之画人，笔墨混于尘埃，丹青和其泥滓，徒污绢素，岂曰绘画？自古善画者，莫非衣冠贵胄，逸士高人，振妙一时，传芳千祀，非闾阎鄙贱之所能为也。

## 注释

①上古：《历代名画记·论名价评第》说："今分为三古，以定贵贱。以汉魏三国为上古，以晋末为中古，以齐、梁、北齐、后魏、后周为下古，隋及唐初为近代。"此处又以顾、陆为上古，隋为中古，缺乏一致性。

②顾、陆：东晋顾恺之、南朝宋陆探微。

③展、郑：隋展子虔、郑法士。

④嫔：古代宫廷中的一种女官，实即帝王之妾。又，古代对死去妻子之美称。

⑤容曳：拖长的样子。

⑥吴道玄：唐代伟大画家，一名吴道子，有“画圣”之称。

⑦缣素：供书画用的白色细绢。缣，双丝的细绢。

叙述“六法”名目，谢赫说古代的人能兼得“六法”的很少。

张彦远对于“六法”试加评论，他说：古代的画，不专在形状相似，而以得到骨格气力为尚，如此在形似以外论画，就不是一般人所能了解的了。现在有些画纵能得到形状相似，但是缺乏气韵，没有气韵就没有精神。用气韵来要求画，那形似自然就在其中了，因为形似是气韵的基础，以形写神，形不对则神亦不得，既能得神则形已先具。

上古的画，笔迹简单，意思清澹而所画则很文雅正派，像顾、陆这些人就是。中古的画，笔画细密，形体精致而色彩富丽，像展、郑这些人就是。近代的画，漂亮美丽而力求完备。目前的画，错乱而没有意思，一般工匠所画的就是。

画是象物的造型艺术，要使它画什么就像什么，就必须先讲求形状相似；但只有形状相似还不够，必须使它的骨格气力都完全，骨气形似都以立意为本，不是纯客观的描写，而必须加以作者主观的意图，也就是艺术加工。主观意图是抽象的，必须借用笔的方法才能表现出来，所以工于作画的人，必须也善于写字。

至于古代的妇女手指很细而胸部束紧；古代的马，嘴巴很尖而肚子很细；古代的台阁建筑都很高耸；古代的衣饰都很拖长。画是时代的反映，所以古画不但形态变化多端与今不同，也是因为当时东西的样子与现在不同。

至于台阁树石以及车子器物，没有什么生动的地方可以模拟，也没有什么气韵可以揣摩，直接不过是注意于位置向背的安排而已。顾恺之说："画画：画人最难，次山水，次狗马，至于台阁只是一定的一种器具，是比较容易画的。"这话很对。

至于画鬼神人物，他们是有生动的形体可以描写的，而且必须有精神气韵而后才能完全。若是气韵不周全，只画出形状来，笔力并不遒劲，只是颜色上的漂亮也不能算是好画。所以韩非子说："画狗马难，画鬼神易，狗马乃凡俗所见，不能随便画，鬼神乃谲怪的形状，可以随意画。"这话也很对。

"六法"中的经营位置，就是章法结构，也就是构图，是画的很要紧的地方，位置摆得不妥当，一切精神形状都要受影响。所以对于画上的位置安排，必须加意经营，多用脑筋，以求妥当。

从顾恺之、陆探微以后，画迹存世的很少，很难说得详细。只有近代吴道子的画迹，见得还多，可以说六法俱全，万象都尽，简直像神人借他的手能以穷究造化的内蕴，所以他画的画，气韵生动，形貌雄壮。几乎在绢帛上

容不下，笔画的磊落挥霍，能在墙壁恣意挥洒。他的大画既极豪放而细画又很稠密细致，这就是他特别与人不同的地方。

至于“六法”最后一项的传模移写，乃初学所必需，及至做了画家，虽然也还必须临摹，但已不是主要工作，主要工作在创作。现在画画的人，不过是粗粗地会画相貌，但是得到形似的就没有气韵，色彩漂亮的又失去笔法，这能算是画吗？咳！现在的人对于这种艺术是不能达到高峰了。

南朝宋有一个画家顾骏之，造了一座高楼，作为画室，常常上楼以后把梯子去掉，家里人都不得上去。若是天气融和开朗，然后含毫作画；天地阴惨气候不好，就不拿笔。现在的画人，笔墨混上了尘埃，颜色也掺上了泥滓，只是在污损绢素，那能算是绘画吗？自古善画的人，莫不是高官贵族、逸士高人，才能当时称妙，千载传名，不是闾阎市井之间一般鄙贱之人所能做的。

**（选自俞剑华注译：《中国画论选读》，江苏美术出版社2007年版）**

## 知识

张彦远（815—907），唐代著名的画家、绘画理论家，出生于宰相世家，官至大理寺卿。其代表作就是《历代名画记》，全书共有10卷，内容大致分为三个部分，即绘画历史发展的评述、画家传记及其有关资料、作品的鉴赏，

为我国第一部系统地论述绘画艺术的通史，也是中国画画家和爱好者必备读物之一。

南朝谢赫在总结前人绘画经验的基础上，列出了“六法”，即气韵生动、骨法用笔、应物象形、随类赋彩、经营位置、传模移写，作为品评中国画的标准，后来“六法”不仅作为国画的代名词，而且也适用于一切绘画。但是谢赫并没有给每一种方法下一个严格的定义，所以后代不断有人提出不同的看法和解释。其中，张彦远的《论画六法》就是在谢赫以后第一个讨论“六法”的人。从张彦远的论述来看，作为上层社会的文人，他未免有厚古薄今的倾向。在历史长河中，每一个时代都有其伟大的画家，而我们不能以时代的早晚来确定画家的优劣。

## 笔墨等于零

吴冠中

脱离了具体画面的孤立的笔墨，其价值等于零。

我国传统绘画大都用笔、墨绘在纸或绢上，笔与墨是表现手法中的主体，因之评画必然涉及笔墨。逐渐，舍本求末，人们往往孤立地评论笔墨。喧宾夺主，笔墨倒反成了作品优劣的标准。

构成画面，其道多矣。点、线、块、面都是造型手段，黑、白、五彩，渲染无穷气氛。为求表达视觉美感及独特情思，作者寻找任何手段，不择手段，择一切手段。果真贴切地表达了作者的内心感受，成为杰作，其画面所使用的任何手段，或曰线、面，或曰笔、墨，或曰××，便都具有点石成金的作用与价值。价值源于手法运用中之整体效益。威尼斯画家味洛内则（Veronese）指着泥泞的人行道说：我可以用这泥土色调表现一个金发少女。他道出了画面色彩运用之相对性，色彩效果诞生于色与色之间的相互作用。因之，就绘画中的色彩而言，孤立的颜色，赤、橙、黄、绿、青、蓝、紫，无所谓优劣，往往

一块孤立的色看来是脏的，但在特定的画面中它却起了无以替代的效果。孤立的色无所谓优劣，则品评孤立的笔墨同样是没有意义的。

屋漏痕因缓慢前进中不断遇到阻力，其线之轨迹显得苍劲坚挺，用这种线表现老梅干枝、悬崖石壁、孤松矮屋之类别有风格，但它替代不了米家云山湿漉漉的点或倪云林的细瘦俏巧的轻盈之线。若优若劣？对这些早有定评的手法大概大家都承认是好笔墨。但笔墨只是奴才，它绝对奴役于作者思想情绪的表达，情思在发展，作为奴才的笔墨手法永远跟着变换形态，无从考虑将呈现何种体态面貌。也许将被咒骂失去了笔墨，其实失去的只是笔墨的旧时形式，真正该反思的应是作品的整体形态及其内涵是否反映了新的时代风貌。

岂止笔墨，各种绘画材料媒体都在演变，但也未必变了就一定新，新就一定好。旧的媒体也往往具备不可被替代的优点，

如粗陶、宣纸及笔墨仍永葆青春，但其青春只长驻于为之服役的作品的演进中。脱离了具体画面的孤立的笔墨，其价值等于零，正如未塑造形象的泥巴，其价值等于零。

（选自吴冠中著：《笔墨等于零》，江苏文艺出版社 2010 年版）

## 知识

吴冠中（1919—2010），江苏宜兴人，当代著名画家、评论家、艺术教育家，20 世纪现代中国绘画的杰出代表性画家之一。曾在法国巴黎留学，学习西洋美术史；回国后，先后在中央美术学院、清华大学、北京艺术学院、中央工艺美术学院任教；2000 年入选法兰西学院艺术院通讯院士，是首位获此殊荣的中国籍艺术家，这也是法兰西学院成立近 200 年来第一位获得这一职位的亚洲人。代表作有《长江三峡》《北国风光》《鲁迅的故乡》等。

## 解读

《笔墨等于零》是吴冠中先生散文集的书名，也是其中一篇文章的题目，集中体现了吴冠中先生绘画理念的核心思想，即脱离了具体画面的孤立笔墨，其价值等于零。也就是说，笔墨只是工具和手段，是为了画家服务的。但

是中国绘画逐渐形成了一个习惯，就是用笔墨来衡量一切，笔墨成为评价一幅画好坏的标准，而逐渐失去了对画的整体感知。吴冠中认为笔墨应该是自然而然形成的，是内心的情感在纸上的抒发，而不是用技法来套用情感，这样实在是本末倒置了。

## 文人画之价值

（节选）

陈师曾

何为文人画？即画中带有文人之性质，含有文人之趣味，不在画中考究艺术上之功夫，必须于画外看出许多文人之感想，此之所谓文人画。或谓以文人作画，必于艺术上功力欠缺，节外生枝，而以画外之物为弥补掩饰之计。殊不知画之为物，是性灵者也，思想者也，活动者也，非器械者也，非单纯者也。否则直如照相器，千篇一律，人云亦云，何贵乎人邪？何重乎艺术邪？所贵乎艺术者，即在陶写性灵，

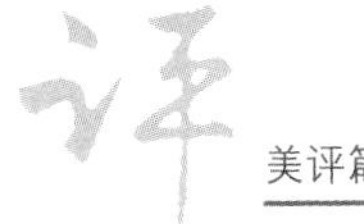



发表个性与其感想。而文人又其个性优美、感想高尚者也，其平日之所修养品格，迥出于庸众之上，故其于艺术也，所发表抒写者，自能引人入胜，悠然起澹远幽微之思，而脱离一切尘垢之念。然则观文人之画，识文人之趣味，感文人之感者，虽关于艺术之观念浅深不同，而多少必含有文人之思想；否则如走马看花，浑沦吞枣，盖此谓此心同、此理同之故耳。

世俗之所谓文人画，以为艺术不甚考究，形体不正确，失画家之规矩，任意涂抹，以丑怪为能，以荒率为美；专家视为野狐禅，流俗从而非笑，文人画遂不能见赏于人。而进退趋跄，动中绳墨，彩色鲜丽，搔首弄姿者，目为上乘。虽然，阳春白雪，曲高寡和，文人画之不见赏流俗，正可见其格调之高耳。

夫文人画，又岂仅以丑怪荒率为事邪？旷观古今文人之画，其格局何等谨严，意匠何等精密，下笔何等矜慎，立论何等幽

微，学养何等深醇，岂粗心浮气轻妄之辈所能望其肩背哉！但文人画首重精神，不贵形式，故形式有所欠缺而精神优美者，仍不失为文人画。文人画中固亦有丑怪荒率者，所谓宁朴毋华，宁拙毋巧，宁丑怪毋妖好，宁荒率毋工整，纯任天真，不假修饰，正足以发挥个性，振起独立之精神，力矫软美取姿、涂脂抹粉之态，以保其可远观不可近玩之品格。故谢赫六法，首重气韵，次言骨法用笔，即其开宗明义，立定基础，为当门之棒喝。至于应物象形、随类赋彩、传摹移写等，不过入学之法门、艺术造型之方便、入圣超凡之借径，未可拘泥于此者也。

……

文人画有何奇哉？不过发挥其性灵与感想而已。试问文人之事何事邪？无非文辞诗赋而已。文辞诗赋之材料，无非山川、草木、禽兽、虫鱼及寻常目所接触之物而已。其所感想，无非人情世故、古往今来

之变迁而已。试问画家所画之材料，是否与文人同？若与之同，则文人以其材料寄托其人情事故、古往今来之感想，则画也，谓之文亦可，谓之画亦可；而山川、草木、禽兽、虫鱼，寻常目所接触之物，信手拈来，头头是道。譬如耳目鼻舌，笔墨也；声色臭味者，山川鸟兽虫鱼，寻常目所接触之物也；而所以能视听言动触发者，乃人之精神所主司运用也。文人既有此精神，不过假外界之物质以运用之，岂不彻幽入微、无往而不可邪！虽然，耳目鼻舌之具有所妨碍，则视听言动不能自由，故艺术不能不习练。文人之感想、性格各有不同，而艺术习练之程度有等差，此其所以异耳。

今有画如此，执涂之人而使观之，则但见其有树，有山，有水，有桥梁、屋宇而已；进而言之，树之远近，山水之起伏来去，桥梁、屋宇之位置，俨然有所会也；若夫画之流派、画之格局、画之意境、画之趣味，则茫然矣。何也？以其无画之观

念，无画之研究，无画之感想。故文人不必皆能画，画家不必皆能文。以文人之画而使文人观之，尚有所阂，何况乎非文人邪？以画家之画，使画家观之，则庶几无所阂，而宗派系统之差，或尚有未能惬然者。以文人之画而使画家观之，虽或引绳排根，旋议其后，而其独到之处，固不能不俯首者。若以画家之画与文人之画，执涂之人使观之，或无所择别，或反以为文人画不若画家之画也。呜呼！喜工整而恶荒率，喜华丽而恶质朴，喜软美而恶瘦硬，喜细致而恶简浑，喜浓缛而恶雅澹，此常人之情也。艺术之胜境，岂仅以表相而定之哉？若夫以纤弱为娟秀，以粗犷为苍浑，以板滞为沉厚，以浅薄为淡远，又比比皆是也。舍气韵、骨法之不求而斤斤于此者，盖不达乎文人画之旨耳。

文人画由来久矣，自汉时蔡邕、张衡辈，皆以画名。虽未睹其画之如何，固已载诸史籍。六朝庄老学说盛行，当时之文

人含有超世界之思想，欲脱离物质之束缚，发挥自由之情致，寄托于高旷清静之境。如宗炳、王微其人者，以山水露头角，表示其思想与人格，故两家皆有画论。东坡有题宗炳画之诗，足见其文人思想之契合矣。王廙，王羲之、献之一家，则皆旗帜鲜明，渐渐发展。至唐之王维、王洽、王宰、郑虔辈，更蔚然成一代之风，而唐王维又推为南宗之祖。当时诗歌论说，皆与画有密切之关系。流风所被，历宋元明清，绵绵不绝，其苦心孤诣，盖可从想矣。

南北两宋，文运最隆，文家、诗家、词家彬彬辈出，思想最为发达，故绘画一道亦随之应运而兴，各极其能。欧阳永叔、梅圣俞、苏东坡、黄山谷，对于绘画，皆有题咏，皆能领略；司马君实、王介甫、朱考亭，在画史上皆有名：足见当时文人思想与绘画极相契合。华光和尚之墨梅、文与可之墨竹，皆于是时表见。梅与竹不过花卉之一种。墨梅之法自昔无所闻，墨

竹相传在唐时已有之。张璪、张立、孙位有墨迹；南唐后主之铁钩锁、金错刀，固已变从来之法。至文湖州竹派，开元明之法门，当时东坡识其妙趣。文人画不仅形于山水，无物不可寓文人之兴味也，明矣。

……

文人画之要素：第一人品，第二学问，第三才情，第四思想；具此四者，乃能完善。盖艺术之为物，以人感人，以精神相应者也。有此感想，有此精神，然后能感人而能自感也。所谓感情移入，近世美学家所推论视为重要者，盖此之谓也欤?

**（选自陈师曾著：《陈师曾讲绘画史》，凤凰出版社 2010 年版）**

## 知识

陈师曾（1876—1923），号朽道人、槐堂，江西义宁（今江西省修水县）人，祖父陈宝箴是维新派代表性人物，其父陈三立官至吏部主事、著名诗人，其弟是著名的文史学家陈寅恪。与鲁迅、李叔同、齐白石相交甚厚。

文人画又称士大夫甲意画或士夫画，指画中带有文人

情趣，画外流露着文人思想的绘画，以区别于民间画工和宫廷画院职业画家的绘画，有三个主要特征，即学养深厚、言之有物和格调高雅。文人画最早出现在魏晋南北朝，但到了元代才由画家赵孟頫正式命名。

陈师曾在《文人画之价值》中，不仅表达了他对文人画的理解和评价，而且也体现了其自身的艺术追求和理想。文章开篇即提出了文人画的定义，并指出绘画中的性灵、思想不是照相机可以取代的。在他看来，要发展文人画必须从四个方面下功夫，即人品、学位、才情、思想，只有做到这四点，画家的精神才能与观者相通，而只有情感的移入才能显示出文人画的价值。

## 绘　画　论

（节选）

（意）达·芬奇

绘画是自然的一切肉眼可见的创造物的唯一模仿者，如果你蔑视绘画，那么，你必然将蔑视微妙的虚构，这种虚构借助

哲理的、敏锐的思辨来探讨各种形态的特征：大海、陆地、树林、动物、草木、花卉以及被光和影环绕的一切。事实上，绘画就是自然的科学，是自然的合法女儿，因为绘画是由自然所诞生。但是，为了把意思表达得更精确一些，我们说，绘画是自然的孙女，因为一切肉眼可见的事物都是由自然所诞生，而绘画则是由这些事物所诞生。

因此，我们可以公正地把绘画称作自然的孙女和上帝的亲属。

想象和现实之间的关系，好比影子和投下这阴影的物体之间的关系。同样的关系存在于诗歌与绘画之间。要知道，诗歌借助读者的想象来表现自己的对象，而绘画则把物体这样真实地展示在眼前，使眼睛所看到的这些物体的形象，仿佛就是真正的物体。诗歌反映各种事物的时候就缺少这样逼真的形象，它不能像绘画那样借助视力把物体摄入印象。

绘画以更真实、更可靠的方式，把自然的创造物展示给人的感官，语言或文字是无法做到这一点的；但是文字能够更真实地表达语言，而这是绘画无能为力的。不过，我们可以说，绘画作为描绘自然的创造物的艺术，诗歌作为表现人的创造物即语言的艺术，还有其他借助人的语言的艺术，比较起来，前者是更为奇妙的艺术。

……

如果你，诗人，描叙一场血肉横飞的战斗：战场上天色昏暗，浑浊的飞尘笼罩大地，令人恐怖的战车在燃烧，可怜的人们在死亡的威胁下惊恐地四处逃窜；那么，画家在这方面将超过你，因为你还没有来得及完全叙述出画家以他的艺术描述出来的全部图景的时候，你的笔墨已经消耗殆尽，在你用语言描绘出画家顷刻之间表现出的题材以前，你已经疲劳不堪，口干舌燥，饥肠辘辘。……绘画异常概括、真实地描绘出战士的各种动作、身体各部分的

姿势和他们的服饰，而对于诗歌来说，要再现这一切，那将是一件多么缓慢而讨厌的事情啊。诚然，绘画表达不出战车的轰鸣，骄横的胜利者的欢呼，战败者的哀叫和哭泣，但这些也同样是诗人无法提供给读者的听觉的。因此，我们可以说，诗歌是为盲人创作的艺术，绘画则是为聋子创作的艺术。但绘画仍然是更高贵的艺术，因为它是为高贵的感官服务的。

……

优秀的画家应该描写两件主要的东西：人和他的心灵。描写人，是容易的；描写人的心灵，则是艰难的，因为心灵应该通过人的肢体的姿态和动作去表现。在这方面需要向哑人学习，因为他们比其他人做得更好。

（选自罗英文编著：《心灵的栖居——名家美文》，华中科技大学出版社2014年版）

**知识**

达·芬奇（1452—1519），出生于佛罗伦萨芬奇镇，是意大利文艺复兴时期杰出的画家，与米开朗琪罗、拉斐尔并称为“文艺复兴三杰”，他的代表作《蒙娜丽莎》是巴黎卢浮宫的镇馆之宝。除了绘画上的成就，达·芬奇在科学、建筑、军事、水利、地质、艺术方面均取得了令人瞩目的成就，是一个“百科全书式”的人物。

## 解读

在文艺复兴时期，绘画在人文主义思潮的影响下蓬勃发展，对绘画的理论研究也在逐步形成。人们开始摆脱中世纪神学的思想桎梏，倡导艺术模仿自然的学说。而在达·芬奇看来，绘画就是自然的科学，他甚至为了研究人体，亲自解剖尸体，并对解剖后的人体肌腱组织、骨骼形状构成做了深入的观察与细致的描摹。他从描摹现实的角度，将诗歌与绘画进行对比，认为绘画是比诗歌更高贵的艺术，因为绘画可以直接呈现事物的全貌，并且诉诸人们高贵的感官。

# 四方之间　人生百态

# 娜拉走后怎样

(节选)

鲁　迅

……

《娜拉》一名 *Ein Puppenheim*，中国译作《傀儡家庭》。但 Puppe 不单是牵线的傀儡，孩子抱着玩的人形也是；引申开去，别人怎么指挥，他便怎么做的人也是。娜拉当初是满足地生活在所谓幸福的家庭里的，但是她竟觉悟了：自己是丈夫的傀儡，孩子们又是她的傀儡。她于是走了，只听得关门声，接着就是闭幕。这想来大家都知道，不必细说了。

娜拉要怎样才不走呢？或者说伊孛生自己有解答，就是 Die Frau vom Meer，《海的夫人》，中国人译作《海上夫人》的。这女人是已经结婚的了，然而先前有一个爱人在海的彼岸，一日突然寻来，叫她一同去。她便告知她的丈夫，要和那外来人会面。临末，她的丈夫说，“现在放你完全自由。（走与不走）你能够自己选择，并且还要自己负责任。”于是什么事全都改变，她就不走了。这样看来，娜拉倘也得到这样的自由，或者也便可以安住。

但娜拉毕竟是走了的。走了以后怎样？伊孛生并无解答；而且他已经死了。即使不死，他也不负解答的责任。因为伊孛生是在做诗，不是为社会提出问题来而且代为解答。就如黄莺一样，因为他自己要歌唱，所以他歌唱，不是要唱给人们听得有趣，有益。伊孛生是很不通世故的，相传在许多妇女们一同招待他的筵宴上，代表者起来致谢他作了《傀儡家庭》，将女性的自觉，解放这些事，给人心以新的启示的时候，他却答道，“我写那篇却并不是这意思，我不过是做诗。”

娜拉走后怎样？——别人可是也发表过意见的。一个英国人曾作一篇戏剧，说一个新式的女子走出家庭，再也没有路走，终于堕落，进了妓院了。还有一个中国人，——我称他什么呢？上海的文学家罢，——说他所见的《娜拉》是和现译本不同，娜拉终于回来了。这样的本子可惜没有第二人看见，除非是伊孛生自己寄给他的。但从事理上推想起来，娜拉或者也实在只有两条路：不是堕落，就是回来。……

人生最苦痛的是梦醒了无路可以走。做梦的人是幸福的；倘没有看出可走的路，最要紧的是不要去惊醒他。……所以我想，假使寻不出路，我们所要的倒是梦。

但是，万不可做将来的梦。阿尔志跋绥夫曾经借了他所做的小说，质问过梦想将来的黄金世界的理想家，因为要造那世界，先唤起许多人们来受苦。他说，“你们将黄金世界预约给他们的子孙了，可是有什么给他们自己呢？”有是有的，就是将来的希望。但代价也太大了，为了这希望，

要使人练敏了感觉来更深切地感到自己的苦痛，叫起灵魂来目睹他自己的腐烂的尸骸。……

然而娜拉既然醒了，是很不容易回到梦境的，因此只得走；可是走了以后，有时却也免不掉堕落或回来。否则，就得问：她除了觉醒的心以外，还带了什么去？倘只有一条像诸君一样的紫红的绒绳的围巾，那可是无论宽到二尺或三尺，也完全是不中用。她还须更富有，提包里有准备，直白地说，就是要有钱。

梦是好的；否则，钱是要紧的。

钱这个字很难听，或者要被高尚的君子们所非笑，但我总觉得人们的议论是不但昨天和今天，即使饭前和饭后，也往往有些差别。凡承认饭需钱买，而以说钱为卑鄙者，倘能按一按他的胃，那里面怕总还有鱼肉没有消化完，须得饿他一天之后，再来听他发议论。

所以为娜拉计，钱，——高雅的说罢，

就是经济，是最要紧的了。自由固不是钱所能买到的，但能够为钱而卖掉。人类有一个大缺点，就是常常要饥饿。为补救这缺点起见，为准备不做傀儡起见，在目下的社会里，经济权就见得最要紧了。第一，在家应该先获得男女平均的分配；第二，在社会应该获得男女相等的势力。可惜我不知道这权柄如何取得，单知道仍然要战斗；或者也许比要求参政权更要用剧烈的战斗。

……

在经济方面得到自由，就不是傀儡了么？也还是傀儡。无非被人所牵的事可以减少，而自己能牵的傀儡可以增多罢了。因为在现在的社会里，不但女人常作男人的傀儡，就是男人和男人，女人和女人，也相互地作傀儡，男人也常作女人的傀儡，这决不是几个女人取得经济权所能救的。但人不能饿着静候理想世界的到来，至少也得留一点残喘，正如涸辙之鲋，急谋升

斗之水一样，就要这较为切近的经济权，一面再想别的法。

如果经济制度竟改革了，那上文当然完全是废话。

然而上文，是又将娜拉当作一个普通的人物而说的，假使她很特别，自己情愿闯出去做牺牲，那就又另是一回事。我们无权去劝诱人做牺牲，也无权去阻止人做牺牲。况且世上也尽有乐于牺牲，乐于受苦的人物。欧洲有一个传说，耶稣去钉十字架时，休息在 Ahasvar 的檐下，Ahasvar 不准他，于是被了咒诅，使他永世不得休息，直到末日裁判的时候。Ahasvar 从此就歇不下，只是走，现在还在走。走是苦的，安息是乐的，他何以不安息呢？虽说背着咒诅，可是大约总该是觉得走比安息还适意，所以始终狂走的罢。

只是这牺牲的适意是属于自己的，与志士们之所谓为社会者无涉。群众，——尤其是中国的，——永远是戏剧的看客。

牺牲上场，如果显得慷慨，他们就看了悲壮剧；如果显得觳觫，他们就看了滑稽剧。北京的羊肉铺前常有几个人张着嘴看剥羊，仿佛颇愉快，人的牺牲能给与他们的益处，也不过如此。而况事后走不几步，他们并这一点愉快也就忘却了。

对于这样的群众没有法，只好使他们无戏可看倒是疗救，正无需乎震骇一时的牺牲，不如深沉的韧性的战斗。

可惜中国太难改变了，即使搬动一张桌子，改装一个火炉，几乎也要血；而且即使有了血，也未必一定能搬动，能改装。不是很大的鞭子打在背上，中国自己是不肯动弹的。我想这鞭子总要来，好坏是别一问题，然而总要打到的。但是从那里来，怎么地来，我也是不能确切地知道。

**（选自鲁迅著：《鲁迅全集·编年版（第2册）》，人民文学出版社2014年版）**

## 知识

娜拉是19世纪挪威最伟大的戏剧家易卜生笔下《玩

偶之家》中的女主人公，这个故事主要讲述了娜拉为了救生病的丈夫而在无意中犯下了伪造字据的罪，得知真相的丈夫勃然大怒，认为娜拉的做法毁掉了他的声誉和前程。而在事情出现转机、字据被无条件退回来的时候，丈夫所谓的宽恕让娜拉看清楚了这个男人的面目，他只是把自己当作玩偶，于是毅然决然地出走了。

这篇文章是鲁迅 1923 年 12 月 26 日在北京女子高等师范学校文艺会上的讲稿，后收入杂文集《坟》。

鲁迅以“娜拉走后怎样”为话题，推断出娜拉走后，只有两条路：不是堕落，就是回来。鲁迅的言论无异于给当时纷纷热情支持娜拉出走的人们泼了一盆冷水，但也如醍醐灌顶般提醒大众，娜拉在获得自由的同时，还要面对很多社会问题。而在鲁迅看来，解决社会问题首先要有钱，因为“自由固不是钱所能买到的，但能够为钱而卖掉”。因此，女性的独立、自由不是空洞的一句口号，要想真正实现，首先要在经济上独立，进而才能在人格上获得独立。

# 咀华集·雷雨

（节选）

刘西渭

……

在《雷雨》里面，作者运用（无论他有意或者无意）两个东西，一个是旧的，一个是新的：新的是环境和遗传，一个十九世纪中叶以来的新东西；旧的是命运，一个古已有之的旧东西。我得赶紧声明，说是遗传在这里不如环境显明。有什么样的爹，有什么样的儿子，有什么样的周朴园，有什么样的周萍。但是作者真正用力写出的，却是环境与人影响之大。同是一父母所生，周萍颐养在富贵人家，便成了一位“饱暖思淫欲”式的少爷，鲁大海流落在贫苦社会，便成了一位罢工的领袖。这点儿差别最可以从那两个有力而巧妙的

巴掌看出来。第一个巴掌，是周萍打鲁大海（第一幕），打得鲁大海暴跳如雷；第二个巴掌，是鲁大海打周萍（第四幕），打得周萍忍气吞声。这两个前后气势不同的巴掌，不唯表明事变，也正透示在不同的环境之下，性格不同的发展。

然而这出长剧里面，最有力量的一个隐而不见的力量，却是处处令我们感到的一个命运观念。你敢说不是鬼差神遣吗？否则，二十年前的种子，二十年后怎么会开花结果呢？所以全剧临尾，鲁侍萍（母亲）痛苦道："天知道谁犯了罪，谁造的这种孽！——他们都是可怜的孩子，不知道自己做的是什么。天哪，如果要罚，也罚在我一个人身上；我一个人有罪，我先走错了一步。如今我明白了，我明白了，事情已经做了的，不必再怨这不公平的天；人犯了一次罪过，第二次也就自然地跟着来。"做母亲到了她这步田地，自然多应和她一样想。但是，真正应该负起这些罪恶的不是周朴园（父亲）吗？周朴园不唯活了下来，而且不像两个发疯的女人，硬挣挣地活了下来，如若鲁侍萍不“再怨这不公平的天”，我们却不要怨吗？作者放过周朴园。实际往深处一想，我们马上就晓得作者未尝不有深意。弱者全死了，疯了，活着的是比较有抵抗力的人：一个从经验得到苟生的知识，一个是本性赋有强壮的力量：周朴园和鲁大海。再往深处进一层，从一个哲学观点来看，活着的人并不是快乐的人；越清醒，越痛苦，倒是死了的人，疯了的人，比较无忧无愁，了却此生债务。然而，在人情上，在我们常人眼目中，怕不这样洒脱吧？对于我们这些贪恋人世的观众，活究竟胜过死。至于心理分析者，把活罪分析的比死罪还厉害。然而在这出戏上，观众却没有十分亲切的感到。所以绕个圈子，我终不免栽诬作者一下，就是：周朴园太走运，作者笔下放了他的生。

但是，作者真正要替天说话吗？如果

这里一切不外报应，报应却是天意吗？我怕回答是否定的，这就是作者的胜利处。命运是一个形而上的努力吗？不是！一千个不是！这藏在人物错综的社会关系和人物错综的心理作用里。什么力量决定而且隐隐推动全剧的进行呢？一个旁边的力量，便是鲁大海的报复观念；一个主要的力量，便是周蘩漪的报复观念。鲁大海要报复：他代表一个阶级、一个被压迫的阶级，来和统治者算账；他是无情的，因社会就没有把情感给过他；他要牺牲一切，结局他被牺牲。他出走了，他不回来了。但是，我还得加给作者一个罪状，就是鲁大海写来有些不近人情。这是一个血性男子，往好处想；然而往坏看，这是一个没有精神生活的存在。作者可以反驳我，说他没有受过教育。不错，他没有受过教育；但是，他究竟是一个人；而且在这出戏里，一个要紧的人。我说他不近人情，例如在尾声，从姑乙和老翁的对话，我们晓得他十年了，没有回来看看他生身的母亲。无论怎么一个大义灭亲的社会主义者，也绝不应该灭到无辜的母亲身上。也许有人说，他憎恶这一群上流人，不料自己便是上流人“种”，所以便迁怒在那可怜的母亲身上了。我承认这话有道理；但是我更承认，他是一个缺乏思想的莽男子。“他是一个初出犊儿不怕虎”，可惜是叫同行的代表卖了自己还不知道。他并不可爱。可爱的人要天真。而且更要紧的是，要有弱点。他天真到了赤裸的地步；他却没有弱点。我说错了，他有弱点——老天爷！他有弱点！他追到周府（第四幕），要打死周萍，但是就在周萍闭目等死的时候，他不唯不打了，反而连枪送过去：“我知道我的妈。我妹妹是她的命，只要你能够多叫四凤好好地活着，我只好不提什么了。”鲁大海也懂人情。他让了步！方才我说他不近人情，如今我一笔勾销。不过我是一个刀笔吏，必须找补一句，就是：这样一来，鲁大海的性格一

致吗？我晓得这里有很好的戏剧效果，杀而不杀。不过效果却要出于性格的自然与必然的推测。

说实话，在《雷雨》里最成功的性格，最深刻而完整的心理分析，不属于男子，而属于妇女。容我乱问一句，作者隐隐中有没有受到两出戏的暗示？一个是希腊尤瑞彼得司 Euripides 的 Hippolytus，一个是法国辣辛 Racine 的 Phèdle，二者用的全是同一的故事：后母爱上了前妻的儿子。我仅说隐隐中，因为实际在《雷雨》里面，儿子和后母相爱，发生逆伦关系，而那两出戏，写的是后母遭前妻儿子拒绝，恼羞成怒。《雷雨》写的却是后母遭前妻儿子捐弃，妒火中烧。然而我硬要派做同一气息的，就是作者同样注重妇女的心理分析，而且全要报复。什么使这出戏有生命的？正是那位周太太，一个“母亲不是母亲，情妇不是情妇”的女性。就社会不健全的组织来看，她无疑是一个被牺牲者；然而

谁敢同情她，我们这些接受现实传统的可怜虫？这样一个站在规常道德之外的反叛，旧礼教绝不容纳的淫妇，主有全剧的进行。她是一只沉了的舟，然而在将沉之际，如若不能重新撑起来，她宁可人舟两覆，这是一个火山口，或者犹如作者所谓，她是那被象征着的天时，而热情是她的雷雨。她什么也看不见，她就看见热情；热情到了无可寄托的时际，便做成自己的顽石，一跤绊了过去。再没有比从爱到嫉妒到破坏更直更窄的路了，简直比上天堂的路还要直还要窄。但是，这是一个生活在黑暗角落的旧式妇女，不像鲁大海，同是受压迫者，他却有一个强壮的灵魂。她不能像他那样赤裸裸地无顾忌；对于她，一切倒咽下去，做成有力的内在的生命。所谓热情也者，到了表现的时候，反而冷静到像叫你走进了坟窟的程度。于是你更感到她的阴鸷，她的力量，她的痛苦；你知道这有所顾忌的主妇，会无顾忌地揭露一切，揭露她自己的罪恶。从戏一开始，作者就告诉我们，她只有心思：报复。她不是不爱她亲生的儿子，是她不能分心；她会恨他，如若他不受她利用。到了不能制止自己的时候，她连儿子的前途也不屑一顾。她要报复一切，因为一切做成她的地位，她的痛苦，她的罪恶。她时时在恫吓；她警告周萍道："小心，小心！你不要把一个失望的女人逼得太狠了，她是什么事都做得出来的。"周萍另有所爱，绝不把她放在心上。于是她宣布道："好，你去吧！小心，现在（望窗外，自语）风暴就要起来了！"她是说天空的暴风雨，但是我们感到的，是她心里的暴风雨。在第四幕，她有一句简短的话，然而具有绝大的力量："我有精神病。"她要报复的心思会让她变成一个通常所谓的利口。这在她是一种快感。鲁贵以为可以用她逆伦的秘密胁制她，但是这糊涂虫绝想不到"一个失望的女人什么事都做得出来"，绝不在乎他那点儿痛

痒。我引为遗憾的就是，这样一个充实的戏剧性人物，作者却不把戏全给她。戏的结局不全由于她的过失和报复。

说实话，别瞧作者创造了那样一个真实的人物，作者的心力大半用在情节上，或者换一句话，用亚里士多德的术语，情节就是动作的动作上。在这一点，作者全然得到他企望的效果。我怕过了分也难说。第一次读完这出戏，我向朋友道：这很像电影。直到现在，我还奇怪上海的电影公司何以不来采用它，如若不是害怕有伤风化，那便是太不识货了。朋友告诉我，他喜欢这出戏，因为这简直是一部动人的小说。实际我的感觉或许不错，不过朋友以为绝像一部小说，却过甚其辞了，因为《雷雨》虽有这种倾向，仍然不失其为一出动人的戏，一部具有伟大性质的长剧。作者卖了很大的气力，这种肯卖气力的精神，值得我们推崇，这里所卖的气力也值得我们敬重。作者如若稍微借重一点经济律把

无用的枝叶加以删削，多集中力量在主干的发展，用人物来支配情节，则我们怕会更要感到《雷雨》的伟大，一种罗曼谛克，狂风暴雨的情感的倾泻，材料原本出自通常的人生，因而也就更能撼动一般的同情。

**（选自刘西渭著：《咀华集》，文化生活出版社 1936 年版）**

## 知识

刘西渭（1906—1982），真名为李健吾，山西运城人，中国近代著名的作家、戏剧家、翻译家。他的评论分析透彻、见解独到，大都收录在《咀华集》和《咀华二集》中，至今为人所推崇。

《雷雨》是曹禺的戏剧代表作，被公认为中国话剧史上的最高峰。但自问世以来，不断有文人学者对其进行批评和争论，赞美与质疑同在，反思与深化并存。在众多声音中，李健吾对《雷雨》进行了全面而细致的批评和质疑。

## 解读

李健吾对《雷雨》的批评主要集中在题材上，他认为《雷雨》中最有力而又隐而不显的力量就是无处不在的命运观念，对剧中流露出的神秘力量给予了肯定，但是同时将其与尤瑞玻得司（欧里庇得斯）、辣辛比较，较委婉地指出《雷雨》有“新瓶装旧酒”之嫌。

## 悲剧的诞生

（节选）

（德）尼采

音乐与悲剧神话都是表现一个民族的狄俄倪索斯才能的，而且两者不能相离。两者都渊源于阿波罗世界以外的一个艺术世界，两者都向一个区域射出它们的理想化之光。在这个区域的狂喜的和谐中，不和谐与生活的恐怖便在令人销魂中消失了。由于确信它们无上的力量，所以两者都以痛苦不快的刺激为乐，而借着这种自娱，两者甚至证明那“可能最坏世界”的存在价值。这样，那狄俄倪索斯因素，便与阿波罗因素不同，表现为永恒而原始的艺术力量，因为它产生整个现象世界。然而在这个世界之中，需要一个新的理想化之光

以捕捉那些川流不息的个别形相并使这些形相继续存在。如果我们能够想象一种不和谐的化身——如果人不是这种不和谐的化身，还能是别的东西吗？——为要继续存在，这个不和谐需要一种神奇的幻象去为它盖上一层美的面幕。这就是阿波罗的艺术意旨，那无数美观的幻象，都结合在它的名字之下，而这些幻象时时使我们觉得生命是有价值的，并提高我们的继续生活的兴趣。

但是，只有世界所具有的这种狄俄倪索斯基础，才可以像阿波罗转化作用所能处理的一样，进入个人意识之中。所以，这两个主要动力，必须在严格的比例之下发展，服从那些永远合理的法则。凡是狄俄倪索斯势力，象今天的情形下所表现的太过于无秩序时，我们就可以假定纵然看不见阿波罗，但他却近在眼前了。后一代的人将会看到他的美感所带来的丰富结果。

如果读者被带回到希腊人的生活方式，

即使这种情形只发生在梦中，他也可以直觉到这些结果。只要他在那高高的爱奥亚或圆柱的庭院中漫步，只要他向那显现着完美和辉煌线条的视野看去，只要他看到从两旁发光的大理石中所反射出他自己壮丽的形象，以及他四周那些庄严或幽娴地带着和谐悦耳的声音和有节奏的姿态而走动着的人们：那么，沉醉于这种美的不断流波中，他一定会向阿波罗举起他的双手并大声地喊着："快乐的希腊人们！如果阿波罗神认为需要这些令人销魂的东西来祛除你们酒神祭典中酣歌热舞之疯狂的话，就可知你们的狄俄倪索斯一定是多么的伟大！"一个带着艾斯奇勒斯那种庄严模样的古代雅典人可能会对这样受感动的人回答说："但是，你这位非常的陌生者，我告诉你，你应该加上这个民族为了达到这种美所忍受过的多么大的痛苦！现在让我们一块去接触悲剧，并让我们在这两个神的神殿中献祭吧。"

（选自尼采著：《悲剧的诞生》，刘琦译，作家出版社 1986 年版）

尼采（1844—1900），出生于一个乡村牧师家庭，德国著名的哲学家，西方现代哲学的开创者，同时也是卓越的散文家和诗人。在世人眼中，他的名字与自大狂、疯子、偏执狂等词联系在一起；但是在读懂他的读者眼中，他是一个反叛的哲学家，他的反叛精神得到青年人的热情追捧。他提出了“上帝死了”“重估一切价值”“超人的意志”等惊世骇俗的理论，批判西方的基督教传统，力图打破一切，重建价值。

《悲剧的诞生》是尼采的处女作，是他整个哲学思想体现的开端，其中借鉴了古希腊的艺术、叔本华哲学和瓦格纳音乐，使这部著作超越了单纯的学术专著，而成为尼采对生命本质的全新理解。他在解释悲剧起源时提出了两种相对立的艺术冲动，即阿波罗（日神）冲动和狄俄倪索斯（狄奥尼索斯，酒神）冲动，它们分别代表了两种不同境界的艺术形象，即造型艺术和音乐艺术。尼采用梦境和迷醉来比喻日神和酒神这两种力量，前者创造个体，使人超脱痛苦；后者迷醉个体，与自然同化，从而感受到自然永恒的生命力和快感。

# 附　录

## 拓展阅读书目

（英）华兹华斯：《华兹华斯诗歌精选》，杨德豫译，北岳文艺出版社2000年版。

（德）海德格尔：《林中路》，孙周兴译，上海译文出版社2008年版。

（德）莱辛：《关于悲剧的通信》，朱雁冰译，华夏出版社2010年版。

（德）布莱希特：《陌生化与中国戏剧》，张黎、丁扬忠译，北京师范大学出版社2015年版。

（英）伍尔夫：《论小说与小说家》，瞿世镜译，上海译文出版社2009年版。

鲁迅：《中国小说史略》，凤凰出版社2010年版。

吴秀明选编：《历史小说评论选》，湖南人民出版社1983年版。

王筑民编著：《中国古代文论选篇注析》，贵

州人民出版社2005年版。

李明高编著：《文心雕龙译读》，齐鲁书社2009年版。

# 编写说明

美评篇，集结了古今中外的大家们关于文学和艺术的经典评论。孟子在《万章下》中有云："一乡之善士斯友一乡之善士，一国之善士斯友一国之善士，天下之善士斯友天下之善士。以友天下之善士为未足，又尚论古之人。颂其诗，读其书，不知其人，可乎？是以论其世也。是尚友也。"意思是说，我们通过阅读先人留下的书籍，与他们像朋友一样进行跨时空的对话。评论就是对话的一种有效的方式，不仅实现了评论者与先人的对话，而且通过流于后世的评论文章，又开启了后来人与评论者的对话。在这样的多重对话中，不仅历史和现实的距离得以弥合，而且我们优秀的传统和文明也得以代代相传，永葆生机。

鲁迅曾言："文艺必须有批评。我们所需要的只是坚实的、明白的、真的懂得社会科学及其文艺理论的批评家。"所以，我们在本册中，以文学艺术的分类为标准，分为"兴观群怨　吟咏性情""中正平和　以雅以南""气韵生动　应物象形"和"四方之间　人生百态"四个部分，分别涉及不同时代、不同地域、不同文化的优秀学者、艺术家，对古今中外人类文化史上经典的诗歌、音乐、绘画和戏剧的评论。从他们的评论中，我们不仅可以感受到他们对于文学、艺术的热爱，也学习到他们读书的方法和思考问题的方式。在情感和方法上的双重领悟，无疑会为我们共建"全民阅读"的社会提供强大的动力。

编者

2016 年 4 月

# 经典悦读·美思篇

中共滨州经济技术开发区工委
南开大学语文教育研究中心 ◎编

## 编　委　会

·广州·

图书在版编目（CIP）数据

经典悦读·美思篇/中共滨州经济技术开发区工委，南开大学语文教育研究中心编. —广州：中山大学出版社，2016.9
ISBN 978-7-306-05689-4

Ⅰ.①经…　Ⅱ.①中…②南…　Ⅲ.①世界文学—作品综合集　Ⅳ.①I 11

中国版本图书馆 CIP 数据核字（2016）第 094844 号

出 版 人：徐　劲
策划编辑：邹岚萍
责任编辑：邹岚萍
封面设计：林绵华
插　　图：张向军
责任校对：赵　婷　刘丽丽
责任技编：黄少伟
出版发行：中山大学出版社
电　　话：编辑部 020-84111996，84113349，84111997，84110779
　　　　　发行部 020-84111998，84111981，84111160
地　　址：广州市新港西路 135 号
邮　　编：510275　　传　真：020-84036565
网　　址：http://www.zsup.com.cn　　E-mail:zdcbs@mail.sysu.edu.cn
印 刷 者：广州家联印刷有限公司
规　　格：787mm×960mm　1/32　总印张：20.75　总字数：315 千字
版次印次：2016 年 9 月第 1 版　2016 年 9 月第 1 次印刷
总 定 价：48.00 元（共 6 册）　印　数：1～11000 套

# 授人以文　传递精神

在广大读者的支持与鼓励下，《经典悦读》丛书走过了六个年头，已成为滨州文化发展的一张靓丽名片。在经典中徜徉，在悦读中明志，既可欣赏美文雅韵，饱览上品佳作，亦可看成败、鉴得失，知荣辱、辨是非，或情飞扬、志高昂。授人以文，更传递精神。

作为一部荟萃古今中外文学精华系列，《经典悦读》在第六辑中，不仅收纳了美丽蕴藉的文字魅力，更于反法西斯战争胜利纪念之际，将革命精神、民族品格、国士之风收编其中，尽显启思明智、感动内心的力量。“美心”“美评”“美思”，侧重于“美”，这里集合了美好的心念品质，荟萃了独具匠心的文字品评，汇聚了关于生命与哲学的求索和思考，是对文学之美的一次检索和挖掘，仿佛一幅幅各有情致的画卷徐徐展开。“壮怀”“壮志”“壮想”，侧重于“壮”，这里有革命先烈未尽的遗志，有个人壮烈的胸怀与豪情，有高士名人对国家的期待和梦想，震撼于烽火硝烟年代的民族精神、跃然于上下求索时期的家国情怀，激越长空，声贯寰宇，直抵心灵，在今天读来，仍使人心潮澎湃，敬意萦怀。

欣赏《经典悦读》中的作品，既有助于我们加深对民族文化的理解和感悟，更有助于我们实事求是、与时俱进地开展当下文化建设工作。阅读，是一个民族加强软实力的重要方略，是我们实现“中国梦”不可或缺的文化要素。唯有文化助力，方可广识增智；唯有继承传统，方能凝聚信念。民族精神，生生不息；传承经典，以文化人。愿《经典悦读》丛书成为我们文海撷珠的良伴，让我们共同的精神家园书香氤氲、华彩绕梁！

中共滨州市委书记、市人大常委会主任

# 目　录

# 热爱自然　超凡脱俗

# 诗　两　首

## 归园田居·其五

陶渊明

怅恨独策还，崎岖历榛曲[①]。
山涧清且浅，遇以濯我足。
漉[②]我新熟酒，只鸡招近局。
日入室中暗，荆薪代明烛。
欢来苦夕短，已复至天旭。

（选自孟二冬著：《陶渊明集译注及研究》，昆仑出版社 2008 年版）

## 晨诣超师院读禅经

柳宗元

汲井漱寒齿，清心拂尘服。
闲持贝叶书，步出东斋读。
真源了无取，妄迹世所逐。
遗言[③]冀可冥[④]，缮性何由熟。

道人[5]庭宇静，苔色连深竹。
日出雾露馀，青松如膏[6]沐。
澹然离言说，悟悦心自足。

**（选自吴文治注评：《柳宗元诗文选评》，三秦出版社2004年版）**

①榛曲：树木丛生的曲折小路。
②漉：用布过滤，滤掉。
③遗言：指佛经所言。
④冥：领悟极其深刻。
⑤道人：指超师。
⑥膏：指润发的油脂。

## 知识

陶渊明（约365—427），字元亮，号五柳先生，谥号靖节先生，入刘宋后改名潜。东晋末期南朝宋初期诗人、文学家、辞赋家、散文家。东晋浔阳柴桑（今江西省九江市）人，曾做过几年小官，后辞官回家，从此隐居。田园生活是陶渊明诗的主要题材，相关作品有《饮酒》《归园田居》《桃花源记》《五柳先生传》《归去来兮辞》《桃花源诗》等。

柳宗元（773—819），字子厚，山西运城人，世称

“柳河东”“河东先生”。因官终柳州刺史，又称“柳柳州”“柳愚溪”。唐代文学家、哲学家、散文家和思想家，与韩愈共同倡导唐代古文运动，并称为“韩柳”。与刘禹锡并称“刘柳”。与王维、孟浩然、韦应物并称“王孟韦柳”。与唐代的韩愈，宋代的欧阳修、苏洵、苏轼、苏辙、王安石和曾巩，并称为“唐宋八大家”。

此篇《归园田居》是陶渊明同名组诗的最后一首，主要描述诗人还家时的路途和归家后的田园生活。山路的曲折和清泉之水给人带来的放松所形成的情感张力，反映了诗人在特定社会背景下的个人心境。怅恨孤独与怡然自得的反差，说明了对自己避世隐居选择的自我肯定。最后六句描写诗人归家后的活动，酿酒杀鸡招待街邻，一片友善之象，用柴火代替蜡烛照明则更是一副怡然自得之景。诗人享受田园生活，竟感叹起夜晚时光的短暂，将其超然之情尽抒其中。

柳宗元自幼好佛，在经历多次贬官之后，对佛学的追求更是进入了自觉阶段。《晨诣超师院读禅经》反映了作者对佛法的领悟和真诚向往之情。其中，诗的5、6两句可谓诗眼，“真源”即为佛经中阐述的大道，而“妄迹”则是被虚妄偏执所迷而不得真心。9～12句虽是对禅院景色的描绘，但实以我心观我景，诗人读禅经后的清心与禅院的静景融合在一起了。最后两句则是对全诗的总括，心

为清淡则观之景也清静，内心平静，人世间的烦恼自然荡然无存。《诗眼》云：“子厚《晨诣超师院读禅经》诗，一段至诚洁清之意，参然在前。”若非诗人对佛理真源的虔诚探求，此诗不可成也。

## 沧浪亭记

苏舜钦

予以罪废[①]无所归。扁舟南游，旅于吴中，始僦[②]舍以处，时盛夏蒸燠，土居皆褊狭，不能出气。思得高爽虚辟[③]之地，以舒所怀，不可得也。

一日过郡学，东顾草树郁然，崇阜广水，[④]不类乎城中。并水得微径于杂花修竹之间。东趋数百步，有弃地，纵广合五六十寻，三向皆水也。杠[⑤]之南，其地益阔，旁无民居，左右皆林木相亏蔽[⑥]。访诸旧老，云：“钱氏有国，近戚孙承佑之池馆也。”坳隆胜势，遗意尚存。予爱而徘徊，

遂以钱四万得之，构亭北碕，号沧浪焉。前竹后水，水之阳又竹，无穷极，澄川翠干，光影会合于轩户之间，尤与风月为相宜。

予时榜[7]小舟，幅巾以往，至则洒然忘其归。箕而浩歌，踞而仰啸，野老不至，鱼鸟共乐。形骸既适，则神不烦；观听无邪，则道以明。返思向之汩汩荣辱之场，日与锱铢利害相磨戛，隔经真趣，不亦鄙哉！

噫！人固动物耳！情横于内而性伏，必外寓于物而后遣，寓久则溺，以为当然；非胜是而易之，则悲而不开。唯仕宦溺人为至深。古之才哲君子，有一失而至于死者多矣；是未知所以自胜之道。予既废而获斯境，安于冲旷，不与众驱，因之复能见乎内外失得之原，沃然有得，笑傲万古。尚未能忘其所寓目，用是以为胜焉！

## 注释

①罪废：被弹劾免职。

②僦（jiù）：租赁。

③虚辟：空旷辽阔。

④崇阜（fù）：高山。广水：阔河。

⑤杠：桥。

⑥亏蔽：有的无树遮蔽，有的却有。

⑦榜：划船。

**（选自武玉莲主编：《中国古典文学作品选读》，甘肃人民出版社2005年版）**

## 翻译

我因获罪而被贬为庶人，没有可以去的地方，乘船在吴地旅行，起初租房子住。时值盛夏非常炎热，当地民居都很狭小，不能畅快呼吸，想到高爽空旷僻静的地方，来舒展心胸，却没有能找到。

一天拜访学宫，向东看到草树郁郁葱葱，高高的码头宽阔的水面，不像在城里。循着水边杂花修竹掩映的小径，向东走数百步，有一块荒地，方圆五六十寻，三面临水。小桥的南面更加开阔，旁边没有民房，四周林木环绕遮蔽，询问年老的人，说是吴越国王的贵戚孙承佑的废园。从高高低低的地势上还约略可以看出当年的遗迹。我喜爱这地方，来回地走，最后用钱四万购得，在北面构筑

亭子，叫“沧浪”。北面是竹南面是水，水的北面又是竹林，没有穷尽，澄澈的小河翠绿的竹子，阳光、阴影在门窗之间交错相接，尤其是在有风有月的时候更宜人美丽。

我常常乘着小船，穿着轻便的衣服到亭上游玩，到了亭上就率性玩乐，以至于忘记回去。或把酒赋歌，或仰天长啸，即使是隐士也不来这里，只与鱼、鸟同乐。形体已然安适，神思中就没有了烦恼；所听所闻都是至纯的，如此人生的道理就明了了；回过头来反思以前的名利场，每天与细小的利害得失相计较，同这样的情趣相比较，不是太庸俗了吗！

唉！人本来会受外物影响而感动。情感充塞在内心而性情压抑，一定要借外物来排遣。停留时间久了就沉溺，认为当然；不超越这些而换一种心境，那么悲愁就化解不开。只有仕宦之途、名利之场最容易使人陷入其中。自古以来，不知有多少有才有德之士因政治上的失意忧闷致死，都是因为没有悟出主宰自己、超越自我的方法。我虽已经被贬却获得这样的胜境，安于冲淡旷远，不与众人一道钻营，因此又能够使我的内心和形体找到根本，心有所得，笑悯万古。尚且没有忘记内心的主宰，自认为已经超脱了！

（编者译）

苏舜钦（1008—1048），北宋诗人，字子美。开封

（今属河南）人，曾祖父由梓州铜山（今四川中江）迁至开封。曾任县令、大理评事、集贤殿校理、监进奏院等职。因支持范仲淹的庆历革新，为守旧派所忌恨，御史中丞王拱辰让其属官劾奏苏舜钦，劾其在进奏院祭神时，用卖废纸之钱宴请宾客。罢职闲居苏州。后来复起为湖州长史，但不久就病故了。他与梅尧臣齐名，人称“梅苏”。有《苏学士文集》，诗文集有《苏舜钦集》16卷，《四部丛刊》影清康熙刊本。1981年上海古籍出版社出版《苏舜钦集》。

## 解读

苏舜钦的这篇《沧浪亭记》重点并不是描绘亭之景，而是刻画自己的个人形象和发表议论。作者写这篇文章正是遭受政治迫害闲居苏州之时，个人的政治遭遇不免流于文章之中。文章先写筑亭的心理需要和物质条件，罢官之后情思郁积正是要寻找一幽静之所放浪形骸。文章接下来描写游亭之景色，虽写景，但一钟情于山水的文人形象却已凸显出来。这段景色描写，作者用语精粹简练、冷峻有力，反映了他寄情山水聊以慰藉的心态。文章最后的议论并非一般的泛泛而谈，读来实有切肤之痛。作者希望借用山水之乐超脱世俗功利，以达到人生的真正自由。

## 秋天的日落

（美）梭罗

去年十一月的一天，我们目睹了一个非常壮观的日落景象。我正在一块草地上走着，那块草地是一条小溪的源头，就在这个时候，在经历了一个寒冷灰色的白天之后，就在落下之前，太阳到达了地平线当中的一个清晰的层次之中，于是那最柔和、最明亮的上午的阳光，也就落在位于对面的地平线上的干草和树干的上面，落在山坡上的灌木栎树的上面，与此同时我们的影子则在草地上朝东方长长地延伸着，好像我们是光线当中的唯一的尘埃似的。那是一分钟以前我们都决不会想象到的那种光线，而且空气也是如此温暖，如此清澈，因而要使得那块草地成为乐园也就什么都不欠缺了。这并不是一个孤立的现象，

不是永远也不会再次发生，而是它将永远发生，在数量无限的傍晚里发生，而且使在那里漫步的最后一个孩子感到安慰，消除疑虑，当我们考虑到这一点的时候，这个景象也就愈加光辉灿烂了。

太阳带着它慷慨地施与城市的那一切光荣和光辉，落在某个僻静的草地上，草地上看不见一栋房屋，也许是，太阳以前在这里落下的时候从来就不是这个样子；草地上只有一只孤独的泽鹰，让他的翅膀被阳光镀上了金色，或者只有一只麝鼠，从他的洞穴朝外面探头，而在湿地当中有一条显示出黑色纹理的小溪，它刚刚开始蜿蜒流淌，围绕着一根腐烂中的树桩而缓慢地迂回着。我们在这样纯洁而又明亮的光线中行走着，光线给衰草枯叶镀上了金色，明亮之中又是如此柔和和静谧，我不禁想到，我从未沐浴在这样的金色洪水之中，在这金色的洪水里既无涟漪荡漾，又无水声汩汩。每一个森林的西边以及升起

的地面，都像天堂的边界一样在闪闪发光，而在我们的后背上的太阳就像一个性格温和的牧人一样，在傍晚的时候驱赶着我们回家。

我们就是这样朝着圣地信步而去，一直到有一天，太阳将比以往照耀得更加明亮，也许将照射进我们的头脑和心脏，并用一种伟大的促使觉醒的光线照亮我们的整个生命，那光线将是那样温暖、静谧和金光灿烂，就像在秋天照耀着溪流的岸坡一样。

**（选自马琳编选：《英语散文精选读本》，王义国等译，中国国际广播出版社 2009 年版）**

## 知识

亨利·戴维·梭罗（1817—1862），博物学家、散文家、超验现实主义作家。生于美国康科德，毕业于剑桥大学。他是一名虔诚的超验主义信徒，并用毕生的实践来体验这一思想，曾隐居家乡的瓦尔登湖长达两年之久，过着与世隔绝的生活。其代表作《瓦尔登湖》，又名《湖滨散记》，是他隐居生活的真实记录。他的作品朴实无华，亲近自然，极大地感染了“一战”后美国人的思想，从而奠定了他在美国文学史上的崇高地位。

梭罗的《秋天的日落》为我们描绘了一个特别熟悉又特别陌生的深秋日落景象，熟悉，在于它描绘的正是我们平常都能看到的景物，陌生，我们很难以这种宽广的胸怀去感知和看待这些景物。作者对人类与自然的关注渗透着个人的哲学思考，在大自然面前人类可以不分种族、肤色、宗教和性别，享受超越世俗真正的公平。作者独特视角观察下的大自然反映了一个人与自然和谐统一的世界。

我步入丛林，因为我希望生活的有意义，我希望活得深刻，并汲取生命中所有的精华，然后从中学习，以免让我在生命终结时，却发现自己从来没有活过。

——（美）梭罗

## 生活在大自然的怀抱里

（法）卢梭

为了到花园里看日出，我比太阳起得

更早；如果这是一个晴天，我最殷切的期望是不要有信件或来访扰乱这一天的清宁。我用上午的时间做各种杂事。每件事都是我乐意完成的，因为这都不是非立即处理不可的急事，然后我匆忙用膳，为的是躲避那些不受欢迎的来访者，并且使自己有一个充裕的下午。即使最炎热的日子，在中午一时前我就顶着烈日带着芳夏特出发了。由于担心不速之客会使我不能脱身，我加紧了步伐。可是，一旦绕过一个拐角，我觉得自己得救了，就激动而愉快地松了口气，自言自语说："今天下午我是自己的主宰了！"从此，我迈着平静的步伐，到树林中去寻觅一个荒野的角落，一个人迹不至因而没有任何奴役和统治印记的荒野的角落，一个我相信在我之前从未有人到过的幽静的角落，那儿不会有令人厌恶的第三者跑来横隔在大自然和我之间。那儿，大自然在我眼前展开一幅永远清新的华丽的图景。金色的燃料木、紫红的欧石南非

常繁茂，给我深刻的印象，使我欣悦；我头上树木的宏伟、我四周灌木的纤丽、我脚下花草的惊人的纷繁使我目不暇接，不知道应该观赏还是赞叹；这么多美好的东西争相吸引我的注意力，使我眼花缭乱，使我在每件东西面前留连，从而助长我懒惰和爱空想的习气，使我常常想："不，全身辉煌的所罗门也无法同它们当中任何一个相比。"

我的想象不会让如此美好的土地长久渺无人烟。我按自己的意愿在那儿立即安排了居民，我把舆论、偏见和所有虚假的感情远远驱走，使那些配享受如此佳境的人迁进这大自然的乐园。我将把他们组成一个亲切的社会，而我相信自己并非其中不相称的成员。我按照自己的喜好建造一个黄金的世纪，并用那些我经历过的给我留下甜美记忆的情景和我的心灵还在憧憬的情境充实这美好的生活，我多么神往人类真正的快乐，如此甜美、如此纯洁、但如今已经远离人类的快乐。甚至每当念及

此，我的眼泪就夺眶而出！啊！这个时刻，如果有关巴黎、我的世纪、我这个作家的卑微的虚荣心的念头来扰乱我的遐想，我就怀着无比的轻蔑立即将它们赶走，使我能够专心陶醉于这些充溢我心灵的美妙的感情！然而，在遐想中，我承认，我幻想的虚无有时会突然使我的心灵感到痛苦。甚至即使我所有的梦想变成现实，我也不会感到满足：我还会有新的梦想、新的期望、新的憧憬。我觉得我身上有一种没有什么东西能够填满的无法解释的空虚，有一种虽然我无法阐明、但我感到需要的对某种其他快乐的向往。然而，先生，甚至这向往也是一种快乐，因为我从而充满一种强烈的感情和一种迷人的感伤——而这都是我不愿意舍弃的东西。

我立即将我的思想从低处升高，转向自然界所有的生命，转向事物普遍的体系，转向主宰一切的不可思议的上帝。此刻我的心灵迷失在大千世界里，我停止思维，

我停止冥想，我停止哲学的推理；我怀着快感，感到肩负着宇宙的重压，我陶醉于这些伟大观念的混杂，我喜欢任由我的想象在空间驰骋；我禁锢在生命的疆界内的心灵感到这儿过分狭窄，我在天地间感到窒息，我希望投身到一个无限的世界中去。我相信，如果我能够洞悉大自然所有的奥秘，我也许不会体会这种令人惊异的心醉神迷，而处在一种没有那么甜美的状态里；我的心灵所沉湎的这种出神入化的佳境使我在亢奋激动中有时高声呼唤："啊，伟大的上帝呀！啊，伟大的上帝呀！"但除此之外，我不能讲出也不能思考任何别的东西。

遗忘，但他们肯定不会把我忘却；不过，这又有什么关系？反正他们没有任何办法来搅乱我的安宁。摆脱了纷繁的社会生活所形成的种种尘世的情欲，我的灵魂就经常神游于这一氛围之上，提前跟天使们亲切交谈，并希望不久就将进入这一行列。我知道，人们将竭力避免把这样一处甘美

的退隐之所交还给我，他们早就不愿让我呆在那里。但是他们却阻止不了我每天振想象之翼飞到那里，一连几个小时重尝我住在那里时的喜悦。我还可以做一件更美妙的事，那就是我可以尽情想象。假如我设想我现在就在岛上，我不是同样可以遐想吗？我甚至还可以更进一步，在抽象的、单调的遐想的魅力之外，再添上一些可爱的形象，使得这一遐想更为生动活泼。在我心醉神迷时这些形象所代表的究竟是什么，连我的感官也时常是不甚清楚的；现在遐想越来越深入，它们也就被勾画得越来越清晰了。跟我当年真在那里时相比，我现在时常是更融洽地生活在这些形象之中，心情也更加舒畅。不幸的是，随着想象力的衰退，这些形象也就越来越难以映上脑际，而且也不能长时间地停留。唉！正在一个人开始摆脱他的躯壳时，他的视线却被他的躯壳阻挡得最厉害！

**（选自吴鸿选编：《异域的情调·散文精品》，程依荣译，电**

子科技大学出版社 1992 年版）

## 知识

让-雅克·卢梭（1712—1778），法国18世纪伟大的启蒙思想家、哲学家、教育家、文学家，法国大革命的思想先驱，杰出的民主政论家和浪漫主义文学流派的开创者，启蒙运动最卓越的代表人物之一。主要著作有《论人类不平等的起源和基础》《社会契约论》《爱弥儿》《忏悔录》《新爱洛伊丝》。卢梭认为，人类最初处于原始的“自然状态”，在这个时间，不存在私有制和不平等，私有制使人与人之间产生不平等，国家是因订立契约而产生的，人民是制定契约的主体，由此他提出“人民主权”的思想，国家主权不能分割，也不能转让，一切人权的表现和运用必须表现人民的意志，法律是“公意”，在法律面前人人平等，君主不能高于法律。

## 解读

作者卢梭是一个坚定的自然主义者，全篇采用一种内心独白的方式，表达对大自然的爱意和与自然交流时的心灵感悟。作者为我们描绘的大自然是如此清新而宁静，能够把人世间的一切舆论、偏见和虚假的感情驱赶走。作者充分调动自己的想象力去建构他理想中的大自然并投身于其怀抱，读者在他的带领下也能够分享他宁静的快乐和深刻的思想。

大自然希望儿童在成人以前就要像儿童的样子。

——（法）卢梭

## 自　然

（美）拉尔夫·爱默生

一个人如果要孤独，就需要能在什么程度上脱离开社会，能在什么程度上脱离开他的私人房间。当我读书写作的时候，尽管没有人和我一起，但我却并不孤独。但如果一个人想独处，那么就让他看群星。从那些天国的世界里发射出来的光线，将把他与他所接触到的东西分开。人们可能以为，大气层由于这个设计而变得透明，是为了在那些天体上把永恒出现的崇高给予人类。从城市的街道上看的时候，那些天体是多么伟大！倘若那些星星在一千年

以后的一个夜晚出现了，那么人们就会虔诚，就会崇拜，并为许多代的人保留对曾经被展现出来的天堂的记忆！但这些美的使者每天晚上都出现，并带着它们的告诫的微笑照亮天地万物。

那些星星激发起了某种敬畏之情，因为尽管它们总是出现，它们却又是不可接近的；但当思维朝它们的影响敞开大门的时候，所有的自然物体却带来一种同源的印象。自然从来也不带有平庸的外貌。而且最聪明的人也不能逼取她的秘密，不能由于发现了她的一切尽善尽美而失去自己好奇心。对于一个聪明的人来说，自然从来也没有成为一个玩具。那些鲜花、动物、山脉，曾经给他的单纯的童年带来愉快，又同样反映了他的最好的时刻的智慧。当我们这样谈到自然的时候，我们的头脑里便有了一种清晰而又最富于诗意的感觉。那就是由多种多样的自然物体所造成的完整的印象。正是这种完整的印象才使得伐

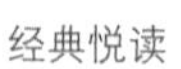


木者眼中的树的枝条，有别于诗人眼中的树木。我今天上午看见的那个迷人的景色，毫无疑问是由大约二三十个农场构成的。米勒拥有这块地，洛克拥有那块地，曼宁则拥有远处的那块林地。但他们却谁也不能拥有那个景色。在地平线上有一处房产，但只有那个具有能够把所有的部件融合为一体的鉴赏眼光的人，也就是诗人，才能拥有。这处房产是这些人的农场的最好的部分，然而他们的地产契约却没有把它的所有权给他们。说实话，没有几个成年人能看见自然。大多数人看不见太阳。起码他们看得也是非常肤浅。太阳只照耀成年人的眼睛，但却照进孩子的眼睛和心脏。爱自然的人，他的内心的和外部的感觉更是真正彼此适应；甚至进入成人时期还仍然保留着幼年的精神。他与天地的交流，成为他的日常食品的一个部分。尽管他有真正的悲伤，但在自然的面前，一种狂喜仍然穿过他的全身。自然说，他是我的创

造物，尽管他有那么多不恰当的悲哀，但他将一定乐于和我在一起。不只是太阳或者夏天，而且每一个时刻每一个季节，都献上其愉快的贡品；这是因为从无风而沉闷的正午到最阴森的午夜，每一个时刻和每一个变化都与一种不同的心境相一致，并认可那种心境。自然是一种舞台布景，既适合上演喜剧又适合上演悲剧。在身体健康的时候，空气是一种带有不可思议的美德的果汁。在阴云密布的天空的下面，在薄暮时分，我踏着雪融化成的水坑，越过一块贫瘠的公用草地，脑子里全无特别走运的念头，而是完全心旷神怡。我高兴得几乎都要恐惧了。还有一个人在林中度过他的岁月，就像蛇蜕皮一样，结果不管生活在什么时期，他都始终是个孩子。在林中，青春永驻。在上帝的这些种植园里面，礼仪和圣洁就是主宰，一年四季都穿着节日的盛装，而客人现在则看不出，一千年后他们居然会感到厌烦。在林中，我

们返回到理性和信念。在那里我感到，在生活中什么事情也不能发生在我的身上，没有自然不能补救的耻辱，没有自然不能补救的不幸（因为耻辱和不幸已经离开我和我的目光了），站在贫瘠的地上，我的头沐浴着愉快的空气，并被提高到无限的空间，此刻一切刻薄的自负全都消失了。我成了一个透明的眼球；我不值一提；我看到了一切；宇宙的存在的水流在我的全身循环着；我成了上帝的一个部分或者一个粒子。这时最亲近的朋友的名字听起来也陌生、意外：做朋友，做相识者，做主人或者仆人，这时也成了一件琐事，一种打扰。我成了没有被抑制的不朽的美的情人。与在街道或者村子里发现的东西相比，我在荒野中发现的某种东西要更可爱，更是天生的。在静谧的景色中，尤其是在远处的地平线上，人在某种程度上就像他自己的天性一样美丽。

田野和森林所提供的最大的快乐，使

人想到了在人与植物之间的一种神秘的关系。我并不是独自一人，未被承认。它们朝我点头，我也朝它们点头。在暴风雨中摇动的树枝，对我来说是既生疏又熟悉。它令我措手不及，然而却又并非陌生。它所产生的效应，就好像一种更高尚的思想或者更美好的情感来到了我的身上，这时我相信，我的思维合适，我的做法正确。

然而当然，那种产生出这个快乐的力量，并不是在自然之中，而是在人的身上，或者是在人与自然的和谐之中。有必要带着很大的节制来使用这些快乐。这是因为，自然并非总是穿着节日的盛装，而是在同一个地点，昨天还好像是为了让仙女们嬉戏而芳香四溢，光彩夺目，但今天却布满了忧郁。自然总是穿着精神的彩色衣裳。对一个在不幸中感到痛苦的人来说，他本人的火热的激情之中有悲伤在里头。这样一来，一个刚刚失去了一位被死亡夺取生命的亲爱的朋友的人，他对那个景色就感

到了一种轻蔑。天空不那么壮丽了，因为它笼罩着芸芸丛生中的小人物。

……

（选自马琳编选：《英语散文精选读本》，王义国等译，中国国际广播出版社 2009 年版）

## 知识

拉尔夫·爱默生，美国散文作家、思想家、诗人。爱默生是确立美国文化精神的代表人物，林肯称他为“美国的孔子”“美国文明之父”。1803 年 5 月 25 日出生于马萨诸塞州波士顿附近的康考德村，1882 年 4 月 27 日在波士顿逝世。在他生活的年代的一次公众投票中，他被认为是当时美国最著名的两三位作家之一，其主要成就体现在他哲理味浓郁的散文方面。爱默生的哲学思想的一个主要组成部分是“超灵”说，他相信“超灵”的超脱性，对“超灵”和“精神”的重视贯穿在他大部分作品中。

## 解读

在作者看来，自然所带来的快感决定于人的心理状态。自然对人有积极的作用，但这并不取决于自然本身，而在于人，在于人和自然的和谐。自然可以劝人向善，使人类掌握规律，给人物质满足和精神寄托，激发人类的灵感和直觉。爱默生作为超验主义的代表人物，突出了个人的重要性，并强调以全新的眼光看待自然。

自然和书只属于那些看得见的眼睛。

——（美）爱默生

# 神游物外　心绪万千

# 一个消逝了的山村

（节选）

冯　至

在人口稀少的地带，我们走入任何一座森林，或是一片草原，总觉得它们在洪荒时代大半就是这样。人类的历史演变了几千年，它们却在人类以外，不起一些变化，千百年如一日，默默地对着永恒。其中可能发生的事迹，不外乎空中的风雨，草里的虫蛇，林中出没的走兽和树间的鸣鸟。我们刚到这里来时，对于这座山林，也是那样感想，绝不会问到：这里也曾有过人烟吗？但是一条窄窄的石路的残迹泄露了一些秘密。

我们走入山谷，沿着小溪，走两三里到了水源，转上山坡，便是我们居住的地方。我们住的房屋，建筑起来不过二三十年，我们走的路，是二三十年来经营山林

的人们一步步踏出来的。处处表露出新开辟的样子，眼前的浓绿浅绿，没有一点历史的重担。但是我们从城内向这里来的中途，忽然觉得踏上了一条旧路。那条路是用石块砌成，从距谷口还有四五里远的一个村庄里伸出，向山谷这边引来，先是断断续续，随后就隐隐约约地消失了。它无人修理，无日不在继续着埋没下去。我在那条路上走时，好像是走着两条道路，一条路引我走近山居，另一条路是引我走到过去。因为我想，这条石路一定有一个时期宛宛转转地一直伸入谷口，在谷内溪水的两旁，现在只有树木的地带，曾经有过房屋，只有草的山坡上，曾经有过田园。

过了许久，我才知道，这里实际上有过村落。在七十年前，云南省的大部分，经过一场浩劫，回、汉互相仇杀，有多少村庄城镇在这时衰落了。当时短短的二十年内，仅就昆明一个地方说，人口就从一百四十余万降落到二十五万。这里原有的山村，是回民的，可是汉人的，是一次便毁灭了呢，还是渐渐地凋零下去，我们都无从知道，只知它们是在回人几度围攻省城时成了牺牲。现在就是一间房屋的地基都寻不到了，只剩下树林、草原、溪水，除却我们的住房外，周围四五里内没有人家，但是每座山，每个幽隐的地方还都留有一个名称。这些名称现在只生存在从四邻村里走来的，砍柴、背松毛、放牛牧羊的人们的口里。此外它们却没有什么意义；若有，就是使我们想到有些地方曾经和人发生过关系，都隐藏着一小段兴衰的历史吧。

……

雨季是山上最热闹的时代，天天早晨我们都醒在一片山歌里。那是些从五六里外趁早上山来采菌子的人。下了一夜的雨，第二天太阳出来一蒸发，草间的菌子，俯拾皆是：有的红如胭脂，青如青苔，褐如牛肝，白如蛋白，还有一种赭色的，放在

水里立即变成靛蓝的颜色。我们望着对面的山上，人人踏着潮湿，在草丛里，树根处，低头寻找新鲜的菌子。这是一种热闹，人们在其中并不忘却自己，各人盯着各人眼前的世界。这景象，在七十年前也不会两样。这些彩菌，不知点缀过多少民族童话，它们一定也滋养过那山村里的人们的身体和儿童的幻想吧。

这中间，高高耸立起来那植物界里最高的树木，有加利树。有时在月夜里，月光把被微风摇摆的叶子镀成银色，我们望着它每瞬间都在生长，仿佛把我们的身体，我们的周围，甚至全山都带着生长起来。望久了，自己的灵魂有些担当不起，感到悚然，好像对着一个崇高的严峻的圣者，你若不随着他走，就得和他离开，中间不容有妥协。但是，这种树本来是异乡的，移植到这里来并不久，那个山村恐怕不会梦想到它，正如一个人不会想到他死后的坟旁要栽什么树木。

秋后，树林显出萧疏。刚过黄昏，野狗便四出寻食，有时远远在山沟里，有时近到墙外，作出种种求群求食的嗥叫的声音。更加上夜夜常起的狂风，好像要把一切都给刮走。这时有如身在荒原，所有精神方面所体验的，物质方面所获得的，都失却了功用。使人想到海上的飓风，寒带的雪潮，自己一点也不能作主。风声稍息，是野狗的嗥声，野狗声音刚过去，松林里又起了涛浪。这风夜中的嗥声对于当时的那个村落，一定也是一种威胁，尤其是对于无眠的老人，夜半惊醒的儿童和抚慰病儿的寡妇。

在比较平静的夜里，野狗的野性似乎也被夜的温柔驯服了不少。代替野狗的是麂子的嘶声。这温良而机警的兽，自然要时时躲避野狗，但是逃不开人的诡计。月色朦胧的夜半，有一二猎夫，会效仿麂子的嘶声，往往登高一呼，麂子便成群地走来。……据说，前些年，在人迹罕到的树

从里还往往有一只鹿出现。不知是这里曾经有过一个繁盛的鹿群，最后只剩下了一只，还是根本是从外边偶然走来而迷失在这里不能回去呢？反正这是近乎传说了。这美丽的兽，如果我们在庄严的松林里散步，它不期然地在我们对面出现，我们真会像是 Saint Eustache 一般，在它的两角之间看见了幻境。

两三年来，这一切，给我的生命许多滋养。但我相信它们也曾以同样的坦白和恩惠对待那消逝了的村庄。这些风物，好像至今还在述说它的运命。在风雨如晦的时刻，我踏着那村里的人们也踏过的土地，觉得彼此相隔虽然将及一世纪，但在生命的深处，却和他们有着意味不尽的关联。

1942 年写于昆明

（选自王修智主编：《民国范文观止》，山东人民出版社 2011 年版）

## 知识

冯至（1905—1993），原名冯承植，字君培。现代诗人，翻译家，教授。直隶涿州（今河北涿州）人。12岁在涿县高等小学毕业后，入北京市立第四中学读书，受五四新文化运动影响，开始写诗。1927年4月出版第一部诗集《昨日之歌》，1929年8月出版第二部诗集《北游及其他》，记录自己大学毕业后的哈尔滨教书生活。1930年赴德国留学，其间受到德语诗人里尔克的影响。五年后获得哲学博士学位，返回战时偏安的昆明，任教于西南联大，任外语系教授。1941年他创作了一组后来结集为《十四行集》的诗作，影响甚大。冯至的小说与散文也均十分出色，小说的代表作有20年代的《蝉与晚秋》《仲尼之将丧》，40年代的《伍子胥》，等等；散文则有1943年编的《山水》集。曾担任中国作家协会副主席、中国外国文学学会会长等多项社会科学学术团体领导职务。冯至还是瑞典、联邦德国、奥地利等国科学院外籍院士或通讯院士，获得过德国“大十字勋章”等多项奖项。

## 解读

冯至的这篇《一个消逝了的山村》选自散文集《山水》，作者通过自己诗意的渲染描绘出一幅充满诗情画意的山水画卷。通读全文，可见富有生命力和感染力的山村意象，作者通过这些勾勒出一个已经消逝的原始质朴的大

自然，进而通过所描绘之景，以历史关照现实，抒发了对生命和存在的思考，具有深厚的历史感。

## 前赤壁赋

苏　轼

壬戌之秋，七月既望，[①]苏子与客泛舟游于赤壁之下。清风徐来，水波不兴。举酒属客[②]，诵明月之诗，歌窈窕之章。少焉，月出于东山之上，徘徊于斗牛[③]之间。白露横江，水光接天。纵一苇之所如，凌万顷之茫然。浩浩乎如冯虚[④]御风，而不知其所止；飘飘乎如遗世独立，羽化而登仙。

于是饮酒乐甚，扣舷而歌之。歌曰："桂棹兮兰桨，击空明兮溯流光。渺渺兮予怀，望美人兮天一方。"客有吹洞箫者，倚歌而和之。其声呜呜然，如怨，如慕，如泣，如诉；余音袅袅，不绝如缕。舞幽壑之潜蛟，泣孤舟之嫠妇。

苏子愀然，正襟危坐，而问客曰：“何为其然也?”客曰：“‘月明星稀，乌鹊南飞’，此非曹孟德之诗乎?西望夏口，东望武昌，山川相缪，郁乎苍苍，此非孟德之困于周郎者乎?方其破荆州，下江陵，顺流而东也，舳舻千里，旌旗蔽空，酾酒临江，横槊赋诗，固一世之雄也；而今安在哉！况吾与子渔樵于江渚之上，侣鱼虾而友麋鹿，驾一叶之扁舟，举匏樽以相属。寄蜉蝣于天地，渺沧海之一粟。哀吾生之须臾，羡长江之无穷。挟飞仙以遨游，抱明月而长终。知不可乎骤得，托遗响于悲风。”

苏子曰：“客亦知夫水与月乎?逝者如斯，而未尝往也；盈虚者如彼，而卒莫消长也。盖将自其变者而观之，则天地曾不能以一瞬；自其不变者而观之，则物与我皆无尽也，而又何羡乎！且夫天地之间，物各有主，苟非吾之所有，虽一毫而莫取。惟江上之清风，与山间之明月，耳得之而

为声，目遇之而成色，取之无禁，用之不竭。是造物者之无尽藏也，而吾与子之所共适。”

客喜而笑，洗盏更酌。肴核既尽，杯盘狼籍。相与枕藉乎舟中，不知东方之既白。

## 注释

①壬戌：宋神宗元丰五年，即1082年。既望：十六日。望，农历每月的十五日。

②属客：劝客人饮酒。

③斗牛：斗宿（南斗星）和牛宿（牵牛星）。

④冯虚：凌空。

## 翻译

元丰五年的秋天，七月十六日，我和客人荡着船儿在赤壁下面游览。清风轻轻地吹来，江面上一点波纹也不起。我举起酒杯向客人敬酒，朗诵着《月出》的诗句，歌唱着《窈窕》的篇章。一会儿，月亮从东山的上空升起，在斗宿和牛宿两星座之间徘徊。白漾漾的雾气笼罩江面，水光和月光连接成一片。任凭苇叶似的小船飘向何处，越过茫无际涯的江面。江水浩浩荡荡像凭空驾风而行，不知道它将要停息在何方；飘飘然像脱离尘世烦恼，无牵无挂，如同神仙生了羽翼，飞上仙境。

这时候，喝着酒儿，心里十分快乐，便敲着船舷唱起歌来。唱道："桂木做的棹啊兰木做的桨，划开清澈如空的江水，在月光浮动的水面上啊逆流而上。想得很远很远啊，我的心，所思慕的人啊在天边的一方。"客人中有会吹洞箫的，随着歌声吹箫伴奏，箫声呜咽。那箫声呜呜地响着，像怨恨、像思慕、像啜泣、像低诉；尾声婉转悠长，像绵绵不断的细丝在耳际缭绕。这尾声使潜藏在深山沟里的蛟龙跳起舞来，使独守小船上的寡妇暗自哭泣。

我听了箫声顿时露出忧愁的神色，整理好衣裳，端庄地坐着，问客人道："为什么奏出这样悲凉的声音呢？"客人说："'月明星稀，乌鹊南飞'，这不是曹孟德的诗句吗？向西望是夏口，向东望是武昌，山峰和江水交接缠绕，草木茂盛，这不是曹孟德被周郎打败围困的地方吗？当他占取荆州，攻下江陵，顺江东下的时候，战船连接千里，旌旗遮蔽天空，临江饮酒，横握着长矛吟诗，本是一时的豪杰，如今在哪里呢？何况我和你在江中的小洲上捕鱼打柴，以鱼虾为伴侣，以麋鹿为朋友；驾着一只小船，举杯互相劝酒；寄托蜉蝣一般短暂生命在天地之间，像沧海里的一粒小米那样渺小！哀叹我们生命的短促，羡慕长江的无穷无尽；我多么希望能与神仙结伴到处漫游，怀抱着明月永远活下去。我深知这种想法不可能很快实现，只能在悲凉的秋风中，把这种情思寄托在悠悠的箫声中。"

我对客人说："你也了解那江水与月亮吗？像这江水

不停地奔流，但始终不曾消失；像那月亮忽圆忽缺，但始终没有消减或增长。如果从它变化这一方面看，那么，天地间简直不能在一眨眼的时间停留；但从它不变化这一方面来看，宇宙万物和我都是无穷无尽的，又羡慕什么呢？再说，天地之间，万物各有主宰者，如果不是我应有的东西，虽说是一丝一毫也不拿取。只有江上的清风，与山间的明月，耳朵听它，听到的便是声音，眼睛看它，看到的便是色彩，得到它没有人禁止，享用它没有竭尽，这是大自然的无穷宝藏，是我和你可以共同享受的。”

客人高兴地笑了，于是洗净杯盏，重新酌酒再痛饮。菜肴和果品已经吃完，酒杯、菜盘杂乱堆放着。大家互相枕着靠着睡在船上，不知不觉东方已经露出白色的曙光。

**（选自欧阳旭辉主编：《干部人文素养精选读本》，研究出版社 2014 年版）**

## 知识

苏轼（1037—1101），字子瞻，又字和仲，号东坡居士，自号道人，世称苏仙。宋代重要的文学家，宋代文学最高成就的代表。北宋眉州眉山（今属四川省眉山市）人。宋仁宗嘉祐（1056—1063）年间进士。其诗题材广阔，清新豪健，善用夸张比喻，独具风格，与黄庭坚并称“苏黄”。词开豪放一派，与辛弃疾同是豪放派代表，并称“苏辛”。又工书画。有《东坡七集》《东坡易传》《东坡乐府》等传世。

《前赤壁赋》描绘的是一幅初秋江景，清风徐来、水波荡漾。整篇文章结构十分统一，在文章的开头、中间和结尾都有对“风”和“月”的描绘，但是这种描写不是一种简单的重复，而是情感的提升和升华。作者通过曹操这位历史人物所发出的惆怅来抒发自己的落寞愁苦，形成共鸣，把自己的一番愁绪挥洒在优美平和的景色中，反映出作者豁达的情操。

亦知人生要有别，但恐岁月去飘忽。

——苏轼

## 诗词两首

### 临江仙·滚滚长江东逝水

杨 慎

滚滚长江东逝水，浪花淘尽英雄。是非成败转头空：青山依旧在，几度夕阳红。

白发渔樵江渚上，惯看秋月春风。一壶浊酒喜相逢：古今多少事，都付笑谈中。

（选自董克恭：《毛泽东修改诗词赏析》，中国文史出版社2011年版）

## 把酒问月·故人贾淳令予问之

李　白

青天有月来几时？我今停杯一问之。
人攀明月不可得，月行却与人相随。
皎如飞镜临丹阙，绿烟灭尽清辉发。
但见宵从海上来，宁知晓向云间没。
白兔捣药秋复春，嫦娥孤栖与谁邻？
今人不见古时月，今月曾经照古人。
古人今人若流水，共看明月皆如此。
唯愿当歌对酒时，月光长照金樽里。

（选自林家英选注：《唐诗精华》，人民文学出版社1992年版）

## 知识

杨慎（1488—1559），明代文学家，明代三大才子之首。字用修，号升庵，后因流放滇南，故自称博南山人、金马碧鸡老兵。杨廷和之子，四川新都（今成都市新都

区）人，祖籍庐陵。正德六年状元，官翰林院修撰，豫修《武宗实录》。武宗微行出居庸关，上疏抗谏。世宗继位，任经筵讲官。嘉靖三年（1524），因“大礼议”受廷杖，谪戍终老于云南永昌卫。终明一世，记诵之博、著述之富，慎可推为第一。其诗虽不专主盛唐，仍有拟唐倾向。贬谪以后，特多感愤。又能文、词及散曲，论古考证之作范围颇广。著作达百余种，后人辑为《升庵集》。

李白（701—762），字太白，号青莲居士。中国唐朝诗人，有“诗仙”之称，是伟大的浪漫主义诗人。祖籍陇西郡成纪县（今甘肃省平凉市静宁县南），出生于蜀郡绵州昌隆县（今四川省江油市青莲乡），一说生于西域碎叶（今吉尔吉斯斯坦托克马克）。逝世于安徽当涂县。其父李客。夫人有许氏、刘氏等四位，育二子（伯禽、天然）一女（平阳）。存世诗文千余篇，代表作有《蜀道难》《行路难》《梦游天姥吟留别》《将进酒》等诗篇，有《李太白集》传世。

《滚滚长江东逝水》是杨慎所作《二十一史弹词》“说秦汉”段中的一首词，清初毛宗岗父子将此词列为《三国演义》全书卷头诗。全诗分为两层，前一层写历史，后一层写现实。前一层通过青山绿水的长存和历史英雄的短暂荣光的对比，表达了一种历史的无常感；而后一层则是承接前一层的思想，不管是平民还是英雄，最终都

只是后人茶余饭后的谈资，表现了作者超脱但又消极的人生观。相比于思想性，此词的音乐性也无法忽视，读来朗朗上口，声情并茂。

李白诗作中的月亮意象呈现出一副清新隽永的意味，正是在陷入对月亮的眷念和神秘的探索中，诗人沉浸在对个人身世的感慨和宇宙人生的思考中。而这种思考自然离不开醉酒时的开怀，正是在酒的帮助下，诗人的愁绪和愤懑得以发泄。月亮和酒是李白诗歌中的常见意象，一个象征着诗人高洁的精神追求，一个象征着失意下的隐遁和寄托。

## 书幽芳亭记

黄庭坚

士之才德盖一国，则曰国士；女之色盖一国，则曰国色；兰之香盖一国，则曰国香。自古人知贵兰，不待楚之逐臣而后贵之也。兰甚似乎君子，生于深山薄丛之中，不为无人而不芳；雪霜凌厉而见杀，来岁不改其性也。是所谓遁世无闷，不见是而无闷者也。兰虽含香体洁，平居与萧艾不殊。清风过之，其香蔼然，在室满室，在堂满堂，所谓含章以时发者也。

然兰蕙之才德不同，世罕能别之。予放浪江湖之日久，乃尽知其族。盖兰似君子，蕙似士大夫，大概山林中十蕙而一兰也。《离骚》曰："予既滋兰之九畹，又树蕙之百亩。"《招魂》曰："光风转蕙泛崇兰"，是以知楚人贱蕙而贵兰久矣。兰蕙丛出，莳以砂石则茂，沃以汤茗则芳，是所同也。至其发花，一干一花而香有余者兰，一干五七花而香不足者蕙。蕙虽不若兰，其视椒则远矣，世论以为国香矣。乃曰当门不得不锄，山林之士，所以往而不返者耶！

## 翻译

如果一个士人的才能和品德超过其他的士人，那么就称之为国士；如果一个女子的姿色超过其他的美女，那么就称之为国色；如果兰花的香味胜过其他所有的花，那么就称之为国香。自古人们就以兰花为贵，并不是等到屈原

赞兰花之后，人们才以它为贵的。兰花和君子很相似：生长在深山和贫瘠的丛林里，不因为没有人知道就不发出香味；在遭受雪霜残酷的摧残后，来年也不改变自己的本性。这就是所说的避世而内心无忧，不被任用而内心无烦闷。兰花虽然含着香味形状美好，但平时与萧艾没有什么两样。一阵清风吹来，它的香气芬芳，远近皆知，这就是所说的藏善以待时机施展自己。

然而兰和蕙的才能和品德不相同，世人很少有能分辨出来的。我放任自己长期流浪四方，于是完全知道兰和蕙的区别。大概兰花好似君子，蕙好像士大夫，大概山林中有十棵蕙，才有一棵兰，《离骚》中说："我已经培植兰花九畹，又种下蕙百亩。"《招魂》说："爱花的风俗离开蕙，普遍崇尚兰花"，因此知道楚人以蕙为贱以兰为贵很久了。兰和蕙到处都能生长，即使栽种在砂石的地方也枝繁叶茂，如果用热茶水浇灌就香气芬芳，这是它们相同的地方，等到它们开花，一枝干上就一朵花而香气扑鼻的是兰花，一枝干上有五七朵花但是香气不足的就是蕙。虽然蕙比不上兰花，但是与椒相比却远在椒之上，椒居然被当世之人称为"国香"。（世人把兰花视为国香。）于是说当权者必须除掉，这就是那些品德高尚的隐士纷纷远离当局而不返回的原因啊！

**（选自申玉辉主编：《魅力文言文》，重庆出版社 2011 年版）**

## 知识

黄庭坚（1045—1105），字鲁直，号涪翁，又号山谷道人。原籍金华（今属浙江），祖上迁家分宁（今江西修水），遂为分宁人。治平四年（1067）进士，授叶县尉。熙宁五年（1072）为北京（今河北大名）国子监教授。元丰三年（1080）知吉州太和县（今江西泰和）。哲宗立，召为秘书郎。元祐元年（1086）为《神宗实录》检讨官，编修《神宗实录》，迁著作佐郎，加集贤校理。时张耒、秦观、晁补之俱在京师，与庭坚同游苏轼之门，有“苏门四学士”之称。《神宗实录》成，擢为起居舍人。哲宗亲政，以修实录不实的罪名，被贬涪州（今四川涪陵）别驾、黔州（今四川彭水）安置。绍圣四年（1097）移戎州（今四川宜宾）。崇宁元年（1102），内迁知太平州（今安徽当涂），到任九天即被罢免，主管洪州玉隆观。次年复被除名羁管宜州（今广西宜山）。崇宁四年，卒于贬所，年六十一，私谥文节先生。《宋史》有传。尤长于诗，世号“苏黄”。其诗多写个人日常生活，艺术上讲究修辞造句，追求新奇。工书法，与苏轼、米芾、蔡襄并称“宋四家”。著有《豫章先生文集》30卷、《山谷琴趣外编》3卷。《全宋词》收录其词190余首。《全宋词补辑》又从《诗渊》辑得2首。

黄庭坚的这篇《书幽芳亭记》是堪与《爱莲说》齐名的精美小品文。中国文化中历来就有“芳草美人”的传统，黄庭坚此文正是把兰与君子作了一个类比。作者突出了兰的两个特点，一是“不为无人而不芳”，二是“来岁不改其性也”。正是通过兰的特点凸显君子最为可贵的两种品格，一是不因无人赏识而愁闷，二是虽屡遭打击仍不改其操守。作者对兰的推崇，既是缘于北宋时期推崇君子气节的大环境，也寄托了对当时世道的感叹。

## 我在崇山峻岭间漫步

（俄）屠格涅夫

我在崇山峻岭间漫步，
沿着山谷和明亮的小河，
我的目光呀所到之处，
一切都对我把一件事儿诉说：
我曾被人爱！我曾被人爱啊！
其余的一切我全都忘怀！

树叶儿喧哗，鸟儿歌唱，
天空在我的头顶上辉耀……
云朵儿排成活泼的一行，
不知往哪里快乐地飞跑……
幸福如空气般把我围绕，
而心啊，对它并不觉得需要。

我被卷入——被卷入一阵浪涛，
它好似大海的浪涛般宽阔！
我心头是一片长驻的寂寥，
它已超越悲哀、超越快乐……
我对我自己几乎不能理解：
我啊拥有着整个的世界！

为什么我不在那时去世？
为什么我俩后来还要留存？
岁月一年年来到……又消失——
但却什么也没有赐予我们，
让我们，比起那些愚蠢的安闲，

能够生活得更加舒畅、香甜。

1878年11月

（选自《屠格涅夫散文诗》，智量译，上海译文出版社1987年版）

## 知识

屠格涅夫（1818—1883），19世纪俄国有世界声誉的现实主义艺术大师，批判现实主义作家、诗人和剧作家。屠格涅夫以写作中短篇小说和长篇小说闻名，他的语言简洁、质朴、精确、优美，为俄罗斯语言的规范化作出了重要贡献。

## 解读

屠格涅夫的美学原则是要求作家站在更高的角度了解生活、熟悉生活，全面地把握和理解生活，把生活上升为理想。在这篇散文诗中，作者首先为我们呈现的是一幅欢快而明丽的景象，但这毕竟只是作者心中理想的世界，现实生活中我们只拥有“长驻的寂寥”和“愚蠢的安闲”。作者渴望一种超脱世俗无聊的理想生活，能够拥抱大自然，追求一种诗的高度和意境。

# 体察自我　思忖精微

# 我与地坛

（节选）

史铁生

## 七

要是有些事我没说，地坛，你别以为是我忘了，我什么也没忘，但是有些事只适合收藏。不能说，也不能想，却又不能忘。它们不能变成语言，它们无法变成语言，一旦变成语言就不再是它们了。它们是一片朦胧的温馨与寂寥，是一片成熟的希望与绝望，它们的领地只有两处：心与坟墓。比如说邮票，有些是用于寄信的，有些仅仅是为了收藏。

如今我摇着车在这园子里慢慢走，常常有一种感觉，觉得我一个人跑出来已经玩得太久了。有一天我整理我的旧相册，看见一张十几年前我在这园子里照的照片

——那个年轻人坐在轮椅上，背后是一棵老柏树，再远处就是那座古祭坛。我便到园子里去找那棵树。我按着照片上的背景找很快就找到了它，按着照片上它枝干的形状找，肯定那就是它。但是它已经死了，而且在它身上缠绕着一条碗口粗的藤萝。有一天我在这园子里碰见一个老太太，她说："哟，你还在这儿哪?"她问我："你母亲还好吗?""您是谁?""你不记得我，我可记得你。有一回你母亲来这儿找你，她问我您看没看见一个摇轮椅的孩子？……"我忽然觉得，我一个人跑到这世界上来玩真是玩得太久了。有一天夜晚，我独自坐在祭坛边的路灯下看书，忽然从那漆黑的祭坛里传出一阵阵唢呐声；四周都是参天古树，方形祭坛占地几百平方米空旷坦荡独对苍天，我看不见那个吹唢呐的人，唯唢呐声在星光寥寥的夜空里低吟高唱，时而悲怆时而欢快，时而缠绵时而苍凉，或许这几个词都不足以形容它，我清清醒醒

地听出它响在过去，响在现在，响在未来，回旋飘转亘古不散。

必有一天，我会听见喊我回去。

那时您可以想象一个孩子，他玩累了可他还没玩够呢，心里好些新奇的念头甚至等不及到明天。也可以想象是一个老人，无可质疑地走向他的安息地，走得任劳任怨。还可以想象一对热恋中的情人，互相一次次说“我一刻也不想离开你”，又互相一次次说“时间已经不早了”，时间不早了可我一刻也不想离开你，一刻也不想离开你可时间毕竟是不早了。

我说不好我想不想回去。我说不好是想还是不想，还是无所谓。我说不好我是像那个孩子，还是像那个老人，还是像一个热恋中的情人。很可能是这样：我同时是他们三个。我来的时候是个孩子，他有那么多孩子气的念头所以才哭着喊着闹着要来，他一来一见到这个世界便立刻成了不要命的情人，而对一个情人来说，不管多么漫长的时光也是稍纵即逝，那时他便明白，每一步每一步，其实一步步都是走在回去的路上。当牵牛花初开的时节，葬礼的号角就已吹响。

但是太阳，它每时每刻都是夕阳也都是旭日。当它熄灭着走下山去收尽苍凉残照之际，正是它在另一面燃烧着爬上山巅布散烈烈朝辉之时。那一天，我也将沉静着走下山去，扶着我的拐杖。有一天，在某一处山洼里，势必会跑上来一个欢蹦的孩子，抱着他的玩具。

当然，那不是我。

但是，那不是我吗？

宇宙以其不息的欲望将一个歌舞炼为永恒。这欲望有怎样一个人间的姓名，大可忽略不计。

**（选自史铁生：《我与地坛》，人民文学出版社 2011 年版）**

## 知识

史铁生（1951—2010），中国作家、散文家。1951 年出生于北京。1967 年毕业于清华大学附属中学，1969 年去延安一带插队。因双腿瘫痪于1972年回到北京。历任中国作家协会全国委员会委员、北京作家协会副主席、中国残疾人联合会副主席。

史铁生在这篇散文中描写了自己在地坛的所见所闻，进而表露自己的所思所想。作者对地坛的一草一木寄托了自己最为深厚的感情，可看出其对生活和生命所充满的热烈情感。文章中大篇幅的对于生命及生死问题的感悟并不会显得突兀和做作，而是更加体现了作者身残志不残的高尚情怀。

人有时候只想独自静静地呆一会，悲伤也成享受。

——史铁生

## 印度洋上的秋思

（节选）

徐志摩

昨夜中秋。黄昏时西天挂下一大帘的

云母屏，掩住了落日的光潮，将海天一体化成暗蓝色，寂静得如黑衣尼在圣座前默祷。过了一刻，即听得船梢布篷上窸窸窣窣啜泣起来，低压的云夹着迷蒙的雨色，将海线逼得像湖一般窄，沿边的黑影，也辨认不出是山是云，但涕泪的痕迹，却满布在空中水上。

又是一番秋意！那雨声在急骤之中，有零落萧疏的况味，连着阴沉的气氤，只是在我灵魂的耳畔私语道："秋！"我原来无欢的心境，抵御不住那样温婉的浸润，也就开放了春夏间所积受的秋思，和此时外来的怨艾构合，产出一个弱的婴儿——"愁"。

天色早已沉黑，雨也已休止。但方才啜泣的云，还疏松地幕在天空，只露着些惨白的微光，预告明月已经装束齐整，专等开幕。同时船烟正在莽莽苍苍地吞吐，筑成一座蟒鳞的长桥，直联及西天尽处，和轮船泛出的一流翠波白沫，上下对照，

留恋西来的踪迹。

北天云幕豁处，一颗鲜翠的明星，喜孜孜地先来问探消息，像新嫁娘的侍婢，也穿扮得遍体光艳。但新娘依然姗姗未出。

我小的时候，每于中秋夜，呆坐在楼窗外等看“月华”。若然天上有云雾缭绕，我就替“亮晶晶的月亮”担忧。若然见了鱼鳞似的云彩，我的小心就欣欣怡悦，默祷着月儿快些开花，因为我常听人说只要有“瓦楞”云，就有月华；但在月光放彩以前，我母亲早已逼我去上床，所以月华只是我脑筋里一个不曾实现的想象，直到如今。

现在天上砌满了瓦楞云彩，霎时间引起了我早年许多有趣的记忆——但我的纯洁的童心，如今哪里去了！

月光有一种神秘的引力。她能使海波咆哮，她能使悲绪生潮。月下的喟息可以结聚成山，月下的情泪可以培畴百亩的琬兰，千茎的紫琳耿。我疑悲哀是人类先天的遗传，否则，何以我们儿年不知悲感的时期，有时对着一泻的清辉，也往往凄心滴泪呢？

但我今夜却不曾流泪。不是无泪可滴，也不是文明教育将我最纯洁的本能锄净，却为是感觉了神圣的悲哀，将我理解的好奇心激动，想学契古特白登来解剖这神秘的“眸冷骨累”。冷的智永远是热的情的死仇。他们不能相容的。

但在这样浪漫的月夜，要来练习冷酷的分析，似乎不近人情！所以我的心机一转，重复将锋快的智力剧起，让沉醉的情泪自然流转，听他产生什么音乐，让绻缱的诗魂漫自低回，看他寻出什么梦境。

明月正在云岩中间，周围有一圈黄色的彩晕，一阵阵的轻霭，在她面前扯过。海上几百道起伏的银沟，一齐在微叱凄其的音节，此外不受清辉的波域，在暗中坟坟涨落，不知是怨是慕。

我一面将自己一部分的情感，看入自

然界的现象，一面拿着纸笔，痴望着月彩，想从她明洁的辉光里，看出今夜地面上秋思的痕迹，希冀她们在我心里，凝成高洁情绪的菁华。因为她光明的捷足，今夜遍走天涯。人间的恩怨，哪一件不经过她的慧眼呢？

**（选自徐志摩著：《徐志摩散文集》，太白文艺出版社 2008 年版）**

## 知识

徐志摩，1921 年赴英国留学，入剑桥大学当特别生，研究政治经济学。在剑桥两年深受西方教育的熏陶及欧美浪漫主义和唯美派诗人的影响，奠定其浪漫主义诗风。1923 年成立新月社。1924 年任北京大学教授。1926 年任光华大学、大夏大学和南京中央大学（1949 年更名为南京大学）教授。1930 年辞去上海和南京的职务，应胡适之邀，再度任北京大学教授，兼北京女子师范大学教授。1931 年 11 月 19 日因飞机失事罹难。

## 解读

徐志摩的散文向来以华丽铺张为著，但此篇散文却以清丽婉秀而独具一格。作者睹物兴感，面对一轮明月，展开想象的翅膀超越时空界限，借着奇思妙想抒发内心的满腹哀愁。作者的这种哀愁却并不指向任何具体内容，而是基于生命反思意义上的望月而兴的无端哀感。

## 泪与笑

梁遇春

匆匆过了二十多年，我自然也是常常哭，常常笑，别人的啼笑也看过无数回了。可是我生平不怕看见泪，自己的热泪也好，别人的呜咽也好；对于几种笑我却会惊心动魄，吓得连呼吸都不敢出声，这些怪异的笑声，有时还是我亲口发出的。当一位极亲密的朋友忽然说出一句冷酷无情冰一般的冷话来，而且他自己还不知道他说得会使人心寒，这时候我们只能哈哈哈莫名其妙地笑了。因为若使不笑，叫我们怎么样好呢？我们这个强笑或者是出于看到他真正的性格（他这句冷语所显露的）和我们先前所认为的他的性格的矛盾，或者我

们要勉强这么一笑来表示我们是不会给他的话所震动，我们自己另有一个超乎一切的生活，他的话不能损坏我们于毫发的，或者……但是那时节我们只觉得不好不这么大笑一声，所以才笑，实在也没有闲暇去仔细分析自己了。当我们心里有说不出的苦痛缠着，正要向人细诉，那时我们平时尊敬的人却用个极无聊的理由（甚至于最卑鄙的）来解释我们这穿过心灵的悲哀，看到这深深一层的隔膜，我们除开无聊赖的破涕为笑，还有什么别的办法吗？有时候我们倒霉起来，整天从早到晚做的事没有一件不是失败的，到晚上疲累非常，懊恼万分，悔也不是，哭也不是，也只好咽下眼泪，空心地笑着。我们一生忙碌，把不可再得的光阴消磨在马蹄轮铁，以及无谓敷衍之间，整天打算，可是自己不晓得为甚这么费心机，为了要活着用尽苦心来延长这生命，却又不觉得活着到底有何好处，自己并没有享受生活过，总之黑漆一

团活着，夜阑人静，回头一想，那能够不吃吃地笑，笑时感到无限的生的悲哀。就说我们淡于生死了，对于现世界的厌烦同人事的憎恶还会像毒蛇般蜿蜒走到面前，缠着身上。我们真可说倦于一切，可惜我们也没有爱恋上死神，觉得也不值得花那么大劲去求死，在此不生不死心境里，只见伤感重重来袭，偶然挣些力气，来叹几口气，叹完气也免不了失笑，那笑是多么酸苦的。这几种笑声发自我们的口里，自己听到，心中生个不可言喻的恐怖，或者又引起另一个鬼似的狞笑。若使是由他人口里传出，只要我们探讨出他们的源泉，我们也会惺惺惜惺惺而心酸，同时害怕得全身打战。此外失望人的傻笑，下头人挨了骂对于主子的陪笑，趾高气扬的热官对于贫贱故交的冷笑，老处女在他人结婚席上所呈的干笑，生离永别时节的苦笑——这些笑全是“自然”跟我们为难，把我们弄得没有办法，我们承认失败了的表现，

是我们心灵的堡垒下面刺目的降幡。莎士比亚的妙句“对着悲哀的微笑”(smiling at grief)说尽此中的苦况。拜伦在他的杰作*Don Juan*里有二句:

“Of all tales't is the saddest——and more sad, Because it makes us smile.”(在所有故事中它是最可悲——而且还要可悲,因为它让我们微笑。)

这两句是我愁闷无聊时所喜欢反复吟诵的,因为真能传出“笑”的悲剧情调。

泪却是肯定人生的表示。因为生活是可留恋的,过去的春天的日子,所以才有伤逝的清泪。若使生活本身就不值得我们的一顾,我们那里会有惋惜的情怀呢?当一个中年妇女死了丈夫时候,她号啕地大哭,她想到她儿子这么早失丢了父亲,没有人指导,免不了伤心流泪,可是她隐隐地对于这个儿子有无穷的慈爱同希望。她的儿子又死了,她或者会一声不做地料理丧事,或者发疯狂笑起来。因为她已厌倦

于人生，她微弱的心已经麻木死了。我每回看到人们的流泪，不管是失恋的刺痛，或者丧亲的悲哀，我总觉人世真是值得一活的。眼泪真是人生的甘露。当我是小孩时候，常常觉得心里有说不出的难过，故意去臆造些伤心事情，想到有味时候，有时会不觉流下泪来，那时就感到说不出的快乐。现在却再寻不到这种无根的泪痕了。哪个有心人不爱看悲剧，亚里士多德所说的净化的确不错。我们精神所纠结郁积的悲痛随着台上的凄惨情节发出来，哭泣之后我们有形容不出的快感，好似精神上吸到新鲜空气一样，我们的心灵忽然间呈非常健康的状态。Gogol（俄国作家果戈理）的著作人们都说是笑里有泪，实在正是因为后面有看不到的泪，所以他小说会那么诙谐百出，对于生活处处有回甘的快乐。中国的诗词说高兴赏心的事总不大感人，谈愁语恨却是易工，也是由于那些怨词悲调是泪的结晶，有时会逗我们洒些同情的

泪，所以亡国的李后主，感伤的李义山始终是我们爱读的作家。天下最爱哭的人莫过于怀春的少女同情海中翻身的青年，可是他们的生活是最有力，色彩最浓，最不虚过的生活。人到老了，生活力渐渐消磨尽了，泪泉也干了，剩下的只是无可无不可那种行将就木的心境和好像慈祥实在是生的疲劳所产生的微笑——我所怕地微笑。十八世纪初期浪漫派诗人格雷在他的 *On a Distant Prospect of Eton College*《远见依顿学院》里说：

流下也就忘了的泪珠，
那是照耀心胸的阳光。

The tear forgot as soon as shed,
The sunshine of the breast.

这些热泪只有青年才会有，它是同青春的幻梦同时消灭的，泪尽了，个个人都像苏东坡所说的“存亡惯见浑无泪”那样的冷漠了，坟墓的影已染着我们的残年。

（选自梁遇春：《春醪集　泪与笑》，人民文学出版社 1986 年版）

## 知识

梁遇春（1906—1932），笔名秋心、驭聡等，福建闽侯人。中国现代散文家、翻译家。1922 年就读于北京大学，先进预科，后入英文系。1928 年毕业后曾到上海暨南大学任教。1930 年返回母校，在北京大学图书馆工作。因不幸染上急性猩红热，于 1932 年 6 月 25 日猝然去世，年仅 26 岁。

作者于 1926 年开始在《语丝》《奔流》《骆驼草》《新月》等刊物上发表作品。1930 年上海北新书局出版了他的第一本散文集《春醪集》，1934 年上海开明书店出版了他的第二本散文集《泪与笑》。他的英语译作有 20 多种，以《英国诗歌选》和《英国小品文选》影响最大。

## 解读

我们平常所理解的泪与笑，自然泪是归于悲伤而笑则皆因为欢愉，可作者却用几种惊心动魄之笑打破了这种惯常的理解，这几种虽为笑，但却透露着悲哀的调子和对人生灰色的无奈。哭在作者的理解中反而表现了对人生的肯定，只有在觉得人生还有可留恋的时候，你才会流出热泪来净化自己的情感。作者认为热泪是只属于青年的，当泪消失时，幻想也消灭了，人生只留下冷漠与灰色的虚度时光，这体现了作者对人生悲剧性的认知和对生命深刻的哲学思考。

# 哀失明

（英）约翰·弥尔顿

想到了在这茫茫黑暗的世界里，

还未到半生这两眼就已失明，

想到了我这个泰伦特，要是埋起来，

会招致死亡，却放在我手里无用，

虽然我一心想用它服务造物主，

免得报账时，得不到他的宽容；

想到这里，我就愚蠢地自问，

“神不给我光明，还要我做日工？”

但“忍耐”看我在抱怨，立刻止住我：

“神并不要你工作，或还他礼物。

谁最能服从他，谁就是忠于职守，

他君临万方，只要他一声吩咐，

万千个天使就赶忙在海陆奔驰，

但侍立左右的，也还是为他服

务。”

**（选自胡家峦编著：《英美诗歌名篇详注》，殷宝书译，中国人民大学出版社 2008 年版）**

## 知识

约翰·弥尔顿生于伦敦，1625—1632 年就读剑桥大学，获硕士学位。大学期间写了不少拉丁文和英文作品，短诗《快乐的人》（1632）和《幽思的人》（1632）均为优秀之作。此后在父亲的别墅闭门读书，并写出诗剧《科玛斯》（1634）和短诗《利西达斯》（1637）等。1638 年赴意大利旅行，次年为投身清教徒的斗争而回国。他站在清教徒一边，写出一系列散文小册子参加宗教论战。1644 年发表小册子《论出版自由》，认为只有自由讨论才能使真理胜利。同年发表文章《论教育》，主张学生在《圣经》和基督教的原则指导下学习古典文学，以使他们成为聪明、有教养、肯负责的公民与领导。1649 年查理一世被处死后的两周，发表《论国王与官吏的职权》，认为君权来自人民，君主滥用权力时人民有权将它收回，甚至有权处死暴君。他还发表《偶像破坏者》（1649）、《为英国人民声辩》（1650）、《再为英国人民声辩》（1654）等文章来维护共和国及其领袖。

弥尔顿于 1660 年发表最后一篇政论《建立共和国的简易办法》，坚决反对王朝复辟。因劳累过度，1651 年双目失明。1660 年 5 月被复辟王朝投入监狱，但很快获释。

从此专心写作，完成了3部取材于《圣经》的长诗。《失乐园》（1667）写亚当、夏娃因魔鬼撒旦诱惑堕落被上帝逐出伊甸园的故事，影射了资产阶级革命者因骄矜、堕落而终遭失败，具有史诗的气势和格调。续篇《复乐园》（1671）写耶稣在荒原中战胜撒旦的诱惑，恢复了亚当丧失的谦虚和自制，作品赞颂坚定的信仰、坚强的意志和勇于牺牲的精神。《力士参孙》被认为是他最成功的作品，这是以希腊悲剧为典范的诗剧，写参孙被俘后历尽屈辱，最后与敌人比武时摇动柱子使武厅倒塌，与敌人同归于尽。全剧以心理分析为主，参孙通过自责和忏悔达到精神重振。

约翰·弥尔顿的作品贯穿着一个共同的思想：感情冲动排斥理智而使人类堕落，自制和自强使人精神复兴。《失乐园》发表后他声誉日高，到维多利亚时期则影响渐衰，20世纪40—50年代又引起注意。

《哀失明》由一问一答组成，提问的是失明的“我”，回答的是人格化的“忍耐”。“忍耐”的回答有两个目的，一是阻止“我”提出愚昧的问题，其次是消除问题本身的疑虑。诗歌采用十四行诗体，但诗人使用了跨行手法，改变了原诗体前八行和后六行两部分相对独立的结构特点，变为前七行半和后六行半两个单元，两部分相互交融，问答实为一体。形式结构的复杂表现了诗人心情和思

考过程的复杂。诗歌中并未提及爱，但对为神服务的向往和对自身愚痴的自觉皆源于对主的爱。正是这种爱让诗人消除了自己的抱怨和疑惧，转变了对待命运的态度。

心灵是一个特别的地方，在那里可以把天堂变地狱，把地狱变天堂。

——（英）约翰·弥尔顿

## 心理学家眼中的妻子

（奥）弗洛伊德

（一）

我知道，你在画家或雕刻家的眼中看起来并不算美丽；假如你一定要坚持用严格和准确的字眼的话，我必须承认你并不美丽。但在实际上，我是错误的。倒不是我有意奉承你，实际上，我也不会奉承。我的意思是说，你在你自己的面貌和身段方面所体现的，确实是令人陶醉的。你的外表，能表现出你的甜蜜、温柔和明智。我自己对于形式上的美，总是不太在意；不过不瞒你说，很多人都说你很美丽。……

不要忘记，“美丽”只能维持几年，而我们却得一生生活在一起；一旦青春的鲜艳成为过去，则唯一美丽的东西，就存在于内心所表现出来的善良和了解上，这正是你胜过别人的地方。

（二）

有人一定会认为，同人类数千年的历史相比，一个人失去自己的爱人，不过是沧海一粟罢了。但是，我要承认，我的看法同他们的想法正好相反。在我看来，失去爱人无异于世界末日的到来。在那种情况下，即使是一切仍在进行，我也什么也

看不见了！……在过去的日子里，你的一封信就会使生活变得有意义；你的一个决定，就如一个能决定生死的大计一样，令我期待不已。你除了那样做以外，不能再做别的什么事情。那是一段充满着战斗并最终取得胜利的时期。而且，只有经历那样一段时间，我才能为赢得你而平静地工作。因此，我那时必须为你的爱而战斗，正如我现在必须为你而战一样……

**（选自肖鹰编：《情感的故事》，中国人民大学出版社 2004 年版）**

## 知识

西格蒙德·弗洛伊德（1856—1939），奥地利医生、精神病学家，心理学领域的新学派——精神分析学的创始人。弗洛伊德在人类行为学方面提出了不少革命性的、颇有争议的观点。他还为治疗行为方面的疾病建立了一套新的体系。

## 解读

一个可能是世界上最出名的心理学家，他眼中的妻子会是怎样的呢？颇令人意外的是，在这篇自述体的散文中可见作者内心感性的一面和对爱情的忠贞。外表的魅力总是短暂的，而内心的充实才是能够一起相伴终老的决定因素，作者点出了这个不变的爱情守则。在作者心目中，爱情的重要性是胜过一切的，一切工作和战斗只是为了爱情。弗洛伊德在这里不仅表现了自己的爱情观，也为我们塑造了一个诞生于资本主义一夫一妻制下的爱情神话。

# 思考人生　奇妙哲思

# 快乐的期待

（英）S. 约翰逊

最明亮的快乐火焰大概都是由意外的火花点燃的。人生道路上不时散发出芳香的花朵，也是从偶然落下的种子自然生长起来的。

设计一场欢乐是很难如愿的。如把一些有聪明才智的人士和妙趣横生的幽默家，从遥远的地方邀请来会聚一堂，他们一到便会接受赞赏者的欢呼与喝彩。然而他们面面相觑，沉默吧，心中有愧，说话吧，又有点顾虑；人人都觉得不大自在，终于愤恨起给自己施加痛苦的人了，乃决意对这种毫无价值的欢乐聚会表示冷漠态度。酒，可以燃起人的仇恨，也可以把阴郁变成暴躁，直到最后大家都弄得不欢而散为止。他们退到一个较为隐蔽的地方去发泄自己的愤慨，但谁知又在那儿被人们注意地听见了，于是他们的重要性又得以恢复，他们的性情也变好了，便用诙谐的言行，使整个夜晚充满喜悦。

快乐总是一种瞬时印象产生的结果。最活跃的想象，有时在忧郁的冷淡影响下，也将会变得呆钝；但在某些特殊场合，又需要诱发心情突破原来的境界，驰骋放纵。这时就用不着什么非凡的巧妙言辞，只消凭借机遇就行了。因此，才智和勇气必定满意地与机遇共享荣誉。

其他种种快乐同样也是不可确知的。心境不佳的补救方法一般就是变换环境；差不多每个人都经历过旅行的快乐，就是这种快乐使期待得到满足。从理论上说做到这一点，对旅行的人来说是没有什么困难的。阴影和阳光由他任意支配，他无论歇于何处，都会遇上丰富的餐桌和快活的容颜。在出发日期到来以前，他便一直沉溺于这些向往之中。然后他雇了四轮旅行

马车，开始朝着幸福的境界前进。

才走几里路，他就得到教训，知道行前想象得太美了。路上风尘仆仆，天气十分闷热，马跑得慢，赶车的又粗暴野蛮。他多么渴望午餐时刻的到来，以便吃饱了休息。但旅店拥挤不堪，他的吩咐也无人理睬。他只好将令人倒胃口的饭菜狼吞虎咽地吃了下去，然后上车继续赶路，另寻快乐。到了夜晚，他找到一间较为宽敞的住所，但是，总是比他预期的要坏。

最后他踏上故乡的土地，决意走访故旧谈心消遣，或以回忆青梅竹马的情景为乐事。于是他在一个朋友家门口停下来，打算以出人意料的拜访来得到乐趣。可惜，他要不是自报家门，主人就不认识他了。经过一番解释，主人才记起他来。他自然只能受到冷淡的接待和礼节上的宴请，于是他不得不匆匆告辞，另访一位友人。不料那位朋友又因事外出，远走他乡，眼见房屋空空，只好怅然离去。这种意料不到的失望真叫人懊恼不已，原因在于未能预见到。后来他又走访了一家，那家人因不幸的事个个愁容满面，甚至都把他视为讨厌的不速之客，好像认为他不是来拜访，而是来奚落他们的。

找到预期要找的人或地方很不容易。凭借幻想和希望绘出美好画景的人，将得不到什么快乐；希望作机智谈话的人，总想知道他的声誉应归功于什么私见。希望虽然常受欺骗，但却非常必要，因为，希望本身就是幸福，尽管它常遭遇挫折，但这种挫折毕竟不比希望破灭那样可怕。

**（选自王兆胜编：《享受健康》，中国人民大学出版社 2004 年版）**

## 知识

S. 约翰逊（塞缪尔·约翰逊，1709—1784），常被称为约翰逊博士，英国文学史上重要的诗人、散文家、传记家，编纂的《词典》对英语发展作出了重大贡献。和琼森一样，S. 约翰逊也是当时文坛的一代盟主，他对小说、诗歌等文学作品的评论，即使片言只语，也被众口宣传，

当作屑金碎玉。与德莱登、伏尔泰相比，约翰逊是更为宽容的新古典主义者。

一切设计出来的快乐对于作者来说都是不可行的，其结局往往都是冷漠与怅然。文中举了很多生活上的例子，一场幽默家的聚会往往因顾虑而不欢而散，旅行的快乐总比预期要坏，而回归故土免不了“儿童相见不相识，笑问客从何处来”的奚落和哀叹。举了这么多例子，作者认为快乐并不是靠预期和计算出来的，而是在不经意间来到你身边，只要有希望，快乐就不会太遥远。

## 不要以人类的思维方式思考

（印）克里希那穆提

若想为当今文化及社会结构带来根本的改变，我们就必须换上崭新的意识和截然不同的道德观，这是件显而易见的事。然而，无论是“左派”、“右派”或革命分子，似乎都无视于它的存在。任何教条、方程式、意识形态均是老旧意识的一部分，是由四分五裂的念头虚构出来的——“左派”、“右派”或中间派皆是如此。这样的活动难免会导致“左派”、“右派”和集权主义之间的流血冲突，这就是我们周遭的世界正在发生的事。虽然有人已经认清我们必须在社会、经济和道德上做些改变，不过连这种反应也是从老旧意识之中产生的，而思想便是最主要的创造者。人类陷入的混乱、困惑及悲惨境遇，都在陈旧的意识范畴之内，如果不进行深刻的自我转化，那么人类所有的活动——政治、经济或宗教——只可能为彼此及地球带来毁灭。对神智清明的人而言，这是个显而易见的事实。

每个人都必须点亮自性之光，这份光明就是律法，此外则无律法了。其他所有的法则都是支离破碎和自相矛盾的。点亮自性之光意味着不去追随他人的见解，无论它有多么恰当、合乎逻辑、富有历史性或是具有说服力。如果你正站在某个权威、教条或结论的阴影之中，你就无法点亮自性之光了。德性并不是由思想组成的，也不是由环境压力促成的，它既不属于昨日，也不属于传统。德性本是爱之子，而爱不是一种欲望或享乐。性行为或感官享受并不是爱。

“解脱”指的就是点亮自性之光，这不是一个想象出来的抽象事物。真正的解脱是从依赖、执着、渴求经验之中解放出来。从思想的结构中解放出来，便是点亮了自性之光。在这份光明之中，所有的行动都可以毫不矛盾地自然产生。只有当内在的光明与行动产生分歧时，矛盾才会出现。理想或准则是我们设想出来的一些无聊的思维活动，它是无法与自性之光同时并存的——它们会彼此否定。当观察者出现时，这份光明，这份爱，便荡然无存了。观察者的结构本是由思想组成的，它永远不会是清新自由的。没有任何机制、修炼方法

“如何”可以带来解脱。只有观察才是真正的解脱行动。你必须去观察，但不是透过别人的眼睛。这份光明，这则律法，既不属于你，也不属于别人。真正存在的只有光明本身，而它就是爱。

**［选自（印）克里希那穆提著：《点亮自性之光》，胡因梦译，中信出版社 2013 年版］**

## 知识

克里希那穆提（1895—1986），20 世纪最卓越的灵性导师，天生具足多样神通，是近代第一位用通俗的语言向西方全面深入地阐述东方哲学智慧的印度哲学家。他一直对世人讲话，直至 1986 年过世。他的 60 册以上的著作，全是由空性流露的演讲集和讲话集结而成，目前已译成了 47 国语言，在欧美、印度及澳大利亚也都有推动他志业的基金会和学校。

## 解读

印度是一个充满宗教和社会冲突的国度，生长在这个国家的智者克里希那穆提意图破解这个冲突之谜。他认为任何规则、教条和意识形态都是陈旧意识的一部分，而只要我们的思想还停留在陈旧意识处，冲突就似乎无可避免。而要冲破这个困境，只能靠个体自己的转化，点亮自性之光。为了点亮自性之光，个体必须摆脱一切欲望、经验和思想结构的束缚，唯一要做的就是尊重爱的律法。这篇散文正是作者追求灵性的理想主义表达。

自由是独立，不依附，不恐惧。

——（印）克里希那穆提

## 美腿与丑腿

（美）本杰明·富兰克林

世界上有两种人，他们拥有同等程度的健康和财富，以及别的使生活舒适的东西，然而一种人幸福，另外一种人却痛苦。在很大程度上，这产生自他们看待事物、人和事件时所采取的不同观点，产生自不同的观点在他们自己的头脑中所产生的效果。

不管人们可能被置于何种境地，他们

都可能发现有方便之处和不便之处；不管是与什么人在一起，他们都可能发现有更能使人愉快或者不那么使人愉快的人和交谈。不管是在什么餐桌上，他们都可能遇到味道更好或者糟糕的肉和饮料，遇到加上了更好的调味品或者糟糕的调味品的菜肴；无论是在什么气候之中，他们都会遇见好天气和坏天气；不管是在什么政府的统治之下，他们都可能发现好的和坏的法律，发现对那些法律的好的和坏的实施。在每一首诗歌或者天才的作品中，他们都可能发现瑕疵和美。在几乎每一张脸和每一个人身上，他们都可能发现美好的相貌和缺陷，发现好的品质和坏的品质。

在这种情况下，在上面所提到的那两种人当中，那些注定要愉快的人，把注意力集中在事情的方便之处，集中在交谈中愉快的部分、加上了好的调味品的菜肴、酒的美味、好的天气等等，并且快活地享受一切。那些注定要不愉快的人，则只是

想到和谈到相反的事情。这样一来，他们也就再三地使自己不满意，并且用他们的评论使交际的乐趣变得不快，当面得罪许多人，并且使得他们自己到处都难相处。如果这种禀性是与生俱来，那么这种不愉快的人也就更加值得同情。不过由于这种既喜欢批评别人又容易遭人反感的癖性也许最初是通过模仿得来的，并且又不知不觉地成了一种习惯，因而尽管当前这种癖性可能是有力的，但如果拥有这种癖性的人认识到它对他们的幸福所产生的不好效果，那么这种癖性仍然可以治愈；我希望，这个小小的告诫能够对他们有用，使他们能够改变习惯，尽管习惯在活动的时候主要是一种想象的行动，然而却能对生活产生严重的后果，因为它能带来真正的悲伤和不幸。因为既然许多人被这种人得罪了，而且谁也不会多么热爱这种人，因而任何人也就充其量对他们表现出最普通的客气和尊敬，甚至连最普通的客气和尊敬也表

现不出来；而这又经常让他们心境不佳，把他们带入争论和争吵之中。如果他们想在社会地位或者机遇上获得某种优势，那么谁也不会祝他们成功，也不会移动上一步或者说上一句话，以示赞许他们的抱负。如果他们遭到公众的指责或者蒙受耻辱，谁也不会为他辩解或者开脱，许多人会群起夸大他们的不端行为，让他们变得脆弱，完全成为可憎之人。如果这些人就是不改变这个坏习惯，不放下架子对使人愉快的事情感到高兴，而又用不如意之事使自己烦恼也使别人烦恼，那么大家还是避免与他们交往为好；与他们交往始终是令人不快的，有时是非常不便的，当发现自己纠缠进他们的争吵之中的时候尤其是如此。

我的一位哲学家老朋友出于经验，而在这一点上非常谨慎，小心地避免与这种人亲密。他就像别的哲学家一样，有一个向他显示气温的温度计，还有一个能显示什么时候天能放晴或者下雨的晴雨表；不

过由于没有一种被发明出来的仪器能够一眼就发现在一个人身上的这种令人不快的癖性，因而为了这个目的他也就使用了他的双腿；他的一条腿是非同寻常的漂亮，而另外一条腿，由于出了某个事故而弯曲变形了。如果一个陌生人在初次会晤的时候，看他的丑腿的时间多于看他的美腿的时间，那么他就对他有所怀疑。如果那人谈到他的丑腿，而又根本没注意到那条美腿，那就足以让我的哲学家决定不再与他交往了。并不是每一个人都有这个有两条腿的仪器，但每一个人稍微注意一下，就会观察到那种吹毛求疵、好找毛病的癖性的迹象，并作出同样的决定，避免与那些感染上这种癖性的人交往。因而我忠告那些苛求的、好发牢骚的、不满的和不愉快的人，如果他们想得到别人的尊敬和热爱，并且自己也愉快的话，那么他们就应该别老看那条丑腿。

**（选自马琳编选：《英语散文精选读本》，王义国等译，中国**

国际广播出版社 2009 年版）

## 知识

本杰明·富兰克林（1706—1790），18 世纪美国最伟大的科学家、著名的政治家和文学家，更是杰出的外交家及发明家。他是美国历史上第一位享有国际声誉的科学家、发明家和音乐家。在电学上成就显著，为了对电进行探索，曾经做过著名的“风筝实验”。为了深入探讨电运动的规律，他借用了数学上正负的概念，第一个科学地用正电、负电概念表示电荷性质。创造了许多专用名词如正电、负电、导电体、电池、充电、放电等世界通用的词汇；并提出了电荷不能创生、也不能消灭的思想，后人在此基础上发现了电荷守恒定律。他最先提出了避雷针的设想，由此而制造的避雷针，避免了雷击灾难，破除了迷信。

富兰克林参加起草了《独立宣言》和美国宪法，积极主张废除奴隶制度，深受美国人民的崇敬。他是美国第一位驻外大使（法国），所以在世界上也享有较高的声誉。1790 年 4 月 17 日，富兰克林溘然逝世于费城，4 月 21 日，美国人民为他举行了最隆重的葬礼。他一生最真实的写照是他自己所说的一句话：“诚实和勤勉，应该成为你永久的伴侣。”

本篇散文运用举例的方法对比分析因不同人生观而导致相差甚远的人生轨迹，从现实存在的两种人生态度，肯定了乐观的人生态度而否定了悲观的人生态度。这种乐观的人生态度对于作者来说，则是美国精神的一贯标识。作者对于悲观人生态度的描述特别提到了人际交往上的危害，从时代和作者个人思想来看，作者所要追求的人与人相互协调联系的艺术不仅限于日常生活，而且直接影响美国人的命运。

## 美的快感

（德）席勒

由纯形式、美产生的快感，是人完成的妙不可言的一步。无论在人类历史的哪一篇章中，我都找不到对这种中间环节的指示。

实际上，在小孩和野蛮民族那里就有对装饰和服装的爱好，就看得到某种超出

功利界限以外的东西；但是，这种爱好是纯粹物质上的：色调的华丽招人喜欢，虚荣想显得与众不同，富足想摆一摆架子。因此，野蛮人把各种环状物穿进鼻子、耳朵和嘴唇里，给自己文身，涂口红和染指甲，给自己挂满五光十色的石头、羽毛，甚至骨头和牙齿。但是，从这一切不会产生由美的形象引起的自由快感。

假如不探索，也不认为美是已成熟的，那么，人大概不会在某个时刻找到美。自然永远从活动开始。在自然创造出美的人们的地方，也就产生了对美的要求；心灵中引起的理想，就会在得到印象的基础上产生出来。就在那自然被提高到人类的美的地方，自然也创造着更加高尚的性格。在人有比较美的性格的地方，他更加感觉灵敏，更加善于接受知识，更加充满崇高精神。因此，在这里主体适应客体，反之亦然。为了唤起和调整感觉而有形式。为了感觉美的形式而有感觉。

从野蛮人勉强栖身的芦苇棚和污秽的皮帐篷，到古希腊建筑的圆柱、神殿和廊柱，是怎样的飞跃啊！

（选自席勒：《席勒散文选》（第 5 辑），张玉能译，百花文艺出版社 1997 年版）

## 知识

席勒（1759—1805），德国 18 世纪著名诗人、作家、哲学家、历史学家和剧作家，德国启蒙文学的代表人物之一。席勒是德国文学史上著名的“狂飙突进运动”的代表人物，也被公认为德国文学史上地位仅次于歌德的伟大作家。

## 解读

在这篇谈论美的文章中，作者主要谈论对美的追求的一种进步和飞跃。早期对形式美的爱好只是单纯感官上的享受和追求，这种美是不成熟的。而只有这种外在美与人心灵中的崇高得到结合和适应，才能引起自由快感。

# 活下去还是不活，这是个问题

（英）莎士比亚

活下去还是不活，这是个问题：
要做到高贵，究竟该忍气吞声
来容受狂暴的命运矢石交攻呢，
还是该挺身反抗无边的苦恼，
扫它个干净？死，就是睡眠——
就这样；而如果睡眠就等于了结了
心痛以及千百种身体要担受的
皮痛肉痛，那该是天大的好事，
正求之不得啊！死，就是睡眠；
睡眠也许要做梦，这就麻烦了！
我们一旦摆脱了尘世的牵缠
在死的睡眠里还会做些什么梦，
一想到就不能不踌躇。这一点顾虑
正好使灾难变成了长期的折磨。
谁甘心忍受人世的鞭挞和嘲弄，

忍受压迫者虐待、傲慢者凌辱，
忍受失恋的痛苦、法庭的拖延、
衙门的横暴、做埋头苦干的大才
受作威作福的小人一脚踢出去，
如果他只消自己来使一下尖刀
就可以得到解脱啊？谁甘心挑担子，
拖着疲累的生命，呻吟，流汗，
要不是怕一死就去了没有人回来的
那个从未发现的国土，怕那边
还不知会怎样，因此意志动摇了，
因此就宁愿忍受目前的灾殃，
而不愿投奔另一些未知的苦难？
这样子，顾虑使我们都成了懦夫，
也就这样了，决断决行的本色
蒙上了惨白的一层思虑的病容；
本可以轰轰烈烈地大作大为，
由于这一点想不通，就出了别扭，
失去了行动的名分。

（选自胡家峦编著：《英美诗歌名篇详注》，中国人民大学出版社 2008 年版）

## 知识

莎士比亚（1564—1616），欧洲文艺复兴时期英国最重要的作家，杰出的戏剧家和诗人。他创作了大量脍炙人口的文学作品，在欧洲文学史上占有特殊的地位，被喻为“人类文学奥林匹斯山上的宙斯”。他亦与古希腊三大悲剧家埃斯库罗斯、索福克里斯和欧里庇得斯合称为戏剧史上四大悲剧家。莎士比亚号称戏剧之王，又有“人类文学历史上最伟大的戏剧家”之称，莎士比亚有四大悲剧：《奥瑟罗》《李尔王》《麦克白》《哈姆莱特》，也有四大喜剧：《仲夏夜之梦》《威尼斯商人》（此剧塑造了欧洲四大吝啬鬼之一的夏洛克）、《第十二夜》《皆大欢喜》，还有三大传奇剧：《仲夏夜之梦》《辛白林》《冬天的故事》。

## 解读

“活下去还是不活，这是个问题”，这段莎士比亚戏剧当中最著名的段落，以一种内心独白的方式揭露自己的心路历程和凸显当时诸多的社会矛盾，揭示了深刻的生命哲学和人生哲理，成为理解主人公复杂性格的一把钥匙，也成为《哈姆莱特》乃至莎士比亚的一个标签。

一个骄傲的人，结果总是在骄傲里毁灭了自己。

——（英）莎士比亚

# 附　　录

## 拓展阅读书目

陶洁选编:《英语美文50篇》，译林出版社2002年版。

艾柯选编:《美丽英文》，天津教育出版社2006年版。

张圆勤:《我不许你老去》，广西师范大学出版社2014年版。

孙犁:《孙犁书话》，北京出版社1997年版。

周国平:《周国平哲理美文》，广东人民出版社1999年版。

鲁迅:《朝花夕拾》，天津人民出版社2015年版。

汪曾祺:《晚饭花集》，河南文艺出版社2016年版。

林清玄:《在云上》，河北教育出版社2006年版。

（法）克里斯托夫·安德烈：《幸福的艺术》，司徒双、完永祥、司徒完满译，生活·读书·新知三联书店2008年版。

毕淑敏：《我很重要·毕淑敏哲理散文精选》，时代文艺出版社2005年版。

张晓风：《张晓风自选集》，生活·读书·新知三联书店2000年版。

（美）布拉德里·特里弗·格里夫：《生命的意义》，曹化银译，中信出版社、辽宁教育出版社2002年版。

## 编写说明

所谓“美思”，由我及物，上至生命哲理以致物我两忘，下涉生活趣味和谐共存。人存于世，不禁感叹自我生命的渺小，思考生命存在的意义。此种哲学化的思考以外，对于日常生活趣味的探索也应是题中之义。

本册选文分为四部分。“热爱自然　超凡脱俗”，涉及凡尘俗世中的自由问题，融入自然之中方能获得真正的自由；“神游物外　心绪万千”，作者们把自己的感情寄托于所描绘的自然风光中，或感叹俗世或超然物外；“体察自我　思忖精微”，从个人情感出发，描述个人生活的各方面，表达对生命的深思与热爱；“思考人生　奇妙哲思”，则从哲学的高度提取并思考人生的重大命题。

需要说明的是，为求全面，此册选文尽可能在中外选文的分量上力求均衡，也兼顾了中国各历史朝代的文学体裁和各个国家的哲学思维，但由于编者能力和知识面的欠缺，很多切合“美思”主题的文章未被收入，在此聊表歉意。

编者

2016年4月

# 经典悦读·壮怀篇

中共滨州经济技术开发区工委
南开大学语文教育研究中心 ◎编

## 编　委　会

主　　任：姚和民
委　　员：周志强　董凤家　钱　杰
　　　　　时志军　魏建宇　郎　静
　　　　　高　翔　杨宇静　刘　骏
　　　　　贾　璐
主　　编：周志强
本册主编：高　翔

·广州·

图书在版编目（CIP）数据

经典悦读·壮怀篇/中共滨州经济技术开发区工委，南开大学语文教育研究中心编．—广州：中山大学出版社，2016.9
ISBN 978－7－306－05689－4

Ⅰ．①经…　Ⅱ．①中…②南…　Ⅲ．①世界文学—作品综合集　Ⅳ．①I 11

中国版本图书馆 CIP 数据核字（2016）第 094858 号

出 版 人：徐　劲
策划编辑：邹岚萍
责任编辑：邹岚萍
封面设计：林绵华
插　　图：张志斌
责任校对：赵　婷　刘丽丽
责任技编：黄少伟
出版发行：中山大学出版社
电　　话：编辑部 020－84111996，84113349，84111997，84110779
　　　　　发行部 020－84111998，84111981，84111160
地　　址：广州市新港西路 135 号
邮　　编：510275　　　　　传　真：020－84036565
网　　址：http://www.zsup.com.cn　　E-mail:zdcbs@mail.sysu.edu.cn
印 刷 者：广州家联印刷有限公司
规　　格：787mm×960mm　1/32　总印张：20.75　总字数：315 千字
版次印次：2016 年 9 月第 1 版　　2016 年 9 月第 1 次印刷
总 定 价：48.00 元（共 6 册）　印　数：1～11000 套

# 授人以文　传递精神

在广大读者的支持与鼓励下，《经典悦读》丛书走过了六个年头，已成为滨州文化发展的一张靓丽名片。在经典中徜徉，在悦读中明志，既可欣赏美文雅韵，饱览上品佳作，亦可看成败、鉴得失，知荣辱、辨是非，或情飞扬、志高昂。授人以文，更传递精神。

作为一部荟萃古今中外文学精华系列，《经典悦读》在第六辑中，不仅收纳了美丽蕴藉的文字魅力，更于反法西斯战争胜利纪念之际，将革命精神、民族品格、国士之风收编其中，尽显启思明智、感动内心的力量。“美心”“美评”“美思”，侧重于“美”，这里集合了美好的心念品质，荟萃了独具匠心的文字品评，汇聚了关于生命与哲学的求索和思考，是对文学之美的一次检索和挖掘，仿佛一幅幅各有情致的画卷徐徐展开。“壮怀”“壮志”“壮想”，侧重于“壮”，这里有革命先烈未尽的遗志，有个人壮烈的胸怀与豪情，有高士名人对国家的期待和梦想，震撼于烽火硝烟年代的民族精神、跃然于上下求索时期的家国

情怀，激越长空，声贯寰宇，直抵心灵，在今天读来，仍使人心潮澎湃，敬意萦怀。

欣赏《经典悦读》中的作品，既有助于我们加深对民族文化的理解和感悟，更有助于我们实事求是、与时俱进地开展当下文化建设工作。阅读，是一个民族加强软实力的重要方略，是我们实现“中国梦”不可或缺的文化要素。唯有文化助力，方可广识增智；唯有继承传统，方能凝聚信念。民族精神，生生不息；传承经典，以文化人。愿《经典悦读》丛书成为我们文海撷珠的良伴，让我们共同的精神家园书香氤氲、华彩绕梁！

中共滨州市委书记、市人大常委会主任

张光峰

# 目　　录

# 一片丹心　共赴国殇

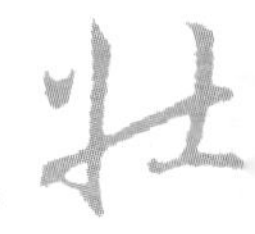

# 谭嗣同诗文绝笔

## 狱中题壁

望门投止思张俭，忍死须臾待杜根。
我自横刀向天笑，去留肝胆两昆仑。

（选自邓荫柯编著：《中华诗词名篇解读》，商务印书馆 2014 年版）

## 遗梁启超书

卓如君：

八月六日之祸，天地反复，呜呼痛哉！我圣上之命，悬于太后贼臣之手。嗣同死矣！嗣同之事毕矣！天下之大。臣民之众，宁无一二忠臣义士，伤心君父，痛念神州，出而为平、勃、敬业之义举乎？果尔，则中国之人真已死尽。强邻分割，即在目前，嗣同不恨先众人而死，而恨后嗣同而死者之虚生也。啮血书此，告我中国臣民，同

兴义愤，翦除国贼，保全我圣上。嗣同生不能报国，死而为厉鬼，为海内义师之助。卓如未死，以此书付之。卓如其必不负嗣同、负皇上也。

八月十日嗣同狱中绝笔

**（选自吴绪彬主编：《文章观止》，中国国际广播出版社 1993 年版）**

## 知识

谭嗣同（1865—1898），字复生，号壮飞，湖南浏阳人。自幼随父在外，曾游历西北、东南各省，了解各地社会状况和风土民情。甲午战争后，愤中国积弱不振，立志改良社会。1897 年，协助湖南巡抚陈宝箴设立实务学堂，筹办内河轮船、铁路、开矿等新政。次年又倡设南学会，积极宣传革新主张。1898 年入京任四品卿衔军机章京，参加康梁领导的戊戌变法，但变法随即遭以慈禧太后为首的保守势力破坏而失败。康梁逃亡日本，朋友们劝谭嗣同逃亡，他说："各国变法，无不从变法流血而成，今中国未闻有变法而流血者，此国之所以不昌也。有之，请自嗣同始。"随后被捕入狱，最终和林旭、杨锐、刘光第、杨深秀、康广仁同时被杀害于北京菜市口，史称"戊戌六君子"。

在《狱中题壁》中，谭嗣同用了东汉两位遭迫害的政治家张俭和杜根的典故，先寄语康梁二人，再剖析自我，表达自己从容就义的心愿。张俭是东汉政治家，因弹劾宦官侯览恶为太学生敬重。后在党锢之祸中遭受迫害四处逃亡，时人重其名节，多破家相容。杜根也是东汉政治家，因反对邓太后在和帝死后专权，被邓太后下令摔死。行刑人手下留情，杜根得以免死。谭嗣同寄语康梁二人在逃亡奔波的途中像张俭那样，得到海内外仁人志士的帮助，而自己则大概没有杜根那样的幸运了。面对死亡，他要手握杀贼大刀，横置胸前，向苍天大笑；无论去留，都要如同昆仑山一样巍峨挺立，浩气长存。当然，此处也有将昆仑解为康梁，但无论如何，这首绝命诗显现了谭嗣同为国族命运献身的凛然风骨。

比起诗作的慷慨豪迈，《遗梁启超书》显得更为沉郁悲愤。谭嗣同以陈平、周勃、徐敬业的事例咏古讽今，悲叹光绪皇帝被囚，而偌大中国却没有敢于对抗专权的慈禧太后、重整朝纲的人。他不可惜自己的一己生死，却深深忧虑中国未来的前途命运，因而他的最终目的在于呼唤国人的觉醒，挽救中国的命运。

《遗梁启超书》虽然简短，却有着丰富的情感层次，将谭嗣同的内心活动书写得淋漓尽致。一个留下无尽遗憾、却呼唤未来希望的历史先行者形象跃然纸上。结合

《狱中题壁》来阅读，如果说前者表明了谭嗣同的不畏死亡，从容就义；后者则表明了谭嗣同对于民族、国家的深重担心和期待。他的这种伟大的牺牲精神，将永远为华夏儿女所传颂。

各国变法，无不从流血而成。今中国未闻因有变法而流血者，此国之所以不昌也。有之，请自嗣同始。

——谭嗣同

## 致徐小淑绝命词

秋　瑾

痛同胞之醉梦犹昏，悲祖国之陆沉谁挽！日暮穷途，徒下新亭之泪[1]；残山剩水，谁招志士之魂？不须三尺孤坟，中国已无干净土；好持一杯鲁酒[2]，他年共唱摆仑[3]歌。虽死犹生，牺牲尽我责任；即此永别，风潮取彼头颅。独志犹虚，雄心未渝，中原回首肠堪断！

## 注释

①新亭之泪：指因亡国而哭泣，即忧时忧国之意。语出《晋书·王导传》，说的是东晋初一些南渡名士于新亭宴饮，感国土沦丧，相对流泪。

②鲁酒：薄酒。

③摆仑：今译作拜伦，19 世纪初英国杰出的革命浪漫主义诗人，曾投身于希腊人民的民族解放斗争，写下许多充满革命理想、具有叛逆倾向的诗篇。

**（选自傅德岷、韦济木主编：《中国散文百年精华鉴赏》，上海科学技术文献出版社 2008 年版）**

## 知识

秋瑾（1875—1907），出生于福建厦门，号旦吾，东渡后改名瑾，字（或作别号）竞雄，自称鉴湖女侠，浙江山阴（今绍兴）人，近代女民主革命志士。秋瑾自幼蔑视礼教，豪侠英武，有不输男子的气概。婚后摆脱旧式官僚家庭的束缚，自费东渡日本留学。她反对封建礼教的束缚，曾在日本建立妇女组织“共爱会”，在上海主持《中国女报》，推动妇女解放。更积极投身革命，先后参加过三合会、光复会、同盟会等革命组织，并先后成为同盟会和光复会的领袖人物。1907 年，秋瑾与徐锡麟等组织光复军，拟于 7 月 6 日在浙江、安徽同时起义，事泄被捕，7 月 15 日从容就义于绍兴轩亭口。她的牺牲在全国引起了巨大反响，推动了民众的革命意识的觉醒。

《致徐小淑绝命词》写于1907年7月10日，是秋瑾就义前五天寄给自己学生的绝笔。秋瑾脱离家庭，一生为理想志业奔波，既使在此时刻，也没有任何对于个人感情的诉说，更没有对于死亡的畏惧和慨叹。全词最为强烈的，依然是一个爱国志士对于国家民族之深重危难的愤慨，对于自身壮志难酬的叹惋，强烈体现出秋瑾的伟大理想和傲岸人格。

就创作而言，全词雅俗兼备，颇具文采却质朴可感，用典不多而恰到好处。更重要的是，秋瑾将她深沉的感情融入其中，深切沉痛，具有强烈的感染力。

身不得，男儿列，心却比，男儿烈！

——秋瑾

# 起义前别父书

方声洞

父亲大人膝下：

跪禀者：此为儿最后亲笔之禀，此禀果到家，则儿已不在人世者久矣。儿死不足惜，第此次之事，未曾禀告大人，实为大罪。故临死特将其就死之原因为大人陈之。

窃自满洲入关以来，凌虐我汉人无所不至。迄于今日，外患逼迫，瓜分之祸，已在目前，满洲政府犹不愿实心改良政治，以图强盛；仅以预备立宪之空名，炫惑内外之视听，必欲断送汉人之土地于外人，然后始大快于其心。是以满政府一日不去，中国一日不免于危亡。故欲保全国土，必自驱满始，此固人人所共知也。儿蓄此志已久，只以时未至，故隐忍未发。迩者海

内外诸同志共谋起义，以扑满政府，以救祖国；祖国之存亡，在此一举。事败则中国不免于亡，四万万人皆死，不特儿一人；如事成则四万万人皆生，儿虽死亦乐也。只以大人爱儿切，故临死不敢不为禀告，但望大人以国事为心，勿伤儿之死，则幸甚矣！

夫男儿在世，不能建功立业以强祖国，使同胞享幸福；奋斗而死，亦大乐也。且为祖国而死，亦义所应尔也。儿刻已念有六岁矣，对于家庭本有应尽之责任。只以国家不能保，则身家亦不能保；即为身家计，亦不能不于死中求生也。儿今日极力驱满，尽国家之责任者，亦即所以保卫身家也。他日革命成功，我家之人，皆为中华新国民，而子孙万世，亦可以长保无虞。则儿虽死，亦瞑目于地下矣！惟从此以往，一切家事均不能为大人分忧，甚为抱憾！幸有涛兄及诸孙在，则儿或可稍安于地下也。惟祈大人得信后，切不可过于伤心，

以碍福体，则儿罪更大矣。幸谅之！

兹附上致颖媳信一通，俟其到汉时面交，并祈得书时即遣人赴日本接其归国。因彼一人在东，无人照料，种种不妥也。如能早归，以尽子媳之职，或能轻儿不孝之罪。临死，不尽所言。惟祈大人善保玉体，以慰儿于地下。旭孙将来长成，乞善导其爱国之精神，以为将来为国报仇也。临书不尽企祷之至。敬请

万福金安

儿声洞赴义前一日禀于广州城

家中诸大人，及诸兄弟姊妹、诸嫂、诸侄儿女、诸亲戚统此告别。

**（选自傅德岷、李书敏主编：《中华爱国诗词散文鉴赏大辞典》，重庆出版社 1997 年版）**

## 知识

方声洞（1886—1911），字子明，福建侯官（今福州市）人。生于富商家庭，青年时代受革命思想影响，怀有颠覆满清、挽救民族危亡的信念。1902 年留学日本，日俄战争期间，他参加留日学生所组织的义勇队，反对帝国

主义侵略中国。1905 年在于叶医校读书，与兄声涛、妻王颖及嫂、妹等同时加入同盟会，任学校的中国留学生总代表，积极参加革命的宣传与组织活动。1911 年 3 月 2 日离开日本回国，4 月 27 日参加广州起义。在黄兴的率领下，和闽省精英林觉民、林尹民、林文、刘元栋等人猛攻入广东督署，最终弹尽力竭而亡，时年 25 岁。后葬于黄花岗烈士陵园，为黄花岗七十二烈士之一。

《起义前别父书》虽是家书，但实乃一篇痛陈革命之必要的宣言书。方声洞先从国家角度分析，揭露清政府的倒行逆施，指出“满政府一日不去，中国一日不免于危亡”；而后从个人出发，说明了保国家也是为了保小家的朴素真理；最后谈及家中的一些情况。这封家书说理充分，而又情真意切，由民族大义出发，最终以家庭亲情收尾，充满了对于国家和亲人的深沉热爱，正是那个年代革命青年舍生取义的精神写照。

# 致李孝章绝命书

陈敬岳

孝章团长先生台[1]鉴：

弟本一无才识之人，蒙公不弃，得列为伍，自思实有无限光荣。回首宗邦，潸然泪下，我最亲爱之同胞，何不幸居满清淫威政府之下，水深火热之中。回思我汉族土地，为满清所征服，以征服之土地、人民，行以最苛之手段相对待，不平孰甚，夫复何言！最痛心疾首者，为虎作伥之汉奸耳。欲拯吾同胞于水深火热之中，须先去一、二大汉奸以警其余。观环在粤垣[2]汉奸之纵横，惨无人性，因此忍无可忍，决意进行。佛教有云："我不入地狱，谁入地狱？"是以首先亲自领队出发。荷蒙足下允诺，以成弟志，可见生我者父母，知我者足下也。并承委谭、杨、李、伍四君与弟

同行，尤见足下之爱我情深，无微不至。倘此次旋[3]粤，不能杀却一二为虎作伥之汉奸，更有何面目以见足下。无论如何，必拼其一死，效汪君[4]所为。譬将炊米作饭，以饷我最亲爱之同胞，自愿以身为燃料，不幸此身竟殁，而热度亦居然升腾矣。弟寤寐思□[5]，非此不足以振国魂，以张民气。书至此，肝肠寸断，不能续笔。所望足下积极进行，达吾人所抱宗旨，弟虽死犹生，望勿以弟为念。□□□□□□□来银贰百元，经收到。□□，此请近安。

继成，南生两兄均此致候，恕不另函。

又六月二日

弟陈敬岳谨上

## 注释

①台：旧时对人的敬称。

②粤垣：粤城，广州。

③旋：回，还。

④汪君：指汪精卫。

⑤□：此处疑为“之”。

（选自戴逸主编：《辛亥烈士诗文选》，巴蜀书社 2011 年版）

陈敬岳，字接祥，广东省梅州市梅县区丙村人。自幼鄙视科举，1903 年赴海外遍历南洋各岛，设帐授徒，向学生灌输“汉贼不除，满清不覆；满清不覆，中国不强”的思想。后在马来西亚组建“中和堂”，继而参加同盟会，积极从事反清革命活动。1911 年参加广州“三二九起义”，起义失败后回到香港，加入支那暗杀团。后返回广州，与林冠慈合力谋刺清广东水师提督李准，以扫除革命障碍。8 月 13 日，得知李准由广州南门外的水师公所（在今北京南路）进城，林冠慈与陈敬岳两人伺其入城途中，投以炸弹，伤李准腰部，林冠慈当场中弹牺牲。陈敬岳行至育贤坊时，被巡警逮捕入狱，同年 11 月 7 日广州光复前夕，被清吏李世贤杀害（按：另有资料称，当时按行刺大员未成例，判为监候绞，光复后乃得释）。

解读

这封绝命书直白简练，但情感热烈，充满豪勇之气。陈敬岳先从大义角度，再从对李孝章的友谊出发，直抒胸臆，质朴感人。从这封绝命书里，我们也可以读到当时的革命者在艰难的条件下从事暗杀活动的心理动因。

# 遗　　书

赵一曼

宁儿：

母亲对于你没有能尽到教育的责任，实在是遗憾的事情。母亲因为坚决地做了反满抗日的斗争，今天已经到了牺牲的前夕了！

母亲和你在生前是永远没有再见的机会了。希望你，宁儿啊！赶快成人，来安慰你地下的母亲！我最亲爱的孩子啊！母亲不用千言万语来教育你，就用实际来教育你。在你长大成人之后，希望你不要忘记你的母亲是为国而牺牲的！

一九三六年八月二日

你的母亲赵一曼于车中

（选自中宣部党建杂志社、红旗出版社编辑部编：《信仰的力量（精神卷）》，红旗出版社 2011 年版）

## 知识

赵一曼（1905—1936），原名李坤泰，又名李一超，人称李姐。四川省宜宾县白花镇人。黄埔军校武汉分校第六期女队学生，1926 年后加入中国共产党，1927 年受党组织委派赴莫斯科中山大学学习，1928 年回国，从事地下党工作。九一八事变之后赶赴东北主持革命工作。1935 年担任东北抗日联军第三军二团政委，在与日寇的斗争中被捕，受尽严刑拷打却坚贞不屈。后逃脱失败，于 1936 年 8 月就义。

## 解读

8 月 2 日，敌人将赵一曼押上了开往珠河的火车，在生命的最后时刻，赵一曼向押送人员要来了纸和笔，留下了这最后的遗言。虽然只有简短的几句，却体现了一位母亲对孩子深沉的爱，以及共产党人坚定不移的牺牲精神，感人至深。

# 革命理想　九死不悔

# 夏明翰绝笔诗文

## 就 义 诗

砍头不要紧，只要主义真。

杀了夏明翰，还有后来人。

（选自萧三主编：《革命烈士诗抄》，中国青年出版社 2004 年版）

## 遗 书 三 封

### 给母亲[1]的遗书

你用慈母的心抚育了我的童年，你用优秀古典诗词开拓了我的心田。爷爷[2]骂我，关我，反动派又将我百倍熬煎。亲爱的妈妈，你和他们从来就是格格不入的。你只教儿为民除害，为国除奸，在我和弟弟妹妹投身革命的关键时刻，你给了我们精神上的关心，物资上的支援。亲爱的妈

妈，别难过，别呜咽，别让子规口血蒙了眼，别用泪水送儿离人间。儿女不见妈妈两鬓白，但相信你会看到我们举过的红旗飘扬在祖国的蓝天！

## 给妻子的遗书

亲爱的夫人钧[③]：同志们曾说世上唯有家钧好，今日里我才觉得你是巾帼贤。我一生无愁无泪无私念，你切莫悲悲凄凄泪涟涟。张眼望，这人世，几家夫妻偕老有百年。抛头颅，洒热血，明翰早已视等闲。“各取所需”终有日，革命事业代代传。红珠留着相思念，赤云[④]孤苦望成全。坚持革命继吾志，誓将真理传人寰！

## 给大姐和外甥女的遗书

大姐为我坐牢监，外甥为我受株连。我们没有罪，我们要斗争。人该怎样做，路该怎样走，要有正确答案。我一生无憾事，认定了共产主义这个为人类解放造幸

福的真理，就刀山敢上，火海敢闯，甘愿抛头颅，洒热血！

## 注释

①母亲：夏明翰的母亲叫陈云凤，湖南衡阳人，出身书香门第，性情温良，能文善诗。1889年与夏绍范结婚。夫妇两人志同道合，拥护孙文学说，继而信仰共产主义。她是夏明翰走上革命的启蒙者和坚定的拥护者，因而深受夏明翰敬重。

②爷爷：即夏明翰的祖父夏时济，他思想顽固，反对革命。曾与盘踞衡阳的军阀吴佩孚来往，还将夏明翰囚禁家中，阻止他参加革命。后在母亲的帮助下，夏明翰才得以脱离封建牢笼，到长沙参加革命。

③夫人钧：即夏明翰的妻子郑家钧，原是一位不识字的绣花女工。他们结婚后，相亲相爱，相敬如宾。夏明翰帮助妻子学文化，郑家钧则帮助丈夫做好革命工作。

④赤云：指夏明翰的女儿夏芸。

**（选自陈辉汉主编：《理想情操之歌——革命英烈诗文选》，湖北少年儿童出版社1991年版）**

## 知识

夏明翰（1900—1928），字桂根，湖南衡阳人。1917年，出身豪绅家庭的夏明翰违背祖父心愿报考新式学校。

五四运动中，主编《湘南学生联合会周刊》。1920年到长沙后加入中国社会主义青年团，次年加入中国共产党。1924年任中共湖南省委委员，并负责农委工作。1925年兼任湖南省委组织部部长、农民部部长和长沙地委书记，极力主张武装农民。1927年春，任全国农民协会秘书长兼武汉中央农民运动讲习所秘书。6月调回湖南，任中共湖南省委委员兼组织部部长。中共八七会议后，在湖南积极参加组织秋收起义。10月，兼任平（江）浏（阳）特委书记。1928年年初，调任中共湖北省委常委，同年2月，在汉口因叛徒出卖被敌人逮捕。在狱中，夏明翰写下了《遗书三篇》。3月20日（农历二月二十九）清晨，夏明翰被押送到汉口余记里刑场。当行刑人员问他还有什么话说时，他要来纸笔，写下了流芳百世的《就义诗》。

给妈妈的遗书，夏明翰突出的是对妈妈的关爱和劝勉，因为他知道，作为一个母亲，失去亲儿子是如何的沉痛。对妻子，夏明翰则希望她化悲痛为力量，将革命遗志继承下去。给大姐，夏明翰则表明了自己的共产主义理想和造福人类的勇气和决心。不同的侧重点，显现出夏明翰细腻而深沉的情感。《就义诗》则写得简洁有力，掷地有声，显现出夏明翰不屈不挠的斗志和坚信革命事业必将得到继承的乐观精神，充满了鼓舞人心的豪迈力量。

# 就义前给诸兄嫂的遗书

刘伯坚

凤笙大嫂[①]并转五六诸兄嫂：

本月初在唐村写寄给你们的信、绝命词及给虎、豹、熊[②]诸幼儿的遗嘱，由大庾县邮局寄出，不知已否收到？

弟不意现在尚留人间，被押在大庾粤军第一军军部，以后结果怎样，尚不可知，弟准备牺牲。生是为中国，死是为中国，一切听之而已。

现有两事须要告诉你们，请注意！

一、你们接我前信后必然要悲恸失常，必然要想方法来营救我。这对于我都不须要。你们千万不要去找于先生[③]及邓宝珊[④]兄来营救我。于、邓虽然同我个人的感情虽好，我在国外叔振[⑤]在沪时还承他们殷殷照顾，并关注我不要在革命中犯危险。但

我为中国民族争生存争解放与他们走的道路不同。在沪晤面时，邓对我表同情，于说我所做的事情太早。我为救中国而犯危险，遭损害，不须要找他们来营救我，帮助我，使他们为难。我自己甘心忍受。尤其须要把我这件小事秘密起来，不要在北方张扬，使马二先生⑥知道了，做些假仁假义来对付我。这对于我丝毫没有好处，而只是对我增加无限的侮辱，丧失革命者的人格。至要至嘱（知道的人多了就非常不好）。

二、熊儿生后一月，即寄养福建新泉芷溪黄荫胡家；豹儿今年寄养在往来瑞金、会昌、雩都、赣州这一条河的一只商船上，有一吉安人罗高，廿余岁，裁缝出身，携带豹儿。船老板是瑞金武阳围的人，叫赖宏达，有五十多岁，撑了几十年的船，人很老实。赣州的商人多半认识他。他的老板娘叫郭贱姑，他的儿子叫赖连章（记不清楚了），媳妇叫做梁照娣。他们一家人都

很爱豹儿，故我寄交他们抚育。因我无钱，只给了几个月的生活费，你们今年以内派人去找着，还不致于饿死。

我为中国革命没有一文钱的私产，把三个幼儿的养育都要累着诸兄嫂。我四川的家听说久已破产，又被抄没过，人口死亡殆尽。我已八年不通信了。为着中国民族，就为不了家和个人。诸兄嫂明达，当能了解，不致说弟这一生穷苦，是没有用处。

诸儿受高小教育至十八岁后即入工厂作工，非到有自给的能力不要结婚，到卅岁结婚亦不为迟，以免早生子女自累累人。

叔振仍在闽，已两个月余不通信了。祝诸兄嫂近好！

弟　坚

三月十六日于江西大庾

①凤笙大嫂：刘伯坚爱人的大嫂。

②虎、豹、熊：即刘伯坚的儿子刘虎生、刘豹生、刘熊生。

③于先生：指于右任。陕西三原人，曾任国民党联军驻陕总司令。

④邓宝珊：甘肃天水人，曾任国民党西安绥靖公署驻甘肃行署主任，兼新一军军长。

⑤叔振：刘伯坚的爱人王叔振。

⑥马二先生：即冯玉祥。安徽巢县人，曾任国民联军总司令。

**（选自中国革命博物馆编：《革命烈士遗书选》，贵州教育出版社 1997 年版）**

## 知识

刘伯坚（1895—1935），四川平昌人，早年曾就读于成都高等师范学堂（四川大学前身）。1920 年赴欧洲勤工俭学；1921 年与周恩来等发起组织中国少年共产党，1924 年成为中国共产党党员，继而被派往莫斯科东方大学学习。1926 年应邀在冯玉祥部任国民军第二集团军总政治部副部长，奠定了西北军的政治工作基础。1927 年四一二政变后，来到上海从事秘密工作，后再次被派往苏联学习军事，并出席了中共六大。1930 年回到中央苏区后，任苏区工农红军学校政治部主任，参与领导宁都起义并任红五军团政治部主任，后任中革军委总政治部宣传部副部长。中央红军长征后，留在苏区坚持斗争。1935 年 3 月率

部队突围时不幸负伤被捕，21日在江西大庾壮烈牺牲。

1935年年初，中央分局、赣南省党政机关被敌人围困在狭小的仁风地区。3月上旬，刘伯坚率领党政机关人员在信丰、会昌交界处的牛岭、马岭突围，遭到数倍于我的敌军围追堵截。激战中，不幸负伤被俘。在狱中，刘伯坚自知必死无疑，便给自己的家人写信。在写给凤笙大嫂的这封信中，他主要谈到了对于孩子们的关心，言语之间深深表现了共产党人的两袖清风的高风亮节。尤其感人肺腑的是，比起自己的个人安危，刘伯坚更看重革命者的人格。因而，他叮嘱亲友们不要把此事告诉某些同情他的国民党上层人士如冯玉祥、于右任、邓宝珊等人，表现了一个共产党人的伟大操守。

## 遗　书

瞿秋白

1935年6月17日晚，梦行小径中，夕阳明灭，寒流幽咽，如暑仙境。瞿日读唐人诗，忽见“夕阳明灭乱山中”句，因集

句得偶成一首：

夕阳明灭乱山中，（韦应物）

落叶寒泉听不穷；（郎士元）

已忍伶聘十年事，（杜　甫）

心诗半偶万缘空。（郎士元）

方欲提笔录出；而毕命之令已下，甚可念也。秋白半有句：“眼底烟云过尽时，正我逍遥处。”此非词谚，乃狱中言志耳。

秋白绝笔

六月十八日

**（选自黄清华编著：《中外名人绝笔咀华》，甘肃少年儿童出版社 1990 年版）**

**知识**

瞿秋白（1899—1935），生于江苏常州。1917 年秋考入北京俄文专修馆学习。1919 年五四运动爆发，参加领导北京的学生爱国运动。1920 年年初参加马克思主义学说研究会，1922 年加入中国共产党。1925 年，瞿秋白先后在中共第四、五、六次全国代表大会上当选为中央委员、中央局委员和中央政治局委员，成为中共领袖之一。大革命失败后，主持召开“八七会议”。1934 年年初进入中央革命根据地。中央红军主力长征后，留在南方坚持游

击战争。1935 年 2 月在福建长汀转移途中被捕，敌人采取各种手段对他利诱劝降，都被他严词拒绝，最终英勇牺牲。

## 解读

瞿秋白博学多才，文采尤其出众，是著名的文人革命家。他的一生虽然不长，却饱经忧患。被捕后的 6 月 18 日清早，瞿秋白知道赴难在即，坐在床上燃烟读书，思绪万千，最后写下了这段集唐人诗句而成的一绝。前两句描画出清冷苍凉的意境，但瞿秋白却有“听不穷”的淡然自得，表明他并不对自己的生死有过多留意，而抱有一种平静无惧的心态。后两句则是瞿秋白自己的慨叹，在这里，他回首一生，以一种空寂的禅门心态来看待自己的死亡，充满了精神的超脱感受。

## 警语

只有实际生活中可以学习，只有实际生活能教训人，只有实际生活能产生社会思想。

——瞿秋白

# 林正良诗三首

## 除夕前二日被捕

蓦地风波起不平，满城风雨鸡犬惊。
声声腊鼓催除岁，处处警岚在捉人。
思想自由偏犯罪，救亡努力反殃身。
河山破碎挟桑恨，祸起萧墙耻用兵！

## 狱中感怀

腊底蟾圆此地游，万家灯火照洋楼。
河山一角藏歌舞，教育无功罪朋俦。
伤心怕读东林传，挥泪那堪作楚囚。
底事敌人尚压境，同根萁豆忍相仇？

## 狱中勉诸儿

国仇家难恨重重，责在儿身莫放松。
学艺克家跨灶子，读书救国主人翁。

歌成正气文相国，冰结坚甲史阁公。
千古英雄承母教，圣贤事业盼追踪。

## 知识

林正良，贵州金沙人。1930 年考入贵州省立男子师范学校。在校期间，接触马克思主义学说，思想发生很大变化。1933 年毕业后，回到家乡任小学教员、教导主任、校长等职。自 1934 年开始，林正良与蓝运富、李绍夫等人共同学习，在新场地区传播革命思想，开展抗日救亡活动。抗日战争爆发后的 1938 年春，他在新场一小职工中秘密组织“文艺研究会”，阅读进步书刊，培养了一批宣传进步思想的骨干。1938 年 10 月，经蓝运富、李绍夫介绍，加入中国共产党。1939 年春，到中共石场支部工作。8 月，回到新场担任总支书记。

1941 年 1 月 24 日，林正良被国民党当局逮捕，押解贵阳，关进省保安处看守所。在狱中，敌人诱降不成，又酷刑相加，他嗤之以鼻，并作诗痛斥国民党的白色恐怖罪行。1941 年 6 月 7 日，被秘密杀害于狱中。

《除夕前二日被捕》以描写为主，反映出国民党白色恐怖下人心惶惶、万马齐喑的社会现状，讽刺了国民党的压制自由、消极抗日。《狱中感怀》以抒发情感为主，慨

叹自己身陷囹圄、而国民政府大敌当前却自相残杀的荒谬行径。《狱中勉诸儿》则壮怀激烈，勉励儿子继承革命遗志，效法历史上的民族英烈。三首诗感情真挚，说理透彻又合理用典，文采斐然，体现出极强的感染力。

## 遗　　书

（加）白求恩

亲爱的聂司令员：

今天我感觉非常不好——也许我会和你们永别了！请你给蒂姆·布克（时任加拿大共产党书记）写一封信，地址是加拿大多伦多城威灵街第十号门牌。

用同样的内容写给国际援华委员会和加拿大民主和平联盟会。

告诉他们，我在这里十分快乐，我唯一的希望就是能够多有贡献。

也写信给白劳德，并寄上一把日本指挥刀和一把中国砍刀，报告他我在这边的

工作情形。

这些信可以用中文写成，寄到那边去翻译。

把我所有的照片、日记、文件和军区故事片等一概寄回那边去，由蒂姆·布克分散，并告诉他有一个电影的片子将要完成。

把我的皮大衣给蒂姆·布克，一条皮里的日本毯子给约翰·艾迪姆斯，那套飞行衣寄给伊尼克·亚当斯吧！另一条日本毯子给帕拉西斯特拉。

在一个小匣子里有个大的银戒指（是布朗大夫给我的），要寄给加拿大的玛格丽特，蒂姆·布克知道她的地址。

我还没有穿过的两双新草鞋，送给菲利普·克拉克，那面大的日本旗送给莉莲。

所有这些东西都装在一个箱子里。

用林赛先生送给我的那十八美金做寄费。这个箱子必须很坚固，用皮带捆住锁好，再外加三条绳子保险。

请求国际援华委员会给我的离婚妻子拨一笔生活的款子，或是分期给也可以。在那里我（对她）应负的责任很重，决不可以因为没有钱而把她遗弃了。向她说明，我是十分抱歉的！但同时也告诉她，我曾经是很快乐的。

将我永不变更的友爱送给蒂姆·布克以及所有我的加拿大的和美国的同志们！

两个行军床，你和聂夫人留下吧，两双英国皮鞋也给你穿了。

马靴和马裤给冀中的吕司令。贺龙将军也要给他一些纪念品。

给叶部长两个箱子，游副部长八种器械，杜医生可以拿十五种。卫生学校的江校长让他任意挑选两种物品做纪念吧。

打字机和松紧绷带给郎同志。

手表和蚊帐给潘同志。

一箱子食品送给董（越千）同志，算作我对他和他的夫人、孩子们和姐妹们的新年赠礼！文学的书也全给他。

医学的书籍和小闹钟给卫生学校。

给我的小鬼和马夫每人一床毯子，并另送小鬼一双日本皮鞋。

每年要买二百五十磅奎宁和三百磅铁剂，专为治疗患疟疾和贫血病患者。千万不要再往保定、天津一带去购买药品，因为那边的价钱要比沪、港贵两倍。

最近两年是我平生最愉快、最有意义的日子，感觉遗憾的就是稍嫌孤闷一点。同时，这里的同志，对我的谈话还嫌不够。

我不能再写下去了。让我把千百倍的谢忱送给你和其余千百万亲爱的同志。

**（选自江河编：《名人的遗书》，时代文艺出版社 2006 年版）**

## 知识

白求恩（1890—1939），加拿大胸外科医师，国际主义战士。1916 年毕业于多伦多大学医学院，获学士学位。1935 年 11 月加入加拿大共产党。1936 年冬志愿赴西班牙参加反法西斯斗争。1938 年 3 月，受加拿大共产党和美国共产党派遣，率领一支由加拿大人和美国人组成的医疗队来到中国延安。8 月，任八路军晋察冀军区卫生顾问，其

间，从人员、器械、知识传播、医疗制度等各个方面为当地医疗水平的提高作出了巨大贡献。他还深入战斗前线，救治了无数伤员。10月下旬，在涞源县摩天岭战斗中抢救伤员时左手中指被手术刀割破感染，转为败血症，医治无效，于11月12日凌晨在河北省唐县黄石村逝世。12月1日，延安各界举行追悼大会，毛泽东题了挽词，并于12月21日写下《纪念白求恩》一文，号召中国共产党员学习他的国际主义精神和共产主义精神。

作为伟大的国际共产主义战士，白求恩为中国人民作出的杰出贡献通过毛主席的《纪念白求恩》一文而广为人知。白求恩的这封遗书，虽然多为身后细碎事务的叮嘱，但从细节处可以看出，他一生为共产事业服务，两袖清风；同时，他还挂念着他众多的朋友们，体现出真挚的革命友谊。从这份遗书里，我们看到了毛主席所赞颂的“一个高尚的人，一个纯粹的人，一个有道德的人，一个脱离了低级趣味的人，一个有益于人民的人”的光辉形象。

# 捍卫人民　浩气长存

# 最后的演说

（法）罗伯斯庇尔

共和国的敌人说我是暴君！倘若我真是暴君，他们就会俯伏在我的脚下了。我会塞给他们大量的黄金，赦免他们的罪行，他们也就会感激不尽了。倘若我是个暴君，被我们打倒了的那些国王就绝不会谴责罗伯斯庇尔，反而会用他们那有罪的手支持我了。他们和我就会缔结盟约。暴政必须得到工具。可是暴政的敌人，他们的道路又会引向何方呢？引向坟墓，引向永生！我的保护人是怎样的暴君呢？我属于哪个派别？我属于你们！有哪一派从大革命开始以来查出这许多叛徒，并粉碎、消灭这些叛徒？这派别就是你们，是人民——我们的原则。我忠于这个派别，而现代的一切流氓恶棍都拉帮结党反对它！

确保共和国的存在一直是我的目标；我知道共和国只能在永存的道德基础上才能建立起来。为了反对我，反对那些跟我有共同原则的人，他们结成了联盟。至于说我的生命，我早已把生死置之度外了！我曾看见过去，也预见将来。一个忠于自己国家的人，当他不能再为自己的国家服务，再也不能使无辜的人免受迫害时，他怎么会希望再活下去？当阴谋永远压倒真理、正义受到嘲弄、热情常遭鄙薄、有所忌惮被视为荒诞无稽，而压迫欺凌被当作人类不可侵犯的权势时，我还能在这样的制度下继续做些什么呢？目睹在革命的潮流中，泥沙俱下，鱼龙混杂，周围都是混迹在人类真诚朋友之中的坏人，我必须承认，在这样的环境下，有时我确实害怕我的子孙后代会认为我已被他们的污秽沾染了。令我高兴的是，这些反对我们国家的阴谋家，因为不顾一切的疯狂行动，现在已与所有忠诚正直的人画下了一条深深的

界限。

只要向历史请教一下，你便可以看到，在各个时代，所有自由的卫士是怎样受尽诽谤的。但那些诽谤者也终不免一死。善人与恶人同样要从世上消失，只是死后情况大不相同。法兰西人，我的同胞啊，不要让你的敌人用那为人唾弃的原则使你的灵魂堕落，令你的美德削减吧！不，邵美蒂啊，死亡并不是“长眠”！公民们！请抹去这句用亵渎的手刻在墓碑上的铭文，因为它给整个自然界蒙上一层丧礼黑纱，使受压迫的清白者失去依赖与信心，使死亡失去有益的积极意义！请在墓碑刻上这样的话吧：“死亡是不朽的开端。”我为压迫人民者留下骇人的遗嘱；只有一个事业已近尽头的人才能毫无顾忌地这样说，这也就是那严峻的真理：“你必定要死亡！”

（选自江河编：《名人的遗书》，时代文艺出版社 2006 年版）

## 知识

罗伯斯庇尔（1758—1794），法国大革命时期政治活动家，雅各宾派领袖。因在1791年宪法制定过程中反对积极公民和消极公民的划分而声名鹊起。立法会议期间以群众领袖身份从事革命活动，领导雅各宾俱乐部，主办《宪法保卫者》周刊，担任巴黎革命法庭公诉人。1792年8月下旬，在国民公会选举中当选为代表。参加了对路易十六的审判，坚决主张处决路易十六。同吉伦特派在议会内外展开斗争，组织和领导了推翻吉伦特派的活动。1793年5月31日至6月2日起义后建立起雅各宾专政，罗伯斯庇尔成为法国最有权力的人。执政期间努力实践卢梭的社会政治思想，力图实现人民主权和建立民主共和国，主张通过部分的分配财产以达到社会平等。面对当时法国革命的严峻形势，果断实行恐怖统治。1794年年初，法国局势趋于缓和，雅各宾派内部产生政策分歧。罗伯斯庇尔先后镇压了左翼的埃贝尔派和右翼的丹东派，使自己陷于孤立境地。1794年7月27日，反对势力联合发动“热月政变”，罗伯斯庇尔被捕，于次日被送上断头台。

## 解读

这是罗伯斯庇尔在7月26日他被捕的前一天在国民公会上发表的演说。这时的罗伯斯庇尔已经有了对危险的预感，因此，在演讲中，他重申了自己的正义性，为自己

作了慷慨激昂的辩护。作为一位政治家，罗伯斯庇尔乃是一个极具争议的人物；但是，在这篇演讲中，我们看到了法国大革命最为根本的正义原则：与人民在一起。而结尾处罗伯斯庇尔对于死亡的叙述，既显现了他已经有了不祥的预感，也表现出他不畏死亡、追求正义的革命精神。

## 写给人民的遗嘱

（哥）玻利瓦尔

哥伦比亚的人们：

你们亲眼见到了我为在暴政统治过的地方实现自由而作的努力。我放弃了家产，甚至宁静的生活，无私地尽力而为。当我相信，你们不信任我的无私时，我放弃了权力。我的敌人滥用了你们的轻信，践踏了对我来说是神圣的东西：我的声誉和我对自由的热爱。我成了我的迫害者的牺牲品，他们把我带到了坟墓的大门口。但我宽恕他们。

当我即将在你们中间消失时，我内心感到，我应该表示我最后的希望。除了哥伦比亚的巩固之外，我不企求别的荣誉。团结的好处不可估量，你们大家应该为此竭尽全力：人民要服从现政府以摆脱无政府状态，圣祠的牧师要向上天祈祷，而军人要利用他的利剑捍卫社会的权利。

哥伦比亚的人们，我最后的祝愿是希望祖国幸福，如果我的死有助于停止党争，巩固团结，那我将死也瞑目了。

（选自江河编：《名人的遗书》，时代文艺出版社2006年版）

## 知识

玻利瓦尔（1783—1830），出生于委内瑞拉的加拉加斯，早年丧失双亲，被亲属抚养成人。他所成长的时代，美洲大陆还处在西班牙残酷的殖民统治之中。1799年，玻利瓦尔前往西班牙学习，1807年回国参加领导委内瑞拉的独立战争，1811年委内瑞拉宣告独立，他成为革命军的一员。委内瑞拉第一共和国灭亡后前往卡塔赫纳，1813年回国再次解放加拉加斯，建立第二共和国；次年第二共和国覆灭后被迫出走牙买加，1817年再次返回委内瑞拉，建立第三共和国。1819年进军圣菲波哥大，宣布成立大哥伦比亚共和国并担任大哥伦比亚共和国总统。1821年重新攻占加拉加斯，彻底解放委内瑞拉，随后挥师南下，陆续解放厄瓜多尔、秘鲁、玻利维亚，并担任秘鲁、玻利维亚总统。1826年回国，正式行使总统职权。1830年4月因未能维护大哥伦比亚共和国内部统一而辞去大哥伦比亚共和国总统职务，同年12月17日在圣玛尔塔因病逝世。由于他对南美洲革命所作出的杰出贡献，他被南美洲民众誉为“解放者”。

## 解读

晚年的玻利瓦尔在政治上并不顺利，他一手建立的大哥伦比亚受到了君主政体支持者和分离主义的挑战。风云诡谲的政治形势，使得心力憔悴的他最终辞去了总统职务，这封遗书正是在这种境况下写成的。一方面，玻利瓦尔对自己的政治敌手表示宽恕，显现出了豁达的胸襟；另一方面，他对大哥伦比亚的事业念念不忘，希望国家能够巩固，人民能够团结，从而体现出他强烈的历史忧患和伟大的政治理想。

## 就义前的讲话

（美）约翰·布朗

如果法庭允许的话，我有几句话要说：

第一，除掉我所始终承认的——即我的解放奴隶计划之外，我否认一切。我当然想做些此类正义事情，如我去年冬天所曾做过的，当时我到密苏里，在那里双方没有开一枪便带走了奴隶，通过美国，最后把他们安置在加拿大。我计划着在更大的规模上再去做这同样的事情。这就是我的全部企图。我从没有企图过暗杀或反叛或毁灭财富或煽动奴隶造反或暴动。

我还有一个抗议：那就是我受这样的处罚是不公平的。如果我以我所承认的方式干预此事，而且我们承认的业已基本证实（因为我敬佩在这个案件中作证的大部分证人的诚实和公正），——假如我这样的

干预是为了富人、有权势者、有才智者、所谓大人物的人，或者是为了任何他们的朋友——无论是其父母、兄弟、姐妹、妻子、儿女，或者任何其中之一——而且受到损害和牺牲，如我在这次干预中受到的一样，那就好了，那么在这法庭上的每个人都将会认为这种行为应当得到报酬而不应得到处罚。

我想这个法庭承认上帝的法律是正当的。我看到我在这里和它接吻的这本书，我想这是《圣经》，或至少是《新约全书》。它教导着我：愿意人怎样待我，我也要怎样待人；它又教我："记着在缧绁中的人们，就如同和他们被监禁在一起一样。"我努力遵照这个教训行动。我说，我还太年轻，不能理解上帝是会偏袒人的。我相信如我所做的那样干预——如我所常常坦白地承认的，我曾是为了上帝的被人贱视的可怜虫的利益而行动，这不是错误而是正义的。现在在这个奴隶制的国度里，千

百万人的权利全被邪恶、凶残和不义的立法所摒弃，如果认为必要，我应当为了贯彻正义的目的付出我的生命，把我的鲜血、我子女的鲜血和千百万人的鲜血混合在一起。——我请求判决：就让它这样办吧！

让我再说一句话。

我完全满意于我在审判中所受到的处置。从各种情况来考虑，这比我所期望的更为宽大。但我认识不到我的罪。开始我就曾说过什么是我的意图，什么不是我的意图。我从没有危害任何人的生命的计划，也没有任何叛逆或煽动奴隶起义或发动任何总暴动的布置。我从没有鼓励过任何人去这样做，却总是打消任何这类的念头。

让我再说一句关于那些与我有关的人们所说的话。我听到他们中间有些人说我引诱他们和我联合，但事实却与此相反。我说这句话的目的不是来伤害他们，但是深为他们的弱点而抱憾，他们和我联合的没有一个人不是出自自愿的，并且他们大

部分还是用的自己的钱。他们中间有很多人直到来找我的那天，多从没有和他们见过面，从没有和他们说过一句话；这就是为着我已经说过了的目的。

现在我的话已经说完了。

（选自江河主编：《名人的遗书》，时代文艺出版社 2006 年版）

## 知识

约翰·布朗（1800—1859），19 世纪美国废奴运动领袖。生于美国康涅狄格州托林斯顿镇一个贫苦白人家庭，父亲就是一个坚决的废奴主义者。他从小就对蓄奴制深恶痛绝，长大后决心为反对奴隶制而战。1850 年，他建立了一个黑人武装组织——基列人同盟，为以后的起义作了组织上的准备。1854 年，在南方奴隶主的操纵下，国会通过了反动的《堪萨斯—内布拉斯加法案》，规定让堪萨斯和内布拉斯加两地区的居民自行决定他们自己居住的地区应为蓄奴州还是自由州。南方奴隶主组织大批武装匪徒，企图用武力控制选举，建立权策制。北方的废奴主义者也拿起武器，来到堪萨斯，决心把这里变为自由州。双方展开了搏斗。约翰·布朗带领废奴主义者于 1859 年 10 月在弗吉尼亚州发动了黑人起义，这次起义是用暴力推翻奴隶制的尝试，推动了废权运动的发展。但起义最终由于

敌我力量悬殊而失败，约翰·布朗身负重伤被俘。以“杀人叛国，煽动黑奴叛乱”的罪名被判死刑。

这是约翰·布朗在临赴绞刑架之前发布的最后的演说。

在这篇著名的法庭演讲中，约翰·布朗通过为自己辩护的过程，不但显现了所谓审判者们只为权贵说话的嘴脸，还深刻揭露了黑人所遭受的不公正待遇。而在辩词的最后，他事实上指出，废奴运动有着广泛的群众基础和道德认同。整体来看，约翰·布朗的发言逻辑严密而又深刻有力，再加上他巧妙的话语艺术，使得演说具有深刻的震撼人心的力量。

## 致梅尔卡多的信

（古）何塞·马蒂

我最亲爱的弟兄：

现在我终于能写信，终于能向你表示我对你和你家庭的深情、感激和尊敬了，我把你的家庭当作自己的一样，认为是我

的骄傲和义务所在。现在我每天都可能为我的国家和责任而献出生命——我了解这一点，并且有决心把它实现——我的责任是通过古巴的独立，及时防止美国在安的列斯群岛的扩张，防止它挟持这一新的力量扑向我们的美洲。我到目前为止所做的一切，以及今后要做的一切，都为了这个目的。以前我们对这一点不得不保持沉默并采用暗示，因为有些事必须隐蔽些，如实公布的话，可能引起过分巨大的困难，从而不易实现。

……我明白，我们的理想，我们国家的意志是一致的；但是这一类事情总牵涉到关系、时机和条件。作为代表，我不愿意做什么仿佛越出代表职权的事。我和马西莫·戈梅兹将军以及另外四个人乘一条小船，我在船头操桨，冒着风暴来到古巴海滩一个陌生的砂砾地，我背着背包和步枪在荆棘丛生的山地走了十四天——我们一路上发动群众；我在人们善良的灵魂中

深深感到我对人们苦难的同情和解除他们苦难的渴望；毫无疑问，农村已经在我们控制之下，在一个月里，我只听到一次枪声；在城市附近，我们要就是打胜仗，要就是检阅三千个热情高涨的武装人员。我们继续向岛中心挺进，在我发动的革命面前，我将交出流亡志士授予我的、受到尊重的权力，然后根据新的情况召开一次真正的古巴人民的代表大会——武装的革命者的代表大会。革命希望在军队中享有充分的自由，不要以前那种未经真正批准的败事有余的议院，不要那种热衷于共和主义的多疑的青年人，也不要那种害怕将来过分突出的患得患失的领袖；革命希望共和国能得到既质朴又可尊敬的代表——共和国的代表应该具有那种在战争中鼓舞和支持革命者的人道和正直的精神，充满对个人尊严的热望。在我说来，我懂得人民不可能被引导来反对那个推动他的灵魂，也不能没有那个灵魂；我知道人们的心灵

是怎么激发起来的，怎么利用人心热烈的状况来展开不断的运动和进攻。至于形式，可以包含许多内容，人的事情将由人来完成。您了解我。我只维护一切保证革命、为革命服务的事情。我知道自己总有一死。但是我的思想不会死灭，我的默默无闻也不会使我愤懑。只要我们的肉体存在，我们就要行动，由我，或者由别人来完成。

上面已经谈过公众关心的事情，现在我不妨对您谈谈我个人的情况吧，只有责任感才能从他想望的死亡中唤起这个人，既然纳赫拉已经见不到了，那这个人唯有您最了解，他在内心万分珍惜您使他感到骄傲的友情。

在我旅行之后，我料想得到你们暗地里一定在责怪：我们把一片心意全给了他，他却毫无反应！这个人多么负心，多么冷漠，我们对他的一番情意竟然不能使他在信纸或者甚至报纸上写一封信！

有些感情是这样真诚微妙……

（选自江河编：《名人的遗书》，时代文艺出版社 2006 年版）

## 知识

何塞·马蒂（1853—1895），古巴民族英雄，独立战争领袖，诗人。1853 年出生在哈瓦那，父母都是西班牙人。从儿童时代起，就具有强烈的反对专制的精神。15 岁读大学的时候创办了《自由祖国》和《祖国报》，16 岁时被捕并罚作苦役，后来又被流放到西班牙。在西班牙，他还为古巴的独立不懈地奔走呼吁，同反动、专制主义分子进行辩论，并于 1873 年写了《古巴的政治囚禁》，对殖民政府的罪行进行有力的揭露。1880 年流亡美国，继续从事民族独立活动。1892 年 4 月 10 日，宣告成立古巴革命党，被选为代表，负责党的最高职务。1895 年回古巴领导独立战争，5 月 19 日，在西班牙军队袭击戈斯麦和马蒂在东方省多斯里奥斯的军营的战斗中阵亡。著作有诗作《平易集》《自由的诗》和诗剧《阿布达拉》等。

本文是何塞·马蒂在阵亡的前一天写给战友梅尔卡多（墨西哥人）的一封信。由于战争的紧急和残酷，信没有写完，但他却再也没有机会去完成它了。

## 解读

在这篇文章中，何塞·马蒂深情地书写了他的革命历程，其中不但有艰辛的革命经验，更有对未来的展望。一方面，他在文中对于民众热情地呼唤，并推动人民成为革命的主体力量，显现出他对于革命的深刻理解和睿智头脑；另一方面，他认为只要思想传世，个人的成败不算什么："我的默默无闻也不会让我愤懑"，体现了一个革命者毫不为己的伟大人格。

生活在世界上，就有使它更美好的义务。

——（古）何塞·马蒂

## 狱中致难友

（节选）

（德）台尔曼

亲爱的社会主义的共患难的同志和革命战友：

读着你的来信．我曾希望能听到你的声音，接触到你本人，了解你的品格。

这是一件很难的事情，它需要在知人这一方面具备天才和勤奋的研究。因此，我想和你直言无隐和推心置腹地谈谈，就像兄弟、朋友、革命战友之间谈话一样。

监禁我们的地方，的确是个狭小的天地。监狱的外面是广阔的世界，但是这个世界我们只能去想象它，而不能直接处在其中。我常常问我自己，同那些享受金色的自由的人们相比，这儿的生活天地毕竟是多么的狭小啊！多年囚禁的孤寂．毁灭心灵的监狱环境，四面光秃秃的墙壁，以及多年与自由相隔绝，这不可避免地会暂时使人精神忧郁，以至发出绝望的呼号。

当我想到我在监禁期间有多少事情已经悄然溜去的时候，我就不得不闭上眼睛。在这里，如果没有迷失方向，没有身未亡而心先死，那就已经很不错了。孤寂之墙对人人都会产生一定的影响，对我们也是这样。诚然，埋怨孤寂是渴望摆脱这种孤寂的一种表示。但是我们总能在困境中锤炼美德。这种孤寂多么严重地摧残着我们的身心。这除了多年直接经历过、亲身忍受过这种孤寂的“专家”以外，是没有人能够加以证实的。对妻子儿女的想念，对

父母、兄弟姐妹以及对朋友的怀念，对欢聚时互相说笑的渴望，对和同志们一起欢度休息时间的向往；总之也就是对金色的自由的渴望——所有这些，也许会强烈地揪住人的心弦。某些人可能因此在这里沉闷下去，陷于自怨自艾，沉溺于陶醉和梦想之中。但是，如果我们两人见面，细听着彼此的心声，衡量我们的毅力，那么我们就感觉到明确认识的力量，感觉到心灵的伟大对人的巨大影响，特别是我们坚信不疑的信念。这会使我们不断地战胜这种令人压抑、死气沉沉、暗无天日的监狱气氛。

……

谁能估量我们在这段长期监狱生活中所具有的忍受苦难的能力和耐心呢？谁能估量这样的悲惨命运呢？我们之所以能对付这样的命运，就是因为我们能不让命运把我们驱赶到容忍的极限，使我们堕入各种各样的失望中，而在胡作非为的种种暴

行之下，我们依然是顽强坚定和不可制服的。

……

你就这样来迎接这个十月吧！要勇敢、大胆！对我们伟大的事业要有信心和决心！如果你能健康地、坚定地、首先是百折不回地去战胜你苦难的生活道路上遇到的一切新的艰难险阻，那么我同你一起希望的那个时代定会到来，那时，社会主义各族人民的春天也会把你从这漫长的苦难岁月的折磨中解放出来，拯救出来！

……我不是一个逃避世界的人，而是一个具有伟大民族经验、但也具有国际经验的德国人。我所属于其中的、我所热爱的人民，是德国人民。我怀着极大的自豪所敬仰的我国民族，是德意志民族；这是一个勇敢、自豪和坚强的民族。我和德国工人血肉相连，因此，我作为德国工人的革命的儿子，后来成为德国工人的革命领袖，我的生活和工作，无论在过去和今后

都只有这样一个目标：为德国劳动人民献出我的智慧、知识、经验和精力；为德国的未来，为德意志民族争取社会主义自由的斗争在新的国际春天中的胜利而献出我的一切，甚至我的生命。

……

谁也不能预言，我在明天或者后天将会或可能会发生什么事情！我们不可能知道，我是否会重新遭到（迄今经常遭到的）新的困难和痛苦：难道他们会不横生枝节，这样痛快地让我出狱，重新回到广阔的世界去吗？不！肯定不会这样，甚至有这样一种说起来十分残忍和严酷的可能，即当苏联军队的推进使德国感到大难临头、并使德国整个战争形势恶化的时候，纳粹政权为了把台尔曼这个人置于死地，是什么事情都干得出来的。在这种情况下，希特勒政权是会毫不畏缩地这样做的：把台尔曼提前拉走或者永远把他消灭。只有历史本身必然得到的自救，才能带来另一种解

决的结果，它们的实现届时将有利于革命运动。

……什么是一个伟大的崇高品德呢？就是为理想、为更美好的生活而时刻准备献出他的生命，就是真正“愿意为了自己的理想做任何事情”。我们生活的历史是严酷的，这就要求所有的人——你、我以及所有为我们伟大事业而斗争的战友们，都要坚强、坚定、英勇，并且对未来充满信心，因为作为革命的战土就意味着对革命事业忠诚不渝，经得起生和死的考验；意味着要在任何情况下都绝对可靠，有坚定的信心，勇于战斗和朝气蓬勃。我们周围的火焰使我们得到锻炼，照亮我们的灵魂；它像一把火炬照耀着我们在生活的战场上前进！

品德上要忠诚、坚定、坚强，行动上要有胜利的信心。这样，也只有这样，我们才能掌握我们的命运，才能为落在我们肩上的伟大历史使命去履行我们的革命义

务，使真正的社会主义取得最后的胜利！

“是的，我完全献身于这种思想。这是智慧的最后结论：只有那些天天为自由和生命而奋斗不息的人，才配获得自由和生命！”

致

革命的敬礼

你的忠诚的社会主义战友，

不屈不挠的共患难的同志

（选自王雪瑛编著：《外国遗书精选》，华东师范大学出版社1999年版）

**知识**

台尔曼（1886—1944），生于汉堡。早年曾当过马车夫、卡车司机助手和搬运工。1902年开始参加社会民主党和自由工会联合会的活动。1923年领导汉堡工人起义，次年建立红色战士同盟。1925年10月当选为德国共产党中央委员会主席，并于1925年和1932年两次被德共中央提名为总统候选人，参加德国总统竞选。1933年希特勒上台执政后，他同社会民主党与工会结成反法西斯联盟，开展各种形式的群众抵抗运动。同年3月3日在柏林寓所

被捕，在纳粹铁窗度过11个春秋后，于1944年8月18日被纳粹分子秘密杀害。

《致狱中难友》写于1944年年初，此时的台尔曼已经预感到纳粹将致他于死地，但他坚信革命的到来必是“新的春天”，并随时准备为这一理想献出宝贵的生命。因此，这封信既是对于战友的勉励，亦是一个随时准备为理想献身的共产党人的灵魂自白。尽管已经在铁窗中渡过了漫漫生涯，饱受身体和精神的折磨，但台尔曼的革命意志从未动摇，并且勉励难友一起期待胜利的来临。可以说，在这篇具有绝命意味的作品中，台尔曼看淡生死，处处表现出一个理想主义者的坚韧精神和伟大情操，充满了感人至深的精神力量。

# 抗日救国　铁血铮铮

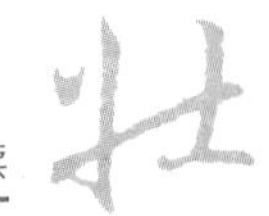

## 给妻子的遗嘱

郝梦龄

余自武汉出发时，留有遗嘱与诸子女等。此次抗战，乃民族、国家生存之最后关头，抱定牺牲决心，不能成功即成仁，为争取最后胜利，使中华民族永存于世界上，故成功不必在我、我先牺牲。我即牺牲后，只要国家存在，诸子女教育当然不成问题。别无所念，所念者，此中华民国及我们的最高领袖蒋委员长。倘吾牺牲后，望汝孝顺吾老母及教育子女，对于兄弟姊妹等亦要照拂。故余牺牲亦有荣，为军人者，对国际战亡，死可谓得其所矣。

书于纫秋贤内助，拙夫龄字，

双十节于忻口

（选自李秀忠、李树房主编：《名人遗书》，山东友谊出版社1998年版）

## 知识

郝梦龄（1898—1937），字锡九，河北藁城庄合村人，出生于贫困的农民家庭，因不堪忍受学徒生活而投军。他酷爱读书，持身以正，治军严明。北伐战争中因作战英勇升任师长。中原大战后升任第九军副军长、军长等职。1937 年卢沟桥事件爆发后，主动请缨率部第四军北上杀敌。1937 年 10 月 16 日，在山西大白水前线忻口会战中壮烈殉国，成为抗日战争中牺牲的第一位军长。

## 解读

郝梦龄北上抗日，已经抱有必死之决心。他看轻自己的生死，明白个人所有的努力都是为了国族的生存：“故成功不必在我、我先牺牲”，体现出先行者的大无畏精神。而战死沙场同样也是军人的最高荣耀。

综观这篇遗嘱，虽然写得简单质朴，却深刻体现出郝梦龄作为中国人、作为家长和作为军人的价值归属，体现出他伟大的人格，从而成为对那个年代无数为了挽救国家赶赴战场的抗日军人的生动写照。

# 致五十九军指挥员

张自忠

今日之事，我与弟等共有两条路可走：第一条是敷衍，一切敷衍，我对弟等敷衍，弟对部下也敷衍；敌人未来，我们对敌是敷衍的布置；敌人即来，我们也是敷敷衍衍地抵抗，敷衍一下就走。这样的做法，看起来似乎聪明，其实最笨；似乎容易，其实更难；似乎近便宜，其实更吃亏。因为今天不打，明天还是要打；在这里不打，退到任何地方还是要打。平定是一样的平定，牺牲是一样的牺牲。所以这条路的结果，一定是身败名裂，不但国家因此败坏于我们之手，就连我们自己的性命，也要为我们所断送。这就等于自杀，所以这条路是死路，沉沦灭亡之路。我与弟等同生死、共患难十余年，感情愈于骨肉，义气逾于同胞，我是不忍弟等走这条灭亡的死路。弟等夙识大体，明大义，谅必也绝不肯走这条死路。无疑地我们只有走另一条路，就是拼。我们既然奉令守这条线，我们就决定在这条线上拼，与其退到后面还是要拼，我们不如在这条线上拼到底，拼完算完，不奉命令绝不后退。我与弟等受国家豢养数十年，无论如何艰难，我们还拼不了吗？幸而我们的拼，能挡住了敌人，则不仅少数的几个人，就连我们全军也必然在中华民国享有着无上的光荣，我们的官兵也永远保持着光荣的地位，万一不幸而拼完了，我与弟等也对得起国家，也对得起四万万同胞父老，我们没有亏负了他们的豢养，我们也不愧做了一世的军人。所以这一条路是光明的，是我们唯一无二应该走的路。我与弟等参加抗战以来，已经受了千辛万苦，现在到，最后一个时期，为山九仞，何忍功亏一篑？故惟有盼弟等打起精神，咬定牙根，拼这一仗。我们在

中国以后算人抑算鬼，将于这一仗见之。

（选自王晓华、戚厚杰主编：《抗日战场正面战争档案全记录》中册，团结出版社2011年版）

张自忠（1891—1940），字荩臣，后改荩忱，汉族，山东省临清人。生长在一个官宦家庭，1911年入天津北洋政法学堂，受到了孙中山三民主义的影响，年底加入同盟会。1916年投靠冯玉祥，参与直奉战争、中原大战，战功卓著。后与其部队被国民政府收编。1937—1940年，先后参与临沂向城战斗、徐州会战、武汉会战、随枣会战与枣宜会战等。1940年4、5月间，日军集中30万精锐兵力，进犯湖北随枣地区。当时张自忠部第三十三集团军驻守在襄河西岸。为了截击日军，他以义无返顾的勇气，亲率少量兵力，将日军拦腰斩断。在激烈残酷的战斗中，张自忠于5月16日下午2时壮烈捐躯，时年50岁。

## 解读

自抗日战争开始以来，日军以其强大战力，给中国军队造成了巨大的心理压迫。而张自忠在湖北枣阳截击日军，更是面对优势之敌。为了鼓舞士气，激发部队斗志，张自忠先给副总司令冯治安留下遗书，又给五十九军的军官们留下长信。在信中，张自忠晓以民族大义和军人操守，告诫大家抛弃对日军的畏惧和逃跑心理，努力作战。

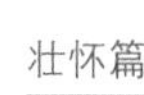


言辞恳切，感人肺腑。“我们以后在中国算人抑算鬼，将于此一仗见之”，体现的正是他决战到底、实现作为一名中国军人的荣光的坚定决心。即使在和平时期，重读这封信，依然可以感受到烽火岁月中那永不磨灭的民族精神。

## 给父母的遗书

谢晋元

上海情况日益险恶，租界地位能否保持长久，现成疑问。敌人劫辱男之企图，据最近消息，势在必得。敌曾向租界当局要求引渡未果，但野心仍未死，声称不惜任何代价，必将谢团长劫到虹口敌军根据地，只要谢团长答应合作，任何位置均可给予云云。似此劫夺，为欲迫男屈节为敌作马牛耳。大丈夫光明磊落而生，亦必光明磊落而死。男对生死之义求仁得仁，泰山鸿毛之旨熟虑之矣。今日纵死而男之英灵必流芳千古。故此日险恶之环境，男从

未顾及，如敌劫持之日，即男成仁之时。人生必有一死，此时此景而死，实人生之快事也，惟今日对家庭不能无一言：万一不讳，大人切勿悲伤，且应以闻此讯以自慰。大人年高，家庭原非富有，可将产业变卖，以养余年。男之子女渐长，必使其入学，平时应严格教养，使成良好习惯。幼民姊弟均富天资，除教育费得请政府补助外，大人以下应宜刻苦自励，不轻受人分毫。男尸如觅获，应归葬抗战阵亡将士公墓。此函俟男殉国后，即可发表。亦即男预立之遗嘱也。

男晋元谨上

二十八年九一八于上海孤军营

**（选自孙震、张大乾编：《烈士绝笔》，重庆出版社 1988 年版）**

**知识**

谢晋元（1905—1941），字中民，汉族，广东梅州蕉岭县人。1925 年入黄埔军校四期学习。毕业后，历任国民党政府军排长、连长、营长等职。1937 年赴上海驻防。淞沪抗战中，奉命率八百壮士坚守四行仓库，日军多次进攻均被击退，从而极大地鼓舞了人民的抗战热情，被国民政府授予抗战最高荣誉奖章“青天白日勋章”。1941 年 4 月 24 日被汪精卫收买的叛徒刺杀身亡。

这份遗书写于 1940 年 9 月 18 日，退入租界的谢晋元一营形势越来越危险。日军对谢晋元威逼利诱，妄图使其屈膝变节；汪伪政府也粉墨登场，大肆笼络，但他不为所动，均予严词拒绝。在此危难时刻，他写下这份遗嘱，既是安排身后之事，更是表达自己宁死不屈的伟大气节，充满了为国家而死、死得其所的豪迈之情。凛然风骨，今日读来依然令人追慕其风采。

## 给夫人的信

左　权

志兰：

就江明同志回延安之便，再带给你几个字。

乔迁同志那批过路的人，在几天前已

安全通过敌人之封锁线了，很快可以到达延安，想不久你可看到我的信。

希特勒“春季攻势”作战已爆发，这将影响日寇行动及我国国内局势。国内局势将如何变迁，不久或可明朗化了。

我担心着你及北北，你入学后望能好好的恢复身体。有暇时多去看看太北，小孩子极须人照顾的。

此间一切正常，惟生活则较前艰难多了。部队如不生产，则简直不能维持。我也种了四五十棵洋姜，还有廿棵西红柿，长得还不坏。今年没有种花，也很少打球。每日除照常工作外，休息时玩玩扑克与斗牛。志林很爱玩牌，晚饭后经常找我去打扑克。他的身体很好，工作也不坏。

想来太北长得更高了，懂得很多事了。她在保育院情形如何，你是否能经常去看她，来信时希多报道太北的一切。在闲游与独坐中，有时总仿佛有你及北北与我在一块玩着、谈着。特别是北北非常调皮，

一时在地下，一时爬到妈妈怀里，又由妈妈怀里转到爸爸怀里来，闹个不休，真是快乐。可惜三个人分在三处，假如在一块的话，真痛快极了。

重复说，我虽如此爱太北，但如时局有变，你可大胆的按情处理太北的问题，不必顾及我，一切以不再多给你受累、不再多妨碍你的学习及妨碍必要时之行动为原则。

志兰！亲爱的，别时容易见时难。分离廿一个月了，何日相聚，念念、念念。愿在党的整顿三风下各自努力力求进步吧！以进步来安慰自己，以进步来酬报别后衷情。

不多谈了，祝你

好！

叔仁

五月廿二日晚

（选自左太北主编：《左权将军家书》，解放军出版社2002年版）

## 知识

左权（1905—1942），湖南醴陵人。1923 年南下广州，次年成为黄埔军校一期生。1925 年加入中国共产党。11 月赴苏联留学，先后在莫斯科中山大学、伏龙芝军事学院学习。1934 年参加长征，功勋卓著。抗日战争爆发后，曾任八路军副总参谋长、前方总部参谋长，后兼八路军第二纵队司令员，取得了百团大战等许多战役、战斗的胜利。1942 年 5 月，日军对太行抗日革命根据地发动大“扫荡”，左权指挥部队掩护中共中央北方局和八路军总部等机关突围转移，不幸牺牲，年仅 37 岁。他是中国共产党领导的抗日武装力量在抗日战争中阵亡的级别最高的将领。

1942 年 5 月间，日军对八路军太行、太岳根据地进行最大规模扫荡，目标是八路军总部、中共北方局等八路军军政首脑机关。22 日，敌人已完成了大的合围态势，彭德怀和左权决定第二日清早立即转移。当天晚上，意识到恶战即将来临的左权写下了这份家书。

从细节中，我们看到左权一家为了革命事业的长期分离，更感受到他们在艰难条件下“自己动手，丰衣足食”的坚强革命意志。这封家书表现了共产党人的牺牲精神和战斗意志。

# 烽火岁月　无畏信念

## 恽代英日记选

1919年7月6日　复伯平书

对于代英不续娶事，兹答如下：

就纯理言，代英信人生死皆有自由，为善为恶亦皆有自由。惟为善为求幸福快乐之道，此所以吾人常应为善耳。知此，则知代英之选择行为，无论合理与不合理，苟为心之所愿，皆可不受社会拘束。代英之人生观，可以无第二人相信，然代英既信之，他人又不能驳之，则代英固有遵循此人生观以行事之权利。故关于不复娶，只须“情愿”二字，即可答之，且又未丝毫不合理也。

从一而终，固非合理。何以不合理，以其强迫人牺牲其所不愿牺牲故。不从一而终，亦非合理。何以不合理？以其强迫人不牺牲其所愿牺牲故。代英之行为，可

牵就世人，不能受世人之强迫而降服之。且以为，无论从一而终与否，苟出自愿，皆无不可。总而言之，自由的“人”，还他个“自由”的人。为不愿牺牲人主张再婚，如升之乔木。为愿牺牲人主张再婚，如逼之上刀山，高则高矣，然奈其苦何！故代英于再婚一事，只主张任人自由，断无令男子同入幽谷之理。且今人兽性甚张，女子节烈之说，初无甚效。又虑代英所为，一般男子将群起而仿行之，此无异杞人之忧天矣！

由上所言，可知代英自身即因自由而自处于不再娶。代英之主张，即使男女一切自由，断无使男女咸处于不自由之境之理。至一族一国，人口日寡，决无此理。即令圣人出，果如足下所言，剥夺男女两方之自由，亦不过为世界多增私生子之额，岂虑人类有灭种日耶？男女性欲，乃动物（人在其中）自然所具有者，容有一二人能自处于寡欲，余则虽以斧钺临之，犹无效

可言。知此则知代英个人所为，既与足下所论之理完全无关，于人类将来亦无影响。其有影响者，或以一独身之人，为众生主张恋爱自由，为人类（无论男女）解除一切束缚，如是而已。

矫正世俗之意，代英亦略有之。女子之受男子压抑甚矣。男子之惟知假饰古说，以遂己之淫欲，甚矣。“不孝有三，无后为大”之说，贻害于我国社会亦甚矣。我因此亦不敢不自勉，求有以愧世人而破腐说。虽或过当，亦过奢示之以俭之意，何况我仅以自处，并不以责人，无所谓过当耶。

我欲事死如事生，亦不复娶之一因。

且我又有隐情：（一）中国女子之通达，如已故内子者，已不可多得。每每目不识丁，俗气逼人，终日计较，无非钗簪衣服之事，鸡虫得失之事，我何苦以此分心，致碍做天下事乎？内子前已慨然信女子应自立，与代英图储能以求自立之法，不幸殂没。代英伤其志而以为不可多得也。

（二）中国家庭构造之不良，女子司阃内事者，尤苦其心神为各种对付之事。代英夫妇，在家庭亦可谓占优势矣。然而每睹内子受各种不自然之名分礼节所束缚，心甚伤之，然则今日又可另寻一人怨苦耶？（三）婚姻之不自由。我固不再婚，然一言再婚，以现在之就业，许多老爷太太，必愿拍卖其小姐，然我安得此金屋供奉小姐耶。若欲就我之理想以自由选择，我恐世或不得其人。且我又以为不必选择，而懒于选择也。（四）女权之受压抑。我若果得理想之女子而娶之，必将决破世间一切女子所受不自然之束缚，则他人必怪诧笑骂，我又何苦自寻烦恼？然若仍坐看女子之生活如坐牢，如犯罪，宁死不愿。（五）我自身之好自苦，故亦好自苦妻孥，此盖处此不自然之社会，而欲求暂时安于此社会，一方又渐求改进此社会，所以不得不自苦。然自苦可矣，他人之女子何苦陪我受苦！从前内子受苦亦多，虽彼深谅吾意，吾至

今犹歉然于心。此亦对已往不忍复娶，对将来不敢复娶之一因也。

且代英自分为社会做事矣。精神愈专注，岂非功效愈大。且如此下去，自己将来一切皆可牺牲，此亦犹自苦之旧习，何必更害人家女子乎？但得总为世界做事，此精神自然不朽，即能力自然不减，何争此有后与无后？然而最后有一语，以上所言之理，皆附属之解释。使我不娶者，情也，非理也。理不过使我愈有胆量，以遵循此情耳。

大事业之成功，在于平日之有联络的预备：（一）须自己有自信力与完全担负事务之能力。（二）须有彼此信托，彼此扶助之朋友。（三）须有乐于赞助之多数人。

要为天下有用之人，最要在事上磨练。此学校所以提倡活动之旨。在校受人讥评固苦，出校无以自尽国民责任尤苦。经此番失败，或能使足下更发活动之决心乎？

下次来信不要客气，譬如以大飨之礼

待爱居，奈非性所适何。古之贤王，乐善而忘势。古之贤士，何独不然？乐其善而忘人之势，善哉言乎！代英甚望以后务求脱略，免致开函心神不安。此至诚之言，望足下谅而信之。

**（选自李忠秀、王凤芹主编：《名人日记》，山东友谊出版社1997年版）**

## 知识

恽代英（1895—1931），中国无产阶级革命家，中国共产党早期青年运动领导人之一，黄埔军校第四期政治教官。原籍江苏武进，1895年生于湖北武昌。中华大学毕业。学生时代积极参加革命活动，是武汉地区五四运动主要领导人之一。1920年创办利群书社，后又创办共存社，传播新思想、新文化和马克思主义。1921年加入中国共产党。1923年任上海大学教授。同年8月被选为中国社会主义青年团中央委员、宣传部部长，创办和主编《中国青年》，它培养和影响了整整一代青年。1925年领导“五卅运动”，1926年赴黄埔军校担任政治主任教官和中共党团干事，被蒋介石等认为是“黄埔四凶”。同年7月领导武昌起义，12月领导广州起义。1930年在上海被国民党当局逮捕，1931年4月因遭叛徒出卖暴露身份，在南京英勇就义。

这篇日记，恽代英既是回答友人，更是自陈心迹。从文章中可以读到恽代英的三层意思，第一，他反对对婚姻的干涉，主张恋爱自由。因此，无论娶与不娶，都应当由个人的意愿决定。这反映了恽代英通达而文明的理念，在当时的中国社会难能可贵。第二，就现实来说，恽代英知道自己不能供养传统的中国女性或富家小姐，更担心女方跟随自己来受苦。因为从根本上来说，恽代英是一个牺牲自我、奉献社会的人，嫁给他可能会吃很多苦。第三，对于前妻的怀念亦使他不忍再娶。通篇看来，虽然是关于婚姻方面的剖析，却显现出恽代英开明通达的人格，更加体现了一个共产党人牺牲自己、贡献社会的无私品质。而清晰的说理和畅达的语言，也显现出恽代英的文学才华。

只有奋斗，可以给我们生路，而且只有奋斗可以给我们快乐。

——恽代英

# 陈伯钧日记选

(1934年) 10月18日　夜行军——由曲利经王坑、社富圩、黄岗到仓前，六十里。

早饭后仍去三十九团召集连一级干部及文书讨论和检查统计工作，并规定以后怎样去统计。至十一时去军团党委会开会，主要是党委找我们谈关于十三师工作问题与工作方式问题。这一谈话给我的影响是再深刻没有了！确实，人的脾气，当然有很多客观原因促成，然而若是我们政治上彻底了解这一行为的不应该，那仍然是可以克服的!! 继而去军团部当面接受命令，准备今夜行动。本来十七时许即应出发，但因三十七团过于延长时间，以致十八时以后才开动。结果迟延了一两点钟，耽误了时间，阻塞了后梯队的进路。这真是迟

钝的罪过，是夜经过十二小时的时间才到达宿营地仓前。因路碍及行军组织较差，落伍人员较多，部队较疲劳。

10月20日　夜行军——由埠前经石尾渡河，又经高潭、羊坑、苏坑到罗家渡，三十五里。

部队昨晚到达较早，今日没有感觉很大疲劳，所以决定于十时召集营以上干部会，检阅此次行军中的工作，及开展反对（对）政治机关及政治工作极端漠视与轻蔑的军阀习气，并将三十九团三营营长赵有志撤职。午后中央代表陈云同志来此，报告目前形势及我们这一师的任务，与目前最中心的几个工作，至十五时以后，会始完毕。接着即率领各团首长去石尾渡河点考察徒涉场。但路太远，到达后已十七时前后了！所以不能再行，转身去带队伍，只好派员通知司令部转令各团直接带到徒涉场。是夜从黄昏时开始渡河（首先是以一小部徒涉，大部过船后即改为全部过船）至二十三时许即全部渡完，先头部队四时左右即到宿营地。是夜因渡河组织仍不十分严密，秩序较乱，所以三十七团落伍仍然不少。这几天开小差的全师计三十三名，这仍然是一个极端严重的问题。

10月26日　夜行军——由樟树下经大塘埠（渡河）到小河圩，三十五里。

拂晓，过坪石到宿营地。因一桥之阻，偌大的部队均无法通过，最后由右侧弯过坏桥才徒涉过来。过来后部队十分紊乱，拥挤不通，幸得时间很早敌机未来，不然又将发现目标了！到后不久即注射一针预防虐疾。然而胃疼病仍未减轻，所以早餐和午饭均未吃一点什么东西。入夜吃了一点稀粥，二十三时以后即依次出发，经大塘埠向小河圩前进。是夜因我们起床较迟，结果三十八团走到先头，我直属队随三十八团后跟进。但途中较痛快，毫无阻挡，

一直渡河到小河圩，时已二十七日六时以后了！

10月30日　夜行军——由新城经蔡屋、上下湖至横江圩，四十里。

供给部军实科长因在双元附近遗失冲锋枪子弹二千余发，于今日上午将其扣留送军团高级裁判所。午饭后即准备出发，我主力取道上下湖到横江圩，三十九团则取道杨梅城、石壁下掩护军委二纵队行动。是夜本来很早就可到达目的地，但途中一节石壁崎岖十分，结果耽误了！兼军团后方部队又从中一插，更加糟糕。所以我直属队及三十八团于次日晨二时始到齐，三十七团则于七时左右才到。

到达目的地后，我们几个作了一简短的谈话，内容关于我们的工作及工作中之关系问题。

11月6日　行军——由文英经塘口过

湖南热水圩到鱼旺，四十里。

昨日各部逃亡现象极为严重，特别是三十八团有两名竟拖枪投敌。昨晚由陈云同志负责检查了一下，认为这种现象发生来源，主要是：第一，政治动员不够；第二，反对反革命斗争不深入，特派员工作及政治机关对肃反工作的领导均差；第三，连队支部工作不健全……等。

是日先夜二十一时，即派三十七团去担任掩护军委二纵队的任务，其余则于三时后开始出发。今日是最后冲破敌人湖南封锁线，争取反攻中第一步的伟大胜利，以便我主力红军完全脱离封锁线而控置于广大的极机动的野外战场上，以求在运动战中大量的消灭敌之有生力量，而最后地彻底地摧毁国民党的反动统治。同时中区白军薛、周两路约十师均被调动离开中央苏区，这更加证明我们此次行动不只是要发展广大的新的苏区，同时也就是直接的保护了中央苏区。八时以后过热水圩，沿

途拉牵落伍病员，至鱼旺才十二时左右。是日将司令部工作整饬一下，晚召集师一级及特派员等同志专门讨论反逃亡、反对反革命斗争等问题，至夜二十二时以后才就寝。

（选自李忠秀、王凤芹主编：《名人日记》，山东友谊出版社1997年版）

## 知识

陈伯钧（1910—1974），原名同懋，字少达，号稚勉。四川达县人。1927年入黄埔军校武汉分校学习，同年5月加入中国共产党。参加了南昌起义、秋收起义。长征中率部为中央红军殿后，有“铁屁股”之称。1938年任抗日军政大学总训练部部长。1949年任十二兵团第一副司令员兼四十五军军长，指挥衡宝战役、广西战役。中华人民共和国成立后，任湖南军区副司令员。1952年2月受命到达长沙，指挥部队清剿湘西国民党残余武装和土匪。剿匪任务完成后，协助刘伯承组建军事学院。同年12月，调任中国人民解放军军事学院训练部副部长。

## 解读

作为参与了整个长征的红军战士，陈伯钧的日记具有很高的史料价值。在他的记叙中，我们看到了这一时期红

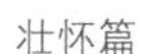


军的作战非常艰苦，经常要进行长途跋涉和夜行军。尽管如此，红军对于政治工作依然常抓不懈，而干部和士兵的同心同德，是红军克服一个又一个困难的重要原因。尽管在残酷的条件下，红军队伍中也出现了有不如意的现象，但是，这支队伍在革命信念的支撑下，始终保持了旺盛的斗志，从陈伯钧的身上就展现出这一点。

## 史沫特莱日记选

（1937 年）11 月 7 日　今天黄昏，当天色渐暗，条条沟壑变得像一个个漆黑的深渊时，我停立在一座梯形的山岗顶上。一条到处都是嶙峋怪石的狭窄盘道，由山脚下那幽黑的长山沟往上盘旋，沿着石头的梯形山坡，左右盘旋，直爬到我站着的山峰顶端；翻过峰顶，盘道又笔直垂落，直下到山北坡的沟里，通向另一条大峡谷。这条峡谷东西走向，二万日本军队正由此西进直指太原城。

狭窄的盘山道上，长长的中国战士的队伍正在行进，步伐之快，令人吃惊。他们身上穿的是平时那种灰蓝棉布服，脚上穿着布底鞋，也有不少人穿着用绳子和布条打的鞋子，几乎没有一个人穿着袜子。他们背着步枪，刺刀高高地从他们脑袋后边伸出来。有几个扛的是机关枪，吃力地跟在后面的是一些驮着沉重的弹药的骡子。每个人腰间口袋里都装着手榴弹，背后是小小的灰布方块行李卷。这是两个营的江西老红军战士，他们正迅速地奔赴前方，参加战斗。他们行军的速度是每天二百里，可以说是天下无双。他们准备从侧翼对快要到来的敌军进行包抄。

夜色越来越浓，盘山而行的人影逐渐和背后沟堑的黑影合而为一，混成一片。战士们一个接着一个从黑影里走了过来，穿过小路，接着又没入黑暗之中。每隔三四秒钟，就有一个战士从我眼前闪过去。他向我转过脸来，可一句话也没有说，像是一个影子一晃而过。战士们穿的是布底鞋，走路没有一点声响。他们背上的步枪和铁锨偶尔倒会相碰一下。在黑暗中，战士们有的走得很吃力，他们的脸上挂满了汗珠。但是，谁也没有放慢那种坚定、敏捷的步伐。这样的行军速度比起一般军队的行军，要快出两三倍。

战士们由黑暗中走过来，从我前面通过时，我能看清他们的脸庞和身影。他们的脸型是在千百次战斗中铸成的，像钢铁一般的坚定，沉着，严峻。可是，他们既不冷酷，也不愚蠢、呆板。相反，从他们的脸上透出一种活生生的神态，当他们发现有我这个外国人站在他们队伍后边时，就流露出惊讶的神色。他们心里都明白敌人是到不了这儿的，所以很多人对我微笑着表示欢迎，但是没有说话。战士中有些人身材高大，不亚于西方国家最强健的军人；也有些短小壮实，就跟为八路军驮弹药的军马那样有力气；也有些人瘦削而结

实。他们不少人已到了中年，该已有妻室儿女，有的二十来岁，眼睛里闪烁着青春的光芒，前程无量。

一支队伍过去之后，我面前的小路上就空无一人。刚过一会儿，从黑暗中走来一个老乡。他和其他农民一样，身上穿着蓝色斜纹布衣服，头上缠着一块毛巾。毛巾的两头在他的前额上打了一个结，所以看上去就像是两扇小翅膀。在每个八路军队伍的前面总要有像他这样的农民来作向导。八路军跟老百姓的关系亲密无间，他们完全听从向导的指挥，他们被带到哪儿，也就跟到哪儿。作向导的老农有时也会看我一两眼；然后他们就回过头去，继续迅速向前走去，很快地就消失在黑暗之中。

我觉得我也正在经历着中国历史上和世界历史上最伟大的一个时刻。有的场面看来令人很难相信，可它们就跟这块石壁一样真实无疑。钢铁般的中国人民大众，是命定地将要决定整个亚洲，而且在很多

方面，乃至整个人类的命运。他们从黑暗中匆匆走来，又匆匆走去。一个大个子战士打我身边过去时，我肯定高声脱口说了些什么，所以他才转过脸来朝着我哈哈大笑，直到他消失在黑暗之中。

战士们一队一队的身影打我面前通过。我心中异常兴奋。我想跟着他们，跟着这些命运的主人一起前进。夜已经很深了，可我还仍然停立在这里，瞭望着，等待着。队伍已经走完，我独自一人站在山顶上，向脚下黑糊糊的沟里瞧着。一名警卫正从山路上急急忙忙地跑来，一边喊我的名字，一边四下里寻找我。他到山顶之后，我们俩就肩并肩、手拉手地从另外一条山路下去了。这条山道的下面也是一个深谷，刚才八路军就是从这个深谷走进来的。我们什么也没看见，什么也没听到。我们爬到远处稍高一些的山脊上，也仍然什么也看不见，什么也听不到。这时候，我的另一位警卫员也赶来了。就这样，我们三人迅

速地往北走去，翻过了一个个山脊，就远远看到下面的峡谷，日本侵略军正向这谷里走过来。我们前面耸着一面陡峻的山崖，上面长着一片松树林子。我们快步向那山崖走去。突然，有人过来问我们口令。警卫员回答之后，那人就说“通过”。我们绕过松林旁边的山尖，看到一大队武装人员，静悄悄地站在那里。队伍后面，有几个没拿枪的人踱来踱去，注视着下面山谷里的动静。

林彪跟他手下的人员就在这山上。参谋长向我走过来，拉起我的手，领着我绕过山坡，来到下面一个不太高的泥土掩体旁边。我们蹲下来之后，就只有脑袋露在掩体上面。山崖之下，就是那条很长的峡谷，日本军队正从谷底过来。我们看不到人影在下面移动；如果有人影的话，那肯定是日本人。远处的城镇、农村都在燃烧。广阳一片火海。东北的上龙镇（音译）和下龙镇（音译），西边的孙达，也都在燃烧

中。从山脚底下往东，时而火光熠熠，时而寂静无声，时而又响起炮弹的爆炸声。两门日军大炮正对准远处的山坡轰击，指望能轰到什么东西。峡谷东头响着单调的机关枪的哒哒声，有时也夹杂有零星的步枪声，好像打枪的人在仔细地寻找射击目标似的。但是，从刚才长长的八路军队伍往前走去的方向那边，没有听到声响，八路军要在日本军队赶到之前穿过峡谷，转入上龙镇背后东北面的黑谷里。四千日军已经进到我们脚下的峡谷里面，总共有两万人正向这里集结。日军的兵力是我们的四倍。林彪和他的部队小心翼翼地爬过山坡，朝着远处一片火海的广阳前进。

那么，这些贫穷的小镇和村庄里又有什么东西可以被焚烧的呢？房屋全是泥巴和石头盖的，屋里的炕也是泥土砌的。只有家具如柜子、椅子、桌子可以烧得起来。当然，更能烧着的就只有粮食。老乡在自家房子屋顶上堆放着他们一年的收成，有

黄苞谷、小米、高粱、冬天用来作牲口饲料的玉米秆等。此外，上面还堆着从山里捡来准备越冬作燃料用的木棍、树枝，所有这一切都在熊熊烈火之中。日本人在抢走一切他们需要的东西，抢走了老百姓的劳动果实之后，就把剩下的东西全部付之一炬。这让我想到了当年在鞑靼人铁蹄之下，中国城池乡村横遭蹂躏的那幅惨状。

“我们不能跟日本人拼”，林彪昨天这样跟我说。“他们人太多了。我们在这个地区的兵力相对说来就比较少。在这一地区以及整个晋北，我们的部队是唯一的一支敌后部队。光晋北的忻口，日本军队就有二万多。所以，我们所能做的就是尽量把敌人力量分散开来，然后再加以歼灭。我们可以进行骚扰，切断交通线，叫他们得不到增援部队，得不到粮食和任何物资供应。我们已经在这一带的很多地方，切断了正太铁路。日本人正设法改建这条窄轨铁路，把轨道放宽，以便平汉线上的列车也能在这里行驶。他们也还在北边的大同试图改建铁路。但是，此事谈何容易。他们修多少，我们就破坏多少。”

我们回到指挥部时已经很晚了。除过另外也上了山的那三个人以外，其余全都已经入睡。我们走进来后，他们有的下炕。有的就坐在炕上，询问我们都看到了些什么东西。三个人走出了门，准备夜间在那儿观察战斗。但是，今晚不会大打，因为四周一团漆黑，不易分清敌我。

**（选自李忠秀、王凤芹主编：《名人日记》，山东友谊出版社1997年版）**

## 知识

艾格尼丝·史沫特莱（Agnes Smedley，1892—1950），著名美国女记者、作家和社会活动家，生于密苏里州。曾在《纽约呼声报》任职。1918年因声援印度独立运动而被捕入狱6个月。1919年起在柏林居住8年，积极投身印度民族解放运动。1934年年底，史沫特莱以英国《曼彻斯特报》记者身份来到中国，广泛结交朋友，宣传中国红色革命和中国共产党。抗日战争初、中期，她目睹日本对中国的侵略，始终处于红色根据地，向世界发出了正义的

声音，增强了世界对于中国共产党人的了解；她还通过自己的影响呼吁国际援助，为中国革命事业作出了杰出的贡献。1941年，史沫特莱由于身体原因回到美国，依然积极地为中国革命奔走宣传，并且撰写相关文稿。1949年，回到美国的史沫特莱受到麦卡锡运动的冲击，被迫远走英国。1950年5月6日，史沫特莱因手术不治在英国伦敦去世，离开了她为之眷恋的中国革命事业。她说："由于我的心灵在这个世界上除了中国任何地方都未能找到安宁，我希望我的骨灰能和死去的中国革命者同在。"最终她的骨灰被安置于八宝山烈士陵园。

## 解读

史沫特莱生动而观察入微的日记，是我们重新体味那个火热年代的重要资料。这篇日记虽然篇幅不长，但史沫特莱却展现出一幅八路军战士奔赴前线抗日的生动画卷。史沫特莱善于从细节出发刻画历史，例如她对于八路军行军速度、精神面貌的描述，对于老乡的描述，以及对于八路军领导人物的刻画，都深刻地表现着八路军上下齐心、军民团结、斗志昂扬的风采，令人由衷地感受到八路军战士的勇敢与伟大。于是，我们也就能体会到史沫特莱所说的，这是决定中国命运乃至世界命运的"伟大时刻"。当然，史沫特莱的日记，对于日军的残暴、八路军的军事战略，也有充分的表述。总之，在这篇日记当中，我们能深深感受到那个时代的硝烟与烽火，当然，也能体会到史沫

特莱对于革命事业的热诚和坚定信仰。

## 陈赓日记选

一九三八年三月十六日

二时前，各部均到达指定地点。根据亮平、成忠[1]等报告，谓由黎城至潞城马路是在山岭上，不在山沟内，这是因为制图时还没有开马路，图上的路是大路，不是马路。当即变更决心，即以第七七二团埋伏于大路以北、神头以东1187高地（一个营）及安南岭西北高地，韩团埋伏柏林岭，七七一团转到郭老湾西北高地，七七二团第二营及七七一团一营暂留1269高地待机[2]。

五时，赵店木桥已火光烛天，为我烧毁矣。拂晓前各部已部署完毕，此时黎城已有激烈枪声。据师部电话，七六九团已

开始攻击，东阳关亦发生激烈战事。八时三十分由潞城来汽车二辆，满载敌兵。我们为了打击其大部队，未射击。该二车因桥毁被阻于浊漳河边不动。不一刻，灰尘连天，敌人骑步兵浩浩荡荡向黎城前进，并在神头集结，似有所准备，并以骑兵数名向我1187高地搜索，幸未被其发觉。九时三十分敌复前进，我即开始出击。我两面夹击，经过四小时的战斗，敌千余人及其辎重全部被我消灭，计击毙敌人八百余人，俘获十余名，缴枪约二百余支，击毙骡马三百余匹，俘获三百余匹，军服药材弹药甚多。当时神头附近日寇死尸满沟满野满屋，胜利品遍地皆是，纸张书画随风临空飞舞，似为天女散花，庆祝我们的胜利一般。我伤亡约为二百余。此时黎城敌人以火力掩护强修赵店木桥，又被我七七一团特务连之一排击溃而返。稍后，敌又加强机枪炮兵重新强修，我特务排长以敌火力过强，稍为退后，于是敌人终于修复，但至晚又被我烧毁，不能通车。我受伤人员及胜利品已全部运回后方。师部令我们撤回申家山、曹庄一带集结。除令留少数游击警戒部队外，黄昏时全部撤回指定地。

缺点：1、三营自动离开伏击地，并不机动让敌汽车来往；2、未区分战斗界线，以致紊乱；3、MG③在步兵转移时不转移火力，又不改换标尺，行超越射击；4、个别部队欠机动④（如七七一团）。

## 注释

①亮平、成忠：当时分别为七七二团副团长和七七一团副团长。

②待机：等待时机。

③MG：即英文“机关枪”（Machine Gun）的缩写。

④机动：随机而动，即灵活性。

（选自赵沛林、于杰、李宝君、徐宝林编选：《中外名人日记选》，吉林人民出版社 1985 年版）

## 知识

陈赓（1903—1961），原名陈庶康，1903 年 2 月 27 日生于湖南湘乡。出身将门，其祖父为湘军将领。1922 年

加入中国共产党。1924 年入黄埔军校一期学习。毕业后，留校任副队长、连长。参加了平定商团叛乱和讨伐陈炯明的东征。1926 年赴苏联学习间谍技术，回国后在上海负责中共中央特科工作。后在抗日战争时期历任八路军 129 师 386 旅旅长，解放战争时期任第二野战军第四兵团司令员兼政委。历经北伐、南昌起义、长征、抗日战争、解放战争、朝鲜战争，为人民的解放事业立下汗马功劳。1952 年，毛泽东主席点将陈赓筹建哈尔滨军事工程学院（中国人民解放军军事工程学院）。1955 年被授予大将军衔。1961 年 3 月 16 日在上海去世，终年 58 岁。

陈赓将军一生勤写日记不辍，作为总是战斗在革命事业第一线的人，他的日记是对于那个烽火年月最为生动翔实的记录。这篇日记记叙了一场完整战斗。从陈赓的记录中，首先可以看到我军机动灵活的战法，围点打援的高妙策略，对敌人企图重修赵店木桥的反复破坏，显现出我军的进退有度和作战的英勇顽强。当然，作为指挥员的陈赓也让人印象深刻，他不仅充满了对战斗胜利的喜悦，在最后对战斗的总结，显示出一个指战员胜而不骄的心态和精益求精的对于作战细节的追求。表明了我军不仅具有顽强的作战能力，更有从战争中千锤百炼的作战手法。

# 附　录

## 拓展阅读书目

邓荫柯选编:《中华诗词名篇解读》，商务印书馆2014年版。

吴绪彬主编:《文章观止》，中国国际广播出版社1993年版。

傅德岷、韦济木主编:《中国散文百年精华鉴赏》，上海科学技术文献出版社2008年版。

傅德岷、李书敏主编:《中华爱国诗词散文鉴赏大辞典》，重庆出版社1997年版。

戴逸主编:《辛亥烈士诗文选》，巴蜀书社2011年版。

中宣部党建杂志社、红旗出版社编辑部编:《信仰的力量（精神卷）》，红旗出版社2011年版。

陈辉汉主编:《理想情操之歌——革命英烈诗文选》，湖北少年儿童出版社1991年版。

中国革命博物馆选编:《革命烈士遗书选》,贵州教育出版社1997年版。

黄清华编著:《中外名人绝笔咀华》,甘肃少年儿童出版社1990年版。

江河编:《名人的遗书》,时代文艺出版社2006年版。

王晓华、戚厚杰主编:《抗日战场正面战争档案全记录》,团结出版社2011年版。

李忠秀、王凤芹主编:《名人日记》,山东友谊出版社1997年版。

赵沛林、于杰、李宝君、徐宝林编选:《中外名人日记选》,吉林人民出版社1985年版。

王树增:《抗日战争》,人民文学出版社2015年版。

# 编写说明

所谓“壮怀”，乃是昂扬迸发、不可遏制的感情流露，是紧要时刻才能激发出来的英雄气概。因此，本篇特意从烈士遗嘱这一角度，通过对历史英雄人物最后时刻的思想和精神的体察，来表现这一深刻而伟大的情感。

本册选文分五部分，从整体上力求选材上的全面性和典型性的结合。“一片丹心　共赴国殇”，展现自晚清以来，为了国家、民族的命运，甘愿牺牲自我的历史英雄。从他们的遗嘱中，体味为了国家慷慨赴死的伟大精神。“革命理想　九死不悔”，展现中国共产党员为了革命理想，抛头颅、洒热血的牺牲精神，从他们的遗嘱中可以感受到那个时代的革命先烈坚定的精神信仰和英勇不屈的斗争精神。“捍卫人民　浩

气长存”，广泛选取了世界上为了人民解放、国家自由而献出生命的英雄形象，从他们的遗书中感受他们伟大而又坚韧的人格。“抗日救国　铁血铮铮”，近代中国的抗日战争，使得中华儿女为了捍卫国家而付出巨大的牺牲，他们的精神将永远铭刻在中国民族的历史上，因此，我们选取了抗日英雄的遗嘱，感受那些血与火的时代的伟大灵魂。“烽火岁月　无畏信念”，选取了革命先辈的日记，从他们第一手的记录中感受那些自大革命以来血与火的岁月所铸就的勇敢不屈、坚持斗争的先烈英魂，将革命前辈的事迹用更多的细节来加以呈现。

编者

2016年4月

# 经典悦读·美心篇

中共滨州经济技术开发区工委
南开大学语文教育研究中心 ◎编

## 编　委　会

·广州·

**图书在版编目（CIP）数据**

经典悦读·美心篇/中共滨州经济技术开发区工委，南开大学语文教育研究中心编. —广州：中山大学出版社，2016.9
ISBN 978-7-306-05689-4

Ⅰ. ①经…　Ⅱ. ①中… ②南…　Ⅲ. ①世界文学—作品综合集　Ⅳ. ①I 11

中国版本图书馆 CIP 数据核字（2016）第 094841 号

**出 版 人：徐　劲**
策划编辑：邹岚萍
责任编辑：邹岚萍
封面设计：林绵华
插　　图：冯　岩
责任校对：赵　婷　刘丽丽
责任技编：黄少伟
出版发行：中山大学出版社
电　　话：编辑部 020-84111996，84113349，84111997，84110779
　　　　　发行部 020-84111998，84111981，84111160
地　　址：广州市新港西路 135 号
邮　　编：510275　　　　传　真：020-84036565
网　　址：http://www.zsup.com.cn　　E-mail:zdcbs@mail.sysu.edu.cn
印 刷 者：广州家联印刷有限公司
规　　格：787mm×960mm　1/32　总印张：20.75　总字数：315 千字
版次印次：2016 年 9 月第 1 版　　2016 年 9 月第 1 次印刷
总 定 价：48.00 元（共 6 册）　印　数：1～11000 套

# 授人以文　传递精神

在广大读者的支持与鼓励下，《经典悦读》丛书走过了六个年头，已成为滨州文化发展的一张靓丽名片。在经典中徜徉，在悦读中明志，既可欣赏美文雅韵，饱览上品佳作，亦可看成败、鉴得失，知荣辱、辨是非，或情飞扬、志高昂。授人以文，更传递精神。

作为一部荟萃古今中外文学精华系列，《经典悦读》在第六辑中，不仅收纳了美丽蕴藉的文字魅力，更于反法西斯战争胜利纪念之际，将革命精神、民族品格、国士之风收编其中，尽显启思明智、感动内心的力量。“美心”“美评”“美思”，侧重于“美”，这里集合了美好的心念品质，荟萃了独具匠心的文字品评，汇聚了关于生命与哲学的求索和思考，是对文学之美的一次检索和挖掘，仿佛一幅幅各有情致的画卷徐徐展开。“壮怀”“壮志”“壮想”，侧重于“壮”，这里有革命先烈未尽的遗志，有个人壮烈的胸怀与豪情，有高士名人对国家的期待和梦想，震撼于烽火硝烟年代的民族精神、跃然于上下求索时期的家国情怀，激越长空，声贯寰宇，直抵心灵，在今天读来，仍使人心潮澎湃，敬意萦怀。

欣赏《经典悦读》中的作品，既有助于我们加深对民族文化的理解和感悟，更有助于我们实事求是、与时俱进地开展当下文化建设工作。阅读，是一个民族加强软实力的重要方略，是我们实现“中国梦”不可或缺的文化要素。唯有文化助力，方可广识增智；唯有继承传统，方能凝聚信念。民族精神，生生不息；传承经典，以文化人。愿《经典悦读》丛书成为我们文海撷珠的良伴，让我们共同的精神家园书香氤氲、华彩绕梁！

中共滨州市委书记、市人大常委会主任

张光峰

# 目　录

# 纯明率真　情深意切

# 黎　明

艾　青

当我还不曾起身
两眼闭着
听见了鸟鸣
听见了车声的隆隆
听见了汽笛的嘶叫
我知道
你又叩开白日的门扉了……

黎明，
为了你的到来
我愿站在山坡上，
像欢迎
从田野那边疾奔而来的少女，
向你张开两臂——
因为你，
你有她的纯真的微笑。
和那使我迷恋的草野的清芬。

我怀念那：
同着伙伴提了篾篮
到田堤上的豆棚下
采撷豆荚的美好的时刻啊——
我常进到最密的草丛中去，
让露水浸透了我的草鞋，
泥浆也溅满我的裤管，
这是自然给我的抚慰，
我将狂欢而跳跃……

我也记起
在远方的城市里
在浓雾蒙住建筑物的每个早晨，
我常爱在街上无目的地奔走，
为的是
你带给我以自由的愉悦，
和工作的热情。

但我却不愿
看见你罩上忧愁的面纱——

因我不能到田间去了，
也不能在街上奔跑——
一切都沉默着，
望着阴郁的雨滴徘徊在我的窗前
我会联想到：死亡，战争，
和人间一切的不幸……

黎明啊，
要是你知道我曾对你
有比对自己的恋人
更不敢拂逆和迫切的期待啊——

当我在那些苦难的日子，
悠长的黑夜
把我抛弃在失眠的卧榻上时，
我只会可怜地凝视着东方，
用手按住温热的胸膛里的急迫的心跳
等待着你——
我永远以坚苦的耐心，
希望在铁黑的天与地之间

会裂出一丝白线——
纵使你像故意磨折我似的延迟着，
我永不会绝望，
却只以燃烧着痛苦的嘴
问向东方：
“黎明怎不到来？”

而当我看见了你
披着火焰的外衣，
从天边来到阴暗的窗口时啊——
我像久已为饥渴哭泣得疲乏了的婴孩，
看见母亲为他解开裹住乳房的衣襟
泪眼迸出微笑，
心儿感激着，
我将带着呼唤
带着歌唱
投奔到你温煦的怀里。

（选自艾青著：《艾青诗选》，人民文学出版社 1984 年版）

## 知识

艾青（1910—1996），原名蒋海澄，现代文学家、诗人。艾青的作品一般是描写太阳、火把、黎明等具有象征性的事物，表现出艾青对旧社会的黑暗和恐怖的痛恨以及对黎明、光明、希望的向往与追求。艾青的诗歌以它紧密结合现实的、富于战斗精神的特点继承了五四新文学的优良传统，又以精美创新的艺术风格成为新诗发展的重要收获，既反映了作者的艺术才能，又铭记下他严肃的、艰苦的艺术实践。在艾青的诗歌中，饱满的进取精神和丰富的生活经验带来鲜明的特色。艾青的诗在形式上不拘泥于外形的束缚，很少注意诗句的韵脚和字数、行数的划一，但是又运用有规律的排比、复沓，造成一种变化中的统一。

## 解读

艾青在《诗论》中曾提出诗歌之中的“散文化”问题，他说：“强调‘散文美’，就是为了把诗从矫揉造作、华而不实的风气中摆脱出来，主张以现代的日常所用的口语，表达自己所生活的时代——赋予诗以新的生机。”艾青在自己的创作实践中，是充分理解并掌握了新诗“散文美”之要求的。因而，在他的许多诗篇中，这种“散文美”流露得淋漓尽致。《黎明》这首诗，“散文美”的流溢就很杰出。在诗歌之中，诗人毫不雕琢地描绘出生活场景，童年时乡村的情趣跃然纸上。当“我”看到黎明来

临的时候，心情万分激动。诗人在表达这种心情的时候，没有平铺直叙，更没有过分铺张，而是用了极为感人的比喻，一下子就使得语言摆脱了矫揉造作的枷锁，充满了既有诗情又自然灵动的韵味。

人间没有永恒的夜晚，世界没有永恒的冬天。

——艾青

## 明日又天涯

三　毛

我的朋友，今夜我是跟你告别了，多少次又多少次，你的眼光在默默地问我，Echo，你的将来要怎么过？你一个人这样地走了，你会好好的吗？你会吗？你会吗？

看见你哀怜的眼睛，我的胃马上便绞痛起来，我也轻轻地在对自己哀求——不要再痛了，不要再痛了，难道痛得还没有

尽头吗?

明日，是一个不能逃避的东西，我没有退路。

我不能回答你眼里的问题，我只知道，我胃痛，我便捂住自己的胃，不说一句话，因为这个痛是真真实实的。

多少次，你说，虽然我是意气飞扬，满含自信若有所思的仰着头，脸上荡着笑，可是，灯光下，我的眼睛藏不住秘密，我的眸子里，闪烁的只是满满的倔强的眼泪，还有，那一个海也似的情深的故事。

你说，Echo，你会一个人过日子吗?我想反问你，你听说过有谁，在这世界上，不是孤独地生，不是孤独地死?有谁?请你告诉我。

你也说，不要忘了写信来，细细地告诉我，你的日子是怎么地在度过，因为有人在挂念你。

我爱的朋友，不必写信，现在就可以告诉你，我是走了，回到我的家里去，在

那儿，有海，有空茫的天，还有那永远吹拂着大风的哀愁海滩。

家的后面，是一片无人的田野，左邻右舍，也只有在度假的时候才会出现，这个地方，可以走两小时不见人迹，而海鸥的叫声却是总也不断。

我的日子会怎么过?

我会一样地洗衣服，擦地，管我的盆景，铺我的床。偶尔，我会去小镇上，在买东西的时候，跟人说说话，去邮局信箱里，盼一封你的来信。

也可能，在天气晴朗，而又心境安稳的时候，我会坐飞机，去那个最后之岛，买一把鲜花，在荷西长眠的地方坐一个静静的黄昏。

再也没有鬼哭神号的事情了，最坏的已经来过了，再也没有什么。我只是有时会胃痛，会在一个人吃饭的时候，有些食不下咽。

也曾对你说过，暮色来时，我会仔细

的锁好门窗，也不再在白日将自己打扮得花枝招展，因为我很明白，昨日的风情，只会增加自己今日的不安全，那么，我的长裙，便留在箱子里吧。

又说过，要养一只大狼狗，买一把猎枪，要是有谁，不得我的允许敢跨入我的花园一步，那么我要他死在我的枪下。

说出这句话来，你震惊了，你心疼了，你方才知道，Echo 的明日不是好玩的，你说，Echo 你还是回来，我一直是要你回来的。

我的朋友，我想再问你一句已经问过的话，有谁，在这个世界上不是孤独地生，不是孤独地死？

青春结伴，我已有过，是感恩，是满足，没有遗憾。

再说，夜来了，我拉上窗帘，将自己锁在屋内，是安全的，不再出去看黑夜里满天的繁星了，因为我知道，在任何一个星座上，都找不到我心里呼叫的名字。

我开了温暖的落地灯，坐在我的大摇椅里，靠在软软的红色垫子上，这儿是我的家，一向是我的家。我坐下，擦擦我的口琴，然后，试几个音，然后，在那一屋的寂静里，我依旧吹着那首最爱的歌曲——《甜蜜的家庭》。

**（选自三毛著：《梦里花落知多少》，北京十月文艺出版社2009年版）**

三毛（1943—1991），原名陈懋平（后改名为陈平），中国现代作家，1943年出生于重庆，1948年随父母迁居台湾。1967年赴西班牙留学，后去德国、美国等地。1973年定居西属撒哈拉沙漠和荷西结婚。1981年回台后，曾在文化大学任教，1984年辞去教职，而以写作、演讲为重心。1991年1月4日在医院去世，年仅48岁。代表作有《撒哈拉的故事》《哭泣的骆驼》《梦里花落知多少》《雨季不再来》《滚滚红尘》等。

## 解读

三毛的散文集《梦里花落知多少》大多是在爱人荷西去世后对他的回忆与追念。这其中有不少篇章能让读者感到凄恻悲凉。三毛向来是率真而坦白的，这就是她一直

为读者所青睐的原因。因此，她的悲伤就是真的悲伤，不会矫饰也不可以掩饰，你所看到的“哀而不伤”就是哀而不伤，你所看到的“痛彻心扉”就是痛彻心扉，不需要怀疑和怜悯，只管欣赏她的笔和心就好。这篇《明日又天涯》也是《梦里花落知多少》中具有代表性的一篇散文，标题之中就充满了流离的伤感和苍凉的韵味。回忆的堆叠让伤痛以破碎的形式更加催人泪下，她是那样平静，却有隐隐的波涛暗自汹涌。抑制，成为三毛这篇散文的品格，我们不愿相信她是刻意为之，毋宁说她仍愿在回忆之时，不使泪水让爱人的印象模糊不清。

在朋友交谈之间，语言需要当心。成年人更要步步为营，不传坏话，便可促进双方的友谊。减少是非是促进人际关系重要的一环，好话要多传，坏话一句也不传。

——三毛

## 你是人间的四月天——一句爱的赞颂

林徽因

我说你是人间的四月天；

笑音点亮了四面风；轻灵
在春的光艳中交舞着变。

你是四月早天里的云烟，
黄昏吹着风的软，星子在
无意中闪，细雨点洒在花前。

那轻，那娉婷，你是，鲜妍
百花的冠冕你戴着，你是
天真，庄严，你是夜夜的月圆。

雪化后那片鹅黄，你像；新鲜
初放芽的绿，你是；柔嫩喜悦
水光浮动着你梦期待中的白莲。

你是一树一树的花开，是燕
在梁间呢喃，——你是爱，是暖，
是希望，你是人间的四月天！

（选自林徽因著：《你是人间的四月天》，北京师范大学出版社 2014 年版）

## 知识

林徽因（1904—1955），女，中国建筑师、诗人、作家，原名林徽音，其名出自《诗·大雅·思齐》：“大姒嗣徽音，则百斯男。”林徽因智识过人，容貌清绝，与徐志摩曾有一段恋情相传，后嫁于著名建筑家梁思成，而著名哲学家金岳霖也为其一生未娶。其代表诗作《你是人间的四月天》，一说是为悼念徐志摩而作，一说是为儿子的出生而作，以表达心中对儿子的希望和儿子的出生带来的喜悦。

## 解读

本诗刊于1934年5月《学文》一卷1期。

诗人将春天的气息点在诗中的每个音节上，于是春天的色彩便在句读的创意分割中慢慢晕染开来，人们的喜悦仿佛在纸间跳舞，笑声响亮得停不下来！深情的内容通过对现代诗形式的开拓呈现出来，流淌活泼的音乐感，色彩纷呈的绘画感，平仄和谐的韵律感，共同营造了一副扑面而来的春天的气息。于是这人间美好的四月天便化作一个美的符号，既可以是心心念念的诗人志摩，也可以是真情期待着的小生命，当然，更可以是诗人对世间一切美好事物的期待。

心灵澄澈，于是诗情如镜。

如果我的心是一朵莲花，正中擎出一枝点亮的蜡，荧荧虽则单是那一剪光，我也要它骄傲的捧出辉煌。

——林徽因

# 吟风咏月　情动自然

# 七　哀[1]　诗

曹　植

明月照高楼，流光正徘徊。[2]
上有愁思妇，悲叹有馀哀。[3]
借问叹者谁？言是宕子妻[4]。
君行逾十年，[5]孤妾常独栖。
君若清路尘，妾若浊水泥。[6]
浮沉各异势，会合何时谐？[7]
愿为西南风，长逝入君怀。[8]
君怀良不开，贱妾当何依！[9]

## 注释

①此篇《文选》卷二十二列于“哀伤”类，《玉台新咏》卷二题作《杂诗》，《乐府诗集》入《相和歌·楚调曲》，作《怨诗行》，有二首：一首为晋乐所奏，即《宋书·乐志》“楚调怨诗”所载之《明月》篇；一首为本辞，即此诗。可见此篇原系徒诗，后来配上音乐才成为乐府诗。《七哀》的名称大约起源于建安时期，王粲、阮瑀都写有《七哀诗》。所谓“七”，可能是指原

有七章，与屈原《九章》、枚乘《七发》等名九、名七相同（参见俞樾《文体通释序》）。这是一首闺怨诗，写思妇被弃、欲与丈夫相亲不得的哀怨和痛苦，实际上是作者借思妇以自况，寄寓他企图重新获得曹丕信任的愿望，与《杂诗》其三“西北有织妇”意趣相同，大约是获罪后在鄄城时所作。全诗情调凄婉，缠绵悱恻，真挚动人。

②“明月”二句，是说皎洁的明月悬照高楼，清澈如水的月光在高楼四周徜徉徘徊。这两句以月光之有意，反衬游子之无情。王夫之说：“可谓物外传心，空中迷色。”（《船山古体诗评》卷一）

③“上有”二句：是说高楼上一个满怀愁思的女子，正在悲声叹息，似有诉不尽的哀怨。

④“言是”句：宕子，同“荡子”，指漂泊在外的丈夫。与“游子”义同。这句以下，都是思妇自叹其所遇所扰。

⑤君：称自己的丈夫。逾：超过。

⑥“君若”二句：路上的飞尘和水底的陈泥本来属于同一种事物，由于所处的地势不同，一则为“清”（高贵），一则为“浊”（卑贱），身份也就两样：清尘轻浮飘荡，浊泥坚贞不移，取向也各不相同。以此比喻夫妻关系，也可使人联想起作者与曹丕之间的兄弟关系。曹植《九愁赋》有云：“宁作清水之沉泥，不为浊路之飞尘。”取喻相同，而褒贬自见，可互相参看。

⑦“浮沉”二句：浮，指“清路尘”。沉，指“浊水泥”。势，地势，趋势。这两句是说清尘与浊泥处势各异，要到何时才能汇合而和谐相处。

⑧“愿为”二句：西南风，这时曹植在鄄城，洛阳在鄄城西南，故云。长逝，犹长驱。逝，往。这两句是说我愿化作西南风，从远方吹进你的怀抱。

⑨“君怀”二句：写遭拒后产生的忧伤。良，诚，确实。

**（选自俞绍初、王晓东选注：《曹植选集》，人民文学出版社1997年版）**

## 知识

曹植（192—232），字子建，三国时期曹魏著名文学家，作为建安文学的代表人物之一与集大成者，因其文学成就而与其父曹操、其兄曹丕并称为“三曹”。代表作有《洛神赋》《白马篇》《七哀诗》《七步诗》等。曹植的诗歌，一般皆以建安为界，分为前后两个时期。前期的曹植正值年少气盛之际，以洋溢的才华令人侧目，更因此受尽了父亲疼爱。这个时期的曹植，过的是富贵无忧的公子哥的生活，诗歌里也就充满着少年人的雄心壮志以及趾高气扬的意味，《白马篇》堪称代表。后来曹丕继位，曹植满腔抱负无处施展，而手足胞兄对自己处处防范，不禁令曹植心灰意懒。被压制受监视的结果，令他后期所作诗歌多倾向于感伤哀怨一类，而以弃妇自比更是其诗歌的特色之一。

从写得如此高妙的《七哀诗》中我们可以看出来，曹植是一个出色的诗人，而往往出色的诗人都有一份从政的心，却没有从政的能力，就好像上帝在给你打开了一扇门的同时，势必会把窗户给关紧。然而从政的失败又反过来为诗人的诗情增长提供了材料，就像韩愈在其《送孟东野序》中所说："大凡物不得其平则鸣。"这种现象在李白的身上也可以得到印证。曹植以代言体的手法，在诗中借思妇之口抒发自己被长期压抑的情绪，这可与其《洛神赋》作互文性的解读。《洛神赋》中最动人的，当数其感人至深的惆怅。他以浪漫主义的手法，通过梦幻的境界，描写人神之间的真挚爱情，但终因"人神殊道"无从结合而惆怅分离。佛曰人有八苦：生、老、病、死、怨憎会、爱别离、五阴炽盛、求不得，可见求不得为苦之甚。曹植的"求不得"体现的，也许是爱情的失意，也许是政治上的掣肘无为，也许是其人生意义的彷徨飘渺。于是他的这份心痛，通过文字传达上千年，与天下失意者共鸣共振。

天称其高乾，以无不覆；地称其广者，以无不载；日月称其明者，以无不照；江河称其大者，以无不容。

——曹植

# 秋　　雨

张爱玲

雨，像银灰色粘湿的蛛丝，织成一片轻柔的网，网住了整个秋的世界。天也是暗沉沉的，像古老的住宅里缠满着蛛丝网的屋顶。那堆在天上的灰白色的云片，就像屋顶上剥落的白粉。在这古旧的屋顶的笼罩下，一切都是异常的沉闷。园子里绿翳翳的石榴，桑树，葡萄藤，都不过代表着过去盛夏的繁荣，现在已成了古罗马建筑的遗迹一样，在潇潇的雨声中瑟缩不宁，回忆着光荣的过去。草色已经转入了忧郁的苍黄，地下找不出一点新鲜的花朵；宿舍墙外一带种的娇嫩的洋水仙，垂了头，含着满眼的泪珠，在那里叹息它们的薄命，才过了两天的晴美的好日子又遇到这样霉气薰蒸的雨天。只有墙角的桂花，枝头已

缀缀着几个黄金一样宝贵的嫩蕊，小心地隐藏在绿油油椭圆形的叶瓣下，透露出一点新生命萌芽的希望。

雨静悄悄地下着，只有一点细细的淅沥沥的声音。桔红色的房屋，像披着鲜艳的袈裟的老僧，垂头合目，受着雨的洗礼。那潮湿的红砖，发出有刺激性的猪血的颜色和墙下绿油油的桂叶成为强烈的对照。灰色的癞蛤蟆，在湿烂发霉的泥地里跳跃着；在秋雨的沉闷的网底，只有它是唯一的充满愉快的生气的东西。它背上灰黄斑的花纹，跟沉闷的天空遥遥相应，造成和谐的色调。……

雨，像银灰色粘濡的蛛丝，织成一片轻柔的网，网住了整个秋的世界。

（选自张爱玲著：《流言私语》，江苏文艺出版社 2005 年版）

**知识**

张爱玲家世显赫，却在动荡年代漂若浮萍，作品颇多，却一直被认为是通俗小说家，在批评家眼里她“不登大雅之堂”，幸得夏志清慧眼识珠，其作品才得以“经

典”相待并进入学术研究视野。

当代著名作家白先勇称张爱玲“是不世出的天才，她的文字风格很有趣，像是绕过了五四时期的文学，直接从《红楼梦》、《金瓶梅》那一脉下来的，张爱玲的小说语言更纯粹，是正宗的中文，她的中国传统文化造诣其实很深”。

女作家王安忆则说：“唯有小说才是张爱玲的意义。所以，认识的结果就是，将张爱玲从小说中攫出来，然后再还给小说。”

《秋雨》是张爱玲15岁读高中二年级时的习作。在一个忧郁的雨天，创作出如此忧郁的情调。透过玻璃窗看到的世界是灰白色的，天地间挂满银灰色的蜘蛛丝，阴沉压痛了胸口，仿佛呼吸都有困难。秋雨封锁了大地，忧郁也封锁了作者的心。无论园子里的花草曾经多么灿烂，都已成为过去。园子无人关心，无人打理，像古罗马的建筑遗迹一样躺着，无声的寂寞。唯一的洋水仙也好像在诉说着悲哀，仿佛是张爱玲此时的写照。充满了黯然、寥落的空间，仅剩萌芽的一束希望之光，仅剩那株低矮的无人问津的桂花树。如今，作为读者的我们设想窗外的雨景，有些失落，有些迷茫，慢慢代入作者的角色，感受着这屋外的一切。当时的张爱玲是什么心情？为何年轻的生命承载着如此沉重的悲痛？这是现在的我们无法想象的，因为这份

痛苦只属于经历过的人。读者读着张爱玲的文字，原本愉快的心情也会被感染，消失得无影无踪。她的文字仿佛有一种魔力，能钻入人的心扉，悲伤的影子久久徘徊，也没有力气抗拒。对过去的生活彻底失望后，张爱玲的心无所寄托，悲伤渗透纸张。只有默默看着那“桂花”，这份“透露出一点新生命萌芽的希望”算是作者心中的安慰吧。

全篇没有一个愁字，但表达的感情如一江春水般。张爱玲童年的苦闷无法也无处倾述，唯有借助手中的笔，在对秋雨的叙写中，倾诉她一颗稚嫩而又伤痕累累的心。天空落下的雨，像是张爱玲心中无法流出的泪水，欲哭无泪的痛苦才是真正的悲哀。

生活的戏剧化是不健康的。像我们这样生长在都市文化中的人，总是先看见海的图画，再看见海；先读到爱情小说，后知道爱。

——张爱玲

# 花　未　眠

（日）川端康成

我常常不可思议地思考一些微不足道的问题。昨日一来到热海的旅馆，旅馆的人拿来了与壁龛里的花不同的海棠花。我太劳顿，早早就入睡了。凌晨 4 点醒来，发现海棠花未眠。

发现花未眠，我大吃一惊。有葫芦花和夜来香，也有牵牛花和百合花，这些花差不多都是昼夜绽放的。花在夜间是不眠的。这是众所周知的事。可我仿佛才明白过来。凌晨 4 点凝视海棠花，更觉得它美极了。它盛放，含有一种哀伤的美。

花未眠这众所周知的事，忽然成了新发现花的机缘。自然的美是无限的。人感受到的美却是有限的，正因为人感受美的能力是有限的，所以说人感受到的美是有

限的，自然的美是无限的。至少人的一生中感受到的美是有限的，是很有限的。这是我的实际感受，也是我的感叹。人感受美的能力，既不是与时代同步前进，也不是伴随年龄而增长。凌晨4点的海棠花，应该说也是难能可贵的。如果说，一朵花很美，那么我有时就会不由自主地自语道：要活下去！

画家雷诺阿说：只要有点进步，那就是进一步接近死亡，这是多么凄惨啊。他又说：我相信我还在进步。这是他临终的话。米开朗基罗临终的话也是：事物好不容易如愿表现出来的时候，也就是死亡。米开朗基罗享年89岁。我喜欢他的用石膏套制的脸型。

毋宁说，感受美的能力，发展到一定程度是比较容易的。光凭头脑想象是困难的。美是邂逅所得，是亲近所得。这是需要反复陶冶的。比如唯一一件的古美术作品，成了美的启迪，成了美的开光，这种

情况确是很多。所以说，一朵花也是好的。

凝视着壁龛里摆着的一朵插花，我心里想道：与这同样的花自然开放的时候，我会这样仔细凝视它吗？只摘了一朵花插入花瓶，摆在壁龛里，我才凝神注视它。不仅限于花。就说文学吧，今天的小说家如同今天的歌人一样，一般都不怎么认真观察自然。大概认真观察的机会很少吧。壁龛里插上一朵花，要再挂上一幅花的画。这画的美，不亚于真花的当然不多。在这种情况下，要是画作拙劣，那么真花就更加显得美。就算画中花很美，可真花的美仍然是很显眼的。然而，我们仔细观赏画中花，却不怎么留心欣赏真的花。

李迪、钱舜举也好，宗达、光琳、御舟以及古径也好，许多时候我们是从他们描绘的花画中领略到真花的美。不仅限于花。最近我在书桌上摆上两件小青铜像，一件是罗丹创作的《女人的手》，一件是玛伊约尔创作的《勒达像》。光这两件作品也

能看出罗丹和玛伊约尔的风格是迥然不同的。从罗丹的作品中可以体味到各种的手势，从玛伊约尔的作品中则可以领略到女人的肌肤。他们观察之仔细，不禁让人惊讶。

我家的狗产崽，小狗东倒西歪地迈步的时候，看见一只小狗的小小形象，我吓了一跳。因为它的形象和某种东西一模一样。我发觉原来它和宗达所画的小狗很相似。那是宗达水墨画中的一只在春草上的小狗的形象。我家喂养的是杂种狗，算不上什么好狗，但我深深理解宗达高尚的写实精神。

去年岁暮，我在京都观察晚霞，就觉得它同长次郎使用的红色一模一样。我以前曾看见过长次郎制造的称之为夕暮的名茶碗。这只茶碗的黄色带红釉子，的确是日本黄昏的天色，它渗透到我的心中。我是在京都仰望真正的天空才想起茶碗来的。观赏这只茶碗的时候，我不由地浮现出坂

本繁二郎的画来。那是一幅小画。画的是在荒原寂寞村庄的黄昏天空上，泛起破碎而蓬乱的十字型云彩。这的确是日本黄昏的天色，它渗入我的心。坂本繁二郎画的霞彩，同长次郎制造的茶碗的颜色，都是日本色彩。在日暮时分的京都，我也想起了这幅画。于是，繁二郎的画、长次郎的茶碗和真正黄昏的天空，三者在我心中相互呼应，显得更美了。

那时候，我去本能寺拜谒浦上玉堂的墓，归途正是黄昏。翌日，我去岚山观赏赖山阳刻的玉堂碑。由于是冬天，没有人到岚山来参观。可我却第一次发现了岚山的美。以前我也曾来过几次，作为一般的名胜，我没有很好地欣赏它的美。岚山总是美的。自然总是美的。不过，有时候，这种美只是某些人看到罢了。

我之发现花未眠，大概也是我独自住在旅馆里，凌晨4时就醒来的缘故吧。

（叶渭渠译）

（选自王立新主编：《外国散文鉴赏辞典·2（现当代卷）》，上海辞书出版社2010年版）

## 知识

川端康成（かわばた やすなり，1899—1972），毕业于东京大学，日本新感觉派作家，著名小说家。代表作有《伊豆的舞女》《雪国》《千只鹤》《古都》以及《睡美人》等。其创作成功地将日本文学的传统美与现代主义的多种艺术技巧完美地结合了起来，“在东西方文化的大撞击中找到接合点”，从而开拓了新的领域。川端康成1968年获诺贝尔文学奖，亦是首位获得该奖项的日本作家。1972年4月16日在工作室自杀身亡。

## 解读

川端康成幼年失怙，一生辗转无着，故性格孤独而感伤，使得内心的痛苦与悲哀成为他的文学底色。《花未眠》是作者关于美的一系列思考，在人类有限的感受力与自然无限的美之间进行辩证思考，字里行间仿佛沾染了洗不去的哀愁与风雅，日本文学传统自《源氏物语》以降的“物哀”渗透缠绕其中，达到了禅趣、哲理美与物哀美的高度统一。结尾淡淡的一句“我之发现花未眠，大概也是我独自住在旅馆里，凌晨4时就醒来的缘故吧”，仿佛将上述的所有情绪都收束其中，如诗的意境，只在说与不说之间。

我们都是上帝之子，每一个降生就像是被上帝抛下……因为我们是上帝之子，所以抛弃在前，拯救在后。

——川端康成

# 喝　茶

周作人

前回徐志摩先生在平民中学讲“吃茶”——并不是胡适之先生所说的“吃讲茶”——我没有工夫去听，又可惜没有见到他精心结构的讲稿，但我推想他是在讲日本的“茶道”（英文译作 Teaism），而且一定说得很好。茶道的意思，用平凡的话来说，可以称作“忙里偷闲，苦中作乐”，在不完全的现世享乐一点美与和谐，在刹那间体会永久，在日本之“象征的文化”里的一种代表艺术。关于这一件事，徐先生一定已有透彻巧妙的解说，不必再来多嘴，我现在所想说的，只是我个人的很平常的喝茶罢了。

喝茶以绿茶为正宗。红茶已经没有什么意味，何况又加糖——与牛奶？葛辛

(George Gissing)的《草堂随笔》(*Private Papers of Henry Ryecroft*)确是很有趣味的书，但冬之卷里说及饮茶，以为英国家庭里下午的红茶与黄油面包是一日中最大的乐事，支那饮茶已历千百年，未必能领略此种乐趣与实益的万分之一，则我殊不以为然，红茶带“土斯”未始不可吃，但这只是当饭，在肚饥时食之而已；我的所谓喝茶，却是在喝清茶，在赏鉴其色与香与味，意未必在止渴，自然更不在果腹了。中国古昔曾吃过煎茶及抹茶，现在所用的都是泡茶，冈仓觉三在《茶之书》(*Book of Tea*, 1919)里很巧妙的称之曰“自然主义的茶”，所以我们所重的即在这自然之妙味。中国人上茶馆去，左一碗右一碗的喝了半天，好像是刚从沙漠里回来的样子，颇合于我的喝茶的意思(听说闽粤有所谓吃工夫茶者自然也有道理)，只可惜近来太是洋场化，失了本意，其结果成为饭馆子之流，只在乡村间还保存一点古风，唯是

屋宇器具简陋万分，或者但可称为颇有喝茶之意，而未可许为已得喝茶之道也。

喝茶当于瓦屋纸窗之下，清泉绿茶，用素雅的陶瓷茶具，同二三人共饮，得半日之闲，可抵十年的尘梦。喝茶之后，再去继续修各人的胜业，无论为名为利，都无不可，但偶然的片刻优游乃正亦断不可少，中国喝茶时多吃瓜子，我觉得不很适宜，喝茶时所吃的东西应当是轻淡的“茶食”。中国的茶食却变了“满汉饽饽”，其性质与“阿阿兜”相差无几，不是喝茶时所吃的东西了。日本的点心虽是豆米的成品，但那优雅的形色，朴素的味道，很合于茶食的资格，如各色的“羊羹”（据上田恭辅氏考据，说是出于中国唐时的羊肝饼），尤有特殊的风味。江南茶馆中有一种“干丝”，用豆腐干切成细丝，加姜丝酱油，重汤炖热，上浇麻油，出以供客，其利益为“堂倌”所独有。豆腐干中本有一种“茶干”，今变而为丝，亦颇与茶相宜。在

南京时常食此品，据云有某寺方丈所制为最，虽也曾尝试，却已忘记，所记得者乃只是下关的江天阁而已。学生们的习惯，平常“干丝”既出，大抵不即食，等到麻油再加，开水重换之后，始行举箸，最为合式，因为一到即罄，次碗继至，不遑应酬，否则麻油三浇，旋即撤去，怒形于色，未免使客不欢而散，茶意都消了。

吾乡昌安门外有一处地方，名三脚桥（实在并无三脚，乃是三出，因以一桥而跨三叉的河上也），其地有豆腐店曰周德和者，制茶干最有名。寻常的豆腐干方约寸半，厚三分，值钱二文，周德和的价值相同，小而且薄，几及一半，黝黑坚实，如紫檀片。我家距三脚桥有步行两小时的路程，故殊不易得，但能吃到油炸者而已。每天有人挑担设炉镬，沿街叫卖，其词曰：

“辣酱辣，

麻油炸，

红酱搽，辣酱拓：

周德和格五香油炸豆腐干。”

其制法如上所述，以竹丝插其末端，每枚值三文。豆腐干大小如周德和，而甚柔软，大约系常品，惟经过这样烹调，虽然不是茶食之一，却也不失为一种好豆食——豆腐的确也是极好的佳妙的食品，可以有种种的变化，唯在西洋不会被领解，正如茶一般。

日本用茶淘饭，名曰“茶渍”，以腌菜及“泽庵”（即福建的黄土萝卜，日本泽庵法师始传此法，盖从中国传去）等为佐，很有清淡而甘香的风味。中国人未尝不这样吃，唯其原因，非由穷困即为节省，殆少有故意往清茶淡饭中寻其固有之味者，此所以为可惜也。

十三年十二月

（选自周作人：《周作人闲适美文》，北方文艺出版社 2005 年版）

## 知识

周作人（1885—1967），原名櫆寿（后改为奎绶），字星杓，又名启明、启孟、起孟，笔名遐寿、仲密、岂明，号知堂、药堂、独应等。是鲁迅（周树人）之弟，周建人之兄。浙江绍兴人。中国现代著名散文家、文学理论家、评论家、诗人、翻译家、思想家，中国民俗学开拓人，新文化运动的杰出代表。

周作人历任国立北京大学教授、东方文学系主任，燕京大学新文学系主任、客座教授。新文化运动中是《新青年》的重要同人作者，并曾任“新潮社”主任编辑。五四运动之后，与郑振铎、沈雁冰、叶绍钧、许地山等人发起成立“文学研究会”；并与鲁迅、林语堂、孙伏园等创办《语丝》周刊，任主编和主要撰稿人。曾经担任北平世界语学会会长。

## 解读

品茶乃品味一种人生，自古文人多嗜茶，“煮茗对清花，弄琴好知音”，茶文化也成为透视文人审美观与人生观的窗口。现代散文大家——“苦茶派”周作人，更是在清幽淡雅的茶香中，品出人生的意味，品出生活的艺术化。

我们常说周作人的散文风格是“平和冲淡”的，在他的文章当中，鲜有陡峭的句子、激烈的用词，这点和他

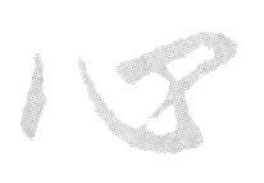


的兄长鲁迅截然不同。然而这并不意味着周作人的文章没有味道、没有色彩，反之，我们从他的小品文当中更可以感受到一种“淡极始知花更艳”的美感特质。它的美在于不经意之间，将情境与韵味化作款款文字，看似不着心思，实则尽得风流。这篇《喝茶》，写得非常“市井”，这里的“市井”并非贬义，它是一种深入生活、广接地气的别样韵味。只有在我们熟悉的环境之中打开一条通道，引发思考和内省，文学才有它自通俗之中能见深见美的意义。

周作人深受日本文化的影响，在文字之中透露出一种“物欲”。他对于“物”的专注和执着，使得文字对于细节的展示巨细靡遗，而我们会惊喜地发现，这种细节的展示丝毫不会令我们觉得啰嗦，反而于幽微隐秘之处阐发出思索与回味。这种平淡却悠长的味道正是周作人散文的重要特质。

周作人的喝茶，喝的是一种情趣，是一种文人的雅兴。在他的眼里，一切都是可以把玩的，小到花鸟虫鱼，低到如厕与搔痒。在这份闲适之中，体现的是他对生活的热爱和极高的文学修养。只单单一句“喝茶当于瓦屋纸窗之下，清泉绿茶，用素雅的陶瓷茶具，同二三人共饮，得半日之闲，可抵十年的尘梦”，便把喝茶的妙处如画般呈现眼前，散发出迷人的魅力。然而，若将这份闲适和超然物外放在当时国危家亡的现实情境中考察，就该另当别论了。

我们于日用必需的东西以外，必须还有一点无用的游戏与享乐，生活才觉得有意思。

——周作人

# 晒书记

梁实秋

《世说新语》：“郝隆七月七日，出日中仰卧，人问其故，曰：‘我晒书。’”

我曾想，这位郝先生直挺挺地躺在七月的骄阳之下，晒得浑身滚烫，两眼冒金星，所为何来？他当然不是在作日光浴，书上没有说他脱光了身子。他本不是刘伶那样的裸体主义者。我想他是故作惊人之状，好引起“人问其故”，他好说出他的那一句惊人之语“我晒书”。如果旁人视若无睹，见怪不怪，这位郝先生也只好站起来

拍拍衣服上的灰尘而去。郝先生的意思只是要向侪辈夸示他的肚里全是书。书既装在肚里，其实就不必晒。

不过我还是很羡慕郝先生之能把书藏在肚里，至少没有晒书的麻烦。我很爱书，但不一定是爱读书。数十年来，书也收藏了一点，可是并没有能尽量的收藏到肚里去。到如今，腹笥还是很俭。所以读到《世说新语》这一则，便有一点惭愧。

先严在世的时候，每次出门回来必定买回一包包的书籍。他喜欢研究的主要是小学，旁及于金石之学，积年累月，收集渐多。我少时无形中亦感染了这个嗜好，见有合意的书即欲购来而后快。限于资力学力，当然谈不到什么藏书的规模。不过汗牛充栋的情形却是体会到了，搬书要爬梯子，晒一次书要出许多汗，只是出汗的是人，不是牛。每晒一次书，全家老小都累得气咻咻然，真是天翻地覆的一件大事。见有衣鱼蛀蚀，先严必定蹙额太息，感慨

地说："有书不读，叫蠹鱼去吃也罢。"刻了一颗小印，曰"饱蠹楼"，藏书所以饱蠹而已。我心里很难过，家有藏书而用以饱蠹，子女不肖，贻先人羞。

丧乱以来，所有的藏书都弃置在家乡，起先还叮嘱家人要按时晒书，后来音信断绝也就无法顾到了。仓皇南下之日，我只带了一箱书籍，辗转播迁，历尽艰苦。曾穷三年之力搜购杜诗六十余种版本，因体积过大亦留在大陆。从此不敢再作藏书之想。此间炎热，好像蠹鱼繁殖特快，随身带来的一些书籍竟被蛀蚀得体无完肤，情况之烈前所未有。日前放晴，运到阶前展晒，不禁想起从前在家乡晒书，往事历历，如在目前。我正在伺偻着背，一册册的拂拭，有客适适然来，看见阶上阶下五色缤纷的群籍杂陈，再看到书上蛀蚀透背的惨状，对我发出轻微的嘲笑道："读书人竟放任蠹虫猖狂乃尔。"我回答说："书有未曾经我读，还需拿出曝晒，正有愧于郝隆；

但是造物小儿对于人的身心之蛀蚀，年复一年，日益加深，使人意气消沉，使人形销骨毁，其惨烈恐有甚于蠹鱼之蛀书本者。人生贵适意，蠹鱼求一饱，两俱相忘，何必戚戚?”客嘿然退。乃收拾残卷，拖入室内。而内心激动，久久不平，想起饱蠹楼前趋庭之日，自惭老大，深愧未学，忧思百结，不得了脱，夜深人静，爰濡笔为之记。

**（选自梁实秋著:《寂寞是一种清福》，湖南文艺出版社 2013 年版）**

## 知识

梁实秋（1903—1987），原名梁治华，出生于北京，浙江杭县（今余杭）人，中国著名的散文家、学者、文学批评家、翻译家。代表作品有《雅舍小品》《槐园梦忆》等。他也是国内第一个研究莎士比亚的权威，曾与鲁迅等左翼作家笔战不断。一生给中国文坛留下了 2000 多万字的著作，其散文集创造了中国现代散文著作出版的最高纪录。1987 年 11 月 3 日病逝于台北，享年 84 岁。

梁实秋的文章集文人散文与学者散文的特点于一体，旁征博引，内蕴丰盈，行文崇尚简洁，重视文调，追求“绚烂之极趋于平淡”的艺术境界以及文调雅洁与感情渗入的有机统一。人性论是梁实秋思想的核心，于是在其作品中往往表现普遍、永恒的人性。本文从晒书这件小事起笔和收章，中间随着思绪的流转自然而然地牵动对严父的怀念、家国离乱的无常，以及所崇尚的适意自在的人生观。文笔看似朴拙无华，然内蕴深厚，起承转合颇有韵致，宛然一副散文大家的风范。

人生的路途，多少年来就这样地践踏出来了，人人都循着这路途走，你说它是蔷薇之路也好，你说它是荆棘之路也好，反正你得乖乖地把它走完。

——梁实秋

# 葡萄月令

汪曾祺

一月，下大雪。

雪静静地下着。果园一片白。听不到一点声音。

葡萄睡在铺着白雪的窖里。

二月里刮春风。

……

葡萄出窖。

把葡萄窖一锹一锹挖开。挖下的土，堆在四面。葡萄藤露出来了，乌黑的。有的梢头已经绽开了芽苞，吐出指甲大的苍白的小叶。它已经等不及了。

把葡萄藤拉出来，放在松松的湿土上。

不大一会，小叶就变了颜色，叶边发红；——又不大一会，绿了。

三月，葡萄上架。

……

然后，请葡萄上架。把在土里趴了一冬的老藤扛起来，得费一点劲。大的，得四五个人一起来。“起！——起!”哎，它起来了。把它放在葡萄架上，把枝条向三面伸开，像五个指头一样的伸开，扇面似的伸开。然后，用麻筋在小棍上固定住，葡萄藤舒舒展展，凉凉快快地在上面呆着。

……

四月，浇水。

……

葡萄喝起水来是惊人的。它真是在喝唉！……《图经》云：“根苗中空相通。圃人将货之，欲得厚利，暮溉其根，而晨朝水浸子中矣，故俗呼其苗为木通。”“暮溉其根，而晨朝水浸子中矣”，是不对的。葡萄成熟了，就不能再浇水了。再浇，果粒就会涨破。“中空相通”却是很准确的。浇

了水，不大一会，它就从根直吸到梢，简直是小孩嘬奶似的拼命往上嘬。浇过了水，你再回来看看吧：梢头切断过的破口，就嗒嗒地往下滴水了。

施了肥，浇了水，葡萄就使劲抽条、长叶子。真快！原来是几根枯藤，几天功夫，就变成青枝绿叶的一大片。

五月，浇水、喷药、打梢、掐须。

葡萄一年不知道要喝多少水，别的果树都不这样。……

喷波尔多液。从抽条长叶，一直到坐果成熟，不知道要喷多少次。……

葡萄抽条，丝毫不知节制，它简直是瞎长！……

葡萄的卷须有一点淡淡的甜味。这东西如果腌成咸菜，大概不难吃。

……

有人说葡萄不开花，哪能呢！只是葡萄花很小，颜色淡黄微绿，不钻进葡萄架

是看不出的，而且它开花期很短。很快，就结出了绿豆大的葡萄粒。

六月，浇水、喷药、打条、掐须。

葡萄粒长了一点了，一颗一颗，像绿玻璃料做的纽子。硬的。

……

七月，葡萄“膨大”了。

掐须、打条、喷药，大大地浇一次水。

追一次肥。追硫铵。……

汉朝是不会追这次肥的，汉朝没有硫铵。

八月，葡萄“着色”。

……

下过大雨，你来看看葡萄园吧，那叫好看！白的像白玛瑙，红的像红宝石，紫的像紫水晶，黑的像黑玉。一串一串，饱满、磁棒、挺括，璀璨琳琅。你就把《说文解字》里的玉字偏旁的字都搬了来吧，

那也不够用呀！

……

九月的果园像一个生过孩子的少妇，宁静、幸福，而慵懒。

十月，我们有别的农活。我们要去割稻子。葡萄，你愿意怎么长，就怎么长着吧。

十一月，葡萄下架。

……

剪葡萄条。干脆得很，除了老条，一概剪光。葡萄又成了一个大秃子。

……

葡萄园光秃秃。

十一月下旬，十二月上旬，葡萄入窖。

……

这真是一年的冬景了。热热闹闹的果园，现在什么颜色都没有了。眼界空阔，一览无余，只剩下发白的黄土。

……

（选自杨耀文选编：《乡居闲情：文化名家修身录》，京华出版社 2005 年版）

## 知识

汪曾祺（1920—1997），中国当代作家、散文家、戏剧家，京派作家的代表人物。被誉为“抒情的人道主义者，中国最后一个纯粹的文人，中国最后一个士大夫”。汪曾祺在短篇小说创作上颇有成就，对戏剧与民间文艺也有深入钻研。他以个人化的细小琐屑的题材，使“日常生活审美化”，纠偏了那种集体的“宏大叙事”；以平实委婉而又有弹性的语言，反拨了中国当代一段时期内笼罩一切的新“八股话语”的僵硬；以平淡、含蓄、节制的叙述，暴露了滥情的、夸饰的文风之矫情，让人重温曾经消逝的古典主义的名士风散文的魅力，从而折射出中国当代散文的空洞、浮夸、虚假、病态，让真与美、让日常生活、让恬淡与雍容回归散文，让散文走出“千人一面，千部一腔”，功不可没。

## 解读

汪曾祺散文以其平淡质朴、清新灵秀、本色自然的风格独步文坛。他曾说：“我希望把散文写得平淡一点，自然一点，家常一点。”《葡萄月令》就是这样一篇鲜明地体现着他的语言艺术追求的美文。文中运用大量的语气助

词，诸如“了”“呀”“吧”等，使语句更加口语化。如：“这样长法还行呀，还结不结果呀？”“葡萄，你愿意怎么长，就怎么长着吧。”这些语句添加了“呀”“吧”等句末语气助词，使句子读起来更亲切，仿佛在和老朋友聊天，与小孩童嬉戏，率性自然，散发着纯真的童趣，读来惹人喜爱。而在修辞的使用之中，比喻和拟人这两种常见的修辞格也为文字增添了朴实的气质。例如，作者写葡萄喝水量的惊人态势，用“简直是小孩嘬奶似的拼命往上嘬”这一拟人句，极有情趣。“拼命”“嘬”等字眼写出了葡萄喝水的贪婪相，突出其长势之旺盛。又如，作者写葡萄的颜色之缤纷多彩：“白的像白玛瑙，红的像红宝石，紫的像紫水晶，黑的像黑玉。”这组排喻，将葡萄的色泽、形态、质感之美逼真地展现在读者眼前，既贴切又充满孩童般天真的幻想色彩。汪曾祺是一个有情趣的作家，《葡萄月令》真是其作品中流露出实在的情趣与快乐的佳作。阅读之时不妨跟随作家的引领，进入这种朴拙却浸满泥土芬芳的意境之中。

## 警语

那一年，花开得不是最好，可是还好，我遇到你；那一年，花开得好极了，好像专是为了你；那一年，花开得很迟，还好，有你。

——汪曾祺

# 有　　感

李金发

如残叶溅
　血在我们
　　脚上，

生命便是
　死神唇边
　　的笑。

半死的月下，
载饮载歌，
　裂喉的音
随北风吁！飘散。
抚慰你所爱的去。
开你户牖
使其羞怯，

征尘蒙其
可爱之眼了。
此是生命
之羞怯
与愤怒么？

如残叶溅
血在我们
脚上，

生命便是
死神唇边
的笑。

1919 年 11 月 22 日

**（选自杨晓民主编：《百年百首经典诗歌（1901—2000）》，长江文艺出版社 2003 年版）**

**知识**

李金发（1900—1976），原名李淑良。早年就读于香港圣约瑟中学，后至上海入南洋中学留法预备班。1919

年赴法勤工俭学，1921 年就读于第戎美术专门学校和巴黎帝国美术学校。李金发于 1925—1927 年出版的《微雨》《为幸福而歌》《食客与凶年》，是中国早期象征诗派的代表作，为中国新诗艺术的发展进行了有益的探索和尝试。李金发善于将思想直觉化，善于用富于象征意义的形象来表现自己的情感、感受与思想。李金发的所有诗歌，几乎都不用“直说”，而是通过具体的形象来一点一点地暗示、隐喻，即以主要意象来表现审美感受与审美体验。各个感觉间交互错综的关系，千变万化，不容易把握，这些往往是稍纵即逝的。偶尔把握住了，要将这些组织起来成为一种可给人看的形式，又得有一番功夫、一副本领。

## 解读

李金发最经典的诗作是那首闻名的《弃妇》，但是引起最多争议的却是这首《有感》。这首诗讲的是什么呢？到底诗人所“感”的是什么呢？其实当我们读这首诗，不用更深地去探究，我们也会很轻易地被那种苍凉所感染，甚至透出一种绝望的恐怖。或者这种绝望、这种恐怖，和对恐怖的无奈，正是诗人通过简单诗句所营造出的氛围。这种氛围是那样的沉重，那样的挥之不去，当我们细读每一段诗句，都无时无刻不在营造这种压抑和恐怖，每一个段落之间似有似无的联系，更加深了这首诗的华丽，让我们体会到生命中最无可奈何的幻灭感，使我们不忍读，又不得不读。这样的艺术感染力，不是绝后的，但

绝对是空前的。正是李金发给新诗带来了另类的想象空间、艺术手法。

衰老的裙裾发出哀吟，/徜徉在丘墓之侧，/永无热泪，/点滴在草地/为世界之装饰。

——李金发（《弃妇》）

# 泰 戈 尔

徐志摩

我有几句话想趁这个机会对诸君讲，不知道你们有没有耐心听。泰戈尔先生快走了，在几天内他就离别北京，在一两个星期内他就告辞中国。他这一去大约是不会再来的了。也许他永远不能再到中国。

他是六七十岁的老人，他非但身体不强健，他并且是有病的。去年秋天他还发了一次很严重的骨痛热病。所以他要到中

国来，不但他的家属，他的亲戚朋友，他的医生，都不愿意他冒险，就是他欧洲的朋友，比如法国的罗曼罗兰，也都有信去劝阻他。他自己也曾经踌躇了好久，他心里常常盘算他如其到中国来，他究竟能不能够给我们好处，他想中国人自有他们的诗人，思想家，教育家，他们有他们的智慧，天才，心智的财富与营养，他们更用不着外来的补助与戟刺，我只是一个诗人，我没有宗教家的福音，没有哲学家的理论，更没有科学家实利的效用，或是工程师建设的才能，他们要我去做什么，我自己又为什么要去，我有什么礼物带去满足他们的盼望！他真的很觉得迟疑，所以他延迟了他的行期。但是他也对我们说到冬天完了，春风吹动的时候（印度的春风比我们的吹得早），他不由的感觉了一种内迫的冲动，他面对着逐渐滋长的青草与鲜花，不由的抛弃了，忘却了他应尽的职务，不由的解放了他的歌唱的本能，和着新来的鸣

雀，在柔软的南风中开怀的讴吟，同时他收到我们催请的信，我们青年盼望他的诚意与热心，唤起了老人的勇气。他立即定夺了他东来的决心。他说趁我暮年的肢体不曾僵透，趁我衰老的心灵还能感受，决不可错过这最后唯一的机会，这博大，从容，礼让的民族，我幼年时便发心朝拜，与其将来在黄昏寂静的境界中萎衰的惆怅，何如利用这夕阳未瞑时的光芒，了却我晋香人的心愿？

他所以决意的东来，他不顾亲友的劝阻，医生的警告，不顾他自己的高年与病体，他也撇开了在本国迫切的任务，跋涉了万里的海程，他来到了中国。

自从四月十二在上海登岸以来，可怜老人不曾有过一半天完整的休息，旅行的劳顿不必说，单就公开的演讲以及较小集会时的谈话，至少也有了三四十次！他的，我们知道，不是教授们的讲义，不是教士们的讲道，他的心府不是堆积货品的栈房，

他的辞令不是教科书的喇叭。他是灵活的泉水，一颗颗颤动的圆珠从池心里兢兢的泛登水面，都是生命的精液；他是瀑布的吼声，在白云间，青林中，石罅里，不住的啸响；他是百灵的歌声，他的欢欣、愤慨，响亮的谐音，弥漫在无际的晴空。但是他是倦了，终夜的狂歌已经耗尽了子规的精力，东方的曙色亦照出他点点的心血染红了蔷薇枝上的白露。

老人是疲乏了。这几天他睡眠也不得安宁，他已经透支了他有限的精力。他差不多是靠散拿吐瑾过日的。他不由的不感觉风尘的厌倦，他时常想念他少年时在恒河边沿拍浮的清福，他想望椰树的清荫与曼果的甜瓤。

但他还不仅是身体的惫劳，他也感觉心境的不舒畅。这是很不幸的。我们做主人的只是深深的负歉。他这次来华，不为游历，不为政治，更不为私人的利益，他熬着高年，冒着病体，抛弃自身的事业，

备尝行旅的辛苦，他究竟为的是什么？他为的只是一点看不见的情感，说远一点，他的使命是在修补中国与印度两民族间中断千余年的桥梁。说近一点，他只想感召我们青年真挚的同情。因为他是信仰生命的，他是尊崇青年的，他是歌颂青春与清晨的，他永远指点着前途的光明。悲悯是当初释迦牟尼证果的动机，悲悯也是泰戈尔先生不辞艰苦的动机。现代的文明只是骇人的浪费，贪淫与残暴，自私与自大，相猜与相忌，飏风似的倾覆了人道的平衡，产生了巨大的毁灭。芜秽的心田里只是误解的蔓草，毒害同情的种子，更没有收成的希冀。在这个荒惨的境地里，难得有少数的丈夫，不怕阻难，不自馁怯，肩上抗着铲除误解的大锄，口袋里满装着新鲜人道的种子，不问天时是阴是雨是晴，不问是早晨是黄昏是黑夜，他只是努力的工作，清理一方泥土，施殖一方生命，同时口唱着嘹亮的新歌，鼓舞在黑暗中将次透露的

萌芽。泰戈尔先生就是这少数中的一个。他是来广布同情的，他是来消除成见的。我们亲眼见过他慈祥的阳春似的表情，亲耳听过他从心灵底里迸裂出的大声，我想只要我们的良心不曾受恶毒的烟煤熏黑，或是被恶浊的偏见污抹，谁不曾感觉他赤诚的力量，魔术似的，为我们生命的前途开辟了一个神奇的境界，燃点了理想的光明？所以我们也懂得他的深刻的懊怅与失望，如其他知道部分的青年不但不能容纳他的灵感，并且成心的诬毁他的热忱。我们固然奖励思想的独立，但我们决不敢附和误解的自由。他生平最满意的成绩就在他永远能得青年的同情，不论在德国，在丹麦，在美国，在日本，青年永远是他最忠心的朋友。他也曾经遭受种种的误解与攻击，政府的猜疑与报纸的诬毁与守旧派的讥评，不论如何的谬妄与剧烈，从不曾扰动他优容的大量，他的希望，他的信仰，他的爱心，他的至诚，完全的托付青年。

我的须，我的发是白的，但我的心却永远是青的，他常常的对我们说，只要青年是我的知己，我理想的将来就有着落，我乐观的明灯永远不致黯淡。他不能相信纯洁的青年也会坠落在怀疑，猜忌，卑琐的泥溷。他更不能信中国的青年也会沾染不幸的污点。他真不预备在中国遭受意外的待遇。他很不自在，他很感觉异样的怆心。

因此精神的懊丧更加重他躯体的倦劳。他差不多是病了。我们当然很焦急的期望他的健康，但他再没有心境继续他的讲演。我们恐怕今天就是他在北京公开讲演最后的一个机会。他有休养的必要。我们也决不忍再使他耗费有限的精力。他不久又有长途的跋涉，他不能不有三四天完全的养息。所以从今天起，所有已经约定的集会，公开与私人的，一概撤销，他今天就出城去静养。

我们关切他的一定可以原谅，就是一小部分不愿意他来作客的诸君也可以自喜

战略的成功。他是病了，他在北京不再开口了，他快走了，他从此不再来了。但是同学们，我们也得平心的想想，老人到底有什么罪，他有什么负心，他有什么不可容赦的犯案？公道是死了吗，为什么听不见你的声音？

他们说他是守旧，说他是顽固。我们能相信吗？他们说他是“太迟”，说他是“不合时宜”，我们能相信吗？他自己是不能信，真的不能信。他说这一定是滑稽家的反调。他一生所遭逢的批评只是太新，太早，太急进，太激烈，太革命的，太理想的，他六十年的生涯只是不断的奋斗与冲锋，他现在还只是冲锋与奋斗。但是他们说他是守旧，太迟，太老。他顽固奋斗的对象只是暴烈主义，资本主义，帝国主义，武力主义，杀灭性灵的物质主义；他主张的只是创造的生活，心灵的自由，国际的和平，教育的改造，普爱的实现。但他们说他是帝国政策的间谍，资本主义的

助力，亡国奴族的流民，提倡裹脚的狂人！肮脏是在我们的政客与暴徒的心里，与我们的诗人又有什么关连？昏乱是在我们冒名的学者与文人的脑里，与我们的诗人又有什么亲属？我们何妨说太阳是黑的，我们何妨说苍蝇是真理？同学们，听信我的话，像他的这样伟大的声音我们也许一辈子再不会听着的了。留神目前的机会，预防将来的惆怅！他的人格我们只能到历史上去搜寻比拟。他的博大的温柔的灵魂我敢说永远是人类记忆里的一次灵迹。他的无边际的想象与辽阔的同情使我们想起惠德曼；他的博爱的福音与宣传的热心使我们记起托尔斯泰；他的坚韧的意志与艺术的天才使我们想起造摩西像的密仡郎其罗；他的诙谐与智慧使我们想象当年的苏格拉底与老聃；他的人格的和谐与优美使我们想念暮年的葛德；他的慈祥的纯爱的抚摩，他的为人道不厌的努力，他的磅礴的大声，有时竟使我们唤起救主的心像，他的光彩，

他的音乐，他的雄伟，使我们想念奥林必克山顶的大神。他是不可侵凌的，不可逾越的，他是自然界的一个神秘的现象。他是三春和暖的南风，惊醒树枝上的新芽，增添处女颊上的红晕。他是普照的阳光。他是一派浩瀚的大水，来从不可追寻的渊源，在大地的怀抱中终古的流着，不息的流着，我们只是两岸的居民，凭借这慈恩的天赋，灌溉我们的田稻，苏解我们的消渴，洗净我们的污垢。他是喜马拉雅积雪的山峰，一般的崇高，一般的纯洁，一般的壮丽，一般的高傲，只有无限的青天枕藉他银白的头颅。

人格是一个不可错误的实在，荒歉是一件大事，但我们是饿惯了的，只认鸠形与鹄面是人生本来的面目，永远忘却了真健康的颜色与彩泽。标准的低降是一种可耻的堕落：我们只是踞坐在井底青蛙，但我们更没有怀疑的余地。我们也许端详东方的初白，却不能非议中天的太阳。我们

也许见惯了阴霾的天时，不耐这热烈的光焰，消散天空的云雾，暴露地面的荒芜，但同时在我们心灵的深处，我们岂不也感觉一个新鲜的影响，催促我们生命的跳动，唤醒潜在的想望，仿佛是武士望见了前峰烽烟的信号，更不踌躇的奋勇前向？只有接近了这样超轶的纯粹的丈夫，这样不可错误的实在，我们方始相形的自愧我们的口不够阔大，我们的嗓音不够响亮，我们的呼吸不够深长，我们的信仰不够坚定，我们的理想不够莹澈，我们的自由不够磅礴，我们的语言不够明白，我们的情感不够热烈，我们的努力不够勇猛，我们的资本不够充实……

我自信我不是滥滥不切事理的崇拜，我如其曾经应用浓烈的文字，这是因为我不能自制我浓烈的感想。但是我最急切要声明的是，我们的诗人，虽则常常招受神秘的徽号，在事实上却是最清明，最有趣，最诙谐，最不神秘的生灵。他是最通达人情，最近人情的。我盼望有机会追写他日常的生活与谈话。如其我是犯嫌疑的，如其我也是性近神秘的（有好多朋友这么说），你们还有适之先生的见证，他也说他是最可爱最可亲的个人：我们可以相信适之先生绝对没有“性近神秘”的嫌疑！所以无论他怎样的伟大与深厚，我们的诗人还只是有骨有血的人，不是野人，也不是天神。唯其是人，尤其是最富情感的人，所以他到处要求人道的温暖与安慰，他尤其要我们中国青年的同情与情爱。他已经为我们尽了责任，我们不应，更不忍辜负他的期望。同学们，爱你的爱，崇拜你的崇拜，是人情不是罪孽，是勇敢不是懦怯。

十二日在真光讲

（选自刘天华编选：《徐志摩散文》，中国广播电视出版社1992年版）

徐志摩，近代新月派代表诗人，散文家，代表作品有

《再别康桥》《翡冷翠的一夜》《猛虎集》《志摩的诗》等。他追求纯然诗化的人生，信奉爱、自由和美，这也就是为什么他陷入了与陆小曼、林徽因等人的复杂恋情。相传1928年，徐志摩甚为想念诗人泰戈尔，遂专门坐船去英国探望，怎料泰戈尔没有等到他的到来便回国了。徐志摩于是独自到剑桥大学故地重游，后写下了浪漫主义的佳作《再别康桥》，将其满腔心绪倾诉其中。诗人心性可见一斑。1931年，徐志摩因飞机失事罹难，时年36岁。

## 解读

泰戈尔是印度的杰出诗人，以短诗集《飞鸟集》享誉世界，代表作《吉檀迦利》曾获1913年度诺贝尔文学奖。他的作品在中国流传极广、影响巨大，极大地影响了中国新诗的发展，使得《繁星》《春水》般的“小诗”茁生在中国新诗于早期白话诗之后难以为继的荒野上。徐志摩和泰戈尔情意甚笃，1924年泰戈尔访华，由林徽因和徐志摩作陪。本文是徐志摩在泰戈尔即将离华前为他所作的讲演，他以一个诗人的内心来体察另一个诗人，于是在行云流水的讲演中，我们既能感动于泰戈尔伟大的人格魅力，也能为这篇美妙的文字所倾倒。徐志摩面对泰戈尔被当局排斥和抹黑的局势，向听众们诉说了泰戈尔此行的真相——“他的使命是在修补中国与印度两民族间中断千余年的桥梁”，“他只想感召我们青年真挚的同情”。此篇演讲以情动人，铺排和比喻等手法的运用使得感情更加充沛

和感人，然而徐志摩并不仅仅止于感情的抒发，更重要的是通过这场送别，来激起中国青年的觉醒和斗争精神，这也是其与泰戈尔最真挚的情感呼应。

诗人也是一种痴鸟，他把他的柔软的心窝紧抵着蔷薇的花刺，口里不住地唱着星月的光辉与人类的希望，非到他的心血滴出来把白花染成大红他不住口。他的痛苦与快乐是浑成的一片。

——徐志摩

## 山水间的生活

丰子恺

我家迁住白马湖上后三天，我在火车中遇见一个朋友，对我这样说："山水间虽然清静，但物质的需要不便之外，住家不免寂寞，办学校不免闭门造车，有利亦有弊。"我当时对于这话就起一种感想，后来忙中就忘却了。

现在春晖在山水间已生活了近一年了，我的家庭在山水间已生活了一月多了。我对于山水间的生活，觉得有意义，又想起了火车中的友人的话。写出我的几种感想在下面。

我曾经住过上海，觉得上海住家，邻人都是不相往来，而且敌视的。我也曾做过上海的学校教师，觉得上海的繁华和文明，能使聪明的明白人得到暗示和觉悟，而使悟力薄弱的人收到很恶的影响。我觉得上海虽热闹，实在寂寞，山中虽冷静，实在热闹，不觉得寂寞。就是上海是骚扰的寂寞，山中是清静的热闹。

在火车里的几小时，是在这社会里四五十年的人生的缩图。座位被占，提包被偷等恐慌，就是生活恐慌的缩形。倘嫌山水间的生活的寂寞，而慕都会的热闹，犹之在只乘四五个相熟的人的火车里嫌寂寞，要望别的拥挤着的车子里去。如果有这样

的人，他定是要描写拥挤的车子而去观察的小说家，否则是想图利去的 pickpocket（扒手）。

我在教授图画唱歌的时候，觉得以前曾在别处学过图画唱歌的人最难教授，全然没有学过的人容易指导。同样，我觉得在社会里最感到困难的是“因袭的打破难”。许多学校风潮，许多家庭悲剧，许多恶劣的人类分子，都是“因袭的罪恶”，何尝是人间本身的不良。因袭好比遗传，永不断绝。新文化一次输入因袭旧恶的社会里，仿佛注些花露水在粪里，气味更难当。再输入一次，仿佛在这花露水和粪里再注入些香油，又变一种臭气。我觉得无论什么改造，非先除去因袭的恶弊终归越弄越坏。在山水间的学校和家庭，不拘何等孤僻，何等少见闻，何等寂寥，“因袭的传染的隔远”和“改造的容易入手”是实实在在的事实。

我从前往往听见人讲到子弟求学或职

业等问题，都说："总要出上海！"听者带着一种对于将来生活的恐慌的自警的态度默应着。把这等话的心理解剖起来，里面含着这样的几个要素：（一）上海确是文明地，冠盖之区，要路津。（二）少年应当策高足，先据这要路津。（三）这就是吾人应走的前途。所谓闭门造车，也是具有这样的内容的话。怀着这样的思想的人，是因袭的奴隶，是因袭的维持者。

闭门造车，是指说不符合门外的轨道的大小，造了不能在门外的轨道上运行的车。行车一定要在已成的轨道上吗？这已成的轨道确是引导我们走正路的吗？有了车不能造轨道的吗？在这"闭门造车"一句话里，分明表示着人们的依赖、因袭，和创造力多么薄弱。

不造则已，如果要造车，一定非闭门造不可。如果依照已成的轨道而造，所造出的车子和以前已有的车子一样，就在已

成的轨道上随波逐流地去了。即使已有的车子是好的，已成的轨道是正的，造车的效力也不过加多了车，不是造车的进步。何况已有的车子或者不好，已成的轨道或者不正呢。

“好久不到都会了，好久不看报了，退步了。”这样说的人也有。实在，进步是前进的意思，进步越快，离社会越远，离社会越远，进步越深（这是厨川白村说的）。子路说道：“吾过矣，吾离群而索居，亦已久矣。”这便是子路所以为子路。

“山水间生活，有利亦有弊”，这大概是指清静、空气新鲜、生活程度低……等是利。需要不便、寂寞、闭门造车……等是弊。这是要计较两方的利弊长短而取舍的意思。这话的内容和“新思想并不恶、时势变更了不得已而然的。但从前的习惯一概不好，也不能说”的话同是乡愿的话。

这话的变形，就是“凡物都有明暗两

方面的”。这话固然不错。但我觉得明暗是一体的。非但如此，明是因为有暗而益明的。仿佛绘画，明调子因暗调子而益美，暗调子因明调子而也美了。断不是明面好，暗面不好。如果取明而弃暗。就是 Ruskin（罗斯金）所谓：“自然像日光和阴影相交一般混合着优劣两种要素，使双方相互地供给效用和势力的。所以除去阴影的画家，定要在他自己造出来的无荫的沙漠里烧死！”

爱一物，是兼爱它的阴暗两方面。否，没有暗的明是不明的，是不可爱的。我往往觉得山水间的生活，因为需要不便而菜根更香，豆腐更肥。因为寂寥而邻人更亲。

且勿论都会的生活与山水间的生活孰优孰劣，孰利孰弊。人生随处皆不满，欲图解脱，唯于艺术中求之。

一九二三，五，一四，在小杨柳屋。

（选自丰子恺：《手指·车厢社会》，复旦大学出版社 2006 年版）

## 知识

丰子恺（1898—1975），原名丰润，又名仁、仍，号子觊，后改为子恺，笔名 TK，以中西融合画法创作漫画以及散文而著名。早在 20 年代他就出版了《艺术概论》《音乐入门》《西洋名画巡礼》《丰子恺文集》《丰子恺散文集》等著作。他一生出版的著作达 180 多部。丰子恺的散文，在中国新文学史上也有较大的影响。主要作品有《缘缘堂随笔》《辞缘缘堂》《缘缘堂再笔》《告缘缘堂在天之灵》《随笔二十篇》《甘美的回忆》《艺术趣味》《率真集》《护生画集》等。这些作品除一部分艺术评论外，大多是叙述他自己亲身经历的生活和日常接触的人事。1926 年，丰子恺参与发起和创办开明书店。1927 年 11 月，从弘一法师皈依佛门，法名婴行。1933 年，故乡新居“缘缘堂”落成，自此专心译著。1943 年，丰子恺来五通桥卖画，结识指点李道熙。

## 解读

《山水间的生活》是一篇能让人读后如吃橄榄、咂摸滋味的随笔。细细读之，仿佛在看一部唯美的艺术片。在车厢般的社会中，我们每个人都是旅人，挑选不同的车厢和位置。有人爱速度快但嘈杂的地铁，有人爱速度慢但悠闲的马车。作者就是乘坐着乡间的马车，游游荡荡地向我们行来，带领我们观赏沿途的风景，诉说着乡野生活的闲

情逸趣，有着别样的美感和吸引力，同时使得我们对都市的生活有了更加冷静和深入的思考。

读《山水间的生活》，常感到作者好像在和读者促膝谈心，他的态度谦和，语言娓娓动听，字里行间渗透着作者发自肺腑的思想感情。这种经过深思熟虑而从容地吐露出真情实感的文风，人们在形式上常称之为“随笔”。此篇正是作者的一篇至情至性之作，它不是那种一遍就能读懂看透的文章，几次读下来，跟随丰子恺从纷繁复杂的人事中观察熟悉而陌生的人生，不能不被他的睿智和深刻所折服。

全为实利打算，换言之，就是只要全家。充其极端，做人全无感情，全无义气，全无趣味，而人就变成枯燥、死板、冷酷、无情的一种动物。这就不是“生活”，而仅是一种“生存”了。

——丰子恺

# 明情辨理　哲思深沉

# 我为什么拒绝诺贝尔文学奖

（法）萨特

## （一）

我拒绝诺贝尔奖的理由，既不关涉到瑞典皇家学院，也不关涉诺贝尔奖本身，我在给皇家学院的信中已经对此作了说明。在那封信中，我谈到拒绝的两种理由，个人的和客观的。

个人的理由是，我的拒绝不是一个草率的行动。我总是否弃官方的荣誉。战后，1945年，有人要给我荣誉勋位勋章。我拒绝了，虽然我有一些朋友在政府任职。同样地，我也从不想进入法兰西学院当院士，而有朋友向我作这样的建议。

这种态度是基于我对作家角色的看法。一个作家在政治、社会和文学方面的地位，

应该仅仅依靠他自己的工具也就是他写的词语来获得。而任何他可能得到的荣誉都会对读者造成压力，这是我不希望有的。签名为“让-保尔·萨特”，这是一回事；签名为“诺贝尔奖获得者让-保尔·萨特”，这完全是另一回事了。

接受这种荣誉的作家也会把授奖给他的团体或机构牵连在一起。我对委内瑞拉抵抗运动的同情只是我个人的介入；如果是诺贝尔奖得主让-保尔·萨特支持委内瑞拉抵抗运动，那就把整个诺贝尔奖机构同他一起拉扯进来了。

这样，作家应该拒绝让自己转变成一个机构，即使是（像现在这样）在被给予最高荣誉的情况下。

显然，这种态度完全是我个人的，并不意味着对那些已经获奖者的批评。他们当中有几位是我有幸认识的，我对他们十分尊重和赞赏。

我的客观理由是，当前文化战线上唯

一可能的斗争是东方和西方两种文化的和平共存。我的意思并不是说它们应该相互拥抱。我完全意识到它们的对抗必然会采取冲突的形式。但这应该是人与人之间、文化与文化之间的会谈，而不应该是机构之间的事情。

我个人深切感受到两种文化之间的矛盾。我就是这些矛盾的体现。我的同情无疑是在社会主义也就是所谓东方集团一边，但我出生在一个资产阶级家庭，在资产阶级文化氛围中长大。这使我乐意同那些希望把这两种文化结合在一起的人们共事。不过我当然希望“最好的人能赢”，也就是社会主义能取胜。

因此我不能接受来自官方机构的任何荣誉，无论是东方的还是西方的，即使我能够很好地理解它们存在的理由。例如，虽然我同情社会主义者，如果人们要授予我列宁奖——当然事实上没有——我也会理所当然地拒绝。

我知道诺贝尔奖本身并非一项西方集团提供的文学奖；但最后它变成了这个样子，事情的发生也许已经超出瑞典皇家学院的控制。

这样，就现在的境况而言，诺贝尔奖客观上成了一项授予西方作家和东方背叛者的荣誉。例如，它没有给聂鲁达，南美一位最伟大的诗人。人们也从来没有认真考虑把它授予路易·阿拉贡，而他是完全应该得到它的。而令人遗憾的是，帕斯捷纳克在肖洛霍夫之前获得这项奖，同样遗憾的是，这唯一获奖的俄罗斯作品是在国外出版的，而它在本国是禁书。

本来这里是可以用某种补偿的方式使事情得到平衡的。在阿尔及利亚战争期间，我们签名于“一百二十一人宣言”，如果这时授予我诺贝尔奖，我是乐于接受的；因为这项荣誉不仅是给我的，也是给予我们为之战斗的自由。但那时没有人给我这项奖，只是到现在，在所有的战斗都结束了，

人们才把它给我。

瑞典皇家学院的授奖书中提到自由。自由是一个可以引起多种解释的词。在西方，人们把它理解为抽象的自由。而在我看来，它意味着一种具体得多的自由——人们应该拥有不止一双鞋的权利，应该拥有肚子饿了就能吃饱的权利。对我来说，接受这项奖比拒绝它更为危险。如果接受了，就会使我自己处于我称之为“被客观利用”的境地。

我在《费加罗文学报》上读到，“他那引起争议的政治上的过去不会招致太多对他的反对”。我知道这篇文章并不代表瑞典皇家学院的意见，但由此可见，在我接受这奖后，那些右翼人士是怎样看待这事的。我认为这“引起争议的政治上的过去”仍然有它充分存在的根据，尽管我在朋友中间时，随时准备去修正我在过去造成的种种错误。

我并不认为诺贝尔奖是一个“资产阶

级的奖”，但我太熟悉的那一阶层，正是这样对它作出资产阶级的解释的。

（二）

我记得是这本书出版两年后，我被授予诺贝尔奖。这算是一个广为人知的副产品吧：人们认为这个作品是我脱离政治的一个标志——这是他们判断上的一个十足的错误，其实这意味着某个完全不同的东西——因为一旦我脱离政治，资产阶级社会正好愿意宽恕并遗忘，对我过去的错误闭上眼睛。它把这本书看作是一个忏悔，这样它赠给我龚古尔奖，然后是诺贝尔奖。它宽恕了我并认为现在我是值得获取诺贝尔奖的，因此一个想法极大地震动了我。

“宽恕”这个词实际上被提了出来，或者至少提出“将不再计较”的意思。《费加罗报》的一篇文章写道：“看来萨特先生将被授予诺贝尔奖。由于《词语》，他的过去将不再被计较。……”事实上，这是他们

一贯使用的手法：这里总有一本书，评议委员会把它当作这个作者的最后一个字，或最后一口气，然后他们用诺贝尔奖来杀死他，于是一切都完了。实际上，多数诺贝尔文学奖获得者在他们得奖后没有持续很长时间。弗朗索瓦·莫里亚克在证明这一规律上是一个例外。对我来说，我想，我仍然活着，因为我拒绝了它。

* *

我认为自己超出任何可能提供给我的荣誉，因为它们是抽象的，从没有对准我。我完全反对诺贝尔奖，因为它把作家分成等级。如果15世纪或者16世纪就有诺贝尔奖，我们就会看到，克莱芒·马罗得了奖，而康德没有得到它——他本应该得到的，但因为混乱或因为评审团的某些成员做了这事那事，这奖没有给他——当然，维克多·雨果可能得到它，等等。这时，文学好像完全被规定、安排在一种等级制度中。你会得到法兰西学院院士的头衔，

而另一些人有龚古尔奖，还有一些人有其他的称号。

诺贝尔奖是年奖。这个奖同什么相符合呢？说一位作家在1974年得到它，这是什么意思呢？对那些较早得到它的人，或对那些没有得到它但他们又写了大概是更好的东西的人，它又意味着什么？这个奖有什么意义？真正可以说他们在把它给我的那一年我就比我的同事、比其他作家更优秀，而在这之后的一年又有某人更优秀吗？人们真正有必要这样来看待文学吗？好像那些在一年或很长时间都是优秀的人们只有在这个特别的一年才能被承认是优秀的，这合理吗？应该说这是荒谬的。

显然，一个作家不可能在一个给定的时间里对其余的人来说是最优秀的。他最多只是最好的那些人中的一个。而“最好的人”的说法表达得不好。他是那些真正写了好书的人中的一个，而他跟他们是平等的。他可能是五年前、十年前写了这些

书。为这些书而授予诺贝尔奖必定有一种新的缘由。

我发表了《词语》，他们认为它值得一看，一年后就给了我诺贝尔奖。对他们来说，这就给了我的作品一种新的价值。但人们本该在一年前就得出这种结论。在我还没有发表这本书时，我的价值就要小些吗？这真是一种荒谬的看法。

按一种等级制度的次序来安排文学的整个观念是一种反对文学的思想。另一方面，它又完全适合于想把一切都变成自己体系一部分的资产阶级社会。如果作家被一个资产阶级社会所接收，他们就会被一种等级制度所接收，因为等级制度是表现在一切社会形式都有的那种次序之中的。

等级制度毁灭人们的个人价值。超出或低于这种个人价值都是荒谬的。这是我拒绝诺贝尔奖的原因，因为我一点也不希望——例如——被看成是跟海明威名次相当。我非常喜欢海明威，我个人也认识他，

我在古巴同他见过面。但我完全没有想过我跟他名次相当或在对他的关系中应该排在何种名次上。这种想法我认为是幼稚的甚至是愚蠢的。

**（选自黄忠晶、黄巍编译：《萨特自述》，天津人民出版社2007年版）**

## 知识

让-保罗·萨特（Jean-Paul Sartre，1905—1980），法国20世纪最重要的哲学家之一，法国存在主义文学的主要代表人物，一生中拒绝接受任何来自官方的荣誉。在“二战”后的历次斗争中都站在正义的一边，对各种被剥夺权利者表示同情，反对“冷战”。代表作品有哲学专著《存在与虚无》、小说《恶心》、戏剧《禁闭》等。他与女权运动的创始人波伏娃是终身伴侣，信奉比较激进的开放婚姻。

## 解读

当今天的国人仍然孜孜以求于诺贝尔奖的时候，萨特早在半个世纪以前便对其采取了清醒的拒绝态度。这位崇尚自由和人格独立的知识分子，拒绝官方对自己的整合和收编，通过否弃官方的荣誉来避免使自己转变成一个机构。在这篇关于自己为什么拒绝诺贝尔文学奖的自述中，

萨特在表明自己立场的同时，还对这种奖项评选的荒谬机制进行了一针见血的分析。这位存在主义的文学家和哲学大师，帮助我们对“人”的理解更加深入。

在这一生里，我们是被他人界定的，他人的凝视揭露了我们的丑或耻辱，但我们可以骗自己，以为他人没有看出我们真正的样子。

——（法）萨特

## 我是一个任性的孩子

顾　城

——我想在大地上画满窗子，让所有习惯黑暗的眼睛，都习惯光明。

也许
我是被妈妈宠坏的孩子
我任性

我希望
每一个时刻
都像彩色蜡笔那样美丽
我希望
能在心爱的白纸上画画
画出笨拙的自由
画下一只永远不会
流泪的眼睛
一片天空
一片属于天空的羽毛和树叶
一个淡绿的夜晚和苹果

我想画下早晨
画下露水所能看见的微笑
画下所有最年轻的
没有痛苦的爱情
画下想象中的
我的爱人
她没有见过阴云
她的眼睛是晴空的颜色

她永远看着我
永远，看着
绝不会忽然掉过头去

我想画下遥远的风景
画下清晰的地平线和水波
画下许许多多快乐的小河
画下丘陵——
长满淡淡的茸毛
我让她们挨得很近
让它们相爱
让每一个默许
每一阵静静的春天的激动
都成为一朵小花的生日

我还想画下未来
我没见过她，也不可能
但知道她很美
我画下她秋天的风衣
画下那些燃烧的烛火和枫叶

画下许多因为爱她
而熄灭的心
画下婚礼
画下一个个早上醒来的节日
上面贴着玻璃糖纸
和北方童话的插图

我是一个任性的孩子
我想涂去一切不幸
我想在大地上
画满窗子
让所有习惯黑暗的眼睛
都习惯光明
我想画下风
画下一架比一架更高大的山岭
画下东方民族的渴望
画下大海——
无边无际愉快的声音

最后，在纸角上

我还想画下自己
画下一只树熊
他坐在维多利亚深色的丛林里
坐在安安静静的树枝上
发愣
他没有家
没有一颗留在远处的心
他只有许许多多
浆果一样的梦
和很大很大的眼睛

我在希望
在想
但不知为什么
我没有领到蜡笔
没有得到一个彩色的时刻
我只有我
我的手指和创痛
只有撕碎那一张张
心爱的白纸

让它们去寻找蝴蝶
让它们从今天消失

我是一个孩子
一个被幻想妈妈宠坏的孩子
我任性

（选自北岛选编：《给孩子的诗》，中信出版社 2014 年版）

## 知识

顾城（1956—1993），我国新时期朦胧诗派的代表人物，被称为以一颗童心看世界的“童话诗人”，在新诗、旧体诗和寓言故事诗上都有很高的造诣。1987 年开始游历欧洲做文化交流，1988 年后隐居新西兰激流岛，过着自给自足的生活。1993 年 10 月 8 日因婚变，在其新西兰寓所用斧头砍伤妻子谢烨后，自缢于一棵大树之下，谢烨随后不治身亡。代表作品有《一代人》《黑眼睛》等。

## 解读

顾城《一代人》中的一句“黑夜给了我黑色的眼睛/我却用它寻找光明”成为中国新诗的经典名句。借着《我是一个任性的孩子》，顾城以一个纯真稚朴的孩童之心来描画一个未经污染的世界。这是一个美好的世界，“我”是自由的，是快乐的，在这里，仿佛所有生命都相

爱，并且永不分开。这个风景绚丽的世界，是顾城为人类所设想的美好未来。然而现实却是——“我没有领到蜡笔”。宁为玉碎不为瓦全，于是他把画纸撕碎，幻想着碎片可以到达理想的世界。我们可以从中理解他的心，满含诗意和哀戚，在理想与现实的含混不清中，他无法抽身幻想，无法处理现实，诗歌世界的崩塌与现实世界的挫折一齐将这个大孩子毁灭。

执者失之。我想当一个诗人的时候，我就失去了诗，我想当一个人的时候，我就失去了我自己。在你什么也不想要的时候，一切如期而来。

——顾城

# 附　录

## 拓展阅读书目

三毛：《撒哈拉的故事》，北京十月文艺出版社 2011 年版。

徐志摩：《山居闲话》，北京大学出版社 2009 年版。

林徽因：《那一抹嫣红》，陕西师范大学出版社 2007 年版。

张爱玲：《张看红楼》，京华出版社 2005 年版。

张毅选编：《周作人抒情散文》，文化艺术出版社 1992 年版。

张石：《川端康成与东方古典》，上海古籍出版社 2003 年版。

汪曾祺：《汪曾祺自选集》，漓江出版社 1987 年版。

陈子善编：《梁实秋文学回忆录》，岳麓书社

1989 年版。

江晓敏选编：《顾城：生如蚁　美如神》，中国长安出版社 2005 年版。

（法）萨特：《存在与虚无》，陈宣良等译，生活·读书·新知三联书店 2007 年版。

丰子恺：《丰子恺自传》，江苏文艺出版社 1996 年版。

# 编写说明

“美心”之美，不仅在于它本身具有极强的观赏性，还在于能给人带来美的享受，使人在浮躁而疾速的现代生活中静下心来思考和体味。而实现这一功能性任务的秘诀，便是一个“情”字。明朝剧作家汤显祖在其《牡丹亭》中这样描写杜丽娘和柳梦梅的爱情：“情不知所起，一往而深，生者可以死，死可以生。生而不可与死，死而不可复生者，皆非情之至也。”可见“情”之魔力。在一篇篇美文中，我们会发现，最感动我们的都与情有关，人伦间的友情、爱情、亲情，生命中的体悟和依恋，等等，都那么的扣人心弦。作者的感情通过一篇篇美妙的文字与读者的感情相触碰，静静地交流，或感动，或快乐，或领悟。与世间真情抵足而眠，乃一大幸事。

本册选文以“情”的流动为脉络，将五个部分的内容进行了勾连。“纯明率真　情深意切”，是对美的本位描摹，真纯的感情往往能带来最动人的效果。“吟风咏月　情动自然”，以诗的心境看待自然，发现大自然中许多不易被人察觉的妙趣，而对这种美好的拾获，反而使得人体味到孩童世界的明净乐趣。“怡情修身　生活闲趣”，选文把美寓于日常生活当中，并不刻意到远方寻求，讲究通过自我性情的修炼来抵达美的普适境界，颇有启发意义。“情思百转　悟道人生”，其内涵可用《道德经》中的句子来传达：“道可道，非常道。名可名，非常名。”对这句话本身的理解也同样在表达一个“悟”字，当茅塞顿开的那一刻，也是文字最美的那一刻。“明情辨理　哲思深沉”，涉及美文的另一个维度，就是对社会人生的哲理思辨，这份思考由浅入深，乃生命应该承受之重。

希望借助本册选文，读者诸君可以在

语言的玄妙和美丽中游览一番，当您碰到一个有意思的句子，不妨停下目光反复琢磨，也许就生发出了更美的新意。就像逛着百花盛开的苏州园林，看到一处喜欢的景致，不妨停在原地，转换不同的方位，便能发现别样的风景。“移步换景”之妙，妙在一个地方，营造不重样的美丽。我们所寻觅的，不过是诗意的栖息，和有效的生存。

编者

2016 年 4 月

# 经典悦读·壮志篇

中共滨州经济技术开发区工委
南开大学语文教育研究中心 ◎编

## 编　委　会

·广州·

图书在版编目（CIP）数据

经典悦读·壮志篇/中共滨州经济技术开发区工委，南开大学语文教育研究中心编. —广州：中山大学出版社，2016. 9
ISBN 978 -7 -306 -05689 -4

Ⅰ. ①经…　Ⅱ. ①中… ②南…　Ⅲ. ①世界文学—作品综合集　Ⅳ. ①I 11

中国版本图书馆 CIP 数据核字（2016）第 094847 号

出 版 人：徐　劲
策划编辑：邹岚萍
责任编辑：邹岚萍
封面设计：林绵华
插　　图：李庆海
责任校对：赵　婷　刘丽丽
责任技编：黄少伟
出版发行：中山大学出版社
电　　话：编辑部 020 -84111996，84113349，84111997，84110779
　　　　　发行部 020 -84111998，84111981，84111160
地　　址：广州市新港西路 135 号
邮　　编：510275　　　　传　真：020 -84036565
网　　址：http://www.zsup.com.cn　　E-mail:zdcbs@mail.sysu.edu.cn
印 刷 者：广州家联印刷有限公司
规　　格：787mm×960mm　1/32　总印张：20.75　总字数：315 千字
版次印次：2016 年 9 月第 1 版　　2016 年 9 月第 1 次印刷
总 定 价：48.00 元（共 6 册）　　印　数：1～11000 套

# 授人以文　传递精神

在广大读者的支持与鼓励下，《经典悦读》丛书走过了六个年头，已成为滨州文化发展的一张靓丽名片。在经典中徜徉，在悦读中明志，既可欣赏美文雅韵，饱览上品佳作，亦可看成败、鉴得失，知荣辱、辨是非，或情飞扬、志高昂。授人以文，更传递精神。

作为一部荟萃古今中外文学精华系列，《经典悦读》在第六辑中，不仅收纳了美丽蕴藉的文字魅力，更于反法西斯战争胜利纪念之际，将革命精神、民族品格、国士之风收编其中，尽显启思明智、感动内心的力量。“美心”“美评”“美思”，侧重于“美”，这里集合了美好的心念品质，荟萃了独具匠心的文字品评，汇聚了关于生命与哲学的求索和思考，是对文学之美的一次检索和挖掘，仿佛一幅幅各有情致的画卷徐徐展开。“壮怀”“壮志”“壮想”，侧重于“壮”，这里有革命先烈未尽的遗志，有个人壮烈的胸怀与豪情，有高士名人对国家的期待和梦想，震撼于烽火硝烟年代的民族精神、跃然于上下求索时期的家国

情怀，激越长空，声贯寰宇，直抵心灵，在今天读来，仍使人心潮澎湃，敬意萦怀。

欣赏《经典悦读》中的作品，既有助于我们加深对民族文化的理解和感悟，更有助于我们实事求是、与时俱进地开展当下文化建设工作。阅读，是一个民族加强软实力的重要方略，是我们实现“中国梦”不可或缺的文化要素。唯有文化助力，方可广识增智；唯有继承传统，方能凝聚信念。民族精神，生生不息；传承经典，以文化人。愿《经典悦读》丛书成为我们文海撷珠的良伴，让我们共同的精神家园书香氤氲、华彩绕梁！

中共滨州市委书记、市人大常委会主任

张光峰

# 目　录

# 壮志凌云　大济苍生

# 论语·公冶长

（节选）

颜渊、季路侍①。子曰：“盍②各言尔志？”

子路曰：“愿车马衣（轻）裘与朋友共敝之而无憾③。”

颜渊曰：“愿无伐④善，无施劳⑤。”

子路曰：“愿闻子之志。”

子曰：“老者安之，朋友信之，少者怀之。⑥”

## 注释

①侍：指立侍。若坐侍，则称侍坐。

②盍：何不。

③此句“衣”后原有一“轻”字，实为衍文，唐以前的本子均无“轻”字。或后人据“乘肥马，衣轻裘”而妄增。详考见刘宝楠《论语正义》。

④伐：夸。《左传》襄公十三年“小人伐其技以冯君子”，杜预注：“自称其能曰伐。”贾谊《新书·道术》：“功

遂自却谓之退，反退为伐。”

⑤施劳：有二解，一说把劳苦之事施加于人。《集解》引孔安国曰：“不以劳事置施于人。”朱熹《集注》引或说亦同。一说自夸其功劳。朱熹《集注》：“施亦张大之意。劳为有功。《易》曰‘劳而不伐’是也。”杨伯峻《论语译注》：“《淮南子·诠言训》：‘功盖天下，不施其美。’这两个‘施’字意义相同，《礼记·祭统注》云：‘施犹著也。’即表白的意思。”两说均可通，译文据第二说。

⑥“老者”三句：有二解，一为“老者”、“朋友”、“少者”对己而言，一为己对三者而言。以第二说为长。

## 译文

颜渊、季路侍立于孔子身旁。孔子说：“何不各自谈谈你们的志向呢？”

子路说：“愿把自己的车马衣裘与朋友共享，即使用坏也不悔恨。”

颜渊说：“愿不自夸好处，也不自夸功劳。”

子路说：“希望听一听先生的志向。”

孔子说：“对老者加以安抚，对朋友加以信任，对少者加以爱护。”

**（选自孙钦善译注：《论语注译》，凤凰出版社 2011 年版）**

《论语》由孔子弟子及再传弟子编写而成，主要记录孔子及其弟子的言行，较为集中地反映了孔子的思想，是儒家学派的经典著作之一。全书共20篇、492章，首创“语录体”，被奉为国学经典。《论语》语句精简，却闪耀着智慧的光芒，千百年来为后世传颂学习，而孔子也成为中华民族令人敬仰的圣人。

## 解读

南怀瑾曾用“个性与人生志向”这一主题解释孔子与弟子的这番言志：

“子路曰：‘愿车马，衣轻裘，与朋友共，敝之而无憾。’这完全代表了子路的个性。子路是很有侠气的一个人，胸襟很开阔。他说，我要发大财，家里有几百部小轿车，冬天有好的皮袍、大衣穿，还有其他很多富贵豪华的享受。但不是为自己一个人，希望所有认识我的人，没有钱，问我要；没饭吃，我请客；没房子，我给他住。气魄大！唐代诗人杜甫也有两句名诗说：‘安得广厦千万间，大庇天下寒士俱欢颜。’就是子路这个志愿的翻版。他说，修了千万栋宽敞的国民住宅，天下所有的穷读书人都来找我，这是杜甫文人的感叹。而子路的是侠义思想，气魄很大，凡是我的朋友，衣、食、住、行都给予上等的供应。‘与朋友共’的道义思想，绝不是个人享受。‘敝之而无

憾’，用完了，拉倒！

“颜渊却是另一面的人物，他的道德修养非常高，与子路完全是两个典型。他说，我希望有最好的道德行为、最好的道德成就，对于社会虽有善行贡献，却不骄傲。‘伐善’的伐，就是夸耀。‘无伐善’，有了好的表现，可是并不宣传。‘无施劳’，自己认为劳苦的事情，不交给别人。就是说不要把自己的烦恼痛苦放在别人身上，这是颜渊的所谓‘仁者之言’。

“一文一武这两学生的理想志愿完全不同，都报告完了。孔子听了以后，还没说话，我们这位子路同学，可忍不住，发问了，老师！你先问我们，你的呢？也说说看。

“孔子说了：‘老者安之，朋友信之，少者怀之。’这就是《礼运篇》中大同思想的实现，这是最难做到的了。这三点一看就与众不同。‘老者安之’，社会上所有老年的人，无论在精神或物质方面，都有安顿。‘朋友信之’，社会朋友之间，能够互相信任，人与人之间，没有仇恨，没有怀疑。‘少者怀之’，年轻人永远有伟大的怀抱，使他的精神，永远有美好的理想、美丽的盼望。也可以说永远要爱护他们，永远关爱年轻的一代。

“如果这三点都能做到，真是了不起的人。这样的人，如果要为他加一个头衔，就是圣人。因为这三点，对上一代，自己这一代，以及下一代都有交代。此即所谓圣人境界，是很难做到的一件事。”（选自《南怀瑾谈性格与人生》，上海人民出版社 2009 年版，第 60～62 页。）

士志于道，而耻恶衣恶食者，未足与议也。

——孔子

## 九章·橘颂

屈　原

后皇嘉树，[1]橘徕服兮。[2]受命不迁[3]，生南国[4]兮。深固难徙[5]，更壹志[6]兮。绿叶素荣[7]，纷[8]其可喜兮。曾枝剡棘，[9]圆果抟[10]兮。青黄杂糅[11]，文章烂兮。[12]精色内白[13]，类任道兮。[14]纷缊宜修，[15]姱而不丑兮。[16]

嗟尔幼志，[17]有以异兮。独立不迁，岂不可喜兮？深固难徙，廓[18]其无求兮。苏[19]世独立，横而不流兮。[20]闭心自慎，[21]终不失过兮。[22]秉[23]德无私，参[24]天地兮。愿岁并

谢，[25]与长友[26]兮。淑离不淫，[27]梗其有理[28]兮。年岁虽少，[29]可师长兮。行比伯夷，[30]置以为像[31]兮。

## 注释

①后：后土，对地的尊称。皇：皇天，对天的尊称。嘉：佳，美。

②徕：同“来”。服：习惯。

③不迁：不能移植。《周礼·考工记》：“橘逾淮而北为枳（zhǐ，俗名‘臭橘’）。”

④南国：即楚国。楚的版图最盛时，向北，直达黄河；向南，包有洞庭苍梧；向东，径抵大海；向西，兼略巴蜀。黄河以南近乎半个中国属楚。战国时，人们因此以“南”指“楚”。《左传·成公九年》称楚囚钟仪“南冠而絷”，晋侯“使与之琴，操南音”，杜预注：“南冠，楚冠。”“南音，楚声。”

⑤徙（xǐ）：迁移。

⑥壹志：专一的意志。

⑦素荣：白花。荣，本指草类开的花，这里泛指花。

⑧纷：茂盛的样子。

⑨曾：通“层”。剡（yǎn）：锐利。棘：刺。

⑩抟（tuán）：通“团”，圆的意思。

⑪杂糅（róu）：混杂。

⑫文章：文采。烂：灿烂。

⑬精：闻一多《九章解诂》：“精犹绮（qiàn），大赤也（《左传·定公四年》杜注）。李尤《七叹》：‘金衣素裹’，绮色犹金衣，内白犹素裹也。”

⑭类：似。任道：原作“可任”，“任”为侵部字，与下文“丑”字不押韵。现据洪兴祖《楚辞考异》引一本改。“道”与“丑”押韵，古韵皆在幽部。任道，怀抱道义。

⑮纷缊（yūn）：犹纷纭，繁盛的样子。宜修：修饰得体。

⑯姱（kuā）：美好。丑：类。不丑，不同一般，出类拔萃。

⑰嗟（jiē）：赞叹。尔：你，指橘。

⑱廓（kuò）：空阔广大，这里指心胸豁达。

⑲苏：醒。

⑳横：横绝，意谓特立独行。不流：不随波逐流。

㉑闭心：关闭内心，即节欲。自慎：自己小心谨慎。

㉒终不：原作“不终”，据洪兴祖《楚辞考异》所引一本及朱熹《楚辞集注》改。失过：有过失，犯错误。

㉓秉：持。

㉔参：合，配。

㉕岁：年岁。谢：去。

㉖长友：长久为友。

㉗淑离：朱季海认为通“陆离”，美好的样子（《楚辞解故》）。淫：淫惑。

㉘梗：梗强，坚强。理：木材的纹理。曾钢城《古汉语新论集稿》据俞樾《古书疑义举例》的“倒句例”和“错综成文例”，认为以上两句“淑离”是指外美，当说“有理”，“梗强”是指内美，当说“不淫”：“淑离不淫，梗其有理”，理解时应当读作“淑离有理，梗其不淫”，若“顺读之则失其解矣”（俞樾语）。

㉙年岁虽少（shào）：这里的“少”与前文“嗟尔幼志”的“幼”用意相同，指橘树初生之时。

㉚行：品行。伯夷：商末贤士。据《史记·伯夷列传》和其他历史文献记载，伯夷是孤竹君的长子，他和弟弟叔齐两人互相推让，都不肯继承王位，双双出逃。后听说周文王是善于养老的人，遂西行投奔周文王。到了岐阳，周文王已死，继位的周武王载着父亲的灵位向东去征伐商纣王。伯夷、叔齐认为父亲死了不安葬，却发动战争，是不孝顺的，于是离开了岐阳。周武王平定了商纣的暴乱以后，天下都归顺周朝，但伯夷和叔齐却认为那是可耻的，并坚持气节不吃周朝的粮食，隐居在首阳山，采摘野菜来充饥，最终饿死在首阳山上。古人一直把伯夷和叔齐两人看作清高有节操的人物。

㉛置：设，立。像：榜样。

天地间最美的橘树，生来习惯南方水土。禀受天命不可移植，只愿长在南方国度。根深蒂固难以迁移，加之志

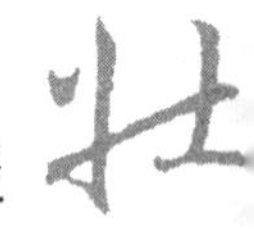

向坚定专一。枝叶碧绿花朵雪白，繁荣茂盛令人欢喜。层层繁枝尖尖利棘，结出果实圆圆滚滚。青色黄色错杂相间，色彩灿烂鲜艳缤纷。红皮包裹白色内瓤，就像怀抱道义一样。长得繁茂修饰得当，美丽漂亮异乎寻常。

赞美你幼时的志向，有与众不同的地方。性格独立决不改易，怎不使人欣慰喜欢？根深蒂固难以迁移，心胸开阔决不贪求。头脑清醒特立独行，绝对不愿随波逐流。节制私欲小心谨慎，从来也不犯过得咎。保持美德大公无私，伟大光辉地久天长。希望共度美好时光，永远就在你的身旁。外表美观富有纹理，意志坚强终不淫荡。年纪虽然不是太大，但是可做人们师长。你的品行有如伯夷，我们以你作为榜样。

**（选自屈原：《楚辞》，吴广平译注，岳麓书社 2011 年版）**

## 知识

屈原（前 340—前 278），战国时期楚国诗人、政治家。屈原早年受楚怀王重用，任左徒、三闾大夫，兼管内政外交大事。他对内主张举贤任能，修明法度，对外主张抗秦。后被流放，写下大量文学作品。屈原是中国历史上第一位伟大的爱国诗人，中国浪漫主义文学的奠基人，主要作品有《离骚》《九歌》《九章》《天问》等。他创作的《楚辞》是中国浪漫主义文学的源头，与《诗经》并称“风骚”，对后世诗歌产生了深远影响。

《橘颂》表面上写橘的意志坚定、品行高洁，实际上是托物言志，抒发作者的崇高志向，希望自己像橘一样怀抱道义，坚守自我。屈原当时遭人陷害，被弃流放，他在困厄中用橘来勉励自己，保持对祖国的忠贞，不与小人同流合污。两千多年来，人们用端午这个节日来纪念屈原，可见他的高尚品德和爱国热情已经成为每个人心目中的向往。

举世皆浊我独清，众人皆醉我独醒。

——屈原

## 志 未 酬

梁启超

志未酬，志未酬[1]，问君之志几时酬？

志亦无尽量，酬亦无尽时。

世界进步靡有止期，

吾之希望亦靡有止期。
众生苦恼不断如乱丝。
吾之悲悯亦不断如乱丝。
登高山复有高山，
出瀛海更有瀛海。
任龙腾虎跃②以度此百年兮，
所成就其能几许？
虽成少许，不敢自轻。
不有少许兮，多许奚③自生？
但望前途之宏廓而寥远兮，
其孰能无感于余情？
吁嗟乎，男儿志兮天下事，
但有进兮不有止，言志已酬便无志。

## 注释

①志未酬：远大志向未得实现。酬，实现。唐代李频《春日思归》诗："壮志未酬三尺剑，故乡空隔万里山。"
②龙腾虎跃：形容威武雄壮，非常活跃的战斗姿态。
③奚：怎能。

志愿尚未实现，志愿尚未实现，请问你的志愿何时能实现？志愿无尽头，实现起来也无休。世界进步没有终止，我的希望也没有终止。众人的困恼不断如乱丝，我的慈悲怜悯也不断如乱丝。登上高山还有高山，渡过大海还有大海。任凭龙腾虎跃度过此生啊，能实现的理想能有多少？虽然实现不了多少，也不敢虚度时光。不实现这一点点，怎能实现得很多？但愿前途辽阔远大啊，谁能不为我的心情所感动？啊，男儿的大志啊是治理天下，只有前进啊没有终止，如果踌躇满志便再无大志。

**（选自刘琦、郭长海、吕树坤译注：《清诗三百首译析》，吉林文史出版社 2005 年版）**

知识

梁启超（1873—1929），字卓如，号饮冰室主人。中国近代思想家、政治家、教育家、史学家、文学家。戊戌变法领袖之一，中国近代维新派、新法家代表人物。梁启超一生致力于中国社会的改造，为了民族强盛和国家繁荣奔走呼号。其著作合编为《饮冰室合集》。

这首《志未酬》体现出梁启超奋发进取、永不止步的精神。作为中国近代伟大的改革家，梁启超志在治理天

下，他勉励自己不要自满，胸中一直有志，鞭策自己跟随时代的步伐，怜悯众生苦恼。在这种志向的推动下，梁启超一直为变法改革而奔走，力图救国救民于水深火热之中。

十年饮冰，难凉热血。

——梁启超

## 尚　志　论

周恩来

立功异域，封万户侯，班超[①]投笔从戎[②]之志也。鞠躬尽瘁，死而后已，武侯[③]忠心事汉之志也。及终其身卒应其言。若论其成功之秘诀，固由于一种叱咤风云之气，坚忍不拔之操有所铸成，要亦其最初之志，有以使之然耳。故凡同一人类，无论为何种事业，当其动作之始，必筹画其

全局，预计其将来，成一希望在。然后按此希望之路线以前进，则其结果鲜有与此希望相径庭。希望者何？志是也。志与希望，实一而二，二而一也。是以画者之徒，其志恒在乎善画；商贾之侣，其志多注乎得利；故有善画、得利之志，始[4]克[5]成善画、得利之实也。若不志乎[6]始，而能成乎终者，则未之闻也。且不观夫冒万险探新大陆之哥仑布乎？脱专制，竖自由旗之华盛顿乎？闻鸡起舞[7]之刘昆[8]乎？击楫中流[9]之祖逖乎？此数子者，其所成之丰功伟业，实不外乎其志，未有以日以作奸欺世为志，如莽[10]、操[11]者而能跻乎圣贤之林哉！故论成汤之贤，不在乎祷雨桑林之时[12]，而必观其三聘伊尹[13]之志。论文王[14]之圣，亦不在乎三分天下[15]之日，而必称其来朝于商之志。不然仅眩耀其功德于既成之日，而不追溯其所以成之之故[16]，岂异南其辕而北其辙哉！夫今之号为维新者[17]，终日泄泄沓沓[18]，无所事事，唯知袭取外人皮毛[19]为务。

目前之顾，尚未遑[20]计及，又奚足定一生之志？是而人者，使之立国于二十世纪竞争潮流中，乌得[21]使神州不陆沉耶！然则志固可尚已，而弊亦随之生焉[22]。有志在金钱者[23]，其终身恒乐为富家翁；志在得官者，百计钻营不以为耻，此志之害也。故立志者，当计其大舍其细，则所成之事业，当不至限于一隅[24]，私于个人矣。孔子不云乎[25]，盍各言尔志[26]。斯语又岂无因而发哉？

## 注释

①班超（32—102）：东汉大将、外交家，字仲升，扶风安陵（今陕西咸阳东北）人。班固之弟。73年，随窦固出击北匈奴获胜。又奉命出使西域，帮助西域各族摆脱匈奴的束缚和奴役，使“丝绸之路”重又通畅。后被任命为西域都护。曾派副使甘英出使大秦（罗马帝国），至今波斯湾而归。他在西域活动31年，使西域与内地的联系更加密切。

②投笔从戎：《后汉书·班超传》：“（班超）家贫，常为官佣书以供养。久劳苦，尝辍业投笔叹曰：‘大丈夫无它志略，犹当效傅介子、张骞立功异域，以取封侯，安能久事笔研间乎？’”后立功西域，封定远侯。因以

“投笔从戎”为弃文就武的典故。

③武侯：三国时的诸葛亮，死后谥为忠武侯，后世称之为“武侯”。诸葛亮《后出师表》：“鞠躬尽瘁，死而后已，至于成败利钝，非臣之明所能逆睹也。”

④始：才。

⑤克：能够。

⑥乎：于，在。

⑦闻鸡起舞：《晋书·祖逖传》：“（祖逖）与司空刘琨俱为司州主簿，情好绸缪，共被同寝。中夜闻荒鸡鸣，蹴琨觉曰：‘此非恶声也。’因起舞。”后以“闻鸡起舞”为志士仁人及时奋发之典。

⑧刘昆：“昆”应为“琨”。参见注释7。

⑨击楫中流：晋祖逖（tì），率师北伐，渡江于中流，敲击船桨立下誓言：“祖逖不能清中原而复济者，有如大江！”（《晋书·祖逖传》）。后因以“击楫中流”称颂收复失地报效国家的激烈壮怀和慷慨志节。

⑩莽：王莽（前45—23），字巨君。王莽出身于西汉末年的王室外戚，于9年篡位代汉而立，国号“新”，建元“始建国”。新莽地皇四年，即23年，起义军推翻新朝，王莽被杀。

⑪操：曹操（155—220），字孟德，一名吉利，小字阿瞒，沛国谯（今安徽省亳州）人。东汉末年著名的军事家、政治家和诗人，三国时代魏国的奠基人和主要缔造者，后为魏王。其子曹丕称帝后，追尊为魏武帝。三国时期

著名的政治家、军事家、文学家、诗人。

⑫不在乎祷雨桑林之时：原文不清，可能是“必不在乎祷雨桑林之时”。祷雨桑林，《吕氏春秋·季秋纪·顺民篇》：“昔者，汤克夏而正天下，天大旱，五年不收。汤乃以身祷于桑林曰：‘余一人有罪无及万夫；万夫有罪在余一人。无以一人之不敏，使上帝鬼神伤民之命。’于是剪其发，以身为牺牲，用祈福于上帝。民乃甚说，雨乃大至。”后多用“汤祷桑林”喻仁德爱民。

⑬三聘伊尹：伊尹，商汤大臣，名伊，一名挚。尹是官名。相传生于伊水，故名。是汤妻陪嫁的奴隶，后助汤伐夏桀，被尊为阿衡。相传商汤曾三聘伊尹辅佐治国。

⑭文王：周文王，姓姬名昌，季历之子，西周奠基人。季历死后由他继承西伯侯之位，又称伯昌。在位 50 年。商纣时为西伯侯，建国于岐山之下，积善行仁，政化大行，因崇侯虎向纣王进谗言，而被囚于羑里，后得释归。益行仁政，天下诸侯多归从，子武王有天下后，被尊为文王。

⑮三分天下：泛指势力强大。语出《论语·泰伯》：“三分天下有其二，以服事殷。”何晏《论语集解》引包咸曰：“殷纣淫乱，文王为西伯而有圣德，天下归周者三分有二。”

⑯而不追溯其所以成之之故：原文修改为“而不追溯其所以之成之故”。

⑰维新者：维新派，活动于 19 世纪 90 年代的中国资产阶

级政治派别之一，以康有为、严复、梁启超、谭嗣同等为主要代表。因受中日甲午战争战败以后民族危机严重的刺激，主张变法维新，救亡图存，振兴国家而得名。他们提倡资产阶级新文化，变君主专制为君主立宪，积极从事变法的理论宣传和组织活动。

⑱泄泄（yì）沓沓（tà）：泄泄，弛缓貌。《孟子·离娄上》："泄泄犹沓沓也。事君无义，进退无礼，言则非先王之道者，犹沓沓也。"

⑲外人皮毛：这里指维新派仅搬用了西方资本主义国家制度的框架，却没有运用其理论和精髓。

⑳遑：空闲，闲暇。

㉑乌得：哪里能够。

㉒而弊亦随之生焉：此句中的"随之"是作者后来补加的。

㉓有志在金钱者：原文有修改，修改为"彼志在金钱者"。

㉔一隅：指一个角落。亦泛指事物的一个方面。《论语·述而》："举一隅不以三隅反，则不复也。"

㉕孔子不云乎：孔子不是说过么。

㉖盍各言尔志：盍，何不。《论语·先进》篇中有记录孔子和子路、曾皙、冉有、公西华这四个弟子"言志"的一段话。其中有"曾皙曰：'夫三子者之言何如？'子曰：'亦各言其志也已矣。'"

**（选自天津南开中学中央文献研究室第二编研部编著：《周恩来南开中学作文笺评》，人民出版社 2013 年版）**

周恩来（1898—1976），字翔宇，原籍浙江绍兴，生于江苏淮安。伟大的马克思列宁主义者，中国无产阶级革命家、政治家、军事家、外交家，中国共产党和中华人民共和国的主要领导人，中国人民解放军主要创建人和领导人。周恩来探索适合中国的社会主义道路，是中国特色外交的奠基人，在国际上享有很高威望。

## 解读

周恩来在少年时代就曾立志“为中华之崛起而读书”。这篇《尚志论》是周恩来 17 岁时就读南开中学写下的一篇作文，当时中国正值军阀混战，日本抢占胶州湾，提出“二十一条”，周恩来面对内忧外患，立志救国。他旁征博引，用了大量典故，说明立志高远的重要意义。志向远大的周恩来最终为了全国人民的解放和平等事业奉献一生，成为中国人民铭记于心的好总理。

为中华之崛起而读书。

——周恩来

# 淡泊超然　遗世独立

# 天 才 梦

（节选）

张爱玲

我是一个古怪的女孩，从小被目为天才，除了发展我的天才外别无生存的目标。然而，当童年的狂想逐渐褪色的时候，我发现我除了天才的梦之外一无所有——所有的只是天才的乖僻缺点。世人原谅瓦格涅的疏狂，可是他们不会原谅我。

加上一点美国式的宣传，也许我会被誉为神童。我三岁时能背诵唐诗。我还记得摇摇摆摆地立在一个满清遗老的藤椅前朗吟“商女不知亡国恨，隔江犹唱后庭花”，眼看着他的泪珠滚下来。七岁时我写了第一部小说，一个家庭悲剧。遇到笔画复杂的字，我常常跑去问厨子怎样写。第二部小说是关于一个失恋自杀的女郎。我母亲批评说：如果她要自杀，她决不会从

上海乘火车到西湖去自溺。可是我因为西湖诗意的背景，终于固执地保存了这一点。

我仅有的课外读物是《西游记》与少量的童话，但我的思想并不为它们所束缚。八岁那年，我尝试过一篇类似乌托邦的小说，题名《快乐村》。快乐村人是一好战的高原民族，因克服苗人有功，蒙中国皇帝特许，免征赋税，并予自治权。所以快乐村是一个与外界隔绝的大家庭，自耕自织，保存着部落时代的活泼文化。

我特地将半打练习簿缝在一起，预期一本洋洋大作，然而不久我就对这伟大的题材失去了兴趣。现在我仍旧保存着我所绘的插画多帧，介绍这种理想社会的服务，建筑，室内装修，包括图书馆，“演武厅”，巧克力店，屋顶花园。公共餐室是荷花池里一座凉亭。我不记得那里有没有电影院与社会主义——虽然缺少这两样文明产物，他们似乎也过得很好。

九岁时，我踌躇着不知道应当选择音

乐或美术作我终身的事业。看了一张描写穷困的画家的影片后，我哭了一场，决定做一个钢琴家，在富丽堂皇的音乐厅里演奏。对于色彩，音符，字眼，我极为敏感。当我弹奏钢琴时，我想象那八个音符有不同的个性，穿戴了鲜艳的衣帽携手舞蹈。我学写文章，爱用色彩浓厚，音韵铿锵的字眼，如“珠灰”，“黄昏”，“婉妙”，“splendour”（辉煌，壮丽），“melancholy”（忧郁），因此常犯了堆砌的毛病。直到现在，我仍然爱看《聊斋志异》与俗气的巴黎时装报告，便是为了这种有吸引力的字眼。

在学校里我得到自由发展。我的自信心日益坚强，直到我十六岁时，我母亲从法国回来，将她暌隔多年的女儿研究了一下。

“我懊悔从前小心看护你的伤寒症，”她告诉我，“我宁愿看你死，不愿看你活着使你自己处处受痛苦。”我发现我不会削苹

果，经过艰苦的努力我才学会补袜子。我怕上理发店，怕见客，怕给裁缝试衣裳。许多人尝试过教我织绒线，可是没有一个成功。在一间房里住了两年，问我电铃在哪儿我还茫然。我天天乘黄包车上医院去打针，接连三个月，仍然不认识那条路。总而言之，在现实的社会里，我等于一个废物。

……

生活的艺术，有一部分我不是不能领略。我懂得怎么看“七月巧云”，听苏格兰兵吹 bagpipe（风笛），享受微风中的藤椅，吃盐水花生，欣赏雨夜的霓虹灯，从双层公共汽车上伸出手摘树顶的绿叶。在没有人与人交接的场合，我充满了生命的欢悦。可是我一天不能克服这种咬啮性的小烦恼，生命是一袭华美的袍，爬满了蚤子。

［选自张爱玲：《张爱玲典藏全集（散文卷二 1939—1947 年作品）》，哈尔滨出版社 2003 年版］

## 知识

张爱玲（1920—1995），中国现代作家，原名张瑛，出生于上海，后移居美国。张爱玲早期创作的中篇小说、散文成就很高，受到许多名家推崇。1961 年，夏志清在其《中国现代小说史》中对张爱玲倍加推崇，给予张爱玲的篇幅比鲁迅的还要多上一倍，他甚至认为张爱玲的《金锁记》是“中国从古以来最伟大的中篇小说”。其代表作品有《金锁记》《倾城之恋》《半生缘》《红玫瑰与白玫瑰》《小团圆》等。

## 解读

张爱玲是中国文坛的奇女子，她的作品笔触细腻尖锐，情怀悲凉彻骨，历来不乏拥趸。这篇《天才梦》是她 18 岁时的作品，此文虽尚不及她后来巅峰时期的作品出众，但用语之精警已初现端倪，那句“生命是一袭华美的袍，爬满了蚤子”，已成众人皆知的名言。整篇文章写出一个有着写作天赋的女孩的特立独行，也内蕴着张爱玲的命运感悟。那“天才梦”中的光辉与黯淡似乎也预示了她一生的荣耀与颠沛。

人生的所谓生趣，全在那些不相干的事。

——张爱玲

# 言志篇

（节选）

林语堂

古人言士各有志，不过言志并不甚易。在言志时，无意中还是“载道”，八分为人，二分为己，所以失实，况且中国人有一种坏脾气，留学生炼牛皮，必不肯言炼牛皮之志，而文之曰“实业救国”。假如他的哥哥到美国学农业，回来开牛奶房，也不肯言牛奶房之志，只说是“农村立国”。《论语·言志篇》，子路，冉求，公西华，各有一大篇载道议论，虽然经“夫子哂之”，点也尚不敢率尔直言，须经夫子鼓励一番，谓“何伤乎？亦各言其志也！”始有“春服既成”一段真正言志的话。不图方巾气者所必吐弃之小小志尚，反得孔子之赞赏。孔子之近情，与方巾气者之不近情，正可于此中看出。此姑且撇过不谈。常言

男子志在四方，实则各人于大志之外，仍不免有个人所谓理想生活。要人挂冠，也常有一番言志议论，便是言其理想生活。或是归田养母，或是出洋留学，但这也不过一时说说而已。向来中国人得意时信儒教，失意时信道教，所以来去出入，都有照例文章，严格的言，也不能算为真正的言志。

据说古希腊有圣人代阿今尼思，一日正在街上滚桶中晒日，遇见亚力山大帝来问他有何所请。代阿今尼思客气地答曰：请皇帝稍为站开，不要遮住阳光，便感恩不尽了。这似乎是代阿今尼思的志愿。他是一位清心寡欲的人，冬夏只穿一件破衲，坐卧只在一只滚桶中。他说人的欲愿最少时，便是最近于神仙快乐之境。他本有一只饮水的杯，后来看见一孩子用手拿水而饮，也就毅然将杯抛弃，于是他又觉得比前少了一种挂碍，更加清净了。

代阿今尼思的故事，常叫人发笑，因

为他所代表的理想，正与现代人相反。近代人是以一人的欲愿之繁多为文化进步的衡量。老实说，现在人根本就不知他所要的是什么。在这种地方，发见许多矛盾，一面提倡朴素，又一面舍不得洋楼汽车。有时好说金钱之害，有时却被财魔缠心，做出许多尴尬的事来。现代人听见代阿今尼思的故事，不免生羡慕之心，却又舍不得要看一张真正好的嘉宝的影片。于是仍有所请言行之矛盾，及心灵之不安。

自然，要爽爽快快打倒代阿今尼思主张，并不很难。第一，代阿今尼思生于南欧天气温和之地。所以寒地女子，要穿一件皮大氅，也不必于心有愧。第二，凡是人类，总应该至少有两套里衣，可以替换。在书上的代阿今尼思，也许好像一身仙骨，传出异香来，而在实际上，与代阿今尼思同床共被，便不怎样爽神了。第三，将这种理想贯注于小学生脑中，是有害的，因为至少教育须养成学子好书之心，书是代

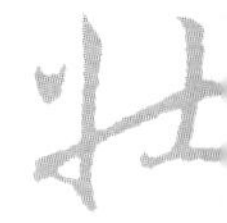



阿今尼思所绝对不看的。第四，代阿今尼思生时，尚未有电影，也未有 Mickey Mouse 的滑稽影戏画，无论大人小孩说他不要看 Mickey Mouse，一定是已失其赤子之心，这种朽腐的魂灵，再不会于吾人文化有什么用处。总而言之，一人对于环境，能随时注意，理想兴奋，欲愿繁复，比一枯槁待毙的人，心灵上较丰富，而于社会上也比较有作为。乞丐到了过屠门而不大嚼时，已经是无用的废物了。诸如此类，不必细述。

……

我想在各人头脑清净之时，盘算一下，总会觉得我们决不会做代阿今尼思的信徒，总各有几样他所求的志愿。我想我也有几种愿望，只要有志去求，也并非绝不可能的事。要在各人看清他的志操，有相当的抱负，求之在己罢了。这倒不是外方所能移易。兹且举我个人理想的愿望如下，这些愿望十成中能得六七成，也就可算为幸

福了。

我要一间自己的书房，可以安心工作。并不要怎样清洁齐整。不要一位 *Story of San Michele* 书中的 Madamoi Bselle Agathe 拿她的揩布到处乱揩乱擦。我想一人的房间，应有几分凌乱，七分庄严中带三分随便，住起来才舒服。切不可像一间和尚的斋堂，或如府第中之客室。天罗板下，最好挂一盏佛庙的长明灯，入其室，稍有油烟气味。此外又有烟味，书味，及各种不甚了了的房味，最好是沙发上置一小书架，横陈各种书籍，可以随意翻读。种类不要多，但不可太杂，只有几种心中好读的书，及几次重读过的书——即使是天下人皆詈为无聊的书也无妨。不要理论太牵强板滞乏味之书，但也没什么一定标准，只以合个人口味为限。西洋新书可与《野叟曝言》杂陈，孟德斯鸠可与福尔摩斯小说并列。不要时髦书，马克斯，T. S. Elliot，Jame Joyces 等，袁中郎有言，“读不下去之书，

让别人去读”便是。

我要几套不是名士派但亦不甚时髦的长褂，及两双称脚的旧鞋子。居家时，我要能随便闲散的自由。虽然不必效顾千里裸体读经，但在热度九十五以上之热天，却应许我在佣人面前露了臂膀，穿一短背心了事。我要我的佣人随意自然，如我随意自然一样。我冬天要一个暖炉，夏天一个浇水浴房。

我要一个可以依然故我不必拘牵的家庭。我要在楼下工作时，听见楼上妻子言笑的声音，而在楼上工作时，听见楼下妻子言笑的声音。我要未失赤子之心的儿女，能同我在雨中追跑，能像我一样的喜欢浇水浴。我要一小块园地，不要有遍铺绿草，只要有泥土，可让小孩搬砖弄瓦，浇花种菜，喂几只家禽。我要在清晨时，闻见雄鸡喔喔啼的声音。我要房宅附近有几棵参天的乔木。

我要几位知心友，不必拘守成法，肯

向我尽情吐露他们的苦衷。谈话起来，无拘无碍，柏拉图与《品花宝鉴》念得一样烂熟。几位可与深谈的友人。有癖好，有主张的人，同时能尊重我的癖好与我的主张，虽然这些也许相反。

我要一位能做好的清汤，善烧青菜的好厨子。我要一位很老的老仆，非常佩服我，但是也不甚了了我所做的是什么文章。

我要一套好藏书，几本明人小品，壁上一帧李香君画像让我供奉，案头一盒雪茄，家中一位了解我的个性的夫人，能让我自由做我的工作。酒却与我无缘。

我要院中几棵竹树，几棵梅花。我要夏天多雨冬天爽亮的天气，可以看见极蓝的青天，如北平所见的一样。

我要有能做我自己的自由和敢做我自己的胆量。

（选自林语堂：《林语堂自述》，大象出版社 2005 年版）

## 知识

林语堂（1895—1976），福建龙溪人，原名和乐，后改玉堂，又改语堂，中国现代著名作家、学者、翻译家、语言学家。早年留学美国、德国，获哈佛大学文学硕士，莱比锡大学语言学博士，回国后在清华大学、北京大学、厦门大学任教。1945 年赴新加坡筹建南洋大学，任校长。曾任联合国教科文组织美术与文学主任、国际笔会副会长等职。林语堂于 1940 年和 1950 年先后两度获得诺贝尔文学奖提名。曾创办《论语》《人世间》《宇宙风》等刊物，作品包括小说《京华烟云》《啼笑皆非》，散文和杂文文集《人生的盛宴》《生活的艺术》，以及译著《东坡诗文选》《浮生六记》等。1966 年定居台湾，1967 年受聘为香港中文大学研究教授，主持编撰《林语堂当代汉英词典》。

## 解读

古孔子言志，认同“浴乎沂，风乎舞雩，咏而归”；今语堂言志，要一间自己的书房、几套不时髦的长褂、几棵竹树与梅花，可见，淡泊闲情之志历来受人青睐。心系天下苍生、报效祖国自然可敬，然而心远幽居之趣味却不是人人可品得。林语堂是幽默大师，他于日常生活中发掘的美感、灵气、适然是一种人生的智慧，最后那句“我要有能做我自己的自由和敢做我自己的胆量”看似平淡无奇，实则耐人寻味。

人生不过如此，且行且珍惜。自己永远是自己的主角，不要总在别人的戏剧里充当着配角。

——林语堂

# 拾荒梦

（节选）

三毛

在我的小学时代里，我个人最拿手的功课就是作文和美术。

……

有一天老师出了一个每学期都会出的作文题目，叫我们好好发挥，并且说："应该尽量写得有理想才好。"

等到大家都写完了，下课时间还有多，老师坐在教室右边的桌上低头改考卷，顺口就说："三毛，站起来将你的作文念出来。"

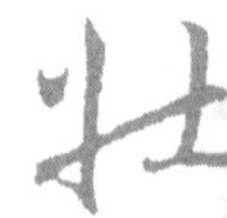

小小的我捧了簿子大声朗读起来。

“我的志愿——

我有一天长大了，希望做一个拾破烂的人，因为这种职业，不但可以呼吸新鲜的空气，同时又可以大街小巷的游走玩耍，一面工作一面游戏，自由快乐得如同天上的飞鸟。更重要的是，人们常常不知不觉的将许多还可以利用的好东西当作垃圾丢掉，拾破烂的人最愉快的时刻就是将这些蒙尘的好东西再度发掘出来，这……”

念到这儿，老师顺手丢过来一只黑板擦，打到了坐在我旁边的同学，我一吓，也放下本子不再念了，呆呆地等着受罚。

……

“乱写！乱写！什么拾破烂的！将来要拾破烂，现在书也不必念了，滚出去好了，对不对得起父母……”老师又大拍桌子惊天动地的喊。

“重写！别的同学可以下课。”她瞪了我一眼便出去了。于是，我又写：

“我有一天长大了，希望做一个夏天卖冰棒，冬天卖烤红薯的街头小贩，因为这种职业不但可以呼吸新鲜空气，又可以大街小巷的游走玩耍，更重要的是，一面做生意，一面可以顺便看看，沿街的垃圾箱里，有没有被人丢弃的好东西，这……”

第二次作文交上去，老师划了个大红叉，当然又丢下来叫重写。结果我只好胡乱写着：“我长大要做医生，拯救天下万民……”老师看了十分感动，批了个甲，并且说：“这才是一个有理想，不辜负父母期望的志愿。”

我那可爱的老师并不知道，当年她那一只打偏了的黑板擦和两次重写的处罚，并没有改掉我内心坚强的信念，这许多年来，我虽然没有真正以拾荒为职业，可是我是拾着垃圾长大的，越拾越专门，这个习惯已经根深蒂固，什么处罚也改不了我。当初胡说的什么拯救天下万民的志愿是还给老师保存了。

……

捡东西的习惯一旦慢慢养成，根本不必看着地下走路，眼角闲闲一飘，就知哪些是可取的，哪些是不必理睬的，这些学问，我在童年时已经深得其中三昧了。

做少女的时代，我曾经发狂的爱上一切木头的东西，那时候，因为看了一些好书，眼光也有了长进，虽然书不是木头做的，可是我的心灵因为啃了这些书，产生了化学作用，所谓“格调”这个东西，也慢慢的能够分辨体会了。

十三岁的时候，看见别人家锯树，锯下来的大树干丢在路边，我细看那枝大枯枝，越看越投缘，顾不得街上的人怎么想我，掮着它走了不知多少路回到家，宝贝也似的当艺术品放在自己的房间里，一心一意的爱着它。

后来，发现家中阿巴桑坐在院子里的一块好木头上洗衣服，我将这块形状美丽的东西拾起来悄悄打量了一下，这真是宝

物蒙尘，它完全像复活岛上那些竖立着的人脸石像，只是它更木头木脑一点。我将这块木头也换了过来，搬了一块空心砖给阿巴桑坐着，她因为我抢去她的椅子还大大的生了一场气。

……

不再上学之后，曾经跟其他三个单身女孩子同住一个公寓，当时是在城里，虽然没有地方去捡什么东西，可是我同住的朋友们丢掉的旧衣服、毛线、甚而杂志，我都收拢了，夜间谈天说地的时候，这些废物，在我的改装下，变成了布娃娃、围裙、比基尼游泳衣……

当时，看见自己变出了如此美丽的魔术，拾荒的旧梦又一度清晰的浮到眼前来，那等于发现了一个还没有完全枯萎的生命，那份心情是十分感动自己的。

……

等我体会出拾荒真正无以伦比的神秘和奇妙时，在撒哈拉沙漠里，已被我利用

在大漠镇外垃圾堆里翻捡的成绩，布置出了一个世界上最美丽的家，那是整整两年的时间造成的奇迹。

拾荒人眼底的垃圾场是一块世界上最妩媚的花园。过去小学老师曾说："要拾破烂，现在就可以滚，不必再念书了！"她这话只有一半是对的，学校可以滚出来，书却不能不念的。垃圾虽是一样的垃圾，可是因为面对它的人在经验和艺术的修养上不同，它也会有不同的反应和回报。

在我的拾荒生涯里，最奇怪的还是在沙漠。这片大地看似虚无，其实它蕴藏了多少大自然的礼物，我至今收藏的一些石斧、石刀还有三叶虫的化石都是那里得来的宝贝。

更怪异的是，在清晨的沙漠里，荷西与我拾到过一百多条长如手臂的法国面包，握在手里是热的，吃在嘴里外脆内软，显然是刚刚出炉的东西，没法解释它们为什么躺在荒野里，这么多条面包我们吃不了，

整个工地拿去分，也没听说吃死了人。

还有一次西班牙人已经开始在沙漠撤退了，也是在荒野里，丢了一卡车几百箱的法国三星白兰地，我们捡了一大箱回来，竟是派不上什么用场，结果仍是放在家里人就离开了，离开沙漠时，有生以来第一回，丢了自己东西给人捡，那真说不出有多心痛。

我们定居到现在的群岛来时，家附近靠海的地方也有一片垃圾场，在那儿，人们将建筑材料、旧衣鞋、家具、收音机、电视、木箱、花草、书籍数也数不清，分也分不完的好东西丢弃着。

这个垃圾场没有腐坏的食物，镇上清洁队每天来收厨房垃圾，而家庭中不用的物件和粗重的材料，才被丢弃在这住宅区的尽头。

也是在这个大垃圾场里，我认识了今生唯一的一个拾荒同好。

这人是我邻居葛雷老夫妇的儿子，过

去是苏黎世一间小学校的教师，后来因为过份热爱拾荒自由自在的生涯，毅然放下了教职，现在靠拾捡旧货转卖得来的钱过日子。在他住父母家度假的一段时间里，他是我们家的常客，据他说，拾荒的收入，不比一个小学老师差，这完全要看个人的兴趣。我觉得那是他的选择，外人是没有资格在这件事上来下评论的。

我的小学老师因为我曾经立志要拾荒而怒叱我，却不知道，我成长后第一个碰见的专业拾荒人居然是一个小学老师变过来的，这实在是十分有趣的事情。

这个专业的拾荒同好，比起我的功力来，又高了一层，往往我们一同开始在垃圾堆里慢慢散步，走完了一趟，我什么也没得着，他却抬出一整面雕花的木门来送荷西，这么好的东西别人为什么丢掉实在是想不透。

我的拾荒朋友回到瑞士之后不久，他的另一个哥哥开车穿过欧洲再坐船也来到

了加纳利群岛。这一次，我的朋友托带来了一架货真价实的老式瑞士乡间的运牛奶的木拖车，有三分之二的汽车那么长，轮子、把手什么都可以转。它是绑在车顶上飘洋过海而来的一个真实的梦。我惊喜得不相信自己的眼睛，接着，一本淡绿封面，精装，写着老式花体英文字母，插画着精美钢笔线条画的故事书《威廉特尔》又轻轻地放在我手里，看看版本，竟是一九二〇年的。

这两样珍贵非常的东西使我们欢喜了好一阵，而我们托带去的回报，是一个过去西班牙人洗脸时盛水用的紫铜面盆和镶花的黑铁架，一个粗彩陶绘制的磨咖啡豆的磨子，还有一块破了一个洞又被我巧妙的绣补好了的西班牙绣花古式女用披肩。当然，这些一来一往的礼物，都是我们双方在垃圾堆里掏出来的精品。

拾荒不一定要在陆上拾，海里也有它的世界。荷西在海里掏出来过腓尼基人时

代的陶瓮，十八世纪时的实心炮弹、船灯、船窗、罗盘、大铁链，最近一次，在水底，捡到一枚男用的金戒指，上面刻着一九四七年，名字已被磨褪得看不出来了。海底的东西，陶瓮因是西班牙国家的财产归了加地斯城的博物馆，其他的都用来装饰了房间，只有那只金戒指，因为不知道过去是属于什么人的，看了心里总是不舒服，好似它主人的灵魂还附在它里面一样。

拾荒赔本的时候也是有的，那是判断错误拾回来的东西。

有一次我在路上看见极大极大一个木箱，大得像一个房间，当时我马上想到，它可以放在后院里，锯开门窗，真拿它来当客房用。

结果我付了大卡车钱、四个工人钱。大箱子运来了，花园的小门却进不去。我当机立断，再要把这庞然大物丢掉，警察却跟在卡车后面不肯走，我如果丢了，他要开罚单，绕了不知多少转，我溜下车逃

了，难题留给卡车司机去处理吧。第二天早晨一起床，大箱子居然挡在门口。支解那个大东西的时候，我似乎下决心不再张望路上任何一草一木了。

前一阵，荷西带了我去山里看朋友，沿途公路上许多农家，他们的垃圾都放在一个个小木箱里。

在回程的路上，我对荷西说："前面转弯，大树下停一停。"

车停了，我从从容容的走过去，在别人的垃圾箱内，捧出三大棵美丽的羊齿植物。

这就是我的生活和快乐。

拾荒的趣味，除了不劳而获这实际的欢喜之外，更吸引人的是，它永远是一份未知，在下一分钟里，能拾到的是什么好东西谁也不知道，它是一个没有终止，没有答案，也不会有结局的谜。

……

（选自三毛：《背影》，哈尔滨出版社 2003 年版）

常言道，人各有志，三毛与张爱玲一样是奇女子，张爱玲做着天才梦，三毛却愿意流浪，并且不为俗世的眼光易心转性，从拾荒这一不起眼的事情中获得了常人难解的妙趣。《拾荒记》写三毛从小立志拾荒为业，一生都在拾荒的路上，而这拾荒当然是最妙的“无用之用”，给人难得的快活与欢喜。三毛在赞颂为人所不齿的“拾荒梦”的同时，也厌弃人所共赞的正经行当，感慨“人生最宝贵的青春竟在教科书本中度过实是可惜”。可见，内心的富裕充盈相比世俗定义的优秀安稳更是人生真谛。

一个人至少拥有一个梦想，有一个理由去坚强。心若没有栖息的地方，到哪里都是在流浪。

——三毛

# 质朴仁心 情深而往

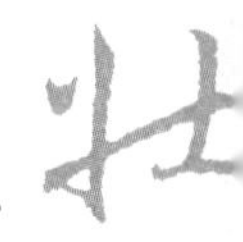

# 理　想

穆　旦

1

没有理想的人像是草木，
在春天生发，到秋日枯黄，
对于生活它做不出总结，
面对绝望它提不出希望。

没有理想的人像是流水，
为什么听不见它的歌唱？
原来它已为现实的泥沙
逐渐淤塞，变成污浊的池塘。

没有理想的人像是空屋
而无主人，它紧紧闭着门窗，
生活的四壁堆积着灰尘，

外面在叩门，里面寂无音响。

那么打开吧，生命在呼喊：
让一个精灵从邪恶的远方
侵入他的心，把他折磨够，
因为他在地面看到了天堂。

2

理想是个迷宫，按照它的逻辑
你越走越达不到目的地。

呵，理想，多美好的感情，
但等它流到现实底冰窟中，
你看到的就是北方的荒原，
使你丰富的心倾家荡产。

“我是一个最合理的设想，
我立足在坚实的土壤上，”
但现实是一片阴险的流沙，
只有泥污的脚才能通过它。

"我给人指出崇高的道路，
我的明光能照澈你的迷雾，"
别管有多少人为她献身，
我们的智慧终于来自疑问。

毫无疑问吗？那就跟着她走，
像追鬼火不知扑到哪一头。

（选自穆旦：《穆旦诗文集》，人民文学出版社2006年版）

## 知识

穆旦（1918—1977），原名查良铮，曾用笔名梁真，祖籍浙江海宁，出生于天津。爱国主义诗人、翻译家，"九叶诗派"的代表诗人。穆旦诗集代表作有《探险者》《穆旦诗集（1939—1945）》《旗》。主要译作有俄国普希金的作品《青铜骑士》《普希金抒情诗集》，英国雪莱的《云雀》《雪莱抒情诗选》，英国拜伦的《唐璜》《拜伦抒情诗选》《拜伦诗选》，英国《布莱克诗选》《济慈诗选》。

## 解读

诗歌从"没有理想的人"写起，第一部分先写没有理想的人的生活是多么枯黄、污浊、沉寂，紧接着，诗人

呼唤出理想。然而，理想虽然美好，但很快陷入与“现实”之辩。诗人力倡理想之崇高、光明，不满现实之阴险、污秽。无论理想把我们带到哪里，我们都义无反顾，飞蛾扑火，这种令人奋不顾身的精神也许就是理想最大的魅力所在，它可以让我们摆脱凡俗的庸常和无聊，给生命以激情和暖流，不管结局如何，都值得我们为之一搏。

这才知道我的全部努力，不过完成了普通的生活。

——穆旦

## 寻 梦 者

戴望舒

梦会开出花来的，
梦会开出娇妍的花来的：
去求无价的珍宝吧。

在青色的大海里，
在青色的大海的底里，
深藏着金色的贝一枚。

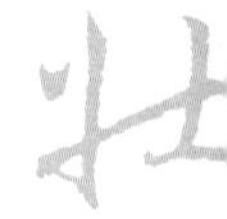



你去攀九年的冰山吧，
你去航九年的旱海吧，
然后你逢到那金色的贝。

它有天上的云雨声，
它有海上的风涛声，
它会使你的心沉醉。

把它在海水里养九年，
把它在天水里养九年，
然后，它在一个暗夜里开绽了。

当你鬓发斑斑了的时候，
当你眼睛朦胧了的时候，
金色的贝吐出桃色的珠。

把桃色的珠放在你怀里，
把桃色的珠放在你枕边，
于是一个梦静静地升上来了。

你的梦开出花来了，

你的梦开出娇妍的花来了，

在你已衰老了的时候。

［选自严家炎、孙玉石、温儒敏主编：《中国现代文学作品精选（增订本）》，北京大学出版社2002年版］

戴望舒（1905—1950），浙江省杭州人，诗人、翻译家。曾创办《新诗》月刊，主编《大公报》文艺副刊，创办《耕耘》杂志，主编《星岛日报·星岛》副刊。曾任暨南大学、上海市立师范专科学校教授。戴望舒的诗继承和发展了后期新月派与20世纪20年代末象征诗派的诗风，开启了现代诗派的时代，因此被视为现代诗派“诗坛的首领”。戴望舒一生共存诗90多首，代表作品有《雨巷》《我的记忆》。

每一个人都在寻梦，每一个人寻梦的历程又各不相同。戴望舒写出了这种各不相同但又永恒存在于人类情结中的普遍人性：梦美好，引人向往；梦高远，需要你勇于奔赴；梦不易得，要你长久供养；梦珍贵，给你满足和安慰。这个历程并不跌宕惊心，但却色彩斑斓。这样的寻梦者给人的感觉是温婉的，明朗而不刺目，感伤而不痛楚，

艰辛而不骇人，满足而不张扬。

我夜坐听风，昼眠听雨，悟得月如何缺，天如何老。

——戴望舒

## 我愿意是急流

（匈）裴多菲

我愿意是急流，
是山里的小河，
在崎岖的路上、
岩石上经过……
只要我的爱人
是一条小鱼，
在我的浪花中
快乐地游来游去。

我愿意是荒林，

在河流的两岸，
对一阵阵的狂风，
勇敢地作战……
只要我的爱人
是一只小鸟，
在我的稠密的
树枝间做巢、鸣叫。

我愿意是废墟，
在峻峭的山岩上，
这静默的毁灭
并不使我懊丧……
只要我的爱人
是青春的常春藤，
沿着我荒凉的额，
亲密地攀援上升。

我愿意是草屋，
在深深的山谷底，
草屋的顶上

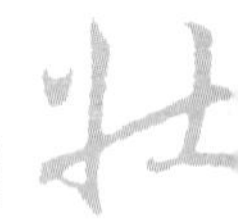

饱受风雨的打击……
只要我的爱人
是可爱的飞焰，
在我的炉子里，
愉快地缓缓闪现。

我愿意是云朵，
是灰色的破旗，
在广漠的空中，
懒懒地飘来荡去……
只要我的爱人
是珊瑚似的夕阳，
傍着我苍白的脸，
显出鲜艳的辉煌。

（选自北岛选编：《给孩子的诗》，中信出版社 2014 年版）

## 知识

裴多菲·山陀尔（Petöfi Sándor，1823—1849），匈牙利爱国诗人和英雄，也是匈牙利民族文学的奠基人，革命民主主义者。1849 年 7 月 31 日，裴多菲在瑟克什堡大血战中同沙俄军队作战时牺牲，年仅 26 岁。代表作品有《民族之

歌》《反对国王》《自由与爱情》。

1846年，裴多菲认识了伯爵的女儿尤丽娅，一见倾心，但伯爵不肯把女儿嫁给他。面对阻力，裴多菲不改初心，写了许多情诗给尤丽娅，后来这段情感终于出现好的转机。《我愿意是急流》正是诗人写给尤丽娅的情诗，诗中反复出现的“我愿意”引出一系列意象，一再表达对爱情的坚贞与渴望，情真意切，热烈执着。这种忠贞和赤诚，可以是爱情，也可以是爱国之情。总之，面对倾慕热爱之人、之物，全情投入的情感都是让人迷恋的，难怪该诗20世纪在中国曾引起青年们的情诗热潮。

## 一个七美元的梦

（美）玛丽·卢·克林勒

“求购：小提琴，无力出高价。有意出售者请打电话给……”

为什么我偏偏注意到这则广告呢？连我自己也不清楚。我平时很少看这类广

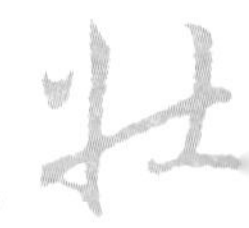

告的。

我把报纸摊在膝上，闭上双眼，往事便一幕幕浮现在眼前：那时全家人备尝艰辛，靠种地勉强度日。我也曾想要一把小提琴，可家里买不起。

我的两个孪生姐姐爱上了音乐。哈丽特·安妮学弹祖母留下的那台竖式钢琴，而苏姗娜学拉父亲的那把小提琴。由于她们不断地练习，没多久，简单的曲调就变成了悦耳、动听的旋律。陶醉在音乐中的小弟弟禁不住随着节奏跳起舞来，父亲轻轻地哼着，母亲也吹起口哨来，而我只是注意听着。

我的手臂渐渐长长了，也试着学拉苏姗娜的那把小提琴。我喜欢那绷紧的琴弓拉过琴弦发出的柔美圆润的声音。“我多么希望能有一把琴啊！”但我清楚这是不可能的。

一天晚上，我的两个孪生姐姐在学校乐队演出时，我紧紧闭上双眼，好把当时的情景深深印在脑海中。“总有一天，我也要坐在那儿。”我默默地发誓。

那一年年景不好，收成不像我们所盼望的那么好。尽管岁月如此艰难，可我还是急不可待地问道：“爸爸，我可以有一把自己的小提琴吗?”“你用苏姗娜的那把不行吗?”父亲问。“我也想加入乐队，可我们俩不能同时用一把琴呀?”父亲的表情显得很难过。那天晚上，以及随后的许多夜晚，我都听到他在全家人晚间祈祷时向上帝祷告：“……上帝啊，玛丽·卢想要一把自己的琴。”

一天晚上，全家都围坐在桌旁，我和姐姐们复习功课，母亲做针线活，父亲在给他大俄亥俄州哥伦布城的朋友乔治·芬科尔写信。父亲曾说，芬科尔先生是一位优秀的小提琴家。父亲边写边把信的部分内容念给母亲听。几个星期之后我才发现信中一小行字他没念：“请留心帮我三女儿寻觅一把小提琴好吗？我付不起高价，可

她喜欢音乐，我们希望她能有自己喜欢的乐器。”

过了几个星期，父亲收到哥伦布城的回信，于是我们全家驱车前往哥伦布城的爱丽斯姑姑家。到姑姑家后，父亲打了个电话，我在旁边听着。他挂上电话后问我：“玛丽·卢，你想和我一起去看望芬科尔先生吗?”“当然想。”我回答道。

父亲把车开进一个居民区，停靠在一座古老而漂亮的楼房前的车道边上。我们按响了门铃，开门的是一位比我父亲年纪大些的高个儿先生。“请进!”他和父亲亲切地握手，两人马上攀谈起来。“玛丽·卢，我早就听说过你的一些情况。你父亲为你准备了一件礼物，定会叫你大吃一惊。”说完，芬科尔先生把我们领进客厅，拿出一个箱子，打开后拿出一把小提琴，便开始拉了起来。乐曲忽而高亢嘹亮，忽而又似瀑布飞泻。“哦，要是能像他那样拉该多好啊!”我心想。

奏完一曲，他转过身来对父亲说：“卡尔，这是在一家当铺里找到的，才花了七美元，是把好琴。这下玛丽·卢可以用它演奏优美的乐曲了吧。”说完他把琴交给了我。

看到父亲眼里的泪水，我终于明白了一切。我有了自己的琴了！我轻轻抚摸着琴。这把琴是用一种金光灿灿的棕色木料制成的，在阳光的映照下显得那么温暖。“多漂亮啊！”我激动得气都透不过来了。

我们回到爱丽思姑姑家，一进门，所有人的目光一齐投向我，看到父亲向母亲挤眼，我才恍然大悟，原来只有我还蒙在鼓里，我明白我和父亲的愿望已经得到了实现。

我带着小提琴到学校上第一堂课的那天，当时那种万分激动的心情谁也无法想象。随后几个月里，我天天坚持练琴，感觉抵在颊下的那温暖的琴木就像我身体的一部分。

加入学校乐队的时候，我激动得浑身发抖。身着白色队服，我俨然像个女王，坐在小提琴组的第三排。

首次公演是学校演出的小歌剧，当时我的心狂跳不已。礼堂里座无虚席。我们乐队成员轻轻给乐器调试音调的时候，观众席里还喊喊喳喳说个不停。当舞台聚光灯射向我们时，台下立刻变得鸦雀无声。父亲和母亲也都看着他们的小女儿，唇边挂着自豪的微笑。他们的小女儿怀抱着她那把珍爱的琴，让全世界的人都来赞赏它。

岁月似乎过得更快了，两个姐姐双双毕业后，我便坐上了首席小提琴手的座位。

两年后，我也完成了学业，把珍爱的小提琴放回到琴箱里，步入了成年人的世界。先是接受护士培训，然后是结婚。在医院工作的几年里先后生育了四个女儿。

以后的许多年里，我们每次搬家，我都带着这把琴。每次打开行李布置居室时，我都要小心地把琴存放好，忙里偷闲时，

想着我仍然多么珍爱它，且对自己许愿，不久以后还要用这把琴演奏几支曲子。

我的几个孩子没有一个喜欢小提琴的。后来，她们相继结了婚，离开了家。

现在我面前摆着这张登着征聘求购广告的报纸。我极力不再去回首往事，而把这则引起我对童年回忆的广告又看了一遍，放下报纸，心想："一定得把我的琴找出来。"

我在壁橱深处找出了琴箱，打开盖，把安卧在那玫瑰色丝绒衬里中的小提琴拿出来，我手指轻轻抚摸着金色的琴木，令人惊喜的是琴弦仍然完好无损。我调试了一下琴弦，紧了紧弓，又往干巴巴的马尾弓上涂抹了点松香。

接着，小提琴又重新奏出了那些铭记在我心中的最心爱的曲子。也不知拉了多久。我想起了父亲，在我孩提时他竭力满足我的一切愿望和要求，而我都不知是否感谢过他。

最后，我把小提琴重新放回箱子，拿起报纸，走到电话旁，拨通了那个号码。

当天晚些时候，一辆旧轿车停靠在我家的车道旁。敲门的是一个三十来岁的先生。“我一直祈祷着会有答复我登在报纸上的那则广告。我的女儿太希望有一把小提琴了。”他边说，边查看我的那把琴，“要多少钱?”

我知道，不管哪家乐器商店都会出笔好价钱。可此时，我听到自己的声音回答说：“七美元。”“真的吗?”他这一问，倒使我更多地想起了父亲。“七美元。”我又说了一遍，接着道：“希望你的小女儿也会像我过去那样喜欢它。”

他走后我随即关上门，从窗帘缝里看到他妻子和孩子们正等候在车子里。突然车门打开，一个小姑娘迎着他双手托着的琴箱跑过来。

她紧紧抱住琴箱，接着双膝跪在地上，“咔嗒”一声打开箱子。她轻轻抚摸着红彤

形的夕阳辉映下的那把琴，转过身，一下子搂住了面带微笑的父亲。

**（选自叶轻舟编：《美文共赏·感性的沉香（下卷）》，吉林人民出版社 2000 年版）**

这篇文章的作者玛丽·卢·克林勒不是一个声名显赫的人物，然而她的这篇文章却流传甚广，出现在各种刊物、文选、考试题目上。比如《兰州学刊》1993 年第 3 期，《意林（少年版）》2013 年第 24 期，《课外阅读》2013 年第 10 期，《语文世界》2001 年第 3 期，《小读者》2012 年第 9 期，等等，可见文章魅力之大。

## 解读

《一个七美元的梦》讲述的，不是人应该立志高远，不是作者拥有一个与众不同的癖好，也不是人如何平衡现实与理想的关系。这是一个关于爱心、关于成全别人梦想的故事，曾经有一个好心人成全了“我”童年时的梦想，“我”又以同样的方式、以同样的东西成全了另一个小女孩的梦想。这种父亲对女儿梦想的尊重与成全、爱的传承，感人至深。文章质朴平淡，却真挚动人，告诉我们，成全他人所想也是成全自己。

# 名家论坛　众说梦想

# 论 梦 想

（节选）

林语堂

……

归根结底说来，哲学也许是由讨厌的感觉开始的。无论如何，人类的特征便是怀着一种追求理想的冀望，忧郁的、模糊的、沉思的冀望。人类住在一个现实的世界里，还有梦想另一个世界的能力和倾向。人类和猴子的差异也许是在猴子仅仅觉得讨厌无聊，而人类除讨厌无聊的感觉之外，还有想象力。我们大家都有一种脱离常轨的欲望，我们大家都希望变成另一种人物，我们大家都有梦想：兵卒梦想做伍长，伍长梦想做大尉，大尉梦想做少校或上校。一个有志气的上校是不把做上校当作一回事的。用较文雅的词语说起来，他仅仅称之为服务人群的一个机会而已。事实上，

这种工作没有什么别的意义。老实说，琼·克劳福德不像世人那么注意琼·克劳福德，珍妮特·盖纳（Janet Gaynor）不像世人那么注意珍妮特·盖纳。世人对一切伟大说："他们不是很伟大吗?"如果那些伟大真正是伟大的，他们总会回答道："什么是伟大呢?"所以，这个世界很像一间照单点菜的餐馆。在那边，每个顾客以为邻桌的顾客所点的菜肴，比自己所点的更美味，更好吃。一位大学教授说过一句谐语："老婆别人的好，文章自己的好。"因此，以这种意义说起来，世间没有一个人感到绝对的满足。大家都想做另一个人，只要这另一个人不是他自己。

这种人类的特性无疑是由于我们有想象的力量和梦想的才能。一个人的想象力越大，便越不能感到满足。所以一个有想象力的孩子往往比较难教养。他比较常常像猴子那样阴沉忧郁，而不像牛那样快乐满足。同时，离婚的事件在理想主义者和

较有想象力的人们当中，一定比在无想象力的人们当中更多。理想的终身伴侣的幻象会产生一种不可抵抗的力量，这种力量在比较缺乏想象和理想的人们当中，是永远感觉不到的。从大体上说来，人类被这种思想的力量有时引入歧途，有时辅导上进，可是人类的进步是绝对不能缺乏这种想象力的。

我们晓得人类有志向和抱负。有这种东西是值得称许的，因为志向和抱负通常都被称为高尚的东西。为什么不可以称之为高尚的东西呢？无论是个人或国家，我们都有梦想，而且多少都依照我们的梦想去行事。有些人比别人多做了一些梦，正如每个家庭里都有一个梦想较多的孩子，而且或许也有一个梦想较少的孩子。……

而且，我们幼年时代的那些梦想并不像我们所想象的那么没有真实性。这些梦想不知怎样总是和我们终生同在着。因此，如果我可以自选做世界任何作家的话，我

是情愿做安徒生的，能够写《美人鱼》的故事，或做那美人鱼，想着那美人鱼的思想，渴望长大的时候到水面来。真是人类所能感觉到的最深沉、最美妙的快乐。

所以，一个孩子无论是在屋顶小阁上；或在谷仓里；或躺在水边；总是在梦想，而这些梦想是真实的。爱迪生梦想过；史蒂文生梦想过；司各德梦想过。这三个人都在幼年时代梦想过。这种魔术的梦想织成了我们所看见的最优良、最美丽的织物。可是较不伟大的小孩子也曾有过这些梦想的一部分。如果他们梦想中的幻象或内容各不相同，他们所感觉到的快乐是一样大的。每个小孩子都有一个含着思慕和切望的灵魂，怀抱着一个热望去睡觉，希望在清晨醒转来的时候，发现他的梦想变成事实。他不把这些梦想告诉人家，因为这些梦想是他自己的，所以它们是他的最内在的、正在生长的、自我的一部分。有些小孩子的梦想比别人的更为明晰，而且他们

也有一种使梦想实现的力量；在另一方面，当我们年纪较大的时候，我们把那些较不明晰的梦想忘掉了。我们一生想把我们幼年时代那些梦想说出来，可是“有时我们还没有找到所要说的话的时候已经死了”。

国家也是这样。国家有其梦想，这种梦想的回忆经过了许多年代和世纪之后依然存在着。有些梦想是高尚的，还有一些梦想是丑恶的、卑鄙的。征服的梦想，和比其他各国更强大的一类梦想，始终是噩梦，这种国家往往比那些有着较和平梦想的国家忧虑更多。可是还有其他更好的梦想，梦想着一个较好的世界，梦想着和平，梦想着各国和睦相处，梦想着较少的残酷、较少的不公平、较少的贫穷和较少的痛苦。噩梦会破坏人类的好梦，这些好梦和噩梦之间发生着斗争和苦战。人们为他们的梦想而斗争，正如他们为他们尘世的财产而斗争一样。于是梦想由幻象的世界走进了现实的世界，而变成我们生命上一个真实

的力量。梦想无论多么模糊，总会潜藏起来，使我们的心境永远得不到宁静，直到这些梦想变成现实的事情，像种子在地下萌芽，一定会伸出地面来寻找阳光。梦想是很真实的东西。

我们也有产生混乱的梦想和不与现实相符的梦想的危险。因为梦想也是逃避的方法，一个做梦者常常梦想要逃避这个世界，可是不知道要逃避到哪里去。知更鸟往往引动浪漫主义者的空想。我们人类有一种强烈的欲望，想和今日的我们不同，想离开现在的常轨，因此任何可以促成变迁的事物，对一般人往往有一种巨大的诱惑力。战争总是有吸引力的，因为它使一个城市里的事务员有机会可以穿起军服，扎起绑腿布，有机会可以免费旅行。同时，休战或和平对在战壕里度过三四年生活的人总是很需要的，因为它使一个兵士有机会可以回家，可以再穿起平民的衣服，可以再打上一条红色的领带。人类显然是需

要这种兴奋的。如果世界要避免战争的话，各国政府最好实行一种征兵制度，每隔十年便募集二十岁至四十五岁的人一次，送他们到欧洲大陆去旅行，去参观博览会之类的盛会。英国政府正在动用五十亿英镑去实现重整军备的计划，这笔款子尽够送每个英国国民到里维埃拉去旅行一次了。理由当然是：战争的费用是必需的，而旅行却是奢侈的。我觉得不很同意：旅行是必需的，而战争却是奢侈的。

此外还有其他的梦想。乌托邦的梦想和长生不死的梦想。长生不死的梦想是十分近人情的梦想——这种梦想是极为普遍的——虽则它像其他梦想一样模糊。同时，当人类真的可以长生不死的时候，他们却很少知道要做什么事情。长生不死的欲望终究和站在另一极端的自杀心理很是相似。两者都以为现在的世界还不够好。为什么现在的世界还不够好呢？我们对这问题本身所感觉到的惊异，应该会比对这问题的

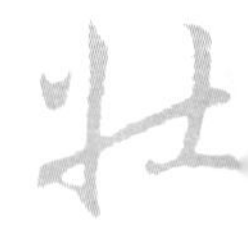

答案所感觉到的惊异更大，如果我们春天到乡间去游览一番的话。

关于乌托邦的梦想，情形也是如此。理想仅是一种相信另一世态的心境，不管那是什么一种世态，只要和人类现在的世态不同就得了。理想的自由主义者往往相信本国是最坏不过的国家，相信他所生活的社会是最坏不过的社会。他依然是那个照单点菜的餐馆里的家伙，相信邻桌的顾客所点的菜肴，比他自己所点的更好吃。《纽约时报》“论坛”的作者说，在这些自由主义者的心目中，只有俄国的第聂伯水闸（Dnieper Dam）是一个真正的水闸，民主国家间不曾建设过水闸。当然只有苏联才造过地底车道啦。在另一方面，法西斯的报纸告诉他们的民众说，人类只有在他们的国度里才找得到世界唯一合理的、正确的、可行的政体。乌托邦的自由主义者和法西斯的宣传的危险便在这里，为补救这种危机起见，他们必须有一种幽默感。

（选自林语堂：《品味人生》，陕西师范大学出版社 2003 年版）

林语堂这篇《论梦想》从动物谈起，认为人的特性就是心存梦想，梦想推动社会进步，使人怀有美好的期待。同时，梦想的存在也源于对当下的不满，不满走向极端就是追求乌托邦。然而，在林语堂看来，乌托邦的梦想与法西斯同样可怕，前者无视现存事实的美好，一味赞颂他人；后者过于自负，从不肯反省自己、学习他人。可见，林语堂欣赏梦想，同时提倡梦想与当下的现实互为辅助，不可偏废其一。所谓的“幽默感”，那便是协调二者的智慧法门。

幸福：一是睡在家的床上。二是吃父母做的饭菜。三是听爱人给你说情话。四是跟孩子做游戏。

——林语堂

# 谈谈理想

亲爱的同学们：

你们的信使我感到为难。我是一个有病的老人，最近虽然去北京开过会，可是回到上海就仿佛生了一场大病似的，一点力气也没有，讲话上气不接下气，写字手指不听指挥，因此要“以最快的速度”给你们一个回答，我很难办到。我只能跟在你们背后慢慢地前进，即使远远地落在后面，我还可以努力追赶。但要带着你们朝前飞奔，不是我不愿意，而是力不能及了。这就说明我不但并无“神奇的力量”，而且连你们有的那种朝气我也没有，更不用说什么“神秘钥匙”了。

不过我看你们也不必这样急，“寻求理想”不是一天、两天的事。理想是存在的。

可是有的人追求了一生只得到幻灭；有的人找到了它一直坚持到生命的最后一息。各人有各人的目标，对理想当然也有不同的理解。我听广播、看报纸，仿佛人们随时随地都在谈论“理想”，仿佛理想在前面等待人，只要你一伸手就可以把它抓住。那么你们为什么还那样着急地向我“呼救”呢？你们不是都有了理想吗？你们在“向钱看”的社会风气中感觉到窒息，不正是说明你们的理想起了作用吗？我不能不问，你们是不是感到了孤独，因此才把自己比做“迷途的羔羊”？可是照我看，你们并没有“迷途”，“迷途”的倒是你们四周的一些人。

我常常想，我们生活在其中的社会有时会是十分古怪，叫人难以理解。人们喜欢说，形势大好，我也这样说过。这种说法不是没有道理，我也有自己的经验。根据我耳闻目睹，舍身救人、一心为公的英雄事迹和一人有难八方支援的好人好事，每天都在远近发生。从好的方面看当然一

切都好；但要是专找不好的方面看，人就觉得好像被坏的东西包围了。尽管形势大好，总是困难很多；尽管遍地理想，偏偏有人唯利是图。你们说这是“新的现象”，我看风并不是一天两天刮起来的。面对着这种现象，有人毫不在乎，他们说这是支流，支流敌不过主流，正如邪不胜正。

即使出现这样的情况，譬如说钞票变成了发光的“明珠”，大家追求一个目标：发财，人人争当“能赚会花”的英雄；又譬如说从喜欢空话、爱听假话，发展到贩卖假药、推销劣货，发展到以权谋私、见利忘义，……也不要紧，因为邪不胜正。还有人说：“你不要看风越刮越厉害，不久就会过去的。我们有定风珠嘛！”同他们交谈，我也感到放心，我也是相信邪不胜正的人，我始终乐观。

同学们，请原谅，我不是在这里讲空话。束手等待是盼不到美好的明天的。我说邪不胜正，因为在任何社会里都存在着

是与非、光明与阴暗的斗争。最后的胜利当然属于正义、属于光明。但是在某一个时期甚至在较长的一段时期，是也会败于非，光明也会被阴暗掩盖，支流也会超过主流，在这里斗争双方力量的强弱会起大的作用。在这一场理想与金钱的斗争中我们绝不是旁观者，斗争的胜败关系到我们每个人的命运。我们是这个社会的成员，是这个国家的公民。要是我们大家不献出自己的汗水和才智，那么社会的发展和国家的腾飞，也不过是一句空话。我常常想为什么宣传了几十年的崇高理想和大好形势，却无法防止黄金瘟疫的传播？为什么用理想教育人们几十年，那么多的课本，那么多的学习资料，那么多的报刊、那么多的文章，到今天年轻的学生还彷徨无主、四处寻求呢？

小朋友们，不瞒你们说，对着眼前五光十色的景象，就连我有时也感到迷惑不解了。我要问，理想究竟是什么？难道它

是虚无缥缈的东西？难道它是没有具体内容的空话？这几十年来我们哪一天中断过关于理想的宣传？那么传播黄金瘟疫的病毒究竟来自何处、哪方？今天到处在揭发有人贩卖霉烂的食品，推销冒牌的假货，办无聊小报，印盗版书，做各种空头生意，为了带头致富，不惜损公肥私、祸国害人。这些人，他们也谈理想，也讲豪言壮语，他们说一套，做另外一套。对他们，理想不过是招牌、是装饰、是工具。他们口里越是讲得天花乱坠，做的事情越是见不得人。“向前看”一下子就变为“向钱看”，定风珠也会变成风信鸡。在所谓“不正之风”刮得最厉害、是非难分、真假难辨的时候，我也曾几次疑惑地问自己：理想究竟在什么地方？它是不是已经被狂风巨浪吹打得无踪无影？我仿佛看见支流压倒了主流，它气势汹汹地滚滚向前。然而即使在这个时候我也没有理由灰心绝望，因为理想明明还在我前面闪光。

理想，是的，我又看见了理想。我指的不是化妆品，不是空谈。也不是挂在人们嘴上的口头禅。理想是那么鲜明，看得见，而且同我们血肉相连。它是海洋，我好比一小滴水；它是大山，我不过一粒泥沙。不管我多么渺小，从它那里我可以吸取无穷无尽的力量。拜金主义的“洪流”不论如何泛滥，如何冲击，始终毁灭不了我的理想。问题在于我们一定要顶得住。我们要为自己的理想献身。

我在二十年代写作生活的初期就说过：“把个人的生命联系在群体的生命上面，在人类繁荣的时候，我们只看见生命的连续，哪里还有个人的灭亡？”在三十年代中我又说：“我们每个人都有更多的同情，更多的爱，更多的欢乐，更多的眼泪；比我们维持自己的生存所需要的多得多，我们必须把它们分给别人，不这样做，我们就会感到内部干枯。”你们问我伏案写作的时候想的是什么？我追求什么？我可以坦率地回

答：我想的就是上面那些话。我追求集体的幸福和繁荣。

五十几年来我走了很多的弯路，我写过不少错误的文章，我浪费了多少宝贵的光阴，我经常感受到“内部干枯”的折磨。但是理想从未在我的眼前隐去，它有时离我很远，有时仿佛近在身边；有时我以为自己抓住了它，有时又觉得两手空空。

有时我竭尽全力，向它奔去，有时我停止追求，失去一切。但任何时候在我的前面或远或近，或明或暗，总有一道亮光。不管它是一团火，一盏灯，只要我一心向前，它会永远给我指路。我的工作时间剩下不多，我拿着笔已经不能挥动自如了。我常常谈老谈死，虽然只是一篇短短的“随想”，字里行间也流露出我对人生无限的留恋。我不需要从生活里捞取什么，也不想用空话打扮自己，趁现在还能够勉强动笔，我再一次向读者，向你们掏出我的心：光辉的理想像明净的水一样洗去我心

灵上的尘垢，我的心里又燃起了热爱生活、热爱光明的火。火不灭，我也不会感到“内部干枯”……

亲爱的同学们，我多么羡慕你们。青春是无限地美丽，青年是人类的希望，也是我们祖国和人民的希望，这样一个信念，贯串着我的全部作品。理想就在你们面前，未来属于你们。千万要珍惜你们宝贵的时间。只要你们把个人的命运同集体的命运连在一起，把人民和国家的位置放在个人之上，你们就永远不会“迷途”。理想不抛弃苦心追求的人，只要不停止追求，你们会沐浴在理想的光辉之中。不用害怕，不要看轻自己，你们绝不是孤独的！昂起头来，风再大，浪再高，只要你们站得稳，顶得住，就不会给黄金潮冲倒。

这就是一个八十一岁老人的来迟了的回答。

巴金

六月二十五日

（选自晨曦主编：《点燃生命的圣灯》，台海出版社 2006 年版）

巴金（1904—2005），原名李尧棠，另有笔名佩竿、极乐、黑浪、春风等，字芾甘。四川成都人，祖籍浙江嘉兴。作家、翻译家、社会活动家、无党派爱国民主人士。代表作品有《家》《春》《秋》《寒夜》《随想录》。

《谈谈理想》是巴金在收到无锡县钱桥中心小学 10 个“寻找理想的孩子”的一封信后的回信，孩子们在被“向钱看”主宰的社会中迷失了理想，请教巴金。病中的巴金用了三个多星期的时间写下了这封信。他谈自己在追求理想的过程也常常失落无助，但始终坚守“追求集体的幸福和繁荣”，并勉励孩子们，“只要你们把个人的命运同集体的命运连在一起，把人民和国家的位置放在个人之上，你们就永远不会‘迷途’。理想不抛弃苦心追求的人，只要不停止追求，你们会沐浴在理想的光辉之中。不用害怕，不要看轻自己，你们绝不是孤独的！昂起头来，风再大，浪再高，只要你们站得稳，顶得住，就不会给黄金潮冲倒。”巴老胸怀集体和他人的度量值得我们学习。

支配战士的行动的是信仰。他能够忍受一切艰难、痛苦，而达到他所选定的目标。

——巴金

## 理 想 论

（节选）

蔡元培

称量过后就知道东西的轻重，测量过后就知道距离的长短，任何事物的比较，都不能没有标准。如果根据人的行为来比较善恶，那要拿什么作为标准呢？答案：无非是至善、理想、人生的目标。这三者名称虽然不同，但对照伦理学中的概念，它们的含义实际上是相同的。为什么？实现自己的理想，不断进步，就能够接近“至善”的境界，最终达成人生的目的。

用理想的标准来判断行为的善恶，这

个判断是由谁来做呢？是良心。行为等于是当事人，理想等于是法律，而良心就是审判员。审判员以法律为标准，判断当事人的是非，良心也是用理想为标准，从而判断行为的善恶。

行为有内在的原因，就是动机；又有外在的结果，就是动作。现在对行为进行判断，是要追究它的原因，还是追究它的结果呢？这个问题一直被古往今来的伦理学家争议不休。而我们对此的看法，已经在前一章《良心论》里阐述过，行为的结果，有时不是人能所预料得到的，而动机本身，又只是停留在人产生欲望的阶段，用来达成欲望的条件还没有具备。所以，这两者都不能单独作为判断的对象，唯有同时取动机以及行为人所能预料到的后果，才能形成判断，这个判断对象称作“志向”。

我们既然将理想当做判断的标准，那么理想又是什么呢？回答：观察现在的缺

陷，追求将来的进步，希望由此约束行为达到至善的境界，这就是理想。所以人的理想，不但每人各有不同，就是同一个人，也会随着时间推移而改变。比如野蛮人的理想，是丰衣足食；而文明人的理想，是满足道德和义理的规范，这是理想因人而异的表现。我前些日子所同意的事情，到了今日却表示反对；我今日同意的事情，等到他日又表示反对，这是理想在同一个人身上因时而异的表现。

理想是人所希望的，虽然在人的意识里，却还未能够在现实中实现，而且往往与现实相反。等到这个理想实现了，又会因此而产生新的理想，所以人的环境和经历日渐进步，理想也随着日益更新。理想与现实，永远没有完全符合的时候，就像人在暗夜中行走，想要踩踏到自己的影子上，却永远也做不到。

理想与现实不同，却是我们想要实现的境界，所以我们的生活才表现为一种生

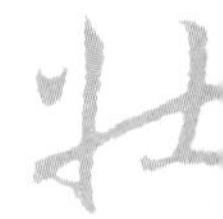



生不息的气象。如果人没有了理想，作息出入都像机械一样的刻板，那还有什么生活的乐趣？因此不论聪明还是蠢笨，没有人会没有理想。只是这理想境界的高下，和个人的品行有很大的关系。庸碌的人，见识被局限于浅薄的享乐主义，为功名利禄而奔走操劳，直到老死也不知道改变；有的人见识高明一些，却想要用简单的方式达成理想，等到理想不能完成时，就精神沮丧，堕入厌世主义，甚至有因此而自杀的，这都是由于意志力薄弱的原因。我们不能没有高尚的理想，并且还应当以坚韧的精神来追逐理想，精益求精，日新月异，务必实现理想而后才停止努力，这就是对于理想应该承担的责任。

**（选自蔡元培著：《中国人的修养》，李铁谊译，中国工人出版社 2008 年版）**

## 知识

蔡元培（1868—1940），字鹤卿，又字仲申、民友、孑民，曾化名蔡振、周子余。浙江绍兴人。革命家、教育

家、政治家，民主进步人士。中华民国首任教育总长，1916—1927 年任北京大学校长，提倡“学术”与“自由”之风。蔡元培数度赴德国和法国留学、考察，研究哲学、文学、美学、心理学和文化史，致力于改革封建教育。代表作品有《蔡元培自述》《中国伦理学史》。

蔡元培认为，现实和理想就像人和自己的影子，活着就有理想，然而理想又时时随着时间和心境的变迁而改变，我们一直在追逐，却永远有新的未竟之念。这听起来有点像叔本华所说的，人生就是一团欲望，满足不了便痛苦，满足了便无聊。然而，蔡元培所说的不是叔本华的悲观论，他终究是达观的，他认为人生正是因为有了这纷至沓来的理想才有其乐趣，“我们的生活才表现为一种生生不息的气象。如果人没有了理想，作息出入都像机械一样的刻板，那还有什么生活的乐趣?”如此看来，理想之于人生，果然是其精神内核。

各勉日新志，共证岁寒心。

——蔡元培

# 谈 立 志

（节选）

朱光潜

抗战以前与抗战以来的青年心理有一个很显然的分别：抗战以前，普通青年的心理变态是烦闷，抗战以来，普通青年的心理变态是消沉。烦闷大半起于理想与事实的冲突。在抗战以前，青年对于自己前途有一个理想，要有一个很好的环境求学，再有一个很好的职业做事；对于国家民族也有一个理想，要把侵略的外力打倒，建设一个新的社会秩序。这两种理想在当时都似很不容易实现，于是他们急躁不耐烦，失望，以至于苦闷。抗战发生时，我们民族毅然决然地拼全副力量来抵挡侵略的敌人，青年们都兴奋了一阵，积压许久的郁闷为之一畅。但是这种兴奋到现在似已逐渐冷静下去，国家民族的前途比从前光明，

个人学业就业也比从前容易，虽然大家都硬着脖子在吃苦，可是振作的精神似乎很缺乏。在学校的学生们对功课很敷衍，出了学校就职业的人们对事业也很敷衍，对于国家大事和世界政局没有像从前那样关切。这是一个很可忧虑的现象，因为横在我们面前的还有比抗敌更艰难的局面，需要更坚决更沉着的努力来应付，而我们青年现在所表现的精神显然不足以应付这种艰难的局面。

如果换个方式来说，从前的青年人病在志气太大，目前的青年人病在志气太小，甚至于无志气。志气太大，理想过高，事实迎不上头来，结果自然是失望烦闷；志气太小，因循苟且，麻木消沉，结果就必至于堕落。所以我们宁愿青年烦闷，不愿青年消沉。烦闷至少是对于现实的欠缺还有敏感，还可以激起努力；消沉对于现实的欠缺就根本麻木不仁，决不会引起改善的企图。但是说到究竟，烦闷之于消沉也

不过是此胜于彼，烦闷的结果往往是消沉，犹如消沉的结果往往是堕落。目前青年的消沉与前五六年青年的烦闷似不无关系。烦闷是耗费心力的，心力耗费完了，连烦闷也不曾有，那便是消沉。

一个人不会生来就烦闷或消沉的，因为人都有生气，而生气需要发扬，需要活动。有生气而不能发扬，或是活动遇到阻碍，才会烦闷和消沉。烦闷是感觉到困难，消沉是无力征服困难而自甘失败。这两种心理病态都是挫折以后的反应。一个人如果经得起挫折，就不会起这种心理变态。所谓经不起挫折，就是没有决心和勇气，就是意志薄弱。意志薄弱经不起挫折的人往往有一套自宽自解的话，就是把所有的过错都推诿到环境。明明是自己无能，而埋怨环境不允许我显本领；明明是自己甘心做坏人，而埋怨环境不允许我做好人。这其实是懦夫的心理，对于自己全不肯负责任。环境永远不会美满的，万一它生来

就美满，人的成就也就无甚价值。人所以可贵，就在他不像猪豚，被饲而肥，他能够不安于污浊的环境，拿力量来改变它，征服它。

普通人的毛病在责人太严责己太宽。埋怨环境还由于缺乏自省自责的习惯。自己的责任必须自己担当起，成功是我的成功，失败也是我的失败。每个人是他自己的造化主，环境不足畏，犹如命运不足信。我们的民族需要自力更生，我们每个人也是如此。我们的青年必须先有这种觉悟，个人和国家民族的前途才有希望。能责备自己，信赖自己，然后自己才会打出一个江山来。

我们有一句老话："有志者事竟成。"这话说得很好，古今中外在任何方面经过艰苦奋斗而成功的英雄豪杰都可以做例证。志之成就是理想的实现。人为的事实都必基于理想，没有理想决不能成为人为的事实。譬如登山，先须存念头去登，然后一

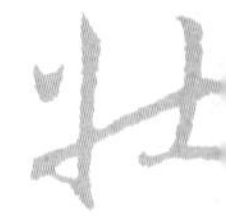

步一步地走上去，最后才会达到目的地。如果根本不起登的念头，登的事实自无从发生。这是浅例。世间许多行尸走肉浪费了他们的生命，就因为他们对于自己应该做的事不起念头。许多以教育为事业的人根本不起念头去研究，许多以政治为事业的人根本不起念头为国民谋幸福。我们的文化落后，社会紊乱，不就由于这个极简单的原因么？这就是上文所谓“消沉”，“无志气”。“有志者事竟成”，无志者事就不成。

不过“有志者事竟成”一句话也很容易发生误解，“志”字有几种意义：一是念头或愿望（wish），一是起一个动作时所存的目的（purpose），一是达到目的的决心（will，determination）。譬如登山，先起登的念头，次要一步一步地走，而这走必步步以登为目的，路也许长，障碍也许多，须抱定决心，不达目的不止，然后登的愿望才可以实现，登的目的才可以达到。“有

志者事竟成”的“志”，须包含这三种意义在内：第一要起念头，其次要认清目的和达到目的之方法，第三是抱必达目的之决心。很显然的，要事之成，其难不在起念头，而在目的之认识与达到目的之决心。

……

如果以起念头为立志，则有志者事竟不成之例甚多。愚公尽可移山，精卫尽可填海，而世间却实有不可能的事情。我们必须承认“不可能”的真实性。所谓“不可能”，就是俗语所谓“没有办法”，没有一个方法和步骤去达到所悬想的目的。没有认清方法和步骤而想达到那个目的，那只是痴想而不是立志，志就是理想，而理想的理想必定是可实现的理想。理想普通有两种意义，一是“可望而不可攀，可幻想而不可实现的完美”，比如许多宗教都以长生不老为人生理想，它成为理想，就因为事实上没有人长生不老。理想的另一意义是“一个问题的最完美的答案”，或是

“可能范围以内的最圆满的解决困难的办法”。比如长生不老虽非人力所能达到，而强健却是人力所能达到的，就人的能力范围来说，强健是一个合理的理想。这两种意义的分别在一个蔑视事实条件，一个顾到事实条件，一个渺茫无稽，一个有方法步骤可循。严格地说，前一种是幻想痴想而不是理想，是理想都必顾到事实。在理想与事实起冲突时，错处不在事实而在理想。我们必须接受事实，理想与事实背驰时，我们应该改变理想。坚持一种不合理的理想而至死不变只是匹夫之勇，只是“猪武”。我特别着重这一点，因为有些道德家在盲目地说坚持理想，许多人在盲目地听。

我们固然要立志，同时也要度德量力。卢梭在他的教育名著《爱弥儿》里有一段很透辟的话，大意是说人生幸福起于愿望与能力的平衡。一个人应该从幼时就学会在自己能力范围以内起愿望，想做自己所

能做的事，也能做自己所想做的事。这番话出诸浪漫色彩很深的卢梭尤其值得我们玩味。卢梭自己有时想入非非，因此吃过不少的苦头，这番话实在是经验之谈。许多烦闷，许多失败，都起于想做自己所不能做的事，或是不能做自己所想做的事。

志气成就了许多人，志气也毁坏了许多人。既是志，实现必不在目前而在将来。许多人拿立志远大作借口，把目前应做的事延宕贻误。尤其是青年们欢喜在遥远的未来摆一个黄金时代，把希望全寄托在那上面，终日沉醉在迷梦里，让目前宝贵的时光与机会错过，徒贻后日无穷之悔。我自己从前有机会学希腊文和意大利文时，没有下手，买了许多文法读本，心想到四十岁左右时当有闲暇岁月，许我从容自在地自修这些重要的文字，现在四十过了几年了，看来这一生似不能与希腊文和意大利文有缘分了，那箱书籍也恐怕只有摆在那里霉烂了。这只是一例，我生平有许多

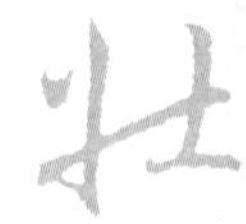

事叫我追悔，大半都像这样“志在将来”而转眼即空空过去。“延”与“误”永是连在一起，而所谓“志”往往叫我们由“延”而“误”。所谓真正立志，不仅要接受现在的事实，尤其要抓住现在的机会。如果立志要做一件事，那件事的成功尽管在很远的将来，而那件事的发动必须就在目前一顷刻。想到应该做，马上就做，不然，就不必发下一个空头愿。发空头愿成了一个习惯，一个人就会永远在幻想中过活，成就不了任何事业，听说抽鸦片烟的人想头最多，意志力也最薄弱。老是在幻想中过活的人在精神方面颇类似烟鬼。

我在很早的一篇文章里提出我个人做人的信条，现在想起，觉得其中仍有可取之处，现在不妨趁此再提出供读者参考。我把我的信条叫做“三此主义”，就是此身，此时，此地。一、此身应该做而且能够做的事，就得由此身担当起，不推诿给旁人。二、此时应该做而且能够做的事，

就得在此时做，不拖延到未来。三、此地（我的地位，我的环境）应该做而且能够做的事，就得在此地做，不推诿到想像中的另一地位去做。

这是一个极现实的主义。本分人做本分事，脚踏实地，丝毫不带一点浪漫情调。我相信如果我们能够彻底地照着做，不至于很误事。西谚说得好："手中的一只鸟，值得林中的两只鸟。"许多"有大志"者往往为着觊觎林中的两只鸟，让手中的一只鸟安然逃脱。

**（选自朱光潜：《朱光潜人生九论》，人民文学出版社 2011 年版）**

## 知识

朱光潜（1897—1986），字孟实，安徽省安庆市桐城市人。现当代著名美学家、文艺理论家、教育家、翻译家。1922 年毕业于香港大学文学院。1925 年留学英国爱丁堡大学，致力于文学、心理学与哲学的学习与研究，后在法国斯特拉斯堡大学获哲学博士学位。1933 年回国后，历任北京大学、四川大学、武汉大学教授。1946 年后一直在北京大学任教，讲授美学与西方文学。代表作品有

《悲剧心理学》《文艺心理学》《西方美学史》《谈美》。

朱光潜谈立志，从年轻人的消沉说起，立刻便有了当下意义。当下的环境优越安稳，自然不同于朱光潜所谈时期，然而年轻人的精神状态确是多消沉而少雄心。依朱光潜看来，立志无非两个方面，先存念头，后意志坚定去执行。然而，理想常常和现实冲突，朱光潜认为，此时要度德量力，顺应现实，而非逆水行舟，“所谓真正立志，不仅要接受现在的事实，尤其要抓住现在的机会”。可见，朱光潜提倡脚踏实地行动，做好眼前事。也许这听起来不够慷慨激昂，却最适用于凡俗生活中的你我。

人要有出世的精神才可以做入世的事业。

——朱光潜

# 附　录

## 拓展阅读书目

孙钦善译注：《论语注译》，凤凰出版社2011年版。

屈原：《楚辞》，吴广平译注，岳麓书社2011年版。

刘琦、郭长海、吕树坤译注：《清诗三百首译析》，吉林文史出版社2005年版。

天津南开中学中央文献研究室第二编研部编著：《周恩来南开中学作文笺评》，人民出版社2013年版。

吴云主编：《古文观止注译评》，长春出版社2004年版。

张爱玲：《张爱玲典藏全集（散文卷二1939—1947年作品）》，哈尔滨出版社2003年版。

林语堂：《林语堂自述》，大象出版社2005年版。

三毛：《背影》，哈尔滨出版社2003年版。

穆旦：《穆旦诗文集》，人民文学出版社2006年版。

严家炎、孙玉石、温儒敏主编：《中国现代文学作品精选（增订本）》，北京大学出版社2002年版。

朱振武主编：《英语名篇晨读精华》，华东理工大学出版社2013年版。

北岛选编：《给孩子的诗》，中信出版社2014年版。

叶轻舟编：《美文共赏　感性的沉香（下卷）》，吉林人民出版社2000年版。

林语堂：《品味人生》，陕西师范大学出版社2003年版。

晨曦主编：《点燃生命的圣灯》，台海出版社2006年版。

蔡元培著：《中国人的修养》，李铁谊译，中国工人出版社2008年版。

朱光潜：《朱光潜人生九论》，人民文学出版社2011年版。

# 编写说明

“壮志篇”收录古今中外关于个人梦想的名篇。然而，所辑录的文章并非宣扬那些令人泪下的个人梦想故事。在编者看来，梦想、理想、志向可以是对美好未来的期许，像《论语·公冶长》中的孔子，志在“老者安之，朋友信之，少者怀之”的仁德社会、大同之世；可以是胸怀苍生的凌云壮志，像《志未酬》中的梁启超，一心治理天下，忧众生疾苦，救国于水深火热中。同样，梦想也可以是一种心态，一种生活方式，未必恩泽众生，但求心所安然，像《拾荒梦》中的三毛，不求功名利禄，但愿潇洒自在，享受路途中不期而遇的小惊喜；像《言志篇》中的林语堂，读几本闲书，穿几件旧衣，和家人其乐融融，随性惬意。这样看来，梦想可以很伟大，也可以很平

凡，每个人性格气质不同，生活有所寄托，随心所愿便是有梦想、有情怀。或者，可以说，梦想并非神秘崇高之物，梦想不过是我们摆脱俗世的无聊与空虚、给生命以光彩和超越性精神的一股力量。

本册选文分四个部分。“壮志凌云　大济苍生”，是我们常人所理解的为国为民、谋千秋万代之业的壮志，胸怀宽广、意志顽强，是真正的伟人所为，令人佩服；“淡泊超然　遗世独立”，表达个人理想生活方式的意愿，虽不令人肃然起敬，但道尽生活的智慧和妙趣，别有一番滋味；“质朴仁心　情深而往”，饱含着浓烈的情感，展示出梦想带给人的激情和温暖；“名家论坛　众说梦想”，是智者和文人对理想的不同看法，观点各异，思想交锋，让我们更进一步思索“理想”的真谛。

编者

2016年3月

# 经典悦读·壮想篇

中共滨州经济技术开发区工委
南开大学语文教育研究中心 ◎编

·广州·

图书在版编目（CIP）数据

经典悦读·壮想篇/中共滨州经济技术开发区工委，南开大学语文教育研究中心编．—广州：中山大学出版社，2016.9
ISBN 978-7-306-05689-4

Ⅰ.①经…　Ⅱ.①中…②南…　Ⅲ.①世界文学—作品综合集　Ⅳ.①I 11

中国版本图书馆CIP数据核字（2016）第094859号

出版人：徐　劲
策划编辑：邹岚萍
责任编辑：邹岚萍
封面设计：林绵华
插　　图：张元斌
责任校对：赵　婷　刘丽丽
责任技编：黄少伟
出版发行：中山大学出版社
电　　话：编辑部 020-84111996，84113349，84111997，84110779
　　　　　发行部 020-84111998，84111981，84111160
地　　址：广州市新港西路135号
邮　　编：510275　　　　传　真：020-84036565
网　　址：http://www.zsup.com.cn　　E-mail:zdcbs@mail.sysu.edu.cn
印刷者：广州家联印刷有限公司
规　　格：787mm×960mm　1/32　总印张：20.75　总字数：315千字
版次印次：2016年9月第1版　　2016年9月第1次印刷
总定价：48.00元（共6册）　印　数：1～11000套

# 授人以文　传递精神

在广大读者的支持与鼓励下，《经典悦读》丛书走过了六个年头，已成为滨州文化发展的一张靓丽名片。在经典中徜徉，在悦读中明志，既可欣赏美文雅韵，饱览上品佳作，亦可看成败、鉴得失，知荣辱、辨是非，或情飞扬、志高昂。授人以文，更传递精神。

作为一部荟萃古今中外文学精华系列，《经典悦读》在第六辑中，不仅收纳了美丽蕴藉的文字魅力，更于反法西斯战争胜利纪念之际，将革命精神、民族品格、国士之风收编其中，尽显启思明智、感动内心的力量。“美心”“美评”“美思”，侧重于“美”，这里集合了美好的心念品质，荟萃了独具匠心的文字品评，汇聚了关于生命与哲学的求索和思考，是对文学之美的一次检索和挖掘，仿佛一幅幅各有情致的画卷徐徐展开。“壮怀”“壮志”“壮想”，侧重于“壮”，这里有革命先烈未尽的遗志，有个人壮烈的胸怀与豪情，有高士名人对国家的期待和梦想，震撼于烽火硝烟年代的民族精神、跃然于上下求索时期的家国

情怀，激越长空，声贯寰宇，直抵心灵，在今天读来，仍使人心潮澎湃，敬意萦怀。

欣赏《经典悦读》中的作品，既有助于我们加深对民族文化的理解和感悟，更有助于我们实事求是、与时俱进地开展当下文化建设工作。阅读，是一个民族加强软实力的重要方略，是我们实现“中国梦”不可或缺的文化要素。唯有文化助力，方可广识增智；唯有继承传统，方能凝聚信念。民族精神，生生不息；传承经典，以文化人。愿《经典悦读》丛书成为我们文海撷珠的良伴，让我们共同的精神家园书香氤氲、华彩绕梁！

中共滨州市委书记、市人大常委会主任
[illegible]

# 目　录

# 拳拳之心　情动于衷

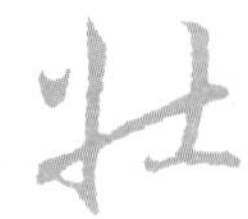

# 祈　　祷

闻一多

请告诉我谁是中国人，
启示我，如何把记忆抱紧；
请告诉我这民族的伟大，
轻轻的告诉我，不要喧哗！

请告诉我谁是中国人，
谁的心里有尧舜的心，
谁的血是荆轲聂政的血，
谁是神农黄帝的遗孽。

告诉我那智慧来得离奇，
说是河马献来的馈礼；
还告诉我这歌声的节奏，
原是九苞凤凰的传授。

谁告诉我戈壁的沉默，
和五岳的庄严？又告诉我
泰山的石霤还滴着忍耐，
大江黄河又流着和谐？

再告诉我，那一滴清泪
是孔子吊唁死麟的伤悲？
那狂笑也得告诉我才好，——
庄周，淳于髡，东方朔的笑。

请告诉我谁是中国人，
启示我，如何把记忆抱紧；
请告诉我这民族的伟大，
轻轻的告诉我，不要喧哗！

**（选自孙党伯、袁春正主编：《闻一多全集·诗》，湖北人民出版社 1993 年版）**

## 知识

闻一多，中国民主同盟早期领导人，新月派代表诗人，学者。1912 年考入清华大学留美预备学校。1916 年开始在《清华周刊》上发表系列读书笔记。1925 年 3 月

在美留学期间创作《七子之歌》。1928 年 1 月出版第二部诗集《死水》。1932 年，闻一多离开青岛，回到母校清华大学任中文系教授。1946 年 7 月 15 日在云南昆明被国民党特务暗杀。

这首诗作于诗人从美国留学归来不久。在国外日夜思念祖国，对祖国寄予无限希望，可回来后却发现祖国的残破与黑暗，内心非常痛苦，诗表达了诗人对祖国古老文化的深切怀念，对民族命运的深切忧虑。“请告诉我谁是中国人”？似乎无用，然而，在那个特定时代，面对苦难与黑暗，“谁是中国人”这一问题的答案诗人无法从现实中找到，只好从历史的记忆中去寻求。这首诗引用大量的历史人物，就是要让读者想起古老中华的民族精神和文化传统。诗人多用反问的形式表达肯定的情感判断。他追问谁心里有尧舜的心，谁的血是荆轲、聂政的血，谁是神农、黄帝的遗孽，正是以此鞭挞那些忘了自己是炎黄子孙的人。如此这般地把神话传说融入诗句，增加了几分神秘、朦胧的色彩，引人进入诗境。在形式上，运用了四句一节的新格律体，并采用了随韵即两句一韵的手法，在视觉上给人以整齐和谐之感，听觉上亦使人体味到错落有致的音韵美。“痛”和“火”互为因果，密切相关。痛，是悲愤痛苦、失望绝望的凝聚，旷日持久的煎熬痛苦无疑会激发作者的满腔怒火；而烈火在心，忧心如焚，当然只会增加作者的挣扎和抗争的痛苦。

我爱中国固因他是我的祖国，而尤因他是有那种可敬爱的文化的国家。

——闻一多

## 我爱这土地

艾 青

假如我是一只鸟，
我也应该用嘶哑的喉咙歌唱：
这被暴风雨所打击着的土地，
这永远汹涌着我们的悲愤的河流，
这无止息地吹刮着的激怒的风，
和那来自林间的无比温柔的黎明……
——然后我死了，
连羽毛也腐烂在土地里面。

为什么我的眼里常含泪水？
因为我对这土地爱得深沉……

**（选自吴奔星主编：《中国新诗鉴赏大辞典》，江苏文艺出版社 1988 年版）**

## 知识

艾青是 20 世纪 30 年代现实主义诗歌大潮中的代表人物，代表作有《大堰河——我的保姆》等。艾青是自由体诗的倡导者和实践者，其诗以散文语言结构为基础，将初期白话诗人的“白话入诗”进一步发展为“散文入诗”。1938 年 10 月，武汉失守，日本侵略者的铁蹄猖狂地践踏中国大地，11 月 17 日，作者满怀对祖国的挚爱和对侵略者的仇恨写就该诗。

## 解读

诗歌开篇以一种狂飙的姿态，将自己化为祖国土地上养育的一只鸟儿，在暴风骤雨的土地上，河流是悲愤的，狂风是激怒的，祖国土地上的生命全被拟人化，对其遭逢的苦难进行控诉。然而想到充满希望的明天，语气突然转向温柔。最后情绪又高涨，因爱得深沉而愿为这片土地付出所有。不长的诗句宛如一首婉转的歌唱，中华悠久的历史和可期待的未来便在万物的大合唱中得到真诚的记录。这首诗最大的艺术特点是将激越的感情化入一系列意象的排比，如“土地”“河流”“风”和“黎明”等意象，因而充满生动丰富的内涵。本诗最后一句“为什么我的眼里常含泪水？/因为我对这土地爱得深沉……”，因其情感的真挚和设问句营造的良好效果，从而成为脍炙人口的佳句。

个人的痛苦与欢乐，必须融合在时代的痛苦与欢乐里。

——艾青

## 我之爱国主义

（节选）

陈独秀

……

今日之中国，外迫于强敌，内逼于独夫，兹之所谓独夫者，非但专制君主及总统；凡国中之逞权而不恤舆论之执政，皆然。非吾人困苦艰难，要求热血烈士为国

献身之时代乎？然自我观，中国之危，固以迫于独夫与强敌，而所以迫于独夫强敌者，乃民族之公德私德之堕落有以召之耳。即今不为拔本塞源之计，虽有少数难能可贵之爱国烈士，非徒无救于国之亡，行见吾种之灭也。

世有疑吾言者乎？试观国中现象，若武人之乱政，若府库之空虚，若产业之凋零，若社会之腐败，若人格之堕落，若官吏之贪墨，若游民盗匪之充斥，若水旱疫病之流行：凡此种种，无一不为国亡种灭之根源，又无一而为献身烈士一手一足之所可救治。外人之讥评吾族，而实为吾人不能不俯首承认者，曰“好利无耻”，曰“老大病夫”，曰“不洁如豕”，曰“游民乞丐国”，曰“贿赂为华人通病”，曰“官吏国”，曰“豚尾客”，曰“黄金崇拜”，曰“工于诈伪”，曰“服权力不服公理”，曰“放纵卑劣”：凡此种种，无一而非亡国灭种之资格，又无一而为献身烈士一手一

足之所可救治。

一国之民，精神上，物质上，如此退化，如此堕落，即人不我伐，亦有何颜面，有何权利，生存于世界？一国之民德，民力，在水平线以上者，一时遭逢独夫强敌，国家濒于危亡，得献身为国之烈士而救之，足济于难；若其国之民德，民力，在水平线以下者，则自侮自伐，其招致强敌独夫也，如磁石之引针，其国家无时不在灭亡之数，其亡自亡也，其灭自灭也；即幸不遭逢强敌独夫，而其国之不幸，乃在遭逢强敌独夫以上，反以遭逢强敌独夫，促其觉悟，为国之大幸。

夫所贵乎爱国烈士者，救其国之危亡也，否则何取焉？今其国之危亡也，亡之者虽将为强敌，为独夫，而所以使之亡者，乃其国民之行为与性质。欲图根本之救亡，所需乎国民性质行为之改善，视所需乎为国献身之烈士，其量尤广，其势尤迫。故我之爱国主义，不在为国捐躯，而在笃行

自好之上，为国家惜名誉，为国家弭乱源，为国家增实力。我爱国诸青年乎！为国捐躯之烈士，固吾人所服膺，所崇拜，会当其时，愿诸君决然为之，无所审顾；然此种爱国行为，乃一时的而非持续的，乃治标的而非治本的。吾之所谓持续的治本的爱国主义者：

## 曰　勤

《传》曰："民生在勤，勤则不匮。"今日西洋各国国力之发展，无不视经济力为标准。而经济学之生产三要素：曰土地，曰人力，曰资本。夫资本之初源，仍出于土地与人力。土地而不施以人力，仍不得视为财产，如石田童山是也。故人力应视为最重大之生产要素。一社会之人力至者，其社会之经济力必强；一个人之人力至者，其个人之生计，必不至匮乏：此可断言者也。

晰族之勤勉，半由于体魄之强，半由于习惯之善。吾华惰民，即不终朝闲散，

亦不解时间上之经济为何事，可贵有限之光阴，掷之闲谈而不惜焉，掷之博奕而不惜焉，掷之睡眠宴饮而不惜焉。西人之与人约会也，恒以何时何分为期，华人则往往约日相见；西人之行路也，恒一往无前，华人则往往瞻顾徘徊于中道，若无所事事。劳动神圣，晰族之恒言；养尊处优，吾华之风尚。中人之家，亦往往仆婢盈室；游民遍国，乞丐载途。美好丈夫，往往四体不勤，安坐而食他人之食。自食其力，乃社会有体面者所羞为，宁甘厚颜以仰权门之余沥。呜乎！人力废而产业衰，产业衰而国力堕，爱国君子，必尚乎勤！

## 曰　俭

奢侈之为害，自个人言之，贪食渔色，戕害其生，奢以伤廉，堕落人格。吾见夫世之倒行逆施者，非必皆丧心病狂，恒以生活习于奢华，不得不捐耻昧心，自趋陷阱。自国家社会言之，俗尚奢侈，国力虚耗，在昔罗马、西班牙之末路，可为殷鉴。

消费之额，不可超过生产，已为经济学之定则。况近世工商业兴，以机械代人力，资本之功用，卓越前世。国民而无贮蓄心，浪费资财于不生产之用途，则产业凋敝，国力衰微，可立而俟。

吾华之贫，宇内仅有。国民生事所需，多仰外品。合之赔款国债，每岁正货流出，穷于计算，若再事奢侈，不啻滴尽吾民之膏血，以为外国工商业纪功之碑，增加高度。人人节衣省食，以为国民兴产殖业之基金，爱国君子，何忍而不出此?

## 曰　廉

呜乎！金钱罪恶，万方同慨。然中国人之金钱罪恶，与欧美人之金钱罪恶不同，而罪恶尤甚。以中国人专以造罪恶而得金钱，复以金钱造成罪恶也。但有钱可图，便无恶不作。古人云：“文官不爱钱，武官不怕死，则天下治矣。”不图今之武官，既怕死又复爱钱。若龙济光、张勋辈，岂真有何异志与共和为敌；只以岁蚀军饷数百万，累累者不肯轻弃，遂不恤倒行逆施耳。袁氏叛国，为之奔走尽力者遍天下，岂有一敬其为人，或真以帝制足以救国者；盖悉为黄金所驱使。严复明白宣言曰：余非帝制派，惟有钱而无不与耳。袁氏殁，其子辈于白昼众目之下，悉盗公物以去，视彼监守边郡，秘窃宝器者，益无忌惮矣。

夫借债造路，丧失利权，为何等痛心之事；只以图便交通，忍而出此。乃竟有路未寸成，而借款数千万悉入私囊者，人之无良，一至于此！又若金州画界，胶州画界，利敌贿金，蒙蔽溢与，其罪恶更有甚焉！至于革命乃何等高尚之事功，革命党为何等富于牺牲精神之人物，宜不类乎贪吏矣，而恃其师旅之众，强取横夺，满载而归者，所在多有。此外文武官吏，及假口创办实业之奸人，盗取多金，荣归乡里，俨然以巨绅自居者，不可胜数，社会亦优容之而不以为怪。甚至以尊孔尚德之圣人自居者，亦复贪声载道。呜乎！“贪”

之一字，几为吾人之通病；此而不知悔改，更有何爱国之可言！

## 曰　洁

西洋人称世界不洁之民族，印度人，朝鲜人，与吾华，鼎足而三。华人足迹所至，无不备受侮辱者，非尽关国势之衰微，其不洁之习惯，与夫污秽可憎之辫发与衣冠，吾人诉之良心而言，亦实足招尤取侮。公共卫生，国无定制；痰唾无禁，粪秽载途。沐浴不勤，臭恶视西人所畜犬马加甚；厨灶不治，远不若欧美厕所之清洁。试立通衙，观彼行众，衣冠整洁者，百不获一，触目皆囚首垢面，污秽逼人，虽在本国人，有不望而厌之者，必其同调；欲求尚洁之晰人不加轻蔑，本非人情。

然此犹属外观之污秽，而其内心之不洁，尤令人言之恐怖。经数千年之专制政治，自秦政以讫洪宪皇帝，无不以利禄奔走天下，吾国民遂沉迷于利禄而不自觉。卑鄙龌龊之国民性，由此铸成。吾人无宗教信仰心，有之则做官耳，殆若欧美人之信耶稣，日本人之尊天皇，为同一之迷信。大小官吏，相次依附，存亡荣辱，以此为衡。婢膝奴颜，以为至乐。食力创业，乃至高尚至清洁适于国民实力伸张之美德，而视为天下之至贱，不屑为也。农弃畎亩以充厮役，工商弃其行业以谋差委，士弃其学以求官，驱天下生利之有业者，而为无业分利之游民，皆利禄之见为之也。闻今之北京求官谋事者，数至二十万众。此二十万众中，其多数本已养成无业游民之资格，吾知其少数中未必无富有学识经验之人，可以自力经营相当事业者；而必欲投身宦海，自附于摇尾磕头之列，毋亦利禄之心重，而不知食力创业为可贵也。不能食力者，必食他人之食；不思创业者，自绝生利之途。民德由之堕落，国力由之衰微。此于一群之进化，关系匪轻，是以爱国志士，宜使身心俱洁。

## 曰　诚

浮词夸诞，立言之不诚也；居丧守节，道德之不诚也；时亡而往拜，圣人之不诚也。吾人习于不诚也久矣。以近世事言之，袁氏之称帝也，始终表里坚持赞成反对者，吾皆敬其为人，乃有分明心怀反对者也，而表面竟附赞成之列。朝犹劝进，夕举义旗，袁氏不德，固应受此揶揄，而国民之诈伪不诚，则已完全暴露。其上焉者谓为从权以伺隙，其下焉者诡曰逢恶以速其亡。吾心固反对帝制者也，不知若略迹论心，即筹安六人，去杨、刘外，何尝有一人诚心赞成帝制？惟其非诚心赞成而赞成之者，其人格远在诚心赞成而赞成之者之下：明知故犯，其罪加等！此何等事，而云从权逢恶，则一旦强敌压境夺国，不知其从权逢恶也，更演何丑态，作何罪孽？此外人所以谓法兰西革命为悲剧的革命，而华人革命乃滑稽剧也。

若张勋、倪嗣冲、陈宧、汤芗铭、龙

济光、张作霖、王占元辈，本诚心赞成帝制者也，乃袁氏一去，或叛袁独立，或仍就共和政府之军职，视昔之称扬帝制痛骂共和也，前后竟若两人。孙毓筠非供奉洪宪皇帝之御容，称以今上圣主万岁者乎？乃帝制取消时，与其友书，竟有袁逆之称。其他请愿劝进之妄人，今又复正襟厉色以言民权共和者，滔滔皆是。反覆变诈，一至于斯，诚不知人间有羞耻事也！呜呼！不诚之民族，为善不终，为恶亦不终。吾见夫国中多乐于为恶之人，吾未见有始终为恶之硬汉。诈伪圆滑，人格何存？吾愿爱国之士，无论维新守旧，帝党共和，皆本诸良心之至诚，慎厥终始，以存国民一线之人格。

## 曰　信

人而无信，不独为道德之羞，亦且为经济之累。政府无信，则纸币不行，内债难得，其最大之恶果，为无人民信托之国家银行，金融大权，操诸外人之手。人民

无信，则非独资无由创业。当此工商发达时代，非资本集合，必不适于营业竞争。而吾国人之视集资创业也，不啻为骗钱之别名。由是全国资金，皆成死物，绝无流通生长之机缘。以视欧美人之资财，衣食之余，悉贮之银行，经营产业，息息流通，递加生长也，其社会金融之日就枯竭，殆与人身之血不流行，坐待衰萎以死，同一现象。是故民信不立，国之金融，决无起死回生之望。政府以借债而存，人民以盗窃而活，由贫而弱，由弱而亡，讵不滋痛！

之数德者，固老生之常谈，实救国之要道。人或以为视献身义烈为迂远，吾独以此为持续的治本的真正爱国之行为。盖今世列强并立，皆挟其全国国民之德智力以相角，兴亡之数，不待战争而决。其兴也有故，其亡也有由。唯其亡之已有由矣，虽有为国献身之烈士，亦莫之能救。故今世爱国之说与古不同，欲爱其国使立于不亡之地，非睹其国之亡始爱而殉之也。夫

国亡身殉，其义烈固自可风，若严格论之，自古以身殉国者，未必人人皆无制造亡国原因之罪。故爱其国使立于不亡之地，爱国之义，莫隆于斯。

**（选自刘东主编：《近代名人文库精萃·陈独秀》，太白文艺出版社 2013 年版）**

## 知识

陈独秀（1879—1942），原名乾生，字仲甫，号实庵，安徽怀宁（今安庆）人。他先后两次赴日本留学，1915年创办并主编《新青年》，是新文化运动的发起者，也是马克思主义的积极传播者。作为杰出的政论家，其政论文章汪洋恣肆、尖锐犀利，以《敬告青年》为代表。主要著作收入《独秀文存》《陈独秀文章选编》《陈独秀思想论稿》《陈独秀著作选编》等。1942 年病逝于四川。

## 解读

在这篇政论文中，陈独秀沿着 20 世纪初以来的“新民”思潮的思路，对“爱国主义”作了新的诠释，从“现代国家”和“现代公民”的角度立论，认为爱国最重要的是如何“使国不亡”，在外有强敌和内有独夫环伺的情况下拥有坚毅的抵抗力，呼吁国民普遍的“政治觉悟”和“伦理觉悟”，树立“民族之公德私德”，改善“国民

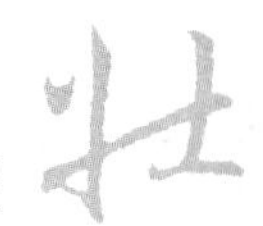


性质行为”，最后并以勤、俭、廉、洁、诚、信这“六德”来要求新公民。这是陈独秀在“民主”与“科学”的感召下对国民和国家命运的认真思考，虽有一定的时代局限性和理性与非理性的驳杂，然对今天的人们依然具有一定的启发意义。

科学与民主，是人类社会进步之两大主要动力。

——陈独秀

## 和平统一宣言

（节选）

孙中山

惟旷观全国，以北京政府尚未纯践合法之涂辙，故犹多独立自主省份，北京命令不能遽及，统一之业仍属无期。回忆年来南北纷争，兵灾迭见，市廛骚扰，闾里为墟，盗匪乘隙，纵横靡忌，百业凋残，老弱转徙，人民颠连困苦之情状，怵目恫

心。文窃以为谋国之道，苟非变出非常，万不获已，不宜轻假兵戎，重为民困。前者西南起义，特因护法之故，不得已而用兵。至于今日，则各方渐有觉悟，信使往来，力求谅解，较之昔时已为进步。曩者法统之复，亦可为时局一大转捩，诚得西南护法诸省监护匡助，以底于成，此时之中国当已入于法治之轨。徒以陈逆叛变，护法政府中断，而北京政府所为，遂致任情而未及彻底。且以毁法之徒，谬托于恢复法统，国会纠纷，及今未解。而于人民所渴望之裁兵、废督诸大端，反言行相违，不复稍应其求，而增兵备战之息，乃嚣然尘上。不知兵日益增，政日益弊，长此不悛，匪特求治无期，助乱速祸，实未知所止。

今之大病，固在执政柄兵者未有尊重法律之诚心，而国中实力诸派利害不同，莫相调剂，亦其致此之缘故。试举今日国内势力彼此不相摄属者，辜较计之，可别

为四：一曰直系，二曰奉系，三曰皖系，四曰西南护法诸省。此四派之实际利害，果以何冲突，亦自难言。然使四派互相提携，互相了解，开诚布公，使率归一致，而皆以守法奉公引为天职，则统一之实不难立见。文今为救国危亡计，拟以和平之方法，图统一之效果，期以〔与〕四派相周旋，以调节其利害。在统一未成以前，四派暂时划疆自守，各不相侵，内部之事，各不干涉，先守和平之约，以企统一之成。倘蒙各派领袖谅解斯言，文当誓竭绵薄，尽其力所能及，必使和平统一期于实现。而和平之要，首在裁兵；未有张皇武力，滥行招募，而可讼言和平以饴人者。诚知兵多之足以乱国祸民，则减之惟恐不速，不容借端推诿，以黩武之私衷，为强国之瞽论。各派首领不乏明达，见义勇为，当仁不让，其间当大有其人在也。

当此〔世〕谬说，有谓须俟统一后始可议及裁兵者。此未免为怙乱之谈。何者？

兵不裁则无和平，无和平则难统一。盖拥兵以言政而政紊，拥兵以言法而法骫。强权盛则公理衰，武力张则文治弛。此必至之期，国人所身受而语焉能详者也。不裁兵而言和平，犹挟刃以谈揖让；不和平而言统一，犹视斗争为求友好。愚者且窃然嗤之，而况并世之贤豪岂复昧此，而谓国人可欺耶！然此非徒责难之谈、堕空之论，其裁兵办法，可以坐言起行者，文筹之已审，其纲要有三：一、本化兵为工之旨，先裁全国现有兵数之半。二、各派首领赞成后，全体签名，敦请一友邦为佐理，筹划裁兵方法及经费。三、裁兵借款，其用途除法定监督机关外，另由债权人并全国农工商学报各团体各举一人监督之。其详细条目，则由专员妥订，诸公朝赞则夕可见诸施行。此在诸公一转念间，而国民将咸拜嘉赐；文亦当率西南诸将，敬从诸公之后，不敢有避。

统一成而后一切兴革乃有可言，财政、

实业、教育诸端始获次第为理，国民意志方与以自由发舒，而不为强力所蔽障。其为统一，则永久而非一时，精神而非形式，国人同奋于法律范围之内，而无特殊势力之可虞。盖兵者所以防国，而非私卫及假以窃权之具也。能如是，乃真民治，重符共和盛轨，以与列强共跻于平等之域，百世实利赖之。不然者，民岩可畏，不戢自焚。文爱国若命，将不忍坐视沦胥，弗图拯救。诸公之明，当不复令至此。语曰："人之好善，孰不如我。"诸公当代人贤，谋国有素，其一聆鄙言而决然许之、毅然行之乎？此实诚悃之忠言，期代人民呼吁，而冀诸公相与为实践，以矫虚与委蛇之失，而塞河清难俟之机〔讥〕也。敬布区区，愿闻明教！

[选自中山大学历史系孙中山研究室等合编：《孙中山全集》(第七卷)，中华书局 1986 年版]

**知识**

孙中山（1866—1925），名文，字载之，号日新，又号逸仙，幼名帝象，化名中山樵，常以中山为名。生于广东省香山县（今中山市）翠亨村的农民家庭。中国近代民族民主主义革命的开拓者，中国民主革命伟大先行者，中华民国和中国国民党的缔造者，三民主义的倡导者，创立五权宪法。他首举彻底反封建的旗帜，“起共和而终二千年帝制”。孙中山早期曾努力争取日、英、法、美等国援助中国的革命和建设，但均无所获。他在斗争中认识到，要争取中国独立富强就必须努力推翻帝国主义。孙中山以“世界潮流，浩浩荡荡，顺之则昌，逆之则亡”为座右铭，强调要“内审中国之情势，外察世界之潮流，兼收众长，益以新创”。他注重学习世界上的先进知识和有益思想成果，并希望结合中国的实际用来改造中国。孙中山十分关注俄国十月革命和马克思主义在世界范围的传播，敏锐地认识到五四运动和中国共产党成立对中国变革的重要影响，毅然实行联俄、联共、扶助农工的三大政策，赋予三民主义思想以新的内涵。三大政策是孙中山的重要政治主张，是他倡导的民族民主革命从屡受挫折转向成功、进而取得显著成就的正确道路。晚年，他同帝国主义进行了坚决的斗争。他的主要著作有《建国方略》《建国大纲》《三民主义》等。其著述在逝世后多次被结集出版。

孙中山先生的《和平统一宣言》现在看来也是极富

预见性的一篇文字，它点明中国彼时的弊端在于各为其政、各为其主。若想使得中国强大，若想中国日后有自由的发展空间和稳定的社会面貌，必须联合所有的爱国力量，集结所有中国人的努力。我们阅读这篇宣言会发现，它并不是一篇煽动性文章，也没有给我们描绘不可实现的乌托邦，它有实在的政策，有具体可行的方案，有依托于中国的现实状况而拟定的规划与蓝图，这是一篇政治宣言非常可贵的方面。我们以当代人的眼光再来阅读近百年前这位革命者对中国命运的把握和设计，都会叹服于孙中山先生的高瞻远瞩和爱国情怀。

这篇宣言不仅在当时意义非凡，推动着中国抗日力量的联合，在今天仍然具有意义。我们祖国和平统一的方针政策始终没有动摇和改变。彼时为求自由和独立所提出的“和平统一”与今天谋求稳定和发展的“和平统一”，虽时殊世易，却异曲同工。它所给我们的启示、给国家的启示绝不会因历史的流变而停驻、而黯淡。今天的人们亦应以此为训，实现中国的和平统一大业。

以吾人数十年必死之生命，立国家亿万年不死之根基，其价值之重可知。

——孙中山

# 智者之思　治国安邦

# 理　想　国

（节选）

（古希腊）柏拉图

（苏：苏格拉底；格：格劳孔）

苏：如果我们沿着这个路子论证下去，我相信我们会找到答案的。我们的答案将是：我们的护卫者过着刚才所描述的这种生活而被说成是最幸福的，这并没有什么可奇怪的。因为，我们建立这个国家的目标并不是为了某一个阶级的单独突出的幸福，而是为了全体公民的最大幸福；因为，我们认为在一个这样的城邦里最有可能找到正义，而在一个建立得最糟的城邦里最有可能找到不正义。等到我们把正义的国家和不正义的国家都找到了之后，我们也许可以作出判断，说出这两种国家哪一种幸福了。当前我认为我们的首要任务乃是铸造出一个幸福国家的模型来，但不是支

离破碎地铸造一个为了少数人幸福的国家，而是铸造一个整体的幸福国家。（等会儿我们还要考察相反的那种国家。）打个比方，譬如我们要给一个塑像画上彩色，有人过来对我说：“你为什么不把最美的紫色用到身体最美的部分——眼睛上去，而把眼睛画成了黑色的呢？”对于这个问题我们完全可以认为下述回答是正确的：“你这是不知道，我们是不应该这样来美化眼睛的，否则，眼睛看上去就不象眼睛了。别的器官也如此。我们应该使五官都有其应有的样子而造成整体美。”因此我说：别来硬要我们给护卫者以那种幸福，否则就使他们不成其为护卫者了。须知，我们也可以给我们的农民穿上礼袍戴上金冠，地里的活儿，他们爱干多少就干多少；让我们的陶工也斜倚卧榻，炉边宴会，吃喝玩乐，至于制作陶器的事，爱干多少就干多少；所有其他的人我们也都可以这样使他们幸福；这样一来就全国人民都幸福啦。但是我们不

这样认为。因为，如果我们信了你的话，农民将不成其为农民，陶工将不成其为陶工，其他各种人也将不再是组成国家一个部分的他们那种人了。这种现象出现在别种人身上问题还不大，例如一个皮匠，他腐败了，不愿干皮匠活儿，问题还不大。但是，如果作为法律和国家保卫者的那种人不成其为护卫者了，或仅仅似乎是护卫者，那么你可以看到他们将使整个国家完全毁灭，反之，只要护卫者成其为护卫者就能使国家有良好的秩序和幸福。我们是要我们的护卫者成为真正的护国者而不是覆国者。而那些和我们主张相反的人，他们心里所想的只是正在宴席上饮酒作乐的农民，并不是正在履行对国家职责的公民。若是这样，我们说的就是两码事了，而他们所说的不是一个国家。因此，在任用我们的护卫者时，我们必须考虑，我们是否应该割裂开来单独注意他们的最大幸福，或者说，是否能把这个幸福原则不放在国

家里作为一个整体来考虑。我们必须劝导护卫者及其辅助者，竭力尽责，做好自己的工作。也劝导其他的人，大家和他们一样。这样一来，整个国家将得到非常和谐的发展，各个阶级将得到自然赋予他们的那一份幸福。

……

苏：因此，国家是因自己的某一部分人的勇敢而被说成勇敢的。是因这一部分人具有一种能力，即无论在什么情形之下他们都保持着关于可怕事物的信念，相信他们应当害怕的事情乃是立法者在教育中告诫他们的那些事情以及那一类的事情。这不就是你所说的勇敢吗?

格：我还没完全了解你的话，请你再说一说。

苏：我的意思是说，勇敢就是一种保持。

格：一种什么保持?

苏：就是保持住法律通过教育所建立

起来的关于可怕事物——即什么样的事情应当害怕——的信念。我所谓“无论在什么情形之下”的意思，是说勇敢的人无论处于苦恼还是快乐中，或处于欲望还是害怕中，都永远保持这种信念而不抛弃它。如果你想听听的话，我可以打个比方来解释一下。

格：我想听听你的解释。

苏：你知道，染色工人如果想要把羊毛染成紫色，首先总是从所有那许多颜色的羊毛中挑选质地白的一种，再进行辛勤仔细的预备性整理，以便这种白质羊毛可以最成功地染上颜色，只有经过了挑选和整理之后才着手染色。通过这样的过程染上颜色的东西颜色吃得牢。洗衣服的时候不管是否用碱水，颜色都不会褪掉。但是，如果没有很好的准备整理，那么不论人们把东西染成紫色还是别的什么颜色，会发生什么样的情况你是可想而知的。

格：我知道会褪色而变成可笑的样子。

苏：因此，你一定明白，我们挑选战士并给以音乐和体操的教育，这也是在尽力做同样的事情。我们竭力要达到的目标不是别的，而是要他们像羊毛接受染色一样，最完全地相信并接受我们的法律，使他们的关于可怕事情和另外一些事情的信念都能因为有良好的天性和得到教育培养而牢牢地生根，并且使他们的这种“颜色”不致被快乐这种对人们的信念具有最强退色能力的碱水所洗褪，也不致被苦恼、害怕和欲望这些比任何别的碱水褪色能力都强的碱水所洗褪。这种精神上的能力，这种关于可怕事物和不可怕事物的符合法律精神的正确信念的完全保持，就是我主张称之为勇敢的，如果你没有什么异议的话。

格：我没有任何异议。因为，我觉得你对勇敢是有正确理解的，至于那些不是教育造成的，与法律毫不相干的，在兽类或奴隶身上也可以看到的同样的表现，我想你是不会称之为勇敢，而会另给名称的。

苏：你说得对极了。

格：那么，我接受你对勇敢所作的这个说明。

苏：好。你在接受我的说明时，如在“勇敢”上再加一个“公民的”限定词，也是对的。如果你有兴趣，这个问题我们以后再作更充分的讨论，眼前我们要寻找的不是勇敢而是正义，为达到这个目的，我认为我们说这么些已经够了。

**［选自（古希腊）柏拉图著：《理想国》，郭斌和、张竹明译，商务印书馆 1986 年版］**

## 知识

柏拉图（约前 427—前 347），古希腊伟大的哲学家，也是全部西方哲学乃至整个西方文化最伟大的哲学家和思想家之一。他和老师苏格拉底、学生亚里士多德并称为希腊三贤。另有其创造或发展的概念，包括柏拉图思想、柏拉图主义、柏拉图式爱情等。柏拉图的主要作品为对话录，其中绝大部分对话都有苏格拉底出场。但学术界普遍认为，其中的苏格拉底形象并不完全是历史上的苏格拉底。除了荷马之外，柏拉图也受到许多那之前的作家和思想家思想的影响，包括：毕达哥拉斯所提出的“和谐”

概念，阿那克萨戈拉教导苏格拉底应该将心灵或理性作为判断任何事情的根据；巴门尼德提出的连结所有事物的理论也可能影响了柏拉图对于灵魂的概念。

这段文字选自《理想国》第四卷。《理想国》第四卷在重新引入城邦—灵魂类比去讨论城邦的正义和灵魂的正义之前，首先讨论了城邦在什么意义上可以被称作智慧的、勇敢的和节制的。这些品德在日常用语中首先是用于个人，而只在派生的意义上用来述谓一个政治实体。虽然在这一语境下我们仍然可以说城邦的智慧和个人的智慧是相似的、可类比的，但这里所呈现出的是一种不对称的对应关系：我们很难设想一个智慧的城邦里一个智慧的人也没有，但是很显然，在愚蠢的城邦里也可以有聪明人（如柏拉图眼中的雅典城的苏格拉底）。而此前，我们提到城邦—灵魂类比的引入在于说明灵魂自身的正义，灵魂的这一优先性同样要求柏拉图和《理想国》的读者去考虑城邦的正义是否可以还原为个体灵魂的正义。

## 警语

应当学会把心灵的美看得比形体的美更可珍贵，如果遇见一个美的心灵，纵然他在形体上不甚美观，也应该对他起爱慕，凭他来孕育最适宜于使青年人得益的道理。

——（古希腊）柏拉图

# 偶像破坏论

陈独秀

“一声不做，二目无光，三餐不吃，四肢无力，五官不全，六亲无靠，七窍不通，八面威风，九（音同久）坐不动，十（音同实）是无用。”这几句形容偶像的话，何等有趣！

偶像何以应该破坏，这几句话可算说得淋漓尽致了。但是世界上受人尊重，其实是个无用的废物，又何只偶像一端？凡是无用而受人尊重的，都是废物，都算是偶像，都应该破坏！世界上真实有用的东西，自然应该尊重，应该崇拜；倘若本来是件无用的东西，只因人人尊重他，崇拜他，才算得有用，这般骗人的偶像倘不破坏，岂不教人永远上当么？

泥塑木雕的偶像，本来是件无用的东

西，只因有人尊重他，崇拜他，对他烧香磕头，说他灵验，于是乡愚无知的人，迷信这人造的偶像真有赏善罚恶之权，有时便不敢作恶，似乎这偶像却很有用。但是偶像这种用处，不过是迷信的人自己骗自己，非是偶像自身真有什么能力。这种偶像倘不破坏，人间永远只有自己骗自己的迷信，没有真实合理的信仰，岂不可怜！

天地间鬼神的存在，倘不能确实证明，一切宗教，都是一种骗人的偶像：阿弥陀佛是骗人的，耶和华上帝也是骗人的，玉皇大帝也是骗人的，一切宗教家所尊重的崇拜的神佛仙鬼，都是无用的骗人的偶像，都应该破坏！

古代蒙昧初开的民族，迷信君主是天的儿子，是神的替身，尊重他，崇拜他，以为他的本领与众不同，他才能居然统一国土。其实君主也是一种偶像，他本身并没有什么神圣出奇的作用，全靠众人迷信他，尊崇他，才能够号令全国，称做元首。

一旦亡了国，像此时清朝皇帝溥仪、俄罗斯皇帝尼古拉斯二世，比寻常人还要可怜。这等亡国的君主，好像一座泥塑木雕的偶像抛在粪缸里，看他到底有什么神奇出众的地方呢！但是这等偶像，未经破坏以前，却很有些作怪。请看中外史书，这等偶像害人的事还算少么！事到如今，这等不但骗人而且害人的偶像，已被我们看穿，还不应该破坏么？

国家是个什么？照政治学家的解释，越解释越教人糊涂。我老实说一句，国家也是一种偶像。一个国家，乃是一种或数种人民集合起来，占据一块土地，假定的名称；若除去人民，单剩一块土地，便不见国家在那里，便不知国家是什么。可见国家也不过是一种骗人的偶像，他本身亦无什么真实能力。现在的人所以要保存这种偶像的缘故，不过是藉此对内拥护贵族财主的权利，对外侵害弱国小国的权利罢了。（若说到国家自卫主义，乃不成问题。

自卫主义，因侵害主义发生。若无侵害，自卫何为？侵害是因，自卫是果。）世界上有了什么国家，才有什么国际竞争。现在欧洲的战争，杀人如麻，就是这种偶像在那里作怪。我想各国的人民若是渐渐都明白世界大同的真理，和真正和平的幸福，这种偶像就自然毫无用处了。但是世界上多数的人，若不明白他是一种偶像，而且明白这种偶像的害处，那大同和平的光明，恐怕不会照到我们眼里来！

世界上男子所受的一切勋位荣典，和我们中国女子的节孝牌坊，也算是一种偶像。因为功业无论大小，都有一个相当的纪念在人人心目中。节孝必出于自身主观的自动的行为，方有价值；若出于客观的被动的虚荣心，便和崇拜偶像一样了。虚荣心和伪道德的坏处，较之不道德尤甚。这种虚伪的偶像倘不破坏，却是真功业真道德的大障碍！

破坏！破坏偶像！破坏虚伪的偶像！

吾人信仰，当以真实的合理的为标准。宗教上，政治上，道德上，自古相传的虚荣，欺人不合理的信仰，都算是偶像，都应该破坏！此等虚伪的偶像倘不破坏，宇宙间实在的真理和吾人心坎儿里彻底的信仰永远不能合一！

**（选自梁小琳选编：《温暖的时间银行》，长江文艺出版社 2012 年版）**

## 知识

陈独秀被毛泽东称作“五四运动时期的总司令，中国的普列汉诺夫”，在思想方面曾给毛泽东以相当大的影响。从日本回国后，他创办《青年》杂志（第二期改为《新青年》），任总编辑，倡导新文化运动。曾任国立北京大学教授、文科学长，积极提倡“民主”与“科学”，提倡文学革命，反对封建旧思想、旧文化、旧礼教。五四时期的陈独秀、李大钊思想上都经历了由革命民主主义向马克思主义的转变，成为我国早期的马克思主义者。他们在接受马克思主义之后，都力图把马克思主义概要地介绍给中国人民，为中国革命提供新的思想武器。

## 解读

现实因素与他所接受的卢梭等“主权在民”民主自

由理论的共振，使陈独秀从关注观念层面的变革转而关注现实政治。1918 年 8 月 15 日，他在《新青年》第五卷第三号上发表《偶像破坏论》，把“国家”也作为“偶像”之一，列入“破坏”之列，显示出他（也包括近代中国的激进主义者）对现代民族国家的基本态度。这显示他强大的变革心愿和魄力，以及令人民向善向好发展的热忱。新文化运动期间，陈独秀的许多文章都是论争文，加之他矫枉必须过正的思维方式、特立独行的作风，在行文上往往也容易取一种中西对立、黑白分明的态度，即有学者所说的“正言若反”。然而我们还是可以看出来，陈独秀“直接民主”的意识已经萌芽了。

青春如初春，如朝日，如百卉之萌动，如利刃之新发于硎，人生最宝贵之时期也。青年之于社会，犹新鲜活泼细胞之在身。

——陈独秀

## 我们的纲领

（为《工人报》写的文章）

（俄）列宁

目前国际社会民主党正处于思想动摇的时期。马克思和恩格斯的学说一向被认为是革命理论的牢固基础，但是，现在到处都有人说这些学说不完备和过时了。凡自称为社会民主党人并且打算出版社会民主党机关报的人，都应该以明确的态度对待这个不仅只是德国社会民主党人才关心的问题。

我们完全以马克思的理论为依据，因为它第一次把社会主义从空想变成科学，给这个科学奠定了巩固的基础，指出了继续发展和详细研究这个科学所应遵循的道路。它揭示了现代资本主义经济的实质，说明了雇用工人、购买劳动力怎样掩盖着一小撮资本家、土地占有者、厂主、矿山主等等对千百万贫苦人民的奴役。它表明了现代资本主义发展的整个过程怎样使小生产逐渐受大生产的排挤，怎样创造条件，使社会主义社会制度成为可能和必然。它教导我们透过那些积习、政治手腕、奥妙的法律和诡辩的学说看出阶级斗争，看出形形色色的有产阶级同广大的贫苦人民、同领导一切贫苦人民的无产阶级的斗争。它说明了革命的社会党的真正任务不是臆造种种改造社会的计划，不是劝导资本家及其走狗改善工人的处境，不是策划密谋，而是组织无产阶级的阶级斗争，领导这一斗争，而斗争的最终目的是由无产阶级夺取政权并组织社会主义社会。

我们现在要问，那些纠集在德国社会党人伯恩施坦周围、在这一时期大喊大叫要“革新”这个理论的人，究竟对这个理论有什么新的贡献呢？什么也没有，他们并没有把马克思和恩格斯嘱咐我们加以发展的科学推进一步；他们并没有教给无产阶级任何新的斗争方法；他们只是向后退，

借用一些落后理论的片言只语，不是向无产阶级宣传斗争的理论，而是宣传让步的理论，宣传对无产阶级的死敌、对无休止地寻找新花招来迫害社会党人的政府和资产阶级政党实行让步的理论。俄国社会民主党创始人和领袖之一普列汉诺夫，对伯恩施坦的最时髦的“批评”作了无情的批判，他做得完全正确。现在连德国工人的代表人物也摒弃了伯恩施坦的观点（在汉诺威代表大会上）。

我们知道，说这些话会受到百般的责难，有人会大叫大嚷，说我们想把社会党变成一个“正统教徒”会，迫害那些背弃“教条”、具有独立见解等等的“异端分子”。我们熟悉所有这些时髦的刻薄话。不过这些话一点也不正确，也毫无意义。没有革命理论，就不会有坚强的社会党，因为革命理论能使一切社会党人团结起来，他们从革命理论中能取得一切信念，他们能运用革命理论来确定斗争方法和活动方式；维护这个具有起码理解力的人都认为是正确的理论，反对毫无根据的攻击，反对败坏这个理论的企图，这决不等于敌视任何批评。我们决不把马克思的理论看做某种一成不变的和神圣不可侵犯的东西；恰恰相反，我们深信：它只是给一种科学奠定了基础，社会党人如果不愿落后于实际生活，就应当在各方面把这门科学推向前进。我们认为，对于俄国社会党人来说，尤其需要独立地探讨马克思的理论，因为它所提供的只是总的指导原理，而这些原理的应用具体地说，在英国不同于法国，在法国不同于德国，在德国又不同于俄国。因此我们很愿意在我们的报纸上登载有关理论问题的文章，请全体同志来公开讨论争论之点。

在俄国运用各国社会民主党人共同的纲领时，究竟会产生哪些主要问题呢？我们已经说过，这个纲领的实质就是组织无产阶级的阶级斗争，领导这一斗争，而斗

争的最终目的是由无产阶级夺取政权和组织社会主义社会。无产阶级的阶级斗争分为经济斗争（反对个别资本家或个别资本家集团，争取改善工人生活状况）和政治斗争（反对政府，争取扩大民权，即争取民主和争取扩大无产阶级的政治权力）。有些俄国社会民主党人（主办《工人思想报》的那些人大概可以包括在内）认为经济斗争重要得多，而政治斗争则似乎可以推延到比较遥远的将来。这种见解是完全不正确的。所有的社会民主党人都认为必须组织工人阶级的经济斗争，必须在这个基础上到工人中间进行鼓动，即帮助工人去同厂主进行日常斗争，叫他们注意压迫的种种形式和事实，从而向他们说明联合起来的必要性。但是，因为经济斗争而忘掉政治斗争，那就是背弃了全世界社会民主党的基本原则，那就是忘掉了全部工人运动史所教导我们的一切。资产阶级的忠实拥护者和为资产阶级服务的政府的忠实拥护者，甚至不止一次地试图组织纯经济性的工会来引诱工人离开“政治”，离开社会主义。俄国政府也很可能会采取某种类似的办法，因为它总是设法给人民小恩小惠，确切些说，假仁假义地施与人民小恩小惠，目的只是使人民不去考虑自己毫无权利和备受压迫的状况。如果工人不能像德国工人和欧洲其他一切国家（土耳其和俄国除外）工人那样享有自由集会、结社、办报纸、派代表参加人民的集会这些权利，那么任何经济斗争都不能给他们带来持久的改善，甚至不可能大规模地进行任何经济斗争。而要想获得这些权利，就必须进行政治斗争。在俄国，不但工人而且全体公民都被剥夺了政治权利。俄国是一个专制君主制即无限君主制的国家。沙皇独自颁布法律，任命官吏，监督官吏。因此，看来好像俄国沙皇和沙皇政府不从属于任何阶级，对所有的人都一视同仁。但是实际上所有的官吏都来自有产者阶级，而且都

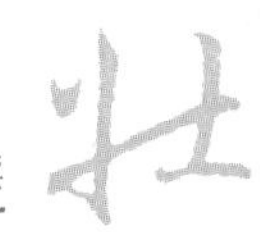

受大资本家的支配。大资本家可以任意驱使各个大臣，可以为所欲为。俄国工人阶级受着双重压迫：他们受资本家和地主的抢劫和掠夺，为了使他们不能反抗，警察还把他们的手脚束缚起来，把他们的嘴堵住，对一切试图维护民权的人进行迫害。每次反对资本家的罢工都会引起军警对工人的袭击。一切经济斗争都必然要变成政治斗争，所以社会民主党应该把这两种斗争紧紧地结合成无产阶级统一的阶级斗争。这种斗争的首要目的应该是争取政治权利，争取政治自由。既然彼得堡一个城市的工人在社会党人的帮助不大的情况下能够很快地迫使政府让步——颁布关于缩短工作日的法令，那么整个俄国工人阶级在“俄国社会民主工党”的统一领导下就一定能够通过顽强的斗争获得无比重大的让步。

俄国工人阶级即使得不到其他任何阶级的帮助，也能单独进行经济斗争和政治斗争。但是在政治斗争中工人并不是孤立

的。人民毫无权利，强盗官吏横行霸道，也激怒了一切对限制言论自由和思想自由的行为不能容忍的比较正直的知识界人士，激怒了受迫害的波兰人、芬兰人、犹太人和俄国的教派信徒，激怒了受官吏和警察欺压而又无处投诉的小商人、小企业主和小农。所有这些居民集团是无力单独进行坚决的政治斗争的，但是只要工人阶级举起斗争的旗帜，他们就会从各方面向工人阶级伸出援助的手。俄国社会民主党一旦成为一切争民权、争民主的战士的领袖，那它就会是不可战胜的！

这就是我们的基本观点，我们将在我们的报纸上系统而全面地发挥这些观点。我们深信，这样做我们就能沿着“俄国社会民主工党”的《宣言》所指引的道路前进。

［选自中共中央马克思恩格斯列宁斯大林著作编译局编译：《列宁选集》（第一卷），人民出版社2012年版］

列宁（1870—1924），原名弗拉基米尔·伊里奇·乌里扬诺夫，马克思主义者，无产阶级革命家、政治家、理论家、思想家。是俄罗斯苏维埃联邦社会主义共和国（世界上第一个社会主义国家）和苏维埃社会主义共和国联盟的主要缔造者、布尔什维克党的创始人、十月革命的主要领导人、苏联人民委员会主席。“列宁”是他参加共产主义运动后的化名。他继承了马克思主义，并与俄国革命相结合形成列宁主义，被全世界的共产主义者普遍认同为“国际无产阶级革命的伟大导师和精神领袖”。列宁主义跟马克思主义等其他流派相比，最大的特征就是其“无产阶级专政”的理论。19 世纪末 20 世纪初，国际共产主义运动在“如何取得政权”和“无产阶级政权如何治理国家”两个问题上出现了重大分歧。以考茨基为代表的一派认为，无产阶级政党应当致力于合法斗争（即在资产阶级议会中进行议会斗争），在取得政权之后可以保留所谓的民主制度。而以列宁为代表的另一派认为，无产阶级政党寻求所谓的合法斗争的努力必然有使其修正主义化的可能，无产阶级取得政权在帝国主义阶段只能通过暴力革命的手段，而在取得政权之后，不应当保留资产阶级民主制度，而应实施无产阶级专政，在无产阶级获得政权之后，即使一国的资产阶级已经不存在，仍然有必要采取专政的方式保卫无产阶级政权。

## 解读

列宁这一篇慷慨激昂的文字，在指出俄国革命问题、提出社会前景的同时，也发表了颇具“列宁特色”的“党报理论”。从1898年以后，俄国社会主义思想迅速传播，社会主义学说在革命知识分子中的信徒日益增加，由此带来了俄国工人阶级运动的高涨，最终引发了以日俄战争失败为导火线的1905年俄国第一次革命高潮。同时，虽然俄国的社会主义者不断地创办在国外和国内秘密出版的报刊，鼓吹革命斗争，但多种非马克思主义甚至反马克思主义的思想始终泛滥不止，以致俄国社会民主工党分裂成布尔什维克和孟尔什维克两派，纵然有时合并“统一”，实则各有自己的机关报，各念各的经，各唱各的调，貌合而神离。因此在1905年革命高潮来临的时候，俄国社会民主工党事实上并未具备领导一次伟大革命的力量，来引领这次近乎突如其来的高潮。因此，尽快建立一个真正马克思主义的集中统一和组织严密的党更加显示出它的迫切性，也就是说，运用全俄政治报纸这个工具以加速共产党建设的任务远没有完成，反而更为紧迫和现实。列宁在新的历史条件和社会背景下，将马克思主义的基本原理运用于俄国社会主义革命的实践，创造性地发展了马克思主义。列宁继承了马克思和恩格斯的工人报刊学说和党的报刊学说，其关于党报的理论，尤其是关于党报的党性原则的论述，更是为后来的共产主义运动指明了方向。

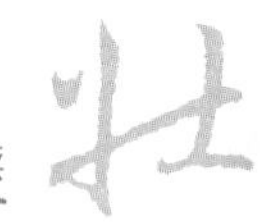

浪费别人的时间等于是谋财害命，浪费自己的时间等于是慢性自杀。

——（俄）列宁

## 临时大总统宣言书

孙中山

中华民国缔造之始，而文以不德，膺临时大总统之任，夙夜戒惧，虑无以副国民之望。夫中国专制政治之毒，至二百余年来而滋甚，一旦以国民之力踣而去之，起事不过数旬，光复已十余行省，自有历史以来，成功未有如是之速也。国民以为于内无统一之机关，于外无对待之主体，建设之事，更不容缓，于是以组织临时政府之责相属。自推功让能之观念以言，文所不敢任也；自服务尽责之观念以言，则文所不敢辞也。是用黾勉从国民之后，能尽扫专制之流毒，确定共和，以达革命之

宗旨，完国民之志愿，端在今日。敢披沥肝胆为国民告：

国家之本，在于人民，合汉、满、蒙、回、藏诸地为一国，即合汉、满、蒙、回、藏诸族为一人。是曰民族之统一。

武汉首义，十数行省先后独立，所谓独立，对于清廷为脱离，对于各省为联合，蒙古、西藏意亦同此。行动既一，决无歧趋，枢机成于中央，斯经纬周于四至。是曰领土之统一。

血钟一鸣，义旗四起，拥甲带戈之士遍于十余行省，虽编制或不一，号令或不齐，而目的所在则无不同，由共同之目的，以为共同之行动，整齐画一，夫岂其难。是曰军政之统一。

国家幅员辽阔，各省自有其风气所宜。前此清廷强以中央集权之法行之，遂其伪立宪之术。今者各省联合，互谋自治，此后行政期于中央政府与各省之关系，调剂得宜，大纲既挈，条目自举。是曰内治之

统一。

满清时代藉立宪之名，行敛财之实，杂捐苛细，民不聊生。此后国家经费，取给于民，必期合于理财学理，而尤在改良社会经济组织，使人民知有生之乐。是曰财政之统一。

以上数者，为政务之方针，持此进行，庶无大过。若夫革命主义，为吾侪所昌言，万国所同喻，前此虽屡起屡踬，外人无不鉴其用心。八月以来，义旗飙发，诸友邦对之抱和平之望，持中立之态，而报纸及舆论尤每表其同情，邻谊之笃，良足深谢。临时政府成立以后，当尽文明国应尽之义务，以期享文明国应享之权利。满清时代辱国之举措与排外之心理，务一洗而去之，与我友邦益增睦谊，持和平主义，将使中国见重于国际社会，且将使世界渐趋于大同。循序以进，不为幸获。对外方针，实在于是。

夫民国新建，外交内政，百绪繁生，

文自顾何人，而克胜此！然而临时之政府，革命时代之政府也。十余年来，从事于革命者，皆以诚挚纯洁之精神，战胜所遇之艰难。即使后此之艰难远逾于前日，而吾人惟保此革命之精神，一往而莫之能阻。必使中华民国之基础确定于大地，然后临时政府之职务始尽，而吾人始可告无罪于国民也。今以与我国民初相见之日，披布腹心，惟我四万万之同胞共鉴之！

[选自中山大学历史系孙中山研究室合编：《孙中山全集》(第二卷)，中华书局1986年版]

1911年10月10日武昌起义，辛亥革命爆发。当时孙中山在国外，后来他从美国的报纸上得知武昌起义胜利的消息，即绕道英、法，争取外交支持。12月25日，孙中山回国抵上海。后各省代表在南京推举孙中山为中华民国临时大总统。1912年1月1日，孙中山在南京宣誓就任临时大总统，宣告中华民国临时政府成立，以中华民国为纪元。在就任之时，国父孙中山先生宣读了这篇宣言。在中国内忧外患、政局动荡之时，这篇宣言希望在民族问题、社会问题等方面尽可能弥合中国的破碎，上承满清沦落，

提出“五族共和”的民族统一思想，泽被后世。他在宣言中说：“国家之本，在于人民。合汉、满、蒙、回、藏诸地方为一国，即合汉、满、蒙、回、藏诸族为一人。是曰民族之统一。”这是中华民国第一次正式声明“五族共和”论，宣布体现民族平等原则的“五族共和”民族政策将是未来国家的治理之策。这一思想主张最初形成于辛亥革命前以康有为、梁启超为代表的资产阶级立宪派及以袁世凯为代表的实业派，并同与以孙中山为代表的资产阶级革命派的论战中，是其时思想界、政治界在乱世危局中面对民族问题经过多次论战最后达成的宪政理念。反对在中国实行资产阶级革命，主张在中国建立君主立宪制国家制度的康梁等人，对“五族共和”思想主张的形成起到了积极的作用。“南北和谈”和平实现，确定了“五族共和”的主张。当时，孙中山从革命的角度还持有“驱除鞑虏”的民族狭隘观，以期借此推动满清帝制的覆灭。但随着辛亥革命的成功、共和国体的实现，民族团结则成为民国稳定、发展的基础，由此，孙中山抛弃革命时期的民族狭隘观，认同“五族共和”，并为其后来的民族政策提供了理论基础。

治国经邦，人才为急。

——孙中山

# 冰河入梦　旭日东升

# 中国人民站起来了

毛泽东

诸位代表先生们，全国人民所渴望的政治协商会议现在开幕了。

我们的会议包括六百多位代表，代表着全中国所有的民主党派，人民团体，人民解放军，各地区，各民族和国外华侨。这就指明，我们的会议是一个全国人民大团结的会议。

这种全国人民大团结之所以能够成功，是因为我们战胜了美国帝国主义所援助的国民党反动政府。在三年多的时间内，英勇的世界上少有的中国人民解放军，战胜了美国援助的国民党反动政府所有的数百万军队的进攻，并使自己转入反攻和进攻。现在，数百万人民解放军的野战军已经打到接近台湾，广东，广西，贵州，四川和

新疆的地区去了，中国人民的大多数已经获得了解放。在三年多的时间内，全国人民团结起来，援助人民解放军，反对了自己的敌人，取得了基本的胜利。在这个基础上，召开了今天的人民政治协商会议。

我们的会议之所以称为政治协商会议，是因为三年以前我们曾和蒋介石国民党一道开过一次政治协商会议。那次会议的结果是被蒋介石国民党及其帮凶们破坏了，但是已在人民中留下了不可磨灭的印象。那次会议证明，和帝国主义的走狗蒋介石国民党及其帮凶们一道，是不能解决任何有利于人民的任务的。即使勉强地做了决议也是无益的，一待时机成熟他们就要撕毁一切决议，并以残酷的战争反对人民。那次会议的唯一收获是给了人民以深刻的教育，使人民懂得：和帝国主义的走狗蒋介石国民党及其帮凶们决无妥协的余地，或者是推翻这些敌人，或者被这些敌人所屠杀和压迫，二者必居其一，其他的道路

是没有的。中国人民在中国共产党的领导之下，在三年多的时间内，很快地觉悟起来，并且把自己组织起来，形成了全国规模的反对帝国主义、封建主义、官僚资本主义及其集中的代表者国民党反动政府的统一战线，援助人民解放战争，基本上打倒了国民党反动政府，推翻了帝国主义在中国的统治，恢复了政治协商会议。

现在的中国人民政治协商会议是在完全新的基础上召开的，它具有代表全国人民的性质，它获得全国人民的信任和拥护。因此，中国人民政治协商会议宣布自己执行全国人民代表大会的职权。中国人民政治协商会议在自己的议程中将要制定中国人民政治协商会议的组织法，制定中华人民共和国中央人民政府的组织，制定中国人民政治协商会议的共同纲领，选举中国人民政治协商会议的全国委员会，选举中华人民共和国中央人民政府委员会，制定中华人民共和国的国旗和国徽，决定中华

人民共和国国都的所在地以及采取和世界大多数国家一样的年号。

诸位代表先生们，我们有一个共同的感觉，这就是我们的工作将写在人类的历史上，它将表明：占人类总数四分之一的中国人从此站立起来了。中国人民从来就是一个伟大的勇敢的勤劳的民族，只是在近代是落伍了。这种落伍，完全是被外国帝国主义和本国反动政府所压迫和剥削的结果。一百多年以来，我们的先人以不屈不挠的斗争反对内外压迫者，从来没有停止过，其中包括伟大的中国革命先行者孙中山先生所领导的辛亥革命在内。我们的先人指示我们，叫我们完成他们的遗志。我们现在是这样做了。我们团结起来，以人民解放战争和人民大革命打倒了内外压迫者，宣布中华人民共和国成立了。我们的民族将从此列入爱好和平自由的世界各民族的大家庭，以勇敢而勤劳的姿态工作着，创造自己的文明和幸福，同时也促进

世界的和平和自由。我们的民族将再也不是一个被人侮辱的民族了，我们已经站起来了。我们的革命已经获得全世界广大人民的同情和欢呼，我们的朋友遍于全世界。

我们的革命工作还没有完结，人民解放战争和人民革命运动还在向前发展，我们还要继续努力。帝国主义者和国内反动派决不甘心于他们的失败，他们还要作最后的挣扎。在全国平定以后，他们也还会以各种方式从事破坏和捣乱，他们将每日每时企图在中国复辟。这是必然的，毫无疑义的，我们务必不要松懈自己的警惕性。

我们的人民民主专政的国家制度是保障人民革命的胜利成果和反对内外敌人的复辟阴谋的有力的武器，我们必须牢牢地掌握这个武器。在国际上，我们必须和一切爱好和平自由的国家和人民团结在一起，首先是和苏联及各新民主国家团结在一起，使我们的保障人民革命胜利成果和反对内外敌人复辟阴谋的斗争不致处于孤立地位。

只要我们坚持人民民主专政和团结国际友人，我们就会是永远胜利的。

人民民主专政和团结国际友人，将使我们的建设工作获得迅速的成功。全国规模的经济建设工作业已摆在我们面前。我们的极好条件是有四万万七千五百万的人口和九百六十万平方公里的国土。我们面前的困难是有的，而且是很多的，但是我们确信：一切困难都将被全国人民的英勇奋斗所战胜。中国人民已经具有战胜困难的极其丰富的经验。如果我们的先人和我们自己能够渡过长期的极端艰难的岁月，战胜了强大的内外反动派，为什么不能在胜利以后建设一个繁荣昌盛的国家呢？只要我们仍然保持艰苦奋斗的作风，只要我们团结一致，只要我们坚持人民民主专政和团结国际友人，我们就能在经济战线上迅速地获得胜利。

随着经济建设的高潮的到来，不可避免地将要出现一个文化建设的高潮。中国

人被人认为不文明的时代已经过去了，我们将以一个具有高度文化的民族出现于世界。

我们的国防将获得巩固，不允许任何帝国主义者再来侵略我们的国土。在英勇的经过了考验的人民解放军的基础上，我们的人民武装力量必须保存和发展起来。我们将不但有一个强大的陆军，而且有一个强大的空军和一个强大的海军。

让那些内外反动派在我们面前发抖罢，让他们去说我们这也不行那也不行罢，中国人民的不屈不挠的努力必将稳步地达到自己的目的。

在人民解放战争和人民革命中牺牲的人民英雄们永垂不朽！

庆贺人民解放战争和人民革命的胜利！

庆贺中华人民共和国的成立！

庆贺中国人民政治协商会议的成功！

（选自刘德强主编：《演讲名篇鉴赏辞典》，上海辞书出版社2014年版）

毛泽东（1893—1976），字润之（原作咏芝，后改润芝），笔名子任。湖南湘潭人。诗人，伟大的马克思主义者，无产阶级革命家、战略家和理论家，中国共产党、中国人民解放军和中华人民共和国的主要缔造者和领导人。1949—1976 年，毛泽东担任中华人民共和国最高领导人。他对马克思列宁主义的发展、军事理论的贡献以及对共产党的理论贡献被称为毛泽东思想。因毛泽东担任过的主要职务几乎全部称为“主席”，所以也被人民尊称为“毛主席”。毛泽东被视为现代世界历史中最重要的人物之一，《时代》杂志也将他评为 20 世纪最具影响 100 人之一。

1949 年，中国共产党领导的解放战争即将获得最后的胜利。9 月 21 日，中国人民政治协商会议第一次全体会议在北京开幕，这篇演讲是毛泽东在这次会议上的开幕词。毛泽东的这篇演讲，或叙述，或阐释；或加以告诫，或提出期望；或回顾历史，或展望未来，处处洋溢着中国人民胜利的喜悦和豪迈的革命情怀。他在行文中大量使用判断句和表示强调的词语和句式，诸如“决无”“必然”“从来”等，音节铿锵有力，极富感染力和号召力。从此，“中国人民从此站立起来了”响彻寰宇，为亿万人民耳熟能详，已成为丰碑式的经典名言。中国这头睡狮也已

苏醒，向着初升的朝阳发出自信又嘹亮的吼声。

在我党的一切实际工作中，凡属正确的领导，必须是从群众中来，到群众中去

——毛泽东

## 革命军·第一章 绪论

邹　容

扫除数千年种种之专制政体，脱去数千年种种之奴隶性质，诛绝五百万有奇披毛戴角之满洲种，洗尽二百六十年残惨虐酷之大耻辱，使中国大陆成干净土，黄帝子孙皆华盛顿，则有起死回生，还命反魂，出十八层地狱，升三十三天堂，郁郁勃勃，莽莽苍苍，至尊极高，独一无二，伟大绝伦之一目的，曰“革命”。巍巍哉！革命也！皇皇哉！革命也！

吾于是沿万里长城，登昆仑，游扬子江上下，溯黄河，竖独立之旗，撞自由之钟，呼天吁地，破颡裂喉，以鸣于我同胞前曰：呜呼！我中国今日不可不革命，我中国今日欲脱满洲人之羁缚，不可不革命；我中国欲独立，不可不革命；我中国欲与世界列强并雄，不可不革命；我中国欲长存于二十世纪新世界上，不可不革命；我中国欲为地球上名国、地球上主人翁，不可不革命。革命哉！革命哉！我同胞中，老年、中年、壮年、少年、幼年、无量男女，其有言革命而实行革命者乎？我同胞其欲相存相养相生活于革命也。吾今大声疾呼，以宣布革命之旨于天下。

革命者，天演之公例也；革命者，世界之公理也；革命者，争存争亡过渡时代之要义也；革命者，顺乎天而应乎人者也；革命者，去腐败而存良善者也；革命者，由野蛮而进文明者也；革命者，除奴隶而为主人者也。是故一人一思想也，十人十思想也，百千万人，百千万思想也，亿兆京垓人，亿兆京垓思想也。人人虽各有思

想也，即人人无不同此思想也。居处也，饮食也，衣服也，器具也，若善也，若不善也，若美也，若不美也，皆莫不深潜默运，盘旋于胸中，角触于脑中；而辨别其孰善也，孰不善也，孰美也，孰不美也，善而存之，不善而去之，美而存之，不美而去之，而此去存之一微识，即革命之旨所出也。夫此犹指事物而言之也。试放眼纵观，上下古今，宗教道德，政治学术，一视一谛之微物，皆莫不数经革命之掏摝。过昨天，历今日，以象现现象于此也。夫如是也，革命固如是平常者也。虽然，亦有非常者在焉。闻之一千六百八十八年英国之革命，一千七百七十五年美国之革命，一千八百七十年法国之革命，为世界应乎天而顺乎人之革命，去腐败而存良善之革命，由野蛮而进文明之革命，除奴隶而为主人之革命。牺牲个人，以利天下，牺牲贵族，以利平民，使人人享其平等自由之幸福。甚至风潮所播及，亦相与附流合汇，

以同归于大洋。大怪物哉！革命也。大宝物哉！革命也。吾今日闻之，犹口流涎而心痒痒。吾是以于我祖国中，搜索五千余年之历史，指点二千余万万里之地图，问人省己，欲求一革命之事，以比例乎英、法、美者，呜呼！何不一遇也？吾亦尝执此不一遇之故而熟思之，重思之，吾因之而有感矣，吾因之而有慨于历代民贼独夫之流毒也。

自秦始统一宇宙，悍然尊大，鞭笞宇内，私其国，奴其民，为专制政体，多援符瑞不经之说，愚弄黔首，矫诬天命，揽国人所有而独有之，以保其子孙帝王万世之业。不知明示天下以可欲可羡可歆之极，则天下之思篡取而夺之者愈众。此自秦以来，所以狐鸣篝中，王在掌上，卯金伏诛，魏氏当涂，黠盗奸雄。觊觎神器者，史不绝书。于是石勒、成吉思汗等，类似游牧腥之胡儿，亦得乘机窃命，君临我禹域，臣妾我神种。呜呼！革命！杀人放火者，

出于是也！呜呼！革命！自由平等者，亦出于是也！

吾悲夫吾同胞之经此无量野蛮革命，而不一伸头于天下也。吾悲夫吾同胞之成事齐事楚，任人掬抛之天性也。吾幸夫吾同胞之得与今世界列强遇也；吾幸夫吾同胞之得闻文明之政体、文明之革命也；吾幸夫吾同胞之得卢梭《民约论》、孟德斯鸠《万法精理》、弥勒约翰《自由之理》、《法国革命史》、美国《独立檄文》等书译而读之也。是非吾同胞之大幸也夫！是非吾同胞之大幸也夫！

夫卢梭诸大哲之微言大义，为起死回生之灵药，返魄还魂之宝方，金丹换骨，刀圭奏效，法、美文明之胚胎，皆基于是。我祖国今日病矣，死矣，岂不欲食灵药、投宝方而生乎？若其欲之，则吾请执卢梭请大哲之宝旛，以招展于我神州土。不宁惟是，而况又有大儿华盛顿于前，小儿拿破仑于后，为吾同胞革命独立之表本。嗟呼！嗟乎！革命！革命！得之则生，不得则死。毋退步，毋中立，毋徘徊，此其时也，此其时也。此吾所以倡言革命，以相与同胞共勉共勖，而实行此革命主义也。苟不欲之，则请待数十年百年后，必有倡平权释黑奴之耶女起，以再倡平权释数重奴隶之支那奴。

**（选自罗宗强、陈洪主编：《中国古代文学作品选（明清近代卷）》，高等教育出版社 2004 年版）**

## 知识

邹容（1885—1905），中国近代著名资产阶级革命宣传家，原名桂文，留学日本时改名邹容。四川巴县人（今重庆市），出生在一个商业资本家家庭。应巴县童子试，因愤于考题生僻而罢考，从此厌恶科举八股。从父命入重庆经书书院，因蔑视旧学而被开除。后逐渐向往维新变法。光绪二十七年（1901），赴成都投考留日官费生，因思想倾向维新，临行时被取消资格，遂决计自费赴日留学。光绪二十八年（1902）秋到达东京，入同文书院。始撰《革命军》初稿。光绪二十九年（1903）4 月返回上海，住入爱国学社，结识章太炎，结为莫逆之交。这时，恰逢拒俄运动发生，他两次在张园拒俄集会上演讲，签名

加入拒俄义勇队。5月，发起组织中国学生同盟会。在此期间，《革命军》由上海大同书局印行，署名革命军中马前卒邹容，请章太炎作序。《苏报》案发生后，于7月1日至巡捕房投案，被囚于租界监狱。邹容被租界当局判监禁两年，1905年4月3日死于狱中。1912年3月29日，经孙中山批准，南京临时政府追赠其为大将军。遗著辑有《邹容文集》。

《革命军》约2万字，分为七章，其中以“绪论”“革命之原因”“革命独立之大义”为全书重点。选文正是其绪论部分。邹容以西方资产阶级革命时期提出的“天赋人权”“自由、平等、博爱”为指导思想，阐述了反对封建专制、进行资产阶级民主革命的必要性，指出了“革命”乃对古今、宗教、道德、政治、学术，以及日常事物存善去恶、存美去丑、存良善而除腐败的过程，故赞美曰：“巍巍哉！革命也！皇皇哉！革命也！”他还从满清王朝官制的腐败，刑审、官吏的贪酷，对知识分子、对农民、对海外华工、对商人、对士兵的政策及对外的一系列政策上，揭露了满清政府对国人的压迫和屠戮，分析了革命爆发的必然性。明确宣布革命独立之大义在于：“永脱满洲之羁绊，尽复所失之权利，而介于地球强国之间”，“全我天赋平等自由之位置”，“保我独立之大权”，即推翻满清封建专制王朝，建立“中华共和国”，并规划了

"中华共和国"的25条建国纲领。其主要内容有：推翻清王朝，在中国永远结束君主专制制度；在制度建设上仿效美国，实行议会制度，各州县、省逐级选举议员，最后由各省总议员投票选举总统。邹容的共和国方案，前承《兴中会宣言》，后启《同盟会纲领》，摒弃了资产阶级改良派的君主立宪方案，毫不含糊地回答了革命的根本问题是政权问题。这篇激情澎湃的启蒙之作为两千多年的封建专制制度敲响了丧钟，为资产阶级民主革命吹响了号角，成为一篇名副其实的反帝、反封建的战斗檄文。

## 葛底斯堡演说

（美）林肯

87年前，我们的先辈在这个大陆上创立了一个新国家，它孕育于自由之中，奉行人生来平等的原则。现在我们正进行一场伟大的内战，以考验这个国家，或者任何一个像我们这样孕育于自由和奉行上述原则的国家是否能够长久地存在下去。我们聚集在这场战争中的一个伟大战场上，

将这个战场的一部分土地奉献给那些为国家的生存而献出生命的烈士们，作为他们的最终安息之地。我们这样做是完全适当而且正确的。

但是，从更广泛的意义上来说，这块土地我们不能够奉献，不能够圣化，不能够神化。因为那些曾在这里战斗过的勇士们，不论是活着的还是去世的，已经使这块土地圣化了，远非我们微薄的力量所能予以增减的。我们今天在这里所说的话，全世界不大会注意，也不会长久地记住，但勇士们在这里所做过的事，全世界却永远不会忘记。毋宁说，倒是我们这些还活着的人，应该在这里把自己奉献于勇士们已经如此崇高地向前推进但尚未完成的事业；倒是我们应该献身于留在我们面前的伟大任务；我们要从这些光荣的死者身上汲取更多的献身精神，来完成他们已经为之奉献了最后一切的事业；我们要下定决心使这些死者不致白白牺牲；我们要使国家在上帝的庇护下，得到自由的新生；要使这个民有、民治、民享的政府永世长存。

**(选自朱振武主编:《英语名篇晨读精华·口袋本》，华东理工大学出版社 2014 年版)**

## 知识

亚伯拉罕·林肯（Abraham Lincoln，1809—1865），第 16 任美国总统，任总统期间，美国爆发南北战争，其代表的北方势力赢得了胜利，避免了美国的分裂。在此期间，他废除了叛乱各州的奴隶制度，颁布了《宅地法》《解放黑人奴隶宣言》。内战结束后不久，林肯遇刺身亡，是第一个遭遇刺杀的美国总统。而后来曝光的史料也可看出他对解放黑奴的态度是值得怀疑的，有可能只是团结黑奴的力量以打赢南北战争的权宜之举。这也使得黑奴的解放成为一张空头支票，这引发了后来另一场著名的演讲，即美裔黑人马丁·路德·金的《我有一个梦想》。

## 解读

《葛底斯堡演说》是由美国总统亚伯拉罕·林肯发表的最知名的演讲。演讲发表于 1863 年 11 月 19 日下午（星期四）举行的宾夕法尼亚州葛底斯堡国家士兵公墓落成典礼，当时正值南北战争。在短短的两分钟内，林肯提出了《独立宣言》所倡导的人人平等原则，把南北内战

界定为保卫联盟的战斗，而且还将其认定为“自由的新生”，将为全体公民带来真正的平等。他的演讲运用了高超的技巧，并将这份技巧融汇于语音特点、词汇特点、句法特征和语义特征之中。此外，演讲中充满了简单的字词，这是因为考虑到低学历的烈士家属是最主要的观众。而且文中比喻、对偶、排比等修辞手法的运用，如“我们的先辈们在这个大陆上创立了一个新国家，它孕育于自由之中，奉行一切人生来平等的原则”，将国家的形成比喻为新生的婴儿等句，不仅提高了其格调，还能更好地激发战士的荣耀感和为了伟大事业奋斗的澎湃激情。

我这个人走得很慢，但是我从不后退。

——（美）林肯

## 人民的世纪

闻一多

二十六年的光阴似乎白费了。今天我们这样热烈的迎接“五四”，证明我们还需

要它，不，我们今天需要的，是一个比当年更坚强、更结实的“五四”，因为，很简单，今天的局面更严重了。

在说明这一点前，有一个观念得先弄弄明白，那便是多年来人们听惯了那个响亮的口号“国家至上”，国家究竟是什么？今天不又有人说是“人民的世纪”吗？假如国家不能替人民谋一点利益，便失去了它的意义，老实说，国家有时候是特权阶级用以巩固并扩大他们的特权的机构。假如根本没有人民，就用不着土地，也就用不着主权。只有土地和主权都属于人民时，才讲得上国家，今天只有人民至上，才是正确的口号。

知道国家并不等于人民，知道国家与人民的对立，才好进而比较今天和二十六年前的中国。

二十六年前的中国，国家蒙受绝大的耻辱，人民的地位却暂时提高了。第一次世界大战中袁世凯和日本帝国主义签订的

二十一条件，是国家主权的重大损失，中国一心想趁巴黎和会的机缘把它收回，而终归失败，这对国家是直接的损失，对人民，老实说，并没有多大影响，而因了欧洲发生战事，帝国资本主义暂时退出，中国民族工业却侥幸的得着一个繁荣机会，这对于人民的经济生活，倒是有一点实惠。今天情形和二十六年前，恰好是个反比例，国家在四强之一的交椅上，总算出了从来没有出过的风头，人民则过着比战前水准更低的生活。英美不但治外法权自动取消，而且看样子美国还要非替中国收复失地不可。八年抗战，中国国家的收获不能算少，然而于人民何所有？老百姓的负担加重了，农民的生活尤其惨，国家所损失的已经取偿于人民，万一一块块的土地和人民赖以生存的物资同人民一块儿丢给敌人，于国家似乎也无关痛痒，今天我才明白，所谓中国愈战愈强，大概强的是国家而不是人民。

二十六年前，我们的国家还不大明白主权之所属，所以还不惜拿一大堆关系自己命脉的主权去为一个人换一顶过时的、褪色而戴起了并不舒服的皇冕，结果那人皇冕没有戴上，国家的主权已经失了，若不是人民起来一把拦住，还差点在卖身契上亲自打下手印。当时人民之所以这样做，当然以为主权还有着自己很大的份儿，所以实际上，那回是人民帮了国家一个大忙，虽则国家和人民都不知道。

经过二十六年的学习与锻炼，国家聪明了，它知道主权之可贵，所以对既失的主权，想尽方法向帝国主义索回，一方面对于未失去的主权，尽量从人民手里集中到自己手里来，有时它还会使点权衡，牺牲点尚未集中了主权不能算是它自己的主权，它当然也知道向人民不断的保证：凡是主权都是人民的，叫人民献出一切，缩紧腰带，拼了老命，捍卫了国家，自己却一无所得，连原有难足维持的生活的那点，

都要丢光，这样，目前的国家和人民便对立起来了。

然而二十六年的光阴对人民也不能说是完全白费。至少，人民学了不少的乖，“上一回当，学一回乖”，人民永远是上当的，所以人民永远是进步的。

进一步的认识便是进一步的力量，所以今天我们期待着的“五四”是一个比二十六年前更坚强更结实的“五四”，我们要争取民主的国家，因为这是一个人民的世纪呀！

**（选自孙党伯、袁春正主编：《闻一多全集·文艺评论、散文杂文》，湖北人民出版社1993年版）**

闻一多先生这篇《人民的世纪》，是一篇宣示“国家主权”和“人民主权”重要性的文章，然而其侧重点归根到底是“人民声音”的呐喊。这篇杂文以“人民”作为国家的主体，其中先阐释国家主权之于人民的重要意义，然而作者显然更强调人民主权对于国家独立和强盛的

反作用力，这种颇具前瞻性的论点，时至今日仍然具有重要意义。人民的世纪、人民的主权，刚好和“以人为本”的中国梦想相契合。在我们国家强盛和繁荣的今天，在社会经济发展日新月异的今天，“以人为本”的重要意义、人民之于国家的促进作用愈发重要。然而，“主权”的意义是流动的，今天我们再谈“主权”，已和乱世动荡的年月有所不同，它具有了新时代的新内涵，而当代之中国人民也因社会的发展有了新的权利意识和对于主权新的诉求。国家推动“以人为本”之方针，乃是顺应历史进步、符合发展规律的举措。这篇文章是对彼时中国的警醒，更是对今天乃至未来中国的箴言。

青春像只唱着歌的鸟儿，已从残冬窗里闯出来，驶放宝蓝的穹窿里去了。

——闻一多

# 乐不忘忧　且行且思

# 论民主制

（法）卢梭

制订法律的人要比任何人都更清楚，法律应该怎样执行和怎样解释。因此看来人们所能有的最好的体制，似乎莫过于能把行政权与立法权结合在一起的体制了。但也正是这一点才使得这种政府在某些方面非常不足，因为应该加以区别的东西并没有被区别开来，而且由于君主与主权者既然只是同一个人，所以就只能形成，可以这样说，一种没有政府的政府。

以制订法律的人来执行法律，并不是好事；而人民共同体把自己的注意力从普遍的观点转移到个别的对象上来，也不是好事。没有什么事是比私人利益对公共事物的影响更加危险的了，政府滥用法律的为害之大远远比不上立法者的腐化，而那

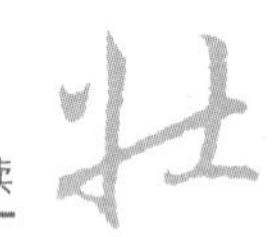

正是个人观点之必不可免的后果。这时候，国家在本质上既然起了变化，一切改革就都成为不可能的了。一个从不滥用政府权力的人民，也决不会滥用独立自主；一个经常能治理得很好的人民，是不会需要受人统治的。

就民主制这个名词的严格意义而言，真正的民主制从来就不曾有过，而且永远也不会有。多数人统治而少数人被统治，那是违反自然的秩序的。我们不能想象人民无休无止地开大会来讨论公共事务；并且我们也很容易看出，人民若是因此而建立起各种机构来，就不会不引起行政形式的改变。

事实上，我相信可以提出这样一条原则，那就是，只要政府的职能是被许多的执政者所分掌时，则少数人迟早总会掌握最大的权威；仅仅由于处理事务要方便的缘故，他们自然而然就会大权在握。

此外，这种政府还得要有多少难以结

合的条件啊！首先，要有一个很小的国家，使人民很容易集会并使每个公民都能很容易认识所有其他的公民。其次，要有极其淳朴的风尚，以免发生种种繁难的事务和棘手的争论。然后，要有地位上与财产上的高度平等，否则权利上和权威上的平等便无法长期维持。最后，还要很少有或者根本就没有奢侈，因为奢侈或则是财富的结果，或则是使财富成为必需；它会同时腐蚀富人和穷人的，对于前者是以占有欲来腐蚀，对于后者是以贪婪心来腐蚀；它会把国家出卖给虚弱，出卖给虚荣；它会剥夺掉国家的全体公民，使他们这一些人成为那一些人的奴隶，并使他们全体都成为舆论的奴隶。

这就是何以有一位著名的作家要把德行当作是共和国的原则了；因为所有上述这一切条件，如果没有德行，就都无法维持。但是，由于这位优秀的天才没有能作出必要的区分，所以他往往不够确切，有

时候也不够明晰；而且他也没有看到，主权权威既然到处都是同样的，所以一切体制良好的国家就都应该具有同样的原则，——当然，这多少还要依政府的形式而定。

还应当补充说：没有别的政府是像民主的政府或者说人民的政府那样地易于发生内战和内乱的了；因为没有任何别的政府是那样强烈地而又那样不断地倾向于改变自己的形式的，也没有任何别的政府是需要以更大的警觉和勇气来维持自己的形式的。正是在这种体制之下，公民就特别应该以力量和恒心来武装自己，并且在自己的一生中天天都应该在自己的内心深处背诵着一位有德的侯爵在波兰议会上所说的话："我愿自由而有危险，但不愿安宁而受奴役。"

如果有一种神明的人民，他们便可以用民主制来治理。但那样一种十全十美的政府是不适于人类的。

（选自卢梭著：《社会契约论》，何兆武译，商务印书馆2005年版）

卢梭的《论民主制》是《社会契约论》当中非常重要的章节。卢梭认为，大国不具备建立人民主权国家的条件，因为国家太大就会导致人民不能直接参与到国家的政治和行政运转中来。而如果人民不能直接地参与政治和行政，权力被别人所代理，就意味着人民的主权被一部分人或者几个人所行使，这样，人民主权的国家机制就会被破坏。所以他倾向于小国寡民的“直接民主制”，认为只有小国才能建立起人民主权的国家。此外，卢梭还提出了人民主权的四项原则：主权不可转让，主权不可分割，主权不可代表，主权至高无上神圣不可侵犯。这个思想在今天看来，尽管诞生于西方的土壤，尽管也有它的局限性，但是对社会制度的发展依然具有现实意义。他对于制度的构想和描绘建立在对人性的建构和规约之上，这从根本上表明了一种态度——个体的发展和完善可以反作用于社会制度，使其趋向于更科学的方向建立和发展。

人是生而自由的，但却无往不在枷锁之中。自以为是其他一切的主人的人，反而比其他一切更是奴隶。

——（法）卢梭

## 甘蔗林—青纱帐

郭小川

南方的甘蔗林哪，南方的甘蔗林！

你为什么这样香甜，又为什么那样严峻？

北方的青纱帐啊，北方的青纱帐！

你为什么那样遥远，又为什么这样亲近？

我们的青纱帐哟，跟甘蔗林一样地布满浓阴，

那随风摆动的长叶啊，也一样地鸣奏嘹亮的琴音；

我们的青纱帐哟，跟甘蔗林一样地脉脉情深，那载着阳光的露珠啊，也一样地照亮大地的清晨。

肃杀的秋天毕竟过去了，繁华的夏日已经来临，

这香甜的甘蔗林哟，哪还有青纱帐里的艰辛！

时光像泉水一般涌啊，生活像海浪一般推进，

那遥远的青纱帐哟，哪曾有甘蔗林的芳芬！

我年轻时代的战友啊，青纱帐里的亲人！

让我们到甘蔗林集合吧，重新会会昔日的风云；

我战争中的伙伴啊，一起在北方长大的弟兄们！

让我们到青纱帐去吧，喝令时间退回我们的青春。

可记得？我们曾经有过一个伟大的发现：

住在青纱帐里，高粱秸比甘蔗还要香甜；

可记得？我们曾经有过一个大胆的判断：

无论上海或北京，都不如这高粱地更叫人留恋。

可记得？我们曾经有过一种有趣的梦幻：

革命胜利以后，我们一道捋着白须、游遍江南；

可记得？我们曾经有过一点渺小的心愿：

到了社会主义时代，狠狠心每天抽它三支香烟。

可记得？我们曾经有过一个坚定的信念：

即使死了化为粪土，也能叫高粱长得杆粗粒圆；

可记得？我们曾经有过一次细致的计算：

只要青纱帐不倒，共产主义肯定要在下一代实现。

可记得？在分别时，我们定过这样的方案：

将来，哪里有严重的困难，我们就在哪里见面；

可记得？在胜利时，我们发过这样的誓言：

往后，生活不管甜苦，永远也不忘记昨天和明天。

我年青时代的战友啊，青纱帐里的亲人！

我们有的当了厂长、学者，有的作了编辑、将军，能来甘蔗林里聚会吗？——不能又有什么要紧！

我知道，你们有能力驾驭任何险恶的风云。

我战争中的伙伴啊，一起在北方长大的弟兄们！

你们有的当了工人、教授，有的作了书记、农民，

能回到青纱帐去吗？——生活已经全新，

我知道，你们有勇气唤回自己的战斗的青春。

南方的甘蔗林哪，南方的甘蔗林！

你为什么这样香甜，又为什么那样严峻？

北方的青纱帐啊，北方的青纱帐！

你为什么那样遥远，又为什么这样亲近？

（选自吴奔星主编：《中国新诗鉴赏大辞典》，江苏文艺出版社 1988 年版）

郭小川（1919—1976），原名郭恩大，河北丰宁人，是一个介于战士和诗人之间的人物。其政治抒情诗的创作取得了巨大的成功，使他成为 20 世纪 60 年代初期政治抒情诗的主要代表人物之一。其诗歌具有强烈的政治性和鲜明的时代色彩，充满昂扬向上的战斗精神，显示着革命者的人生哲学。而其在诗歌艺术上的造诣也很高，创造了不少艺术佳作，代表作品有《平原老人》《投入火热的斗争》《鹏程万里》《昆仑行》等。

1962 年前后，由于三年连续的自然灾害和工作的失误等原因，国家面临着严峻的考验。如何面对困难的考验，成了每一个中国人都要面对的极其严肃的问题，"战士诗人"郭小川就是在这样的情况下写出了这首赞美战斗的青春和坚强的革命意志的深情颂歌，以鼓舞斗志。在这首政治抒情诗中，诗人选用"甘蔗林"和"青纱帐"这两个意象，将历史和现在紧密勾连起来，并在场景的对比中表达了战斗精神依然重要的主题，以唤起同代人的革命记忆和热情。另外，从形式上，我们可以看出诗人对以往常常使用的"楼梯式"结构进行了创造性的继承，每行

由三四个子句构成，四行组成一段，整齐而又有变化，使得整个诗情都随之流动起来。因此，这首诗在对政治教育要求的呼应和诗歌艺术的构造上达到了完美的结合，充满了现实的意义以及艺术的魅力。

战士有战士的爱情：忠贞不渝，新美如画；一切额外的贪欲，只能使人感到厌烦，感受到肉麻。

——郭小川

## 亚　洲　铜

海　子

亚洲铜，亚洲铜

祖父死在这里，父亲死在这里，我也将死在这里

你是唯一的一块埋人的地方

亚洲铜，亚洲铜

爱怀疑和爱飞翔的是鸟，淹没一切的

是海水

你的主人却是青草，住在自己细小的腰上，守住野花的手掌

和秘密

亚洲铜，亚洲铜

看见了吗？那两只白鸽子，它是屈原遗落在沙滩上的白鞋子

让我们——我们和河流一起，穿上它吧

亚洲铜，亚洲铜

击鼓之后，我们把在黑暗中跳舞的心脏叫做月亮

这月亮主要由你构成

1984.10

**（选自西川编：《海子诗全集》，作家出版社2009年版）**

海子（1964—1989），是“朦胧诗运动”后期最重要的诗人之一，去世时年仅25岁。然而在其短暂的7年创

作史上，留下了几万行诗。完整的有300首抒情诗，3部长诗（《土地》《弥赛亚》《遗址》），一幕诗剧（《太阳》）和一部幻想、仪式剧（《弑》），另有大量的未及展开的断章、札记。他的诗歌生命，表现为那种“冲击极限”，“在写作的速度与压力中创造”、将生命力化为“一派强光”的情形。“麦地”“大海”“土地”“月亮”等是他诗中经常出现的意象。20世纪90年代一连串诗人（海子、骆一禾、戈麦、顾城等）的死亡事件，也使得“诗人之死”的文化象征意味无比浓厚。

这首诗的情感基调是对祖国大地深沉的爱和刻骨的痛苦体验，以时间空间的交叉维度画出了一张密密麻麻的网，土地为其上生长的生命提供滋养，也提供束缚。作品一开始便把时间的线从历史深处拉出来，祖父、父亲和我的代代相传，这是对土地深深的依恋。而空间上又把诗歌触角衍生到远处的大海和高空的月亮，沙滩上遗留的是屈原殉国的足迹，月亮上闪耀的是这个民族从苦难中站起来的希望。此时诗歌的轮廓便呈现眼前，而意象的巧妙建构从深处透露出诗人的拳拳之心。单单是“亚洲铜”这一极具分量的意象，就以广阔的文化象征内涵将上述所有情感包含其中，我们仿佛看到此时的中国已在这黄色的坚实土地上开出了春天的花。

## 中国，我的钥匙丢了

梁小斌

中国，我的钥匙丢了。

那是十多年前，
我沿着红色大街疯狂地奔跑，
我跑到了郊外的荒野上欢叫，
后来，
我的钥匙丢了。

心灵，苦难的心灵
不愿再流浪了，
我想回家
打开抽屉，翻一翻我儿童时代的画片，
还看一看那夹在书页里的
翠绿的三叶草。

而且，
我还想打开书橱，
取出一本《海涅歌谣》，
我要去约会，
我向她举起这本书，
作为我向蓝天发出的
爱情的信号。

这一切，
这美好的一切都无法办到，
中国，我的钥匙丢了。
天，又开始下雨，
我的钥匙啊，
你躺在哪里？
我想风雨腐蚀了你，
已经锈迹斑斑了；
不，我不那样认为，
我要顽强地寻找，
希望能把你重新找到。

太阳啊，
你看见我的钥匙了吗？
愿你的光芒
为它热烈地照耀。

我在这广大的田野上行走，
我沿着心灵的足迹寻找，
那一切丢失了的，
我都在认真思考。

**(选自吴奔星主编：《中国新诗鉴赏大辞典》，江苏文艺出版社 1988 年版)**

## 知识

梁小斌，安徽合肥人，1954 年生，朦胧诗代表诗人。自 1984 年被工厂除名后，一直靠阶段性的打工为生。1972 年开始诗歌创作，他的诗《中国，我的钥匙丢了》《雪白的墙》被列为新时期朦胧诗代表诗作。由于生活境况严峻，故而他的诗往往书写痛苦。他写得最好的主题就是有关在严寒中生活、在逆境中探索的内容。2013 年他生病入院，短短几天便得到来自诗友近百万的捐款。

《中国，我的钥匙丢了》发表于1980年，诗中通过“我”寻找“钥匙”的过程，体现了一代青年的觉醒和思考。在这首诗中充斥着满满的失落感，这不仅是个人的丢失钥匙的失落，更是历史的失落。在经历十年“文革”的狂热之后，清醒过来的人们察觉到了自己的丧失。这首没有找回钥匙、没有得到失落之物的诗，尖利地拨开历史的迷障，把疼痛直接呈现和传达给读者。而“钥匙”这一主体意象的成功使用和派生，将《海涅歌谣》所代表的纯洁、理想的心灵境界整合起来，并与“中国”这一意象相串连，将诗歌的层次上升到了一个更加广阔的空间。作者成功地用艺术手法完成了一次有关历史的深刻启迪。

# 附　录

## 拓展阅读书目

孙党伯、袁春正主编:《闻一多全集》,湖北人民出版社 1993 年版。

艾青:《艾青诗选》,人民文学出版社 1984 年版。

刘东主编:《近代名人文库精萃·陈独秀》,太白文艺出版社 2013 年版。

中共中央马克思恩格斯列宁斯大林著作编译局编译:《列宁选集》,人民出版社 2012 年版。

(古希腊)柏拉图:《理想国》,郭斌和、张竹明译,商务印书馆 1986 年版。

中山大学历史系孙中山研究室、广东省社会科学院历史研究所、中国社会科学院近代史研究所中华民国史研究室合编:《孙中山全集》,中华书局 1981—1986 年版。

(法)卢梭:《社会契约论》,何兆武译,商

务印书馆2005年版。

西川编：《海子诗全集》，作家出版社2009年版。

梁小琳选编：《温暖的时间银行》，长江文艺出版社2012年版。

陈独秀：《陈独秀选集》，天津人民出版社1990年版。

马静编：《革命烈士书信》，吉林人民出版社2010年版。

吴奔星主编：《中国新诗鉴赏大辞典》，江苏文艺出版社1988年版。

# 编写说明

“壮想”乃心怀国家之梦、胸有民族大义而引发壮怀之思。于民族危亡之时，暂将个人安危置之度外、先为国家计之深远，上承中华国士典范，下启民族精神之节。壮想无垠，于大气磅礴之中催人振奋，于殷殷期盼之中感人至深。本册选文旨在于古今中外仁人志士的激昂文字中领略怀想国家未来的壮志，描绘民族前景的蓝图，为当代读者打开历史记忆，看忠勇之才审时度势、构想远景。

本册选文分四部分。“拳拳之心　情动于衷”，以深切的爱国之情，抒发了对故土之情和对民族统一的构想与期待；“智者之思　治国安邦”，是古今贤者、革命领袖对于国家民族的思索，在实践中确立制度、形成纲领，治国有道、安邦有方，字字珠

巩，篇篇箴言；“冰河入梦　旭日东升”，选择对民族未来美好畅想的名篇，诉说对家国来日日新月异、民族风貌欣欣向荣的希冀；“乐不忘忧　且行且思”，其中有理智之士于实践中勘破中国问题，于冷静思考中警醒世人居安思危、行思勿废。

总而言之，编者希望借助本册选文为您重现历史烽烟，在不同时期、不同地域、不同境况之中，感受民族栋梁为国为民鞠躬尽瘁、壮怀梦想之精神气度。

编者

2016 年 4 月